Je vous souhaite un merveilleux voyage.

Avec tout mon Amour

Maud Ankaoua

Kilomètre zéro

DE LA MÊME AUTEURE

Respire !, Éditions Eyrolles, 2020 ; Éditions J'ai lu, 2022.
Plus jamais sans moi, Éditions Eyrolles, 2023.

MAUD ANKAOUA

Kilomètre zéro

ROMAN

Le chemin du bonheur

- ÉDITION LIMITÉE -

J'AI LU

À vous tous qui m'apprenez chaque jour,
À vous, cher lecteur,
qui tenez ce livre entre vos mains,
J'offre le peu que j'ai compris
en quarante-cinq ans, en espérant qu'un mot,
une phrase, puisse faire de votre vie
un moment meilleur.
Bon voyage

Sommaire

Regret ou remords ?

> « *Il faut plus de force de caractère pour comprendre un adversaire que pour le rejeter.* »
>
> Sébastien PROVOST

Je hélai un taxi et traversai Paris jusqu'au Panthéon. Je n'étais pas venue dans ce quartier depuis cinq ans, lors de ma dernière prestation à l'École normale supérieure (ENS). Par manque de moyens, nous avions choisi de faire du lobbying direct dans les meilleurs établissements d'ingénieurs souhaitant attirer une masse de surdoués dans l'usine que nous avions créée : une start-up de génies où je passais chaque heure éveillée depuis huit ans, espérant le miracle. Mes fonctions de directrice financière s'étaient rapidement élargies : directrice juridique, directrice des ressources humaines, directrice de filiale, j'apprenais tout ce que je pouvais, à m'en étouffer.

Il me restait peu de temps pour finaliser tous ces dossiers et profiter enfin de quelques jours de vacances. Comme chaque jeudi, je quittai le bureau plus tôt pour rejoindre la salle de sport. Au programme, quatre-vingt-dix minutes de tapis de course… Je passai la moitié du temps à rêver, l'air détaché devant les personnes qui se succédaient sur les différents appareils. Et puis je me rappelai que je devais encore valider mes derniers achats sur Internet.

Qu'y avait-il de si urgent pour que Romane insiste autant ? J'étais sans nouvelles d'elle depuis un an.

« Maëlle, il faut que je te parle, retrouve-moi au 26 rue d'Ulm, demain à 10 heures.

— Qu'est-ce qui se passe ? Ça ne peut pas attendre ce week-end ?

— Non, c'est vraiment urgent. Viens ! », avait-elle répété d'un ton sec. Puis elle avait fini d'une voix tendre, comme elle savait si bien le faire, avant de raccrocher sans écouter mes arguments.

Après être restée interdite un moment, j'avais tenté de la rappeler, mais avais dû faire face à son répondeur. J'avais fini par lui envoyer un SMS : *« Difficile pour moi demain. Brunch dimanche chez Angélina ? »* Nous avions l'habitude de nous raconter nos vies autour d'un petit déjeuner tardif dans ce célèbre salon de thé sous les arcades des Tuileries : nos urgences, nos déceptions, nos histoires amoureuses, surtout nos histoires amoureuses ! Son retour de texto fut immédiat : *« J'ai besoin de te parler, je compte sur toi, mon amie ! »*

Romane n'était pas du genre à demander de l'aide. Cette Libanaise de 34 ans en imposait de par sa taille et son statut. La vie ne l'avait pas épargnée, mais chaque difficulté l'avait rendue plus forte, comme une fracture solidifiée à l'endroit de la blessure.

Nous nous étions rencontrées à Sciences Po. Elle avait finalement choisi de devenir médecin. Elle savait tout de moi et m'en avait beaucoup dit sur elle ; nous étions inséparables. Aucun sujet n'était tabou entre nous, excepté son enfance à Beyrouth sur laquelle elle ne s'était attardée qu'une seule nuit lors de nos escapades clandestines. Elle s'était livrée sur des événements qui me semblaient d'un autre siècle : la guerre, les bombes, la terreur… puis n'était plus jamais revenue sur son passé. La force et le courage qui émanaient d'elle me fascinaient. Romane s'était mariée jeune, probablement pour respecter les traditions. Elle avait enchaîné trois accouchements, puis s'était jetée dans le travail comme pour rattraper le temps perdu à satisfaire les exigences culturelles. Le temps, elle l'avait rattrapé ! En cinq ans, elle avait réussi à décrocher un poste à haute responsabilité au sein d'un groupe pharmaceutique mondialement connu. Je la voyais peu, mais les journaux me donnaient de ses nouvelles. Elle avait été à l'initiative de plusieurs propositions de déjeuners ces derniers mois que j'avais déclinées. Je traversais une période de travail dense moi aussi. N'ayant plus d'arguments, j'avais rendu les armes : « *OK, Romane, j'y serai.* »

La circulation était fluide. En moins de vingt minutes, le taxi dépassa le Conservatoire national des arts et métiers et me déposa à l'angle des rues Claude-Bernard et d'Ulm. J'avais un quart d'heure d'avance. J'en profitai pour prendre un café dans une brasserie et me remettre de cette nuit agitée à émettre des hypothèses sur ce mystérieux rendez-vous.

J'étais la seule cliente, à l'exception d'un homme, avachi sur le zinc, un verre de blanc à la main, proférant des théories sur l'inaptitude de notre président à redresser la crise. Un jeune garçon de café, grand et sec, en tenue traditionnelle, l'écoutait avec un intérêt déconcertant. Les arômes que le percolateur délivrait, mêlés aux parfums de cuisine, dénaturaient le plat du jour : la blanquette du jeudi, comme affichait l'ardoise, aromatisée aux vapeurs de Javel du sol encore humide. Le garçon m'apporta sans tarder ma commande, posa le ticket de caisse sur la table et reprit sa discussion passionnée avec le client au bar.

Je me replongeai dans mes pensées. Le ton de Romane était inhabituel. Ce rendez-vous insolite, un matin de semaine, ne lui ressemblait pas. Qu'avait-elle de si important à me dire ? Pourquoi aujourd'hui ?

9 h 55. Je sortis de la brasserie et traversai la rue, foulant de mes pieds l'automne. Les feuilles de platane se laissèrent transporter dans une valse à trois temps : mon pied droit les éparpillait, mon pied gauche poursuivait la danse, puis le vent me les ramenait dans un tourbillon incessant. Malgré le ciel bleu, la fraîcheur matinale ne nous leurrait pas sur la saison.

Je remontai la rue d'Ulm et m'arrêtai devant l'une des entrées de l'ENS. Quand j'étais encore étudiante, j'avais réussi à nous procurer une carte d'entrée grâce à une conquête normalienne, ce qui nous avait permis pendant un an de profiter d'archives, de manuscrits inédits et de chaleureuses rencontres ! Je trouvais étonnant que Romane m'ait donné rendez-vous ici, nous n'étions jamais revenues ensemble.

Devant la grille noire en fer, mes souvenirs intacts défilaient quand mon regard se posa sur le numéro : « 45 ». Il ne correspondait pas à celui que Romane m'avait précisé la veille, le « 26 ». J'attendis cinq minutes supplémentaires, mais ne la voyant pas arriver, je me rendis au numéro indiqué. Romane n'était pas du genre à être en retard et ne supportait pas non plus celui des autres. Je l'aperçus au loin me faire signe, je pressai le pas. Son look sportswear ne lui ressemblait guère. Avec sa parka noir scintillante, son jean moulant et ses baskets montantes, elle semblait prête pour une bonne marche en forêt. Un bonnet gris en laine cachant en partie ses yeux renforça ma perplexité. Je lui sautai au cou, elle me serra fort, comme à chaque fois. « Bon, c'est quoi tous ces mystères ? Qu'as-tu de si important à m'annoncer ? Je suis venue, mais j'ai peu de temps ce matin, tu sais ce que c'est... le travail ! »

Romane m'écouta sans intervenir. La finesse de son visage, sa peau lisse et mate ainsi que ses yeux doux et déterminés me touchaient. Malgré la force qui émanait d'elle, elle semblait fragile ce matin. Elle avait épilé tous ses sourcils, préférant un trait au crayon. Je trouvais cela dommage, mais me gardai de lui en faire part. En guise de réponse, elle leva la tête en direction du 26. Je suivis son regard : une grande plaque grise trônait au-dessus de la porte d'entrée sur laquelle était inscrit en blanc « Hôpital » à côté du logo en relief « Institut Curie ». Je vis pour la première fois cet immense bâtiment qui prenait un tiers de la rue.

« Que faisons-nous… là… ? » Mon sang se glaça. Je sentis un courant électrique traverser mon corps. J'étais pétrifiée, bouche bée. Je tentai de me rassurer en cherchant ses magnifiques cheveux noirs bouclés à travers les grosses mailles de son bonnet, mais rien. Je mis mes mains devant mes lèvres pour cacher ma stupéfaction. Mes yeux ne purent se détourner de son visage. Les larmes coulèrent et les mots restèrent coincés. « Toujours aussi vive d'esprit ! », murmura-t-elle en me prenant dans ses bras.

L'Institut Curie lutte contre le cancer depuis des décennies, il était simple de faire le rapprochement. Je puisai de la force au plus profond de moi pour ne pas me laisser submerger par mes émotions. Mes jambes se dérobaient, mais je pris sur moi. « Merde, Romane… pas toi ! » Elle me regarda, résignée. « Moi, comme les autres, Maëlle. »

Puis elle continua, d'une voix affirmée :

« Bon, je ne t'ai pas fait venir ici pour m'apitoyer sur mon sort. Je sais que tu es pressée, j'ai rendez-vous pour ma chimio, accompagne-moi et je t'expliquerai l'objet de mon appel.

— Ta chimio ?

— Oui, mais ne t'inquiète pas, c'est pas contagieux ! Allez, suis-moi, je vais être en retard. »

Je la suivis, abasourdie. Romane dépassa le comptoir d'accueil sans s'arrêter. L'odeur qui se dégageait de l'hôpital me saisit. Ce mélange de désinfectant et de douleur me fit regretter mon odyssée au café. Je ne savais pas laquelle d'entre nous était la plus malade, mais à cet instant, c'était moi !

Après un passage sombre interminable, nous arrivâmes devant une sorte de sas, une galerie extérieure d'une vingtaine de mètres qui reliait deux bâtisses. Romane fit une courte pause. Le centre de chimio se trouve dans l'autre secteur. La passerelle couverte de plexiglas laissait entrer la lumière, j'avais pourtant l'impression de traverser le couloir de la mort. Mes jambes déjà fébriles tremblaient, mon cœur battait de plus en plus fort et mon estomac se paralysait. Nous croisâmes une première malade, le crâne nu, sans cil ni sourcil. Puis une seconde patiente, la perfusion à la main, qui respirait avec peine. Elle esquissa un sourire, Romane le lui rendit spontanément. N'osant lever la tête, je me mis à glousser un « bonjour » qui resta au fond de ma gorge.

Au bout du couloir, deux rangées de quatre sièges inoccupés se tournaient le dos. Je me jetai sur la première chaise pour reprendre mes esprits pendant que mon amie s'annonçait à une secrétaire, Carole. « Bonjour, je vous sors les étiquettes », confirma la femme avec aménité. L'enthousiasme et la confiance de Romane me déconcertaient, elle semblait ne ressentir aucune peur, parlant comme à une vendeuse qui lui proposait de passer en cabine d'essayage. « Bon courage, madame. »

Romane la salua et se tourna vers moi. « Tu viens ? C'est un peu plus loin. » Elle se hâta dans le couloir d'en face. Comment allais-je faire pour me remettre debout ? Comment trouver la force d'affronter cette souffrance ? Je n'étais pas préparée à vivre cela, mes muscles se figèrent. J'étais tétanisée sur le siège, au bord du malaise. Romane fit demi-tour et se précipita vers moi, affolée.

« Tu ne te sens pas bien, tu es livide, veux-tu un verre d'eau ?

— Non… euh oui… c'est un peu brutal, je n'imaginais pas… »

Mes idées s'embrouillaient. Un mal de tête vint parfaire mon état pitoyable. « Si tu préfères patienter dehors, je te retrouve tout à l'heure. À moins que tu n'aies pas le temps ? » Sans attendre ma réponse, elle bondit sur ses jambes. « Je vais te chercher un verre d'eau, je reviens. »

Carole se leva et s'assit à côté de moi.

« Ne soyez pas inquiète, c'est toujours comme ça la première fois, puis on s'habitue.

— On s'habitue ? Mais à quoi ?

— Aux odeurs, au physique des autres patients… à ne pas porter leur souffrance. Quand vous faites abstraction des apparences, il ne reste qu'une vérité : le combat contre la maladie. La seule façon d'aider votre amie est de croire en elle et de lui apporter la force indispensable dont elle a besoin.

— J'aimerais bien, mais je ne suis pas sûre d'avoir l'énergie nécessaire.

— Vous l'avez, puisqu'elle vous a choisie ! Je la vois toutes les semaines depuis six mois avec la même pugnacité et toujours un sourire aux lèvres. Par expérience, je sais que ce sont ces personnes-là qui s'en sortent le mieux. Nous guérissons plus de 80 % des cancers du sein. Elle est sur le bon chemin.

— J'en suis sûre, mais…

— C'est elle qui est malade, pas vous ! C'est la première fois qu'elle vient accompagnée, c'est important que vous soyez à la hauteur pour lui renvoyer une belle image. »

Elle me tapota la jambe. « Allez, reprenez-vous, elle va revenir, soyez forte, elle a besoin de vous ! » Carole retourna à son bureau. Je me redressai, ses mots me ramenèrent à la raison : Romane devait pouvoir compter sur moi, c'était elle qui était malade. Mais pourquoi mon amie avait-elle choisi de me faire venir ce jour-là alors qu'elle venait seule d'habitude ?

Elle réapparut, un verre d'eau à la main.

« J'aurais dû t'avertir.

— Mais non, j'ai juste eu un coup de chaud. Tu sais bien, les hôpitaux, c'est pas mon truc ! »

Je bus d'un seul trait et me levai. Le visage de Romane ruisselait. Elle semblait à son tour mal en point, elle enleva son manteau qu'elle plia sur son avant-bras.

« Qu'est-ce qui t'arrive, tu es trempée ?

— J'étouffe, mais je ne suis pas sûre que tu sois prête à me voir telle que je suis.

— Tu plaisantes, je te vois déjà telle que tu es : une battante qui va s'en sortir. Enlève ton bonnet et partons en guerre. À deux, nous serons plus fortes. »

Je me conditionnai pour ne pas faiblir à la vue de sa tête chauve. Elle l'ôta, baissant les yeux pour ne pas soutenir mon regard. Je lui soulevai le menton pour redresser son visage. « Quelle chance tu as d'avoir un si beau crâne ! Tu ressembles à Natalie Portman dans *V pour Vendetta*. Même sensualité, même sourire, même bombasse ! » Je la pris dans mes bras et lui glissai à l'oreille : « C'est quand même pas un cancer qui va nous gâcher la vie ! » Carole me fit un clin d'œil discret, que je lui rendis. « Allez, Romane, c'est parti ! Explique-moi comment ça se passe. » Elle sourit et me prit par le bras. Après s'être annoncée à une infirmière, Romane vint patienter à côté de moi.

« Raconte-moi… Tu t'en es aperçue quand ? Ça dure depuis combien de temps ? » Mon amie me retraça en détail les premiers doutes, les examens, l'angoisse des résultats, la sentence, le combat, la douleur, les conséquences, la peur… Je l'écoutais, imaginant ce qu'elle avait pu endurer, lorsqu'une jeune femme en blouse blanche, Pascale, annonça le début des soins.

« Vous êtes venue accompagnée cette fois-ci ?

— Oui, une sortie entre filles, y avait longtemps… »

Romane cligna des yeux. Nous entrâmes dans une grande salle commune où chaque espace trouvait son intimité virtuelle derrière des paravents. Nous nous installâmes chacune à notre poste : Romane, allongée, dénuda son épaule et le haut de sa poitrine pour dégager le cathéter, Pascale prépara les mélanges, et moi, assise dans le fauteuil, je me sentais prête à m'évanouir…

« Vous avez eu le Taxol la semaine dernière, aujourd'hui c'est plus tranquille, il n'y a que l'Avastin. » Pascale s'approcha de mon amie, une grande aiguille à la main.

« Prête ?

— Oui », répondit Romane en serrant les dents.

Elle prit une grande inspiration. Je fis de même, gonflant mes poumons au maximum. Pascale piqua d'un coup sec dans le cathéter, puis accrocha les poches de liquide en haut d'une perfusion reliée à un ordinateur compte-gouttes, qu'elle programma. « C'est parti pour une demi-heure de discussion, les filles ! Si vous avez besoin de moi, faites-moi signe. »

Romane ne semblait pas souffrir, elle redressa le dossier du lit par une impulsion électrique sur la télécommande et me fit un sourire de compassion.

« Je sais que tu prends sur toi. Ce n'est pas simple de subir ce que je te fais endurer, mais j'ai un grand service à te demander.

— Oui, bien sûr, tout ce que tu voudras ! »

J'avançai mon fauteuil par les repose-bras et m'assis au bord pour être au plus près de mon amie. Elle baissa la tête. « Qui d'autre que toi pourrais-je solliciter ? » Inquiète de ne pas être à la hauteur de ce qui allait suivre, mes yeux ne quittaient plus ses lèvres.

« Tu te souviens quand nous nous sommes vues l'année dernière, je rejoignais une équipe de chercheurs pour une mission à Katmandou. Je devais y rester deux mois, mais trois semaines après mon arrivée, j'ai reçu un message de mon gynécologue concernant les analyses que j'avais faites avant de partir. Les résultats étaient sans appel.

— Le cancer ?

— Oui. Anéantie, je me suis confiée à un professeur américain, Jason, qui vivait là-bas depuis cinq ans. Il m'a parlé d'une méthode ancestrale népalaise qui permettrait par une prise de conscience et un changement d'état d'esprit d'accéder à la guérison. »

Je fronçai les sourcils. Romane continua : « Plusieurs livres mentionnent cette approche, mais aucun n'en donne le contenu. Il m'a avoué que les pistes étaient maigres, mais qu'il avait la conviction qu'elle allait transformer le monde ; c'était d'ailleurs la raison de sa venue au Népal. » Romane reprit son souffle en remontant son chemisier sur sa poitrine. « Lors d'un dîner, il m'a montré les éléments troublants qu'il avait réunis : à des périodes différentes, dans des pays éloignés les uns des autres, tous faisaient référence à cette même prise de conscience. »

Dubitative, je glissai au fond de mon fauteuil et croisai mes jambes :

« Personne ne l'a trouvée depuis toutes ces années ?

— Non, plusieurs chercheurs s'en sont approchés, mais personne ne l'a découverte. L'hypothèse la plus probable serait que le recueil a été caché par le gouvernement à la suite des conflits entre la Chine et le Népal. »

J'écoutais sans comprendre où Romane voulait en venir ni ce qu'elle attendait de moi.

« J'ai décidé de pousser les portes de l'ambassade, enchaîné des rendez-vous dans les ministères à Katmandou, mais personne n'avait entendu parler de ce manuscrit. Cependant, à chaque fois que j'abordais le sujet, beaucoup semblaient préoccupés. Et puis mon médecin m'a ordonné de rentrer en France afin de commencer les traitements.

— Tu as donc fait le maximum !

— Attends la suite : la veille du départ, un homme m'a remis une lettre dans le hall de l'hôtel avant de s'enfuir.

— Ton histoire ressemble à une nouvelle course au trésor...

— Je suis sérieuse, Maëlle !

— Excuse-moi, je t'écoute. Mais, avoue quand même que... »

Son regard se durcit, je cessai mes sarcasmes. Romane sortit une enveloppe de son sac et me tendit son contenu : une feuille froissée sur laquelle était écrit dans un anglais parfait : « *Oubliez vos recherches, elles ne vous apporteront que des ennuis.* »

Cette histoire semblait lui tenir à cœur, mais je me demandai si les effets secondaires de ses traitements ne la rendaient pas rêveuse. Elle lut dans mes pensées.

« Je sais, tout ça paraît absurde. Je suis moi aussi restée dans le doute pendant plusieurs semaines.

— Y a de quoi franchement !

— J'ai gardé le contact avec Jason. Malgré les avertissements à répétition, il a continué ses recherches. Chaque lettre anonyme a confirmé la véracité de cette légende. Et les événements lui ont donné raison. Avant-hier, il m'a appelée pour me dire qu'il était en possession d'une copie de la méthode qu'il était prêt à me remettre ! Comme nous nous en doutions, il a découvert que le gouvernement cachait le manuscrit. Les enjeux financiers étaient bien trop importants pour prendre le risque de voir baisser les ventes de médicaments. Révéler de telles pratiques de pensée préventive et curative remettrait en cause les équilibres juteux du secteur.

— Arrête un peu ! Avant de déstabiliser l'activité, il va se passer quelques années ! J'ai lu tout récemment que le marché mondial pharmaceutique était évalué à plus de 850 milliards de dollars de chiffre d'affaires, soit quatre fois plus qu'il y a vingt ans. Et il continue à croître, tu le sais mieux que moi...

— Alors, imagine une approche qui ferait fléchir cette tendance. L'économie planétaire en serait affectée.

— Voyons, Romane, relativise un peu ! Des écrits sur des techniques de pensée, de visualisation et de transformation ne datent pas d'aujourd'hui. Tu crois, toi, qu'un manuscrit peut tout changer ?

— Oui, par une prise de conscience globale, bien sûr ! Ce qu'il manque à chacun, c'est une méthode. »

Je soupirai.

« Admettons. Et qu'attends-tu de moi ?

— Que tu me rapportes cet ouvrage. Tu te rends compte, Maëlle, il pourrait me guérir !

— Mais enfin, Romane, tu ne vas pas gober toutes ces histoires ! Tu dois faire confiance à la médecine et continuer à te battre. Aujourd'hui, la majeure partie des cancers du sein se soigne, tu es sur le bon chemin. Je suis là maintenant. À nous deux, c'est gagné d'avance.

— Je veux mettre toutes les chances de mon côté. Si ce n'était pas important pour moi, je ne te le demanderais pas.

— Je le sais, mais je pense que tu t'es laissé embarquer dans une histoire rocambolesque et ça te fait du bien d'y croire. Je le comprends. Mais sois réaliste. Tu dois concentrer toutes tes forces sur du concret, c'est-à-dire la chimio, le repos, et aider la médecine à faire son travail. »

Romane prit un ton enfantin.

« Tu vas y aller pour moi, hein ?

— Bien sûr que non !

— À quand remonte le dernier service que je t'ai demandé ? »

Son timbre de voix venait de changer. Je la connaissais pugnace comme un lion face à une proie qui n'a aucune chance de s'en sortir. Sa question était pertinente, je ne me rappelais pas qu'elle m'ait sollicitée une seule fois pendant toutes ces années. Je baissai les yeux, elle répondit à ma place comme pour m'achever.

« Jamais, Maëlle, je ne t'ai jamais demandé le moindre service en seize ans d'amitié.

— C'est vrai, Romane, mais accepter, c'est adhérer à toutes ces histoires, et je n'ai pas envie de te mentir, tu comprends, non ? »

Elle détourna son regard. Je lui pris la main.

« Je vais y réfléchir et nous en reparlons après mes vacances.

— Si tu ne pars pas très vite, il sera trop tard. C'est une question de vie ou de mort.

— Mais c'est impossible pour moi !

— La vie n'est qu'une suite d'options.

— Arrête, Romane, je ne te reconnais plus, tu me fais peur. Tu connais à peine ce type !

— Le choix t'appartient. »

Au même moment, le compte-gouttes se mit à sonner. Pascale ne se fit pas attendre. Elle stoppa l'alarme, nota les informations lues sur l'écran et libéra Romane de sa perfusion. « Je suis désolée, mesdames, il est temps de laisser la place aux autres. » Elle fixa Romane. « On se voit la semaine prochaine. » Puis se tourna vers moi : « À bientôt ? » Nous restâmes silencieuses jusqu'à la sortie de l'hôpital.

Romane insista pour me déposer. Le silence régna un long moment dans la voiture, puis elle me confia, préoccupée : « J'aurais préféré y aller, mais je suis bloquée avec mes traitements. » Elle se tut un instant, attendant ma réponse qui ne venait pas. « Je me prépare au fait que cette méthode ne fonctionne pas sur moi, mais je veux être sûre d'avoir tout essayé. » Nous arrivions à destination. Elle se gara, fouilla dans son sac à main et sortit une enveloppe qu'elle me tendit.

« Quand tu auras pris ta décision, tu l'ouvriras. Promets-moi de ne pas le faire avant.

— Je crois que j'ai ma dose d'énigmes pour aujourd'hui ! Dis-moi ce qu'il y a dedans.

— Promets !

— Ça va, c'est d'accord ! »

J'embrassai mon amie qui me serra avec insistance dans ses bras en me glissant à l'oreille un long « merci ». « Je t'aime tellement », conclut-elle. Surprise par l'expression de ses sentiments, elle qui était si pudique, je ne sus quoi répondre. Je partis en direction du Louvre, la missive dans une main, lui faisant signe de l'autre. Je sentis dans mon dos son regard me suivre un long moment.

J'étais sonnée par la matinée qui venait de s'écouler. Je traversai le jardin des Tuileries pour me rendre à mon bureau, place de la Madeleine. Il était un peu plus de midi et pour une fois, je n'avais pas faim. Je suivis un rayon de soleil jusqu'à la Cour carrée du Louvre, puis la pyramide inversée, enfin l'arc de triomphe du Carrousel, jusqu'au bassin rond. Je devais être la seule personne, ce jour-là, à ne rien voir de ce merveilleux endroit. La vue d'une chaise basse, le dossier incliné en direction du soleil, m'incita à me poser un instant. Je ne cherchai pas à lutter, je m'installai, épuisée, au fond du fauteuil, fermai les yeux et abandonnai mon visage à l'astre de feu qui adoucissait les températures. Le vent s'était calmé, il me caressait les joues de sa tiédeur. Je m'assoupis un moment quand les éclats de rire de quatre jeunes touristes me sortirent de ma torpeur. Je me redressai sur mon siège en cherchant mon téléphone, resté en mode silencieux, dans la poche de mon manteau. Trente-cinq appels, quarante-huit e-mails, douze SMS et trois notifications de rendez-vous. Je bondis et pressai le pas pour quitter le jardin par la place de la Concorde. Les feuilles des arbres centenaires tentaient de m'inviter à valser une nouvelle fois, mais je n'avais plus le cœur au jeu. Je les chassai d'un coup de pied brutal, agacée. Je remontai la rue Royale en écoutant les messages accumulés.

À peine les portes de l'ascenseur s'ouvrirent-elles que l'hôtesse d'accueil se précipita vers moi.

« Maëlle, le président vous cherche, j'ai tenté de vous appeler à plusieurs reprises.

— J'ai vu. Prévenez-le de mon arrivée. »

Passant le premier open space, le directeur commercial vint à ma rencontre. « Ça va ? Tu as un problème ? Pierre te cherche. » Il est vrai qu'en huit ans, je ne m'étais jamais absentée plus de deux heures sans prévenir. Quant aux messages, le téléphone greffé à la main, j'avais pris l'habitude d'y répondre dans le quart d'heure.

Je poussai la porte de mon bureau après avoir été arrêtée par trois autres collaborateurs inquiets. J'allumai mon ordinateur, l'écran m'éblouit et accentua mon mal de tête. Deux minutes s'écoulèrent avant que Pierre n'entre dans la pièce en furie. « Mais qu'est-ce que tu fous, Maëlle ? Nous devions préparer ce matin la présentation pour les investisseurs. Je te rappelle que nous les voyons lundi ! »

Cet homme de 43 ans avec qui j'avais passé les cent derniers mois à réfléchir à la stratégie de notre société, à laquelle je donnais toute ma vie jour après jour, me demandait ce que je faisais ! J'avais pris une demi-journée et j'avais droit à une scène de ménage. Bien sûr, il ne pouvait pas comprendre que ces dernières heures avaient anéanti toutes mes priorités. Je regardai gesticuler la fourmilière dans laquelle j'avais un rôle essentiel, mais plus rien n'avait le même goût. Seule Romane habitait mes pensées, au point que je ne savais plus laquelle de nous deux avait un cancer.

Je m'écroulai en sanglots, ce qui déstabilisa Pierre. Il changea de ton. « Bon, bon, Maëlle, ne te mets pas dans cet état, tu me connais, je m'emporte vite, tu as l'habitude. » Je ne parvins pas à retenir mes larmes. Il était embarrassé.

« Mais que se passe-t-il ?

— Je suis fatiguée. Je vais rentrer. Ne t'inquiète pas, je serai là demain, tout sera prêt.

— Ce n'est pas la réunion qui me préoccupe, c'est toi. Qu'est-ce qui t'est arrivé ce matin ?

— Un tsunami, mais je ne suis pas en mesure d'en parler maintenant.

— Tu sais que je suis là. Appelle-moi quand tu veux et prends le temps qu'il te faut, je me débrouillerai avec les investisseurs. »

Je me ressaisis en le remerciant, rassemblai mes affaires et rentrai chez moi.

Le ciel s'était noirci et devenait menaçant, annonçant l'orage qui ne se fit pas attendre. Je me précipitai dans le hall de mon immeuble, montai les marches jusqu'au premier étage et me jetai emmitouflée sur mon canapé.

Comment était-ce possible ? Deux heures avaient suffi à faire basculer mon quotidien. Les mots de Romane résonnaient dans ma tête. Que voulait-elle dire par « une histoire de vie ou de mort » ? C'est vrai qu'elle ne m'avait jamais rien demandé pendant toutes ces années. Sa présence et sa constance envers moi n'avaient jamais faibli dans les bons comme les mauvais moments. Mais comment tout quitter pour partir au Népal ? Je ne situais même pas ce pays dans l'Himalaya. Et puis mon travail ne me permettait pas de m'absenter en ce moment. Mais comment refuser cela à mon amie la plus chère ? D'un autre côté, comment accepter cette histoire abracadabrante ? À sa place, je me serais accrochée à n'importe quoi.

Pendant les trois heures qui suivirent, les questions sans réponses continuèrent à se bousculer. Au fond, je savais que s'il arrivait quoi que ce soit à mon amie je regretterais toute ma vie de ne pas avoir tenté cette chance. Je réfléchis à cette alternative, aux urgences des prochains jours : comme le disait Pierre, il se débrouillerait quelques jours sans moi, et puis il ne tenait qu'à moi d'annuler mes vacances. Pour le reste… il n'y en avait pas !

J'étais persuadée que Romane s'illusionnait quant à la réalité de cette méthode et de ses pouvoirs magiques, mais je ne supportais pas l'idée de faillir à sa demande. Je tergiversai une heure supplémentaire, puis actai ma décision. Je ne pouvais me dérober.

Mon estomac gronda : signe de soulagement ! J'introduisis deux tartines dans le grille-pain sur lesquelles j'étalai du tarama, pressai un peu de citron et me servis un verre de vin blanc que je bus d'un seul trait. J'en remplis un second et m'allongeai pour déguster mon en-cas. L'alcool dilua mes pensées et allégea mon corps. Soudain, je bondis du lit en me souvenant de la lettre que m'avait remise Romane au moment de nous quitter. Je l'avais glissée dans ma poche, puis l'avais oubliée. Elle m'avait fait promettre de l'ouvrir après avoir pris ma décision. Était-ce le cas ? Ne m'étais-je pas hâtée ?

Si je suivais le dicton selon lequel la nuit porte conseil, je devais attendre pour la lire. Je posai l'enveloppe devant moi, sur le bar de la cuisine, m'assis sur un tabouret haut, et réfléchis à nouveau. Après avoir ressassé les mêmes questions une énième fois, je validai ma décision : un aller-retour contre un remords éternel ! Je déchirai l'enveloppe qui s'éventra pour me livrer un billet d'avion à mon nom à destination de Katmandou et une lettre de Romane.

« Maëlle,

Je savais que tu ne me laisserais pas tomber. Je ne me serais jamais permis de te demander ce service si ce n'était pas primordial. Comme tu peux le lire sur le billet d'avion, tu dois partir demain si tu veux avoir une chance de croiser Jason. »

« Demain ? Mais elle a perdu la tête ! »

J'attrapai mon téléphone. « Romane, rappelle-moi quand tu as mon message, je suis prête à m'y rendre, mais pas demain ! » Je regardai l'heure du départ sur le billet d'avion : 15 h 40 à Roissy-Charles-de-Gaulle. C'était impossible !

Je poursuivis ma lecture : « *Il t'attend à Katmandou, mais ne peut rester plus longtemps sur place. Il te remettra en mains propres une copie de l'ouvrage. Je t'ai réservé une chambre chez une amie, Maya, qui tient l'hôtel Mandala à Bodnath, près de l'aéroport. Il te suffira de mentionner le nom de l'établissement, tous les taxis le connaissent. Profite du week-end pour te balader dans la vieille ville. Maya se fera un plaisir de te donner quelques conseils.*

Comme chaque fois après une séance de chimio, je pars me mettre au vert et me déconnecte avant les effets secondaires. Tu ne pourras pas me joindre avant ton arrivée sur place, mais je t'appellerai. Je suis heureuse de ta décision et suis fière d'avoir une amie comme toi. Je t'aime.

Romane
P.-S. : Prends soin de toi et… prends des affaires chaudes, il fait (très) froid le soir ;-) »

Le départ était prévu quelques heures plus tard, avec une escale à Doha, pour une arrivée le lendemain à 11 heures à Katmandou. La panique s'empara de moi. Je tentai de rappeler Romane, mais son répondeur prit le dessus dès la première sonnerie. Je lus, hébétée, la lettre une seconde fois. Quel cauchemar ! Je regrettais déjà ma décision. Dans quel pétrin je m'étais mise !

Je m'endormis difficilement, anéantie par les événements de la journée. À 4 heures du matin, les phrases de Romane perturbèrent mon sommeil : « J'ai besoin que tu me rendes un service », « Je ne t'ai jamais rien demandé en seize ans d'amitié », « S'il y a une chance, je ne veux pas la rater », « Je t'aime » puis, celles de Carole : « C'est important que vous soyez à la hauteur », « C'est vous qu'elle a choisie », « Une amie si chère ».

Comme je n'arrivais plus à trouver le sommeil, je finis par me lever. Il me restait quelques heures pour préparer ma valise.

Dans le taxi me menant à l'aéroport, je prévins Pierre d'un texto, en le rassurant sur mon retour rapide.

*
**

L'avion transperça l'épaisse couche de nuages laissant sur Paris la bruine et ma confusion.

Avec des yeux d'enfant

« Notre situation peut être perçue comme le paradis ou l'enfer : tout dépend de notre perception. »

Pema CHÖDRÖN

« Visa ? », me demanda un Népalais, courtaud et trapu, qui nageait dans son uniforme militaire. J'eus du mal à saisir ce qu'il me disait dans son anglais approximatif, mais je compris que sans visa, je ne pouvais pas entrer dans le pays. Et bien sûr, je n'en avais pas. J'eus beau demander au douanier ce que je devais faire, ce dernier me rendit mes papiers et fit signe au voyageur suivant de s'approcher. Heureusement, une Française se manifesta pour me porter secours : « Si vous n'avez pas demandé votre visa avant votre départ, allez au bureau de droite. Il vous en coûtera 50 dollars. »

Mon enthousiasme s'estompa lorsque je vis la file qui s'étirait derrière le guichet. Je dus attendre près de deux heures avant de pouvoir sortir de l'aéroport.

Je cherchai un taxi. De jeunes Tibétains m'encerclèrent pour porter mon bagage, je refusai de le lâcher. Un groupe d'enfants tenta de me présenter ses marchandises, je les repoussai d'un simple geste qui suffit à les éloigner. Tant mieux ! J'en avais assez de ces pays où il fallait négocier pendant dix minutes pour pouvoir passer.

J'aperçus un rassemblement de chauffeurs sur la droite. Une vingtaine de voitures blanches identiques étaient garées sur trois files. Je m'adressai en anglais au premier, il fit signe à son collègue de me prendre. Ce dernier s'empara de ma valise qu'il posa sur la galerie sans se soucier de l'attacher. Stupéfaite, je ne contestai pas. Je n'avais plus la force de me battre.

Il m'ouvrit la porte arrière dans un couinement qui laissait supposer l'âge canonique du véhicule. Je me glissai sur la banquette en similicuir protégée par une couverture de laine ajourée rouge et jaune. Il fit le tour de la voiture, s'installa à droite puis se retourna vers moi en souriant. Il baragouinait l'anglais :

« Bonjour, madame, où voulez-vous aller ?

— À Bodnath, s'il vous plaît !

— Au stupa[1] ?

— Non, je vais à l'hôtel Mandala, à Bodnath.

— Ça ne me dit rien, mais il y en a plusieurs autour du monument, ça doit être un de ceux-là. On y va, madame ? »

Je le regardai, perplexe, ne m'attendant pas à son hésitation. Romane m'avait écrit que tout le

1. Monument bouddhiste. Celui de Bodnath est l'un des plus grands du monde.

monde connaissait ce lieu... L'homme démarra en trombe, slalomant entre les voitures, les vélos, les camions, soulevant une poussière qui forma un nuage qui ne nous lâcha plus. C'était bien ma veine, j'étais sans doute tombée sur le seul chauffeur qui ne connaissait pas mon hôtel ! Sa conduite me donnait mal au cœur, je souriais par politesse, mais me sentais de plus en plus nauséeuse. En fixant mon attention sur la route, je vis défiler des scènes improbables : à droite, un matelas deux places ficelé sur le dos d'un motard ; à gauche, une famille entière sur une mobylette : le plus petit sur le guidon, puis un enfant entre le cadet et le conducteur, enfin le dernier, derrière, serrant fort la taille de son père pour ne pas se retrouver expulsé à la première accélération. Les piétons risquaient leur vie à chaque foulée, mais ne semblaient pas inquiets. Et là, une vache broutait l'herbe qui dépassait de la chaussée, puis se fondit dans le trafic. Un vieillard brandit sa canne en invectivant un jeune cycliste imprudent qui l'avait bousculé dans sa course.

Quelques heures, quelques mots avaient suffi à faire basculer mon univers aseptisé dans une poubelle géante, un champ de bataille poussiéreux. Mais qu'est-ce que je faisais là ? Le tour de manège stoppa net après dix minutes. Nous étions arrivés devant le fameux stupa.

« Vous entrez par la porte principale, juste là, et vous trouverez certainement l'hôtel à votre droite.

— Vous êtes sûr ?

— Oh oui ! Je crois bien ! »

Il tapota sur le compteur qui s'était déconnecté pendant notre folle virée. Il finit par me demander 300 roupies, l'équivalent de 2,50 euros que je payai sans discuter. Je récupérai ma valise qui par chance se trouvait toujours sur le toit. Mon chauffeur reprit son envolée en me faisant un signe de la main. Bousculée par les passants qui se pressaient, je me frayai un chemin en force, traînant mon bagage derrière moi. Une multitude de gens marmonnant des mantras marchaient autour de l'immense monument dans le sens des aiguilles d'une montre en actionnant des moulins à prières et des clochettes. Je les regardai un instant, effarée, puis fendis la foule à contresens, ma valise dans mon sillage. Des odeurs d'encens flottaient dans la rue en provenance de minuscules boutiques de souvenirs sur le thème du stupa et de tous ses dérivés. Les commerçants encerclaient la place. Ils attendaient, assis face aux yeux de Bouddha, les moines en quête de nouveaux chapelets et les touristes attirés par ce site unique. J'aperçus un panneau indiquant mon hôtel en direction d'une impasse que je suivis. Je passai la grille et traversai un jardin luxuriant jusqu'au bâtiment. Le bruit cessa instantanément. Une dizaine de tables rondes en fer dispersées sur la pelouse prenaient le soleil.

Une jeune femme me souhaita la bienvenue en joignant ses mains, puis inclina sa tête dans ma direction. « *Namasté* ! Bonjour ! Avez-vous fait bon voyage ? », me dit-elle dans un français scolaire, avec un fort accent.

Le hall d'accueil était simple : un bar faisait office de bureau ; deux fauteuils en cuir usé entouraient un canapé trois places, dans le même état, et des bagages s'entassaient sur la droite du comptoir. Pressée de prendre une douche et de me poser, je coupai court à toute discussion. « Une amie a réservé une chambre à mon nom : Maëlle Garnier. »

L'hôtesse examina son registre et poursuivit en anglais. « Oui, elle est prête, au premier étage, madame. Si vous souhaitez déjeuner… Le cuisinier est là encore une heure, je peux vous servir dans le jardin. » J'acquiesçai d'un hochement de tête.

« L'eau chaude sera disponible à partir de 17 heures.

— Comment ça, 17 heures ?

— Oui ! Nous chauffons l'eau à l'énergie solaire. Nous sommes bien équipés. Nous pouvons déclencher les ballons plus tôt que tout le monde », se réjouit-elle.

Plus tôt que tout le monde ? Mais qu'est-ce que ça devait être dans les autres hôtels ?

« C'est pourquoi nos clients sont ravis, nous avons beaucoup investi dans ce système moderne l'année dernière.

— Très bien, merci », soupirai-je, épuisée.

Je pris la clé qu'elle me tendit.

« Encore une chose : nous avons de fréquentes coupures d'électricité quotidiennes. »

Des coupures d'électricité ? Super !

« Mais rassurez-vous, elles sont planifiées à l'avance. »

À l'avance… Bien sûr !

« Pour ce soir, l'interruption se fera de 19 heures à 22 heures. Vous trouverez des bougies sur la table de nuit. »

Je la regardai anéantie. Je ne savais pas dans quel monde j'avais atterri, mais j'étais sûre d'une chose : je n'y resterais pas longtemps ! Dépitée, je pris l'escalier, n'espérant pas de bagagiste pour m'aider.

« Une dernière information, madame ! » Qu'allait-elle encore m'annoncer ? Il me semblait être dans le plus sombre de mes cauchemars. Je me retournai. D'un pas rapide, elle fit le tour du guichet et me tendit une lettre. « J'ai du courrier pour vous. » Du courrier ? Quelle gentille attention, Romane !

Je montai péniblement les marches recouvertes de carreaux blancs et gris jusqu'au premier étage. On accédait à la chambre par un couloir ouvert sur le jardin. La clé déverrouilla un cadenas reliant deux anneaux de fortune, qu'un léger coup de pied aurait suffi à faire sauter.

La pièce faisait dix mètres carrés environ : un grand lit prenait l'essentiel de l'espace ; une table de nuit en bois verni, trois bougies dans une coupelle ; un fauteuil en osier contre le mur ; un portemanteau à trois pieds imitant la tour de Pise et au fond, une salle de bains qui visiblement n'avait pas été restaurée depuis l'origine. Je m'aventurai dans le renfoncement : une douche à l'italienne, dont la robinetterie tenait grâce à un fil de fer ; un lavabo ancien en émail sur lequel un bout de savon rescapé somnolait, et des toilettes où les strates de tartre auraient permis à n'importe quel archéologue stagiaire de définir l'année d'ouverture de l'hôtel. Je fis pivoter la poignée de l'évier, la tuyauterie se mit à trembler avant de cracher en toussotant une eau jaunâtre par le bec du mitigeur. Il fallut quelques secondes à l'installation pour retrouver un flux harmonieux. Je levai la tête et aperçus le reflet dans le miroir de ma mine déconfite qui amplifia ce décor misérable. Sympa, Romane ! Tu ne t'es pas ruinée, tu m'avais habituée à mieux.

Épuisée, je m'allongeai sur le lit. J'ouvris la lettre, écrite en anglais.

« *Chère Maëlle,*

Il me sera impossible de vous remettre le manuel à l'hôtel. Je dois partir aujourd'hui à quelques jours de marche dans l'Himalaya pour une urgence médicale dans un monastère.

Je l'emporte avec moi. J'ai demandé à Shanti[1]*, un guide népalais, de vous conduire jusqu'à moi. C'est un ami, il saura organiser pour vous ce voyage et assurera votre sécurité. Il passera à votre hôtel le jour de votre arrivée et vous expliquera tous les détails.*

Je suis désolé pour ce contretemps, mais je suis sûr que vous comprendrez.

Bien à vous,
Jason »

Mais c'était une blague ! Pourquoi n'avait-il pas laissé le manuel à son guide ? Il se fichait de moi ce type ! La colère monta, je bondis du lit et tentai de joindre Romane. Une nouvelle fois, sa messagerie fut ma seule correspondante. La batterie se mit à clignoter, m'indiquant qu'elle

1. Prénom népalais qui signifie « paix » en sanskrit.

allait me lâcher, elle aussi. Je cherchai une prise que je trouvai derrière le fauteuil. Heureuse nouvelle : elle fonctionnait ! Il me fallut un bon quart d'heure pour me calmer. La fatigue du voyage me gagna, je m'endormis en espérant avoir les idées claires au réveil.

Plus de deux heures passèrent avant que je ne reprenne conscience de la situation. Une chose après l'autre : une douche, puis je me restaurerais. Sous le jet chaud, mon corps reprit un peu d'énergie. Je revêtis des vêtements propres et descendis à l'accueil. La jeune fille avait laissé place à une dame d'une soixantaine d'années, grande, élégante, à la chevelure longue et souple. Elle s'adressa à moi dans un anglais assez fluide.

« Vous êtes Maëlle, n'est-ce pas ? Je suis Maya, la propriétaire de l'hôtel. Votre amie Romane m'a parlé de vous. Je suis ravie de faire votre connaissance ! »

Je ne savais quoi dire. Face à la gentillesse de cette femme, ma colère s'estompa.

« Je suis ravie moi aussi.

— Vous devez être affamée ! Karras, mon cuisinier, a préparé pour ce soir un *khashi ko masu*, un curry d'agneau traditionnel népalais. C'est délicieux ! »

J'acceptai volontiers. « Voulez-vous profiter du soleil dans le jardin ? » Quelle belle idée ! Maya me rejoignit dans l'espace vert. Le calme qui régnait dans cet endroit à quelques mètres de la bousculade était irréel.

« Shanti a appelé pendant que vous dormiez. Il passera dans deux heures à l'hôtel. » Maya semblait le connaître, je marquai mon étonnement en esquissant une « figure de sourcils » bien à moi.

« Oh ! Shanti est un ami de longue date ! Il m'a accompagnée pour des missions humanitaires dans l'Himalaya. Il est né à Pangboche, un petit village de sherpas près de l'Everest.

— Il connaît la montagne, alors ?

— Ah ça oui ! Elle n'a pas de secret pour lui, vous verrez ! Vous ne pouviez pas avoir meilleur guide, il vous conduira à bonne destination, n'ayez pas de doute !

— Vous savez où je dois me rendre ?

— Non ! Seule vous, le savez, fit-elle amusée.

— Ah non, justement, je dois retrouver un certain Jason et je n'ai aucune idée de l'endroit où il se trouve...

— Oui, Romane m'a expliqué, il doit vous remettre un manuel pour elle.

— Vous êtes au courant ? Qu'en pensez-vous ? »

Elle réfléchit un moment.

« Tout doit être tenté pour sauver une personne que l'on aime. Tout, sans exception.

— C'est pourquoi je suis venue. Mais je voulais plutôt savoir ce que vous pensiez de Jason. Le connaissez-vous ?

— Je l'ai vu une fois. Il est très investi dans ses recherches sur le cancer et offre le reste de son temps aux Tibétains. Depuis leur exil, ils se retrouvent au Népal, tolérés, mais sans statut social. Son association a pour but de les soigner et les insérer.

— Et vous pensez qu'un manuel peut révéler des vérités que l'on ne connaît pas déjà ?

— Je ne sais pas, mais il est fréquent que le chemin emprunté mène à d'autres endroits que ceux que nous avions imaginés. »

Je la regardai, interloquée. « Je n'ai pas de solution à votre interrogation, mais si vous êtes à l'écoute de ce qui va se passer, vous verrez que vous trouverez des réponses à des questions que vous ne vous posez pas encore ! » Je ne comprenais pas un mot, mais la fatigue du décalage horaire m'empêchait de réagir. Une jeune femme déposa mon assiette sur la table. Maya se leva. « Je vous laisse vous régaler. Si vous le souhaitez, nous pourrons faire quelques pas autour de Bodnath avant votre rendez-vous avec Shanti. » Elle s'éloigna avec la grâce et la légèreté d'un papillon.

Les odeurs de curry, véritable symphonie de fragrances exotiques, taquinaient mes narines. Ce plat indien façonnait un kaléidoscope de jaune, de brun et d'or. La première bouchée me plongea dans les saveurs pimentées de l'Extrême-Orient. Les parfums m'invitaient de l'autre côté de la frontière : l'Inde, mon dernier voyage avec Thomas ! Cinq ans bientôt... Un Bollywood de bonheur qui s'était mû en cauchemar trois mois plus tard lorsqu'il m'avait quittée pour une greluche écervelée au moment où nous devions emménager ensemble. Quel lâche ! Il m'avait envoyé un simple texto pour mettre un point final à trois ans d'amour fou. À quoi bon revenir sur cet épisode, j'étais passée à autre chose. Cependant, à bien y réfléchir, pas grand-chose...

Je regardai mon portable, cherchant un réseau inaccessible. Cette coupure avec le monde me ramena, une nouvelle fois, à ma solitude. Un moineau vint se poser sur la table. Peu farouche, il picora les miettes de galette de pain éparpillées, m'examinant du coin de l'œil. Ces quelques grammes ailés, mêlés à la beauté des fleurs du jardin en arrière-plan ainsi que l'harmonie des parfums, apaisèrent mon isolement. Quand j'eus avalé la dernière bouchée, Maya réapparut. Sa sérénité calmait mes angoisses.

« À voir votre assiette, vous avez apprécié, ou alors vous aviez faim, dit-elle dans un éclat de rire.

— C'était excellent, en effet.

— Voulez-vous faire le tour de Bodnath ?

— Oui, je suis intriguée ! »

Maya me précéda jusqu'à la sortie sur le chemin étroit formé d'ardoises. Une foule de gens avait pris possession du site et tournait d'un pas allègre autour du monument. Bodnath était un lieu important de pèlerinage bouddhiste, l'un des principaux sanctuaires du Népal. C'était impressionnant ! Le quartier rassemblait plusieurs milliers de réfugiés tibétains. Depuis la fuite du quatorzième dalaï-lama en 1959, l'afflux de nombreux Tibétains à Bodnath avait entraîné la construction d'une cinquantaine de monastères, des gompas, témoins de l'importance religieuse de ce site, étroitement lié à la fondation de Lhassa. Il se trouvait en effet sur l'ancienne route commerciale reliant la ville à la vallée de Katmandou. Au milieu trônait le stupa, une sorte de temple, le plus imposant du Népal avec ses quarante mètres de hauteur et de diamètre. À la base se trouvaient trois terrasses représentant un mandala[1], que les fidèles pouvaient parcourir.

À l'image d'un guide soucieux de donner le plus d'informations possible à son public, Maya m'expliqua que dans l'architecture de ce sanctuaire, tout était allégorie. Le cosmos et les éléments primordiaux de l'univers incarnaient la doctrine bouddhiste : la base représentait la terre, la coupole, l'eau, la tour au-dessus, le feu, la couronne, l'air et le pinacle, l'éther. Elle m'incita à marcher au même rythme que les fidèles, puis elle s'arrêta à l'une ou l'autre des cent huit niches contenant chacune une statue de Bouddha pour me raconter son histoire. La prestance de cette femme passionnée me subjuguait.

« Comme tu peux le voir tout en haut, des yeux expressifs sont peints sur les quatre faces, regard qui scrute vers les quatre points cardinaux, rappelant aux bouddhistes la présence de Bouddha et son implication dans leur vie. La partie supérieure en forme de pyramide allongée se compose des treize marches, là, tu vois ? Elles séparent l'hémisphère du pinacle et symbolisent les treize degrés que représente le chemin vers l'éveil, treize stades et l'accès à la connaissance parfaite : "Bodhi" ou "Bouddha" d'où le nom de "Bodnath". »

Maya me prit par le bras et s'engouffra dans une bâtisse par une porte étroite. « Suis-moi, je t'invite à boire un thé au gingembre. » À vive allure, nous montâmes de hautes marches

1. Diagramme symbolisant la plupart du temps l'évolution et l'involution de l'univers. C'est un support de méditation pour beaucoup.

recouvertes d'un carrelage blanc sur cinq étages qui menaient sur une terrasse entourée de thuyas où plusieurs tables dispersées avaient été prises d'assaut par des clients en tout genre. Les odeurs de peinture trahissaient les récentes rénovations. Une carte de Katmandou et de sa vallée habillait le mur de gauche, entre deux grands bambous. Maya me montra notre position excentrée sur la frontière est de la ville.

« Encore un dernier effort ! C'est là-haut que je veux t'emmener. » Elle désigna une échelle au fond à droite qu'elle escalada en premier avec agilité. À peine arrivée, je fus captivée par le regard de Bouddha face à moi. Ses yeux triomphants à trente mètres de hauteur me transperçaient de leur sagesse, et sa robe blanche teintée des derniers rayons du soleil projetait des reflets orangés. Je m'avançai au bout de la terrasse et observai les scènes de prière minuscules.

Maya m'invita à m'asseoir à la table la plus proche des yeux bienveillants du colosse. Une serveuse se précipita vers nous et s'inclina en signe de respect. Maya commanda le thé. L'endroit était magique et le temps s'arrêta un moment.

« Tu vis ici depuis longtemps ?

— Depuis vingt ans. Je suis née en Inde, à Daramsala. J'y ai vécu toute mon enfance, puis je me suis mariée. Salaj a profité d'une opportunité dans l'immobilier, ici, à Katmandou, alors nous nous y sommes installés. Ce qui m'a permis de m'investir dans l'association que j'ai montée pour aider les Tibétaines à s'insérer. »

Elle s'interrompit, fixant le stupa. Je vérifiai la disponibilité du réseau : elle restait inexistante.

J'éteignis et rallumai mon portable pour réinitialiser la connexion, mais n'obtins rien de plus.

« Et toi, comment vas-tu, Maëlle ?

— Comment je vais ?... Bien...

— Ce n'est pas une question de complaisance, je te demande comment tu te sens vraiment. »

Je fus surprise par son insistance, c'était sans doute la première fois que l'on m'interrogeait en attendant de moi une réponse honnête. Sa préoccupation pour mon bien-être me désarma.

« Je vais bien, Maya, un peu fatiguée par le voyage.

— Je te sens tracassée par ton téléphone.

— Le réseau est inaccessible depuis mon arrivée.

— En as-tu besoin à huit mille kilomètres de ta vie ?

— Oui, toujours ! Je dois suivre de près les dossiers que j'ai laissés en suspens avant de partir.

— Es-tu indispensable à ce point ? Penses-tu qu'une absence de quelques jours est un problème pour tes collaborateurs ? Avez-vous une faille d'organisation pour que tout repose sur tes épaules ? »

Je ne sus discerner si elle était naïve ou ironique. Son regard et le ton de sa voix confirmèrent la seconde hypothèse, ce qui me déplut.

« Je dirige une société de trois cents personnes, nous sommes dans une phase critique de vente à un grand groupe dans quelques jours, mon absence est en effet un problème, plusieurs millions d'euros sont en jeu.

— Pourquoi es-tu venue alors ?

— Eh bien, pour Romane, je dois récupérer les fameux écrits, tu le sais, je crois ! »

Ses questions m'agaçaient. Qui était-elle pour me juger ?

« Maëlle, si ta tête et ton cœur sont ailleurs, comment vas-tu faire pour vivre sereinement ce voyage ? Quel bonheur vas-tu y trouver ?

— Oh, Maya, atterris ! Je ne suis pas là pour me faire plaisir, c'est pas les vacances ! Je viens chercher ce qu'une amie m'a demandé et je rentre en France retrouver ma vie. Ce n'est pas un choix, c'est une obligation, tu vois bien ?

— Tu es en train de me dire que quelqu'un t'a forcée ? »

Je soupirai bruyamment.

« Maya, tu es intelligente, ne fais pas semblant de ne pas comprendre. Romane est gravement malade, si ces écrits peuvent l'aider d'une façon ou d'une autre, je me devais de venir, non ?

— D'accord, mais maintenant que tu as fait le choix d'être là, pourquoi ne vivrais-tu pas cette expérience dans la joie plutôt que la contrainte ?

— Mais comment puis-je prendre un quelconque plaisir ici ? Je ne veux pas t'offenser, mais regarde, seule la misère domine, le froid, la poussière, aucun réseau de communication, une électricité bancale, un confort précaire, une chambre d'hôtel pourrie ! J'ai l'impression de revenir plusieurs siècles en arrière !

— Tu as raison, les conditions de vie sont différentes de l'Occident, cependant je pense que ton mal-être vient d'ailleurs.

— Ah oui, tu crois ça, toi ? Et d'où vient-il à ton avis, toi qui as l'air de tout savoir ?

— Des idées préconçues que tu te fais de cet endroit. »

Il est vrai qu'elles n'aidaient pas à embellir le triste spectacle que Maya ne semblait pas voir de la même façon. La serveuse déposa sur la table les deux verres brûlants. Elle s'inclina devant nous et disparut.

« Nous sommes samedi, tes collaborateurs doivent se prélasser à l'heure qu'il est. Oublie ton téléphone, il ne te sera plus utile ce soir, tends ton visage aux derniers rayons du soleil et profite de cet instant. » Je bus une gorgée brûlante. Maya avait raison, je n'obtiendrais plus rien de Paris. Je m'exécutai et m'abandonnai à la tiédeur de cette fin de journée, bercée par les mantras de la fourmilière organisée. Les oiseaux chantonnaient à quelques mètres de nous, dans le petit arbre qui nous servait de parasol, comme pour accompagner les prières.

Je respirai profondément, toutes mes pensées s'envolèrent avec mes angoisses. J'étais bien. J'ouvris quelques minutes plus tard les yeux sur une vue impressionnante : Bodnath était devenu orange vif, par les derniers faisceaux de la boule de feu qui semblait attendre mon attention pour descendre se coucher. Je regardai le soleil déployer son plus beau spectacle en terminant ma boisson. La douceur du breuvage me rendit le sourire que Maya tentait de m'offrir contre mon gré. Un calme inhabituel me remplit. Nous laissâmes le soleil œuvrer et contemplâmes aux premières loges la féerie en silence.

« Je voudrais te dire une dernière chose avant ton rendez-vous avec Shanti. Chaque instant que tu perds à être malheureuse ne te sera jamais rendu. Tu sais où commence ta vie, mais pas quand elle s'arrête. Une seconde vécue est un cadeau que nous ne devons pas gâcher. Le bonheur se vit maintenant. Si tu penses qu'être ici est une obligation, tu vas vivre des moments difficiles ces prochaines heures, car la montagne est un miroir géant. Elle est le reflet de ton âme... Le reflet de ton état d'être. Tu as le choix de saisir l'opportunité qui t'est offerte, d'expérimenter ce voyage autrement, en arrêtant de comparer ce que tu es, ce que tu sais, ta culture, ton niveau de vie, ton confort. Si tu acceptes d'observer, sans juger, avec un regard neuf, en oubliant tout ce que tu as déjà vu, alors malgré toutes ces différences, tu découvriras un monde nouveau dans lequel tu pourras prendre un plaisir supérieur à celui que tu connais. Le but n'est pas de t'installer au Népal, mais d'essayer autre chose. Es-tu prête à relever le défi ? »

Je venais de vivre une expérience visuelle et sensorielle rare, que je n'avais pas ressentie depuis longtemps. La proposition de Maya me fit réfléchir. Pourquoi ne pas tenter ? Le jeu me séduisait. Après tout, maintenant que j'étais là, autant en profiter.

« Je suis une femme de challenge !

— Alors, tu vas t'amuser.

— Que dois-je faire ?

— Abandonner tes certitudes et découvrir chaque chose pour la première fois, comme un enfant qui vient de naître et s'émerveille de tout.

— Je crois que je peux y arriver ! »

Maya sourit puis regarda sa montre. Il était temps de rentrer, Shanti devait m'attendre.

Pendant que nous finalisions le tour entamé autour du stupa, Maya me proposa de commencer l'exercice : « Mets au défi tous tes sens et écoute le ronronnement de la vie. » Elle se tut et observa. Je posai mon regard sur les couleurs, je sentis l'encens pénétrer mes narines, je tendis l'oreille, attentive à chacun des disciples qui murmurait sa prière. Je souris en me découvrant différente. Tout était nouveau en effet. Il est vrai que le décor et les coutumes n'avaient rien de commun avec mon quotidien, ce qui m'aida à contempler comme pour la première fois. C'était en réalité la première !

Maya me regarda, attendrie. Gênée, je m'empressai de lui poser d'autres questions :

« Ils prient toute la nuit dans le noir, sans électricité ?

— Ne compare pas avec ce que tu connais, oublie les ampoules, imagine un oiseau qui découvre l'endroit, sans conscience particulière. Crois-tu qu'il s'interrogerait sur ce genre de chose ? Non, il vivrait l'instant. Continue à observer comme si ton cerveau était vierge. Regarde sans ajouter de réflexion. »

Je commençais à comprendre que le jeu n'était pas si simple. À chaque fois qu'une idée me venait, elle était habitée de mes connaissances, de ma culture, de mes croyances. Je ravalai plusieurs questions, car toutes m'éloignaient de l'instant, mais je n'arrivais pas à dissocier le présent d'un souvenir, quel qu'il soit.

Maya emprunta la petite allée qui menait au porche puis aux grilles de l'hôtel. Elle se tourna vers moi, me sortant de mes réflexions.

« Ne t'inquiète pas, si tu le souhaites, tu dompteras ton cerveau. Prendre conscience nécessite une seconde quand on est prêt, mais changer des habitudes de plusieurs années prend à l'évidence un peu de temps.

— Je ne sais pas si ça me rassure…

— Crois-tu qu'en commençant la musculation ton corps se dessinerait après quelques minutes d'effort ? Chaque séance d'entraînement contribue à la réussite du projet. L'envie ne suffit pas, mais elle est à l'origine de toute création. »

J'étais pourtant bien loin de ma salle de sport !

Pile ou face

> *« Vous ne pouvez pas arrêter les vagues, mais vous pouvez apprendre à surfer. »*
>
> Joseph GOLDSTEIN

Des bougies éclairaient les tables autour de l'allée qui traversait le jardin. L'air s'était rafraîchi, mais l'ambiance feutrée invitait à profiter de ce havre de paix. Shanti, assis près de l'entrée, se leva en nous apercevant. Il salua Maya d'une accolade amicale et se tourna vers moi. Il me serra la main, puis la recouvrit chaleureusement de l'autre.

L'homme était petit. Son visage buriné par le soleil et ses yeux rieurs exacerbant ses ridules en pattes d'oie confortaient ses origines. « C'est un honneur de te conduire dans l'Himalaya pour cette noble cause et je ferai tout ce qui est en mon pouvoir pour que le voyage te soit le plus agréable possible. » Son accent népalais rendait la compréhension de son anglais difficile. Il m'invita à m'asseoir à sa table.

« Nous devons nous mettre d'accord sur le parcours à suivre et je dois t'avertir des dangers qui nous attendent. Quelqu'un t'a prévenue des conditions climatiques que nous risquons de rencontrer à cette période ?

— Mais de quoi parles-tu, Shanti ? À t'écouter, nous partons pour un voyage au centre de la Terre », m'esclaffai-je.

Surpris, il se tourna vers Maya qui haussa les épaules sans rien dire.

« Mais enfin, où va-t-on ? J'étais censée récupérer un livre à mon arrivée à l'hôtel et repartir dans les quelques heures qui suivaient.

— Si tu souhaites rentrer avec cet ouvrage, il te faudra plus que quelques heures ! »

Il sortit une carte de sa besace et la déplia sur la table. Je reconnus la vaste chaîne himalayenne. Il pointa du doigt notre position puis celle de Jason, en plein cœur de la chaîne de l'Annapurna.

« Comme tu le vois, ce n'est pas tout à côté. Plusieurs itinéraires s'offrent à nous, mais je suggère de partir de Kande, passer par Australian Camp, monter par Landruk, Jhinu Danda, Bamboo, et enfin Deurali pour accéder au sanctuaire de l'Annapurna. C'est un jour supplémentaire de marche, mais le trek est moins difficile que par l'est. Il nous faudra cinq à six jours pour nous rendre au sommet et deux jours de moins pour redescendre, si tout va bien. Qu'en penses-tu ?

— Je pense qu'il y a erreur. Je ne suis pas prête pour ce genre d'activité et n'ai absolument pas le temps de partir dix jours. »

Déconcerté, Shanti replia la carte et soupira.

« Alors, tu devras renoncer à récupérer ce que tu es venue chercher.

— C'est hors de question ! C'est n'importe quoi ! Il y a bien un moyen d'atteindre le monastère par hélicoptère. Je prendrai les frais à ma charge, bien sûr !

— Certes, mais nous nous ferions remarquer et nous ne pouvons pas nous le permettre en ce moment !

— Pourquoi ? Vous ne me dites pas tout ? »

L'angoisse me gagna. Shanti se tourna vers Maya qui lui fit un signe de tête validant sa confiance.

« Le monastère recueille des Tibétains recherchés par la police népalaise. La Chine a passé un accord avec les autorités pour leur livrer ces personnes jugées perturbatrices et menaçantes. Nous devons être discrets. Jason est parti là-bas de toute urgence, car une épidémie de grippe frappe la zone. Il a préféré garder le manucl avec lui, ne sachant pas si tu allais venir. Ton amie n'a confirmé ton arrivée qu'hier, Jason avait déjà quitté Katmandou.

— N'y a-t-il pas un moyen plus rapide pour nous y rendre ?

— Je crains que non, aucun véhicule ne circule dans la montagne. »

Je cherchai une solution, mais de toute évidence, il n'y en avait pas. Ce choix cornélien était frustrant. Shanti et Maya me laissèrent le temps d'encaisser la nouvelle. Ils ne prononcèrent aucun mot jusqu'à ce que je me décide.

« Non ! Non, non, je dois repartir, je ne peux pas me permettre de m'absenter aussi longtemps de Paris. Mes collaborateurs ont besoin de moi, enfin, vous comprenez ! Déjà que je n'ai pas de réseau ici…

— Ton choix sera le bon, si tu le fais pour les bonnes raisons. Celles qui sont guidées par ton cœur.

— Je ne comprends pas ce que tu essaies de me dire !

— Laisse-moi deviner. Je suis persuadé que tu as fait des études brillantes qui t'ont permis de te servir de ton cerveau correctement. C'est bien utile dans de multiples cas. Mais qu'en est-il de ton cœur ? Qui t'a appris à l'écouter ? Pour prendre ce genre de décision et n'avoir aucun regret, il ne s'agit pas d'être bon en probabilité, il suffit d'entendre ce battement intérieur. C'est le seul à pouvoir te guider sur le chemin de ta vie, celui qui te correspond, celui qui t'emmènera vers ta réalisation. »

Son discours, que je n'osai interrompre, me semblait celui d'un gourou sorti tout droit de sa secte, mais sa sérénité m'interpellait. Il rayonnait d'une étrange lumière et sa présence me faisait du bien. Je sentis ma curiosité piquée.

« Mon cerveau et mon cœur sont deux organes indispensables à ma survie. Je ne crois pas prendre de décision avec l'un d'entre eux en particulier. Chaque option de ma vie est la mûre réflexion entre différentes alternatives. J'ai passé l'âge de foncer tête baissée.

— Il n'est pas question d'agir de façon déraisonnée, mais de calmer les hurlements de la panique pour entendre le chant de tes envies.

As-tu écouté ce que ton cœur souhaitait ou te laisses-tu berner par le vacarme de tes peurs ?

— Euh... je ne sais pas, je ne me suis jamais posé ce genre de question.

— Le problème est là ! Pourquoi es-tu venue ?

— Ben, tu le sais, pour récupérer cette méthode !

— Alors, pourquoi renoncer maintenant que tu es ici ?

— Parce que je ne devais faire qu'un aller-retour. Mon travail ne me permet pas de rester dix jours, ce serait inconscient de ma part dans une période chargée comme celle-ci. »

Je lui montrai nerveusement l'écran de mon portable.

« Tu vois bien, en plus, je ne capte toujours rien !

— Oui, je vois, mais penses-tu que ton entreprise va s'écrouler en dix jours ?

— Oui, enfin non... Mais une journée perdue est difficile à rattraper.

— Très bien. Alors qu'est-ce qui te fait renoncer au fond ? »

Je réfléchis un moment. J'avais une idée, mais j'étais mal à l'aise pour l'exposer.

« Je ne crois pas être prête sur le plan physique à partir en montagne. Qui plus est, avec des gens que je ne connais pas, pour une destination hasardeuse.

— Je comprends mieux ton choix : tu as peur de ne pas y arriver, de te retrouver seule avec des inconnus, d'être déçue et de ne pas rapporter le manuel. Ton cerveau te décourage et trouve les bonnes excuses pour te persuader de rentrer :

“Ce n’est pas de ton niveau, tu n’es pas une sportive, mais une intellectuelle, ces gens sont probablement malhonnêtes, et si le livre n’existait pas...” Lorsque ces doutes ne suffisent pas à te convaincre, cette voix insolente utilise d’autres armes comme la culpabilité : “Comment peux-tu laisser tomber tes salariés ? Crois-tu que tu as le temps pour ce genre de distraction ? Etc.” »

Je souris. C’était effectivement ce que j’entendais résonner dans ma tête.

« Maintenant que tu as identifié tes peurs, pourrais-tu me dire ce que tu ferais si elles n’existaient pas ? Quelle décision prendrais-tu si le parcours était simple et sans effort, que tes accompagnateurs te voulaient du bien et qu’il existait une bonne probabilité de trouver ce manuel ?

— J’irais certainement, parce que Romane est très importante pour moi et que s’il y a une chance de la guérir, je veux pouvoir la lui donner. Et puis... parce que dix jours de ma vie ne sont rien pour sauver celle d’une personne que j’aime tant. »

Les mots sortaient de ma poitrine. Shanti hocha la tête plusieurs fois. Ses yeux fixèrent les miens.

« Seul ton cœur est capable de prendre ce genre de décision. En faisant abstraction de tes peurs, tu as entendu sa voix sereine. Pourquoi ne pas tenter cette chance et dépasser tes craintes ? Ne risques-tu pas de regretter ton choix demain, assise derrière ton bureau ? Je connais la montagne, il y aura des moments difficiles, les conditions climatiques seront âpres à cette période, mais je n’ai aucun doute quant à ta capacité d’y arriver. Si tu en as l'envie, je t'emmènerai tout en haut, mais sans toi, je ne peux rien faire.

— Et l'équipe ?

— Je la connais bien, puisque je l'ai constituée : Nishal, le premier porteur, fait ce métier depuis trente ans, c'est un ami d'enfance. Thim, le second, est son neveu. Il s'en occupe depuis qu'il est petit, son père l'a rejeté lorsqu'il s'est aperçu que le jeune garçon était simplet. Sa compréhension est peut-être plus lente que la moyenne, mais son cœur est bien plus gros. Tu verras, c'est un plaisir de voyager avec lui, c'est un apprenti sérieux. Et enfin, Goumar, notre cuisinier, est un homme amusant, continuellement de bonne humeur, qui saura nous régaler pendant tout le trek. J'ai parcouru l'Himalaya pendant des années avec lui et Nishal. Ils te plairont, c'est sûr ! La question que tu dois te poser est : pourquoi me faire confiance ? Parce que je suis le guide que Jason a choisi pour toi et qu'il est un proche de ton amie chère. N'est-ce pas suffisant ? »

Je souris.

« Tu es un fin négociateur, Shanti.

— Je n'ai rien à te vendre, mais je prends le compliment. Alors, que décides-tu d'écouter ? Ton cerveau et tes peurs, ou ton cœur et ton amour pour ton amie ? »

Ma tête sombra entre mes mains, les coudes en appui sur la table. Les options se heurtèrent une bonne minute, puis je me redressai, me massai les tempes d'un mouvement circulaire et pris une grande inspiration en vissant mes yeux dans ceux de Shanti. « Quand part-on ? »

Chance
ou malchance

« Je ne vois qu'un moyen de savoir jusqu'où on peut aller. C'est de se mettre en route et de marcher. »

Henri BERGSON

Je finissais mon petit déjeuner sur la terrasse de l'hôtel. Offrant mon visage au soleil, j'écoutais les prières émanant du temple voisin et les clochettes retentir entre chaque mantra. Je redoutais l'arrivée de Shanti, oppressée par ce qui allait suivre. Partir dans l'Himalaya, moi qui ne supportais pas de rester seule une journée à la campagne ! Qui plus est, avec des personnes que je ne connaissais pas et en qui je devais avoir confiance. Était-ce bien raisonnable ? Romane restait injoignable. Comment avais-je pu prendre cette folle décision ? Plus j'y pensais, plus mon cœur s'accélérait. Je sentis une douleur pesante dans mon estomac.

Shanti passa le portail, il me fit signe de loin. Il traversa le jardin et monta deux à deux les marches jusqu'à moi.

« C'est le grand jour ! Tu es prête ?

— Non, je ne suis plus trop sûre de l'être. J'ai mal dormi et je ne pense pas avoir le physique pour... et puis, je...

— Ne t'inquiète pas, le premier jour, nous ferons plus de voiture que de marche. Tu auras le temps de t'habituer, nous irons à ton rythme. »

Shanti scruta mon regard paniqué, puis constata, amusé : « Tu as prolongé notre conversation avec ton cerveau hier soir. Il ne t'a pas lâchée de la nuit. C'est pour ça que tu te sens anxieuse ce matin. Le plus difficile sera de le dompter et de bien lui rappeler qui commande ! » Il ponctua sa phrase d'un clin d'œil. « Nous devons partir, la route est longue, il nous faut arriver à Australian Camp avant la nuit. »

Je me laissai entraîner par son enthousiasme jusqu'à la sortie. J'embrassai Maya, qui me serra fort contre elle en me glissant à l'oreille : « Profite de ce voyage. Pense à ce que je t'ai dit hier : expérimente chaque instant en amnésique, comme si tu ne connaissais rien d'autre que ce que tu découvres. »

Shanti me présenta Karma, notre chauffeur, puis chargea mes bagages dans le minibus. Je m'installai au deuxième rang, au milieu des sièges vides. Nous traversâmes Katmandou en silence, happés par l'agitation matinale. Les camions déchargeaient leurs livraisons, bloquant la route aux automobilistes qui s'impatientaient. Seuls les deux-roues en tout genre se faufilaient avec adresse entre les barrières de véhicules. Les klaxons marquaient la mesure de ce *bhajan*[1] dissonant.

Après une courte pause à Tamel pour étoffer ma garde-robe de montagne – d'autant que je n'avais pas prévu de vêtements pour plus d'un week-end – nous prîmes Prithvi Highway, la route principale goudronnée sur deux voies, qui reliait Katmandou à Pokhara. Pas de trottoirs, seule une bande de terre sablonneuse nous séparait des habitations. Les maisons de tôle pour la plupart proposaient aux passants dans leur partie basse divers services : réparation de vélo, boucherie, couture, vente de marchandises variées… ou avariées d'ailleurs !

Shanti m'apprit qu'il nous fallait parcourir deux cents kilomètres, soit environ cinq heures de route. J'étais épuisée. La nuit avait été difficile et je ressentais les effets du décalage horaire. Je m'assoupis un moment. Quand je me réveillai, nous étions bordés par la chaîne du Mahâbhârat. De petits villages historiques et d'anciens temples se succédèrent.

Je bâillai à gorge déployée. Je me sentais sonnée. Encore endormie, je me frottai les yeux des deux mains, enchaînant de nouveaux bâillements. Je regardai ma montre, il était déjà 11 heures. J'avais dormi deux heures ! Shanti me sourit. Nous étions à mi-chemin. Il restait deux heures et demie de route.

Peu de temps après, Karma coupa le moteur devant une petite cahute. Deux hommes en civil

1. Chant dévotionnel hindouiste.

encaissèrent un droit de passage. Pas de barrière, pas d'indication, juste un triangle de détresse. Il fallait le savoir !

Les rayons du soleil perçaient la vitre, ravivant mon corps déjà bouillant. Je regardai défiler le paysage. Les mots de Maya résonnaient dans ma tête : « Expérimente chaque instant en amnésique. » Je n'avais aucun mal, tout était si loin de ce que je connaissais. Cette route, empruntée par les camions surpeuplés, les vélos rafistolés, les vaches errantes cherchant un brin d'herbe à ruminer m'offrait des scènes improbables. Je détaillai à Shanti l'expérience que Maya m'avait proposée.

« Dans un pays comme le Népal, il est facile pour moi de constater la nouveauté, puisque rien ne m'est familier ! Ce qui est plus difficile, c'est de ne pas le critiquer ! Parce qu'immédiatement je compare avec ce que je connais. Je me rends compte que j'émets un commentaire sur tout.

— C'est que ton cerveau a besoin d'être rassuré. Comme tu l'as compris hier, la nouveauté fait peur à l'*ego* qui critique et se sert de tes facultés mentales pour comparer afin de se rassurer en te ramenant dans sa zone de connaissance. Ce que te propose Maya est un très bon exercice. Oublier tout ce que tu as appris implique qu'il ne t'est plus possible de rapprocher quoi que ce soit. Tu restes ainsi en observatrice de ce que tu vois. Tu ne peux plus juger, puisque rien d'autre n'existe que ce qui est. Il n'y a plus de connu ou d'inconnu, il n'y a que des images qui passent devant tes yeux.

— À quoi ça sert ?

— À ne pas te laisser envahir par des pensées polluantes qui t'empêchent d'apprécier le moment présent. Lorsque tu les élimines, plus rien ne peut atteindre ton bien-être. N'est-ce pas un bel objectif de se sentir bien à chaque instant ? »

J'acquiesçai, laissant fuser un petit rire cynique. Shanti me demanda si c'était le cas pour moi.

« Non, bien sûr que non !

— Pourquoi ?

— Tellement de choses ! Souvent extérieures à ma volonté. Le travail me stresse, la vie me contraint à agir par obligation... »

Au même moment, une voiture nous fit une queue de poisson. Karma pila, mais il s'en fallut de peu pour qu'elle nous percute. Le chauffard nous fit un signe injurieux dans son rétroviseur central et s'enfuit avec la même imprudence, slalomant entre les véhicules. « Regarde-moi cet abruti ! Comment peut-on garder son calme ?, vociférai-je. En plus d'avoir tort, il nous insulte, c'est un comble ! » Mes deux accompagnateurs ne pipèrent mot. Karma se remit de ses émotions, inclinant la tête de droite à gauche, encore sous le choc.

Shanti, perplexe, pensa à haute voix :

« Je suis surpris des hasards de la vie. Nous venons de vivre l'illustration de ce que je voulais t'expliquer !

— Je ne vois pas le rapport avec notre discussion, pestai-je, encore énervée des agissements du chauffard.

— Tu étais en train de me dire que certaines situations extérieures pouvaient t'empêcher de te sentir bien.

— Oui, et en voilà un exemple parfait ! Ce type a troublé ma quiétude par son comportement stupide et irresponsable, et il a eu le culot de nous insulter au lieu de s'excuser. C'est typiquement une situation qui me met en colère. Il y a de quoi, il me semble ! »

Mon ton devenu sarcastique n'échappa pas à Shanti qui resta calme :

« Il y a de quoi en effet. Ou pas !

— Ou pas quoi ?

— Il n'y a peut-être pas de quoi s'énerver.

— Attends, je ne te suis plus. Trouves-tu son comportement normal et acceptable ?

— Normal, non ! Mais acceptable, pourquoi pas ?

— Ah bon ! Tu trouves admissible que cet inconscient mette la vie des autres en danger ?

— Imagine-toi que cet homme ait une raison valable de rouler à cette vitesse en prenant des risques. Il peut avoir reçu un appel urgent, sa femme est peut-être en train d'accoucher, son enfant est tombé malade…

— Bien sûr, Shanti, nous pouvons tout inventer, mais je ne crois pas que ce soit le cas. Arrête d'être naïf !

— Et pourquoi pas ? Pourquoi ne faudrait-il voir en l'autre qu'un comportement agressif à notre égard ? Tentons d'observer les faits…

— Les faits sont clairs : un imbécile roule n'importe comment et a failli nous rentrer dedans. Les crétins de ce genre me mettent hors de moi. Point final !

— Un homme nous double à vive allure. Surpris par cet acte imprévisible, nous avons eu peur. Tout pourrait s'arrêter là, mais la frayeur provoque en nous des réactions en chaîne, parce qu'il nous faut la justifier. Nous attendons de lui des excuses qui n'arrivent pas, au lieu de cela, il nous accuse de gêner son passage. Après la peur vient un sentiment d'agression, d'humiliation et d'injustice. Crois-tu qu'il a cherché à nous faire du mal ? »

Je fis la moue, cherchant dans ma mémoire. Shanti reprit ses questions :

« Pourquoi avons-nous besoin de nous sentir attaqués ?

— Comme tu l'as expliqué : son comportement génère des réactions et nous ne pouvons pas tout accepter sans rien dire !

— Nous avons le choix de retrouver le bien-être dans lequel nous étions avant les faits, ou d'alimenter notre colère contre cet individu autant de temps que nous le souhaitons, mais la fraction de seconde dans laquelle nous avons eu peur ne peut justifier le long mal-être qui suit.

— Je ne suis pas sûre de comprendre. Je suis en colère, c'est normal, non ?

— Nous sommes seuls responsables de l'état d'esprit dans lequel nous décidons de vivre à chaque instant. »

Le calme de Shanti m'horripilait. J'enlevai mon pull, la chaleur m'étouffait.

« Alors, que devrais-je faire selon toi ?

— Tu pourrais changer d'attitude et ne plus être atteinte par la situation. Une fois que l'accident est écarté, nous cherchons un coupable à notre émotion. Le fautif est trouvé, n'est-ce pas ?

Mais ne vois-tu pas un autre coupable moins évident à ta colère ?

— Ben non... C'est de la faute de ce type !

— Une seule personne est responsable : c'est toi !

— Pardon ? Moi ? Cet individu a mis notre vie en danger et c'est moi qui ai tort ? Ça, c'est la meilleure !

— Non, Maëlle, tu n'es pas responsable de ses actes, mais de tes émotions et de ton mal-être. J'ai ressenti, comme toi, la peur de l'accident, puis j'ai cherché à contrôler mes pensées pour ne pas me laisser submerger par des sentiments négatifs qui se retourneraient contre moi. C'est ainsi que j'ai retrouvé mon équilibre. Si nous admettons que le bonheur prend naissance en nous et que rien ne peut le déséquilibrer, nous verrouillons l'accès aux situations extérieures toxiques. Nous observons sans y ajouter de pensées polluantes. »

Les paroles de Shanti m'avaient interpellée. Je prenais conscience qu'il était possible de se sortir de toute situation douloureuse en changeant d'état d'esprit, et en admettant ma responsabilité dans la prolifération de mes émotions venimeuses. Pas facile de descendre de mon piédestal, mais il avait raison.

Je me calai au fond du siège, regardant défiler le paysage. Le poids que j'avais sur l'estomac disparut et les tensions dans mon corps se relâchèrent. Ma voix se radoucit. « Je reconnais que tu marques un point ! Je dois avouer que tu m'impressionnes ! » Il se mit à rire.

« Il t'en faut peu !

— Non, détrompe-toi... C'est pas mon genre d'écouter les grandes leçons de morale, ni même les petites ! Mes collaborateurs me reprochent de ne pas leur prêter assez attention ! »

La chaleur étouffante prit le dessus sur la climatisation défaillante de notre minibus. Les amortisseurs avaient du mal à encaisser les irrégularités du ruban d'asphalte qui semblait avoir été déroulé sur une route de terre sans autre soin. Nous fîmes une halte pour nous dégourdir les jambes et boire quelque chose. Il restait une heure de route avant le déjeuner et autant pour nous rendre au départ de notre escapade. Karma gara le véhicule sur le bas-côté. Un nuage de poussière s'épaissit au freinage, suivi d'une cohorte de marchands ambulants qui se précipitèrent pour nous présenter leurs réalisations personnelles en tout genre. Shanti les repoussa d'un geste et me conduisit à un petit étalage de fruits et légumes d'une dizaine de paysans. Chacun organisait sa récolte par code couleur. L'arc-en-ciel symbolisé devant nous me rappela le marché bio de mon quartier : des pommes, des oranges, des tomates, des bananes, des courgettes. Rien d'exotique ! En cette saison automnale, les mandarines étaient à l'honneur. Shanti en acheta deux kilos, puis il goûta quelques fruits secs avant de s'en servir un large assortiment qu'il me tendit. Karma avait pris place sur un talus de pierre un peu plus loin. Il partagea une cigarette roulée avec une connaissance.

Je suivis Shanti jusqu'à un habitat de fortune construit de planches et de tôles rafistolées. Sur le pas de la porte, une femme en guenilles tapota l'épaule de mon guide, puis se tourna vers moi pour me serrer la main. Elle nous invita à nous asseoir à l'unique table constituée de trois troncs d'arbre, s'engouffra dans la maisonnette, puis revint avec deux tasses fumantes. Shanti échangea avec elle quelques mots en tibétain. J'écoutais sans comprendre, examinant avec dégoût la tasse d'eau trouble verdâtre qu'elle avait posée devant moi. Pas question d'ingérer ce breuvage, j'allais y laisser ma peau. Malgré les paroles de Maya qui me revenaient à l'esprit, il m'était impossible de risquer l'empoisonnement à cause d'une collation !

Shanti l'avala d'un seul trait puis remarqua mon manque d'enthousiasme. « Tu peux boire, ça bout depuis des heures. Ce mélange de plantes t'aidera à supporter la chaleur. N'aie pas peur. » Dubitative, j'avançai mes lèvres en reniflant, puis trempai le bout de ma langue. Je gardai quelques secondes un peu de liquide dans ma bouche, prête à tout recracher. Je fus surprise par l'association délicate d'herbes, où la sauge semblait prévaloir. Je bus ma deuxième gorgée avec plus d'élan, puis les suivantes avec plaisir et finis par accepter une seconde tasse. Shanti m'expliqua que cette femme maîtrisait les bienfaits des pousses montagnardes. Elle soignait par phytothérapie les habitants voisins. Certaines personnes, même, faisaient le déplacement de bien loin pour profiter de son savoir.

Je me sentis honteuse de mes préjugés. Je voulais vivre ce voyage sans chercher à faire de comparaison avec ce que je connaissais. Même s'il n'y avait là rien de commun avec ma vie, je devais avouer que l'envie de découvrir ce pays, sa culture et ses mentalités me procurait un certain plaisir. Je n'avais pas consulté mon téléphone depuis une heure !

Shanti sonna le départ. Karma tira une longue bouffée jusqu'au mégot de sa cigarette et salua son ami. Au moment de reprendre la route, Shanti me tendit une poignée d'arachides pour me faire patienter jusqu'au déjeuner et je m'assoupis à nouveau.

*
**

Réveillée par les gémissements brutaux de notre chauffeur, je demandai à Shanti des explications pendant que Karma continuait à maugréer. Shanti lui parla un moment et réussit à l'apaiser. Il avait raté la sortie, nous devions faire une boucle qui nous retarderait d'une demi-heure. J'encaissai la nouvelle à mon tour. Le voyage était déjà assez long pour imaginer le prolonger. Je n'en rajoutai pas, notre conducteur semblait suffisamment affecté par son erreur. D'humeur égale, Shanti sentit mon découragement. Il me raconta une histoire :

« Il y avait dans un village un homme pauvre qui avait un magnifique cheval. Le cheval était si beau que les seigneurs du château voulaient le lui acheter, mais l'homme refusait sans relâche : "Pour moi, ce cheval n'est pas un animal, c'est un ami. Comment voulez-vous vendre un ami ?" Un matin, il se rendit à l'écurie et le cheval avait disparu. Tous les villageois lui dirent : "On te l'avait bien dit ! Tu aurais mieux fait de le vendre. Maintenant, on te l'a volé… Quelle malchance !" Le vieil homme répondit : "Chance, malchance, qui peut le dire ?"

Tout le monde se moqua de lui. Mais quinze jours plus tard, le cheval revint, avec toute une horde de chevaux sauvages. Il avait fugué et séduit une jument. Il rentrait avec le reste de la troupe. "Quelle chance !", s'exclamèrent les villageois. Le vieil homme et son fils se mirent au dressage des chevaux sauvages. Mais une semaine plus tard, le fils se cassa une jambe à l'entraînement. "Quelle malchance !", dirent ses amis. "Comment vas-tu faire, toi qui es déjà si pauvre, si ton fils, ton seul support, ne peut plus t'aider ?" Le vieil homme répondit : "Chance, malchance, qui peut le dire ?" Quelque temps plus tard, l'armée du seigneur du pays arriva dans le village et enrôla de force tous les jeunes gens disponibles. Tous… sauf le fils du vieil homme, qui ne put partir avec sa jambe cassée. "Quelle chance tu as, tous nos enfants sont partis à la guerre, et toi, tu es le seul à garder ton fils auprès de toi. Les nôtres vont peut-être se faire tuer !" Le vieil homme répondit : "Chance, malchance, qui peut le dire ?"

Alors cette sortie manquée, chance ou malchance ? »

J'éclatai de rire. « Qui peut le dire, Shanti ? » Effectivement, qui pouvait le dire ? Peut-être serions-nous tous morts si Karma avait suivi la route la plus courte. Ça me rappela les métros que je ratais parfois le matin : au moment où j'arrivais sur le quai, les portes se fermaient, ça me rendait dingue ! C'était peut-être pour ça que j'étais toujours en vie !

Karma emprunta une voie chaotique en terre. Les roues du minibus se mirent à tourner dans le vide le temps d'une rotation complète. Puis lancé, l'engin monta la côte après avoir enchaîné trois ou quatre virages serrés. La route étroite ne laissait place à aucune autre voiture. Par chance, personne ne vint dans l'autre sens.

Au bout du chemin, la terrasse d'un restaurant offrait une vue spectaculaire sur la vallée de Pokhara, jusqu'à la chaîne himalayenne qui bloquait l'horizon. Je restai un moment immobile devant le paysage, ignorant les grondements de mon estomac attiré par les parfums qui se dégageaient de la bâtisse. Shanti me proposa une table au plus près de la végétation.

« Ici, tu peux goûter le meilleur *dal bhat* que je connaisse ! Le mets typique de mon pays ! À la base : du riz blanc et de la soupe de lentilles, *dal* en népalais, que nous mangeons deux fois par jour. Pour les plus aisés, il est agrémenté d'un curry et d'achards de légumes. C'est un plat végétarien en général, car la viande est chère, mais ici tu trouveras du yak pour l'accompagner. Suis-moi, tu vas te ré-ga-ler ! »

Il se leva et m'entraîna vers les cuisines. Sur un comptoir, de généreux récipients en métal, surélevés par un socle chauffant, isolaient un à un les ingrédients que Shanti venait de m'énumérer : le riz blanc, la soupe de lentilles, les arômes puissants d'épices des achards de légumes, la réduction de curry, puis le yak confit dans une sauce brunâtre aux reflets d'argent. Je respirai les effluves des marmites fumantes qui se mélangeaient pour former le traditionnel plat. Suspendus à mes lèvres, deux jeunes adultes attendaient le verdict. « Pour moi, ce sera un *dal bhat* royal ! »

Les regards inquiets laissèrent place à une joie manifeste. Le premier jeune homme s'empressa de me tendre une assiette en métal, positionnant quatre bols vides. Il me désigna les faitouts. Shanti m'aida en précisant que le riz devait être au centre et que chaque récipient était destiné à accueillir un ingrédient. Le garçon me servit dans les règles de l'art, agrémentant mon assiette bien remplie d'une salade de choux, carottes et concombres. Puis, il déposa dessus une fine galette au cumin frite. Shanti prit place en face de moi, mais Karma resta déjeuner en cuisine.

Je plongeai ma fourchette dans chacun des bols pour en apprécier les différents effluves, puis imitai mon compagnon de voyage qui mélangeait les saveurs au centre de son assiette. Il répétait ses gestes après chaque bouchée. Les achards de légumes, sucrés avec subtilité, et le riz blanc adoucissaient les éraflures du piment greffées à la cuisson du yak confit. Les lentilles apportaient un lien délicat et sapide, exacerbant tous les parfums. Je me délectai en contemplant un paysage inouï. Le soleil accompagnait notre pause d'une agréable tranquillité.

Refus de priorité

> *« Réfléchissons à ce qui possède vraiment une valeur, à ce qui donne un sens à notre vie, ordonnons nos priorités en conséquence. »*
>
> Tenzin GYATSO,
> le quatorzième dalaï-lama

Nous reprîmes la route après une courte sieste pour arriver en milieu d'après-midi à Kande, à côté de Pokhara.

Le reste de l'équipe nous y attendait. Shanti fit les présentations : Goumar, le plus grand des trois, s'avança en premier avec ferveur en me tendant la main. Ses yeux rieurs m'obligèrent à sourire ; ses cheveux noirs recouvraient sa nuque ; une moustache peu fournie et quelques poils épars sur le menton formaient un bouc. Il semblait typé chinois. Sous son anorak écarlate, son ventre naissant me confirma son rôle dans l'équipe. Les deux autres hommes ne dépassaient pas le mètre soixante.

Nishal, plus réservé, s'approcha à son tour, la tête baissée. Il paraissait chétif, mais je fus surprise par sa poignée de main vigoureuse. Tout en muscles, il portait un treillis kaki et beige, un blouson bleu et blanc et était chaussé de sandales. Sa casquette marron enfoncée sur son crâne cachait ses yeux fuyants. Ses traits tirés et son visage buriné lui donnaient la cinquantaine. J'entendis un faible : « *Namasté* » à travers sa fine moustache. J'inclinai la tête en signe de respect. Il se recula.

Enfin, Thim accueillit ma main, impatient. Bien moins timide que son oncle, il me souhaita la bienvenue avec un enthousiasme débordant. Vêtu d'un jean gris, d'un sweat marron clair portant le blason de la police de New York, d'une écharpe bordeaux et d'un bonnet vert en laine surmonté d'un pompon, il jonglait avec la mode locale et internationale dans un traditionalisme étonnant.

Nishal se dirigea vers les bagages et répartit les poids en deux tas équivalents, puis il ficela les paquetages, aidé de son neveu qui singeait chacun de ses gestes. L'habileté de ses mouvements attesta qu'il n'en était pas à son premier trek.

Nous prîmes un dernier soda sur la terrasse aménagée d'une cahute en bois dont l'avancée en tôle protégeait une table et deux bancs. Karma klaxonna en nous souhaitant bonne route.

Shanti appela Goumar, parti fumer une cigarette, qui se leva d'un bond. Déjà perchés à mille sept cent soixante-dix mètres d'altitude, nous commençâmes le trek au coup d'envoi de mon guide. Les deux porteurs posèrent leur charge sur un muret, lui tournèrent le dos, placèrent la sangle sur leur front, puis hissèrent ensemble le bagage sur leurs reins. Shanti ordonna à Nishal de monter en premier, suivi de Thim et de Goumar. Il m'invita à leur emboîter le pas, puis me talonna pour fermer la marche. Je posais mes pieds sur les traces de Goumar. Le chemin de terre caillouteux nécessitait une grande vigilance. Au beau milieu d'un petit hameau de quatre maisons, mon regard se posa sur chaque scène. À droite, une femme lavait son linge sous un robinet de fortune dont le débit laissait à désirer, pendant que son chien allongé à ses côtés profitait des derniers rayons du soleil. À gauche, une chèvre frottait le haut de son crâne contre le pilier en bambou de son abri.

Happée par les activités des habitants, je m'aperçus bien après que nous prenions de l'altitude. Le paysage changeait de décor : la vallée offrait des kilomètres de cultures en terrasses dont les couleurs variaient d'un étage à l'autre ; les forêts de chênes, de bouleaux, d'érables et de pins parachevaient cette palette exhaustive verdoyante et le ciel azur contrastait avec les projections orangées des rayons du soleil devenus ambre.

Les conditions climatiques étaient idéales. La température agréable de cet après-midi, mêlée à une légère brise, nous poussait dans notre élan sur le chemin qui se transformait en escalier de pierre. Je m'interrogeais sur les coutumes de ces premiers habitants, mais il me fut impossible de formuler la moindre question, car le souffle me manquait.

Les porteurs avaient pris de l'avance, je ne les voyais plus. Goumar et Shanti m'encadraient comme deux gardes du corps, respectant mon rythme. Ils marquaient de courtes pauses, prétextant une explication pour ralentir la cadence. Nous croisâmes quelques personnes au détour d'une habitation de part et d'autre de l'allée de terre, dans la montée. Les maisons étaient toutes construites de la même façon : des fondations en pierre et des planches de pin plus ou moins régulières formaient la devanture ; les toits en tôle se prolongeaient sur un mètre, soutenus par des poutres, pour abriter la terrasse. Les propriétés se délimitaient par des barrières artisanales de rondins de bois verticaux et horizontaux. Je tournai la tête, attirée par les rires d'un enfant qui courait après une brebis, slalomant parmi les vêtements multicolores étendus entre deux piliers.

Après deux heures de montée, Shanti marqua une nouvelle pause et me présenta les premiers sommets de l'Himalaya. Le décor stupéfiant retint toute mon attention, j'en oubliai les difficultés de l'ascension. Déjà en cette fin d'après-midi, le soleil étirait les ombres.

Il nous restait deux cents mètres à faire pour atteindre notre première étape : un village d'une vingtaine de constructions similaires sur deux niveaux, affichant sur la plupart des entrées une pancarte peinte « Guest House Australian Camp ». Seule la couleur les différenciait les unes des autres. Au bout du hameau, la dernière d'entre elles se démarquait par ses tons ocre et terre battue, mais surtout par son emplacement. Elle avait été construite à l'écart, sur une petite colline, dominant le reste du village. Elle lui tournait le dos pour s'offrir la plus belle vue à cent quatre-vingts degrés sur la chaîne himalayenne. Dans le jardin, des tables en plastique disposées avec soin sur une grande pelouse invitaient au spectacle.

Nishal et Thim, installés depuis un moment, nous y attendaient devant une tasse de café. Ils avaient déposé les bagages au pied d'un escalier en bois qui conduisait aux chambres. Je n'arrivais pas à détourner mon regard de la montagne, elle changeait de couleur de minute en minute. Le soleil n'allait pas tarder à tirer sa révérence. Shanti me proposa de faire quelques étirements pour éviter les courbatures le lendemain. Malgré l'envie de m'effondrer dans le premier fauteuil venu, je suivis ses recommandations. J'avais découvert la présence de muscles jusqu'alors ignorés de mon anatomie.

Une femme d'une trentaine d'années sortit de la bâtisse. Ses cheveux noirs tirés en arrière et son teint hâlé rappelaient ses origines indiennes. Elle était suivie d'un adolescent concentré sur le plateau qu'il portait. Il avait pris soin de préparer deux tasses de thé pour nous souhaiter la bienvenue. Shanti donna à l'hôtesse, Amita, une accolade chaleureuse, ils échangèrent quelques mots en népalais, puis il me la présenta. Shanti m'invita à m'asseoir et tourna sa chaise face au soleil couchant. Ses rayons orangés reflétaient par traînées les fines strates de nuages, apportant du relief au décor.

Le lever et le coucher de la boule de feu allaient devenir deux moments privilégiés de la journée.

Shanti me précisa qu'il essayait de n'en manquer aucun depuis des années. Quant à moi, cela faisait longtemps que je n'en avais pas vu.

« Tu n'aimes pas ça ?

— Si, bien sûr ! Qu'y a-t-il de plus beau ? Mais j'ai pas le temps... et de mon bureau, je vois pas grand-chose d'autre que des immeubles. »

Le silence s'imposa. Tous magnétisés par le spectacle, nous braquâmes notre vision dans la même direction. Seuls les oiseaux étaient habilités à accompagner par leurs chants les couleurs changeantes dans une grâce céleste.

« Es-tu mariée ? », demanda mon guide. Je levai les sourcils en inclinant la tête. Soutenant son regard, il percuta sa lourdeur.

« Pardonne-moi, je ne voulais pas t'offenser, et ne crois pas que... » Ses yeux s'arrondirent, il s'interrompit puis reprit : « Je cherche juste à comprendre qui tu es. » Sa maladresse me fit sourire.

« Avant de me marier, il faudrait que je trouve la bonne personne et avec tout ce que j'ai enduré, je préfère être seule. Les hommes sont tous les mêmes et je n'ai plus de temps à perdre avec eux.

— Alors tu ne veux pas d'enfants non plus ?

— J'aurais aimé, mais l'un ne va pas sans l'autre. Une mère célibataire, c'est pas ce que j'ai envie d'offrir à un bout de chou.

— Tu fais du sport ?

— Oui, en salle, enfin non, pas trop, à cause de mes horaires, c'est difficile et puis... j'ai rarement un week-end de libre.

— Ton travail occupe toute la place. Il doit être passionnant pour remplir ton existence au point d'en oublier l'essentiel ! »

Shanti devenait sarcastique, ce qui me déplut. Je ne comprenais pas ce changement d'attitude. Comment cet homme qui vivait dans un pays si désolé se permettait-il de me juger sans rien savoir de moi ? J'attrapai mon téléphone, espérant me calmer. Par miracle, j'avais du réseau. Les trois lettres NTC[1] s'affichèrent. J'écoutai ma messagerie. Enfin un signe de Romane : « *Maëlle, je vais être difficilement joignable ces prochains jours, mais ne t'inquiète pas, tout va bien. J'espère qu'il en est de même pour toi. Je sais que tu es entourée de gens formidables. Profite de ce pays incroyable et espérons que tu puisses me ramener cette méthode. Je t'embrasse fort, mon amie. Je pense à toi.* » Je tentai de la joindre, mais sa messagerie réceptionna à nouveau mon appel.

La nuit prenait naissance, Shanti ne lâchait pas des yeux les montagnes devenues quasi invisibles dans cette masse noire. Il finit par détourner son regard et redresser sa chaise face à la table. Il me fixa et reprit avec gentillesse :

« Je ne voulais pas te vexer. Sache que je ne te juge pas, j'essaie de comprendre tes priorités.

— N'en parlons plus ! », lançai-je désabusée.

Il n'insista pas et fit signe à Thim de monter mes affaires dans la chambre de gauche. Il me tendit un menu et me proposa de profiter d'une douche bien chaude en attendant que le dîner soit servi.

« Je n'ai pas très faim, je suis fatiguée, je vais me coucher.

1. Nepal Telecommunications Corporation (réseau téléphonique népalais).

— Nous aurons une longue journée demain. Il te faut prendre des forces, sinon tu ne tiendras pas. Je m'occupe de choisir pour toi. »

Je n'avais pas envie de lutter, il m'agaçait à toujours avoir raison !

Lesté de mon sac sur l'épaule, Thim m'accompagna dans mes « appartements ». Je suivis ses pas dans l'escalier. Impatient de me montrer la pièce, il sautillait comme un enfant devant l'entrée. Il s'enthousiasmait dans son anglais plus qu'approximatif. « Tu seras bien ici. La propriétaire a réservé sa plus belle chambre pour toi toute seule. » Il ajouta en insistant sur les mots : « Avec l'électricité ! »

Il ouvrit la porte, tourna le bouton de l'interrupteur : une ampoule vacillante s'improvisa « lumière ». Je découvris la « suite impériale » qui m'avait été attribuée : cinq mètres carrés, deux planches en contreplaqué en guise de mur de séparation avec le « meublé » voisin, deux matelas en mousse nus surélevés et un morceau de tissu fin pour habiller la fenêtre. « Qu'est-ce que c'est que ça ? », murmurai-je entre mes dents.

« Alors, qu'en dis-tu ? Bluffée, non ?

— Aaaah ça oui, pour être bluffée, je suis au top ! Et la douche, je la trouve sous le lit ? »

Il éclata de rire. « Mais non ! Elle est au bout du couloir. Je vais te montrer comment elle fonctionne. » Puis il me tendit la clé d'un cadenas fermant la caverne d'Ali dans le baba !

« J'imagine que les toilettes sont également à l'opposé.

— Oui ! Il y a aussi des W.-C. ! »

Son enthousiasme me dépassait, je le suivis, sidérée. Moi qui croyais avoir vécu le pire à l'hôtel de Katmandou, je n'étais pas au bout de mes surprises… La douche, à l'image de la chambre, se réduisait à un tuyau d'arrosage dans une cabine insalubre. Quant aux toilettes, il fallait y entrer en apnée. Immobile devant le pitoyable spectacle, j'observai Thim qui ne se rendait compte de rien. Il continuait à s'émerveiller : « Profite de l'eau chaude, nous n'en aurons pas tous les jours. »

Il finit par me demander si j'avais besoin d'autre chose. J'aurais voulu hurler qu'il me manquait tout, mais ne préférant pas troubler son plaisir, je me forçai à sourire et le remerciai pour son aide.

Une fois qu'il fut parti, je déballai mon sac de couchage et quelques affaires pour la nuit. À contrecœur, je pris une douche, retenant les conseils de mon porteur sur l'absence quotidienne de ce luxe ! Malgré les conditions désastreuses, l'eau brûlante augmenta mon flux sanguin et apaisa mes douleurs musculaires. La chaleur m'avait réconfortée. Je m'habillai vite pour ne pas souffrir du contraste des températures, puis descendis dans le jardin.

La fraîcheur de la nuit reprenait ses droits sur l'astre solaire disparu de l'autre côté de la Terre. Enveloppée dans mon épaisse doudoune de plumes, j'observai du haut de l'escalier les halos d'intimité créés par de petites bougies qui éclairaient chaque table. Shanti n'avait pas bougé. Il sirotait une bière en fixant le ciel.

Sans lâcher des yeux la Voie lactée, il me proposa une boisson pour me réchauffer. J'acceptai une tasse de thé au gingembre qu'il s'empressa d'aller me chercher. Je m'assis, tournant mon regard vers l'univers, lorsqu'une étoile filante griffa la nuit. Shanti revint, un plateau en équilibre sur une main, avec la grâce d'un garçon de café. Il me tendit la boisson fumante, puis posa sur la table deux tasses de café et un pot en verre vide. Il disparut quelques instants dans la nuit noire au fond du jardin et rapporta un sac qu'il laissa au pied de sa chaise. Il remplit le récipient de trois gros cailloux.

« Maëlle, le pot est-il plein ? » Je le regardai, interrogative, ne comprenant pas bien le sens de sa question. Sans dire un mot, il sortit de sa besace une généreuse poignée de graviers qu'il plaça avec délicatesse dans le pot de verre. Il le secoua, les petites pierres se glissèrent entre les espaces. Il me demanda à nouveau si le pot était plein. Je me redressai sur ma chaise. Plus impliquée, j'hésitai avant de répondre par l'affirmative. Il attrapa le sac et versa le reste du contenu : du sable combla les trous, puis il réitéra sa question. Je souris, amusée. « Cette fois-ci, je pense qu'il l'est ! » Shanti nettoya la table d'un revers de main.

« Imagine que ce récipient soit ta vie. Et que les trois cailloux symbolisent les choses les plus importantes pour toi : ce dont tu ne pourrais te passer pour être heureuse. Considère les graviers comme les priorités secondaires, celles qui arrivent juste après l'indispensable. » Je le fixai sans comprendre ce qu'il essayait de me dire.

« Enfin, imagine que le sable corresponde à tout le reste : les bonheurs futiles, ceux qui te font du bien, mais qui ne sont qu'un complément de "l'essentiel" puis de "l'important".

— Bon, où veux-tu en venir ?

— Si j'avais rempli le pot de sable, il n'y aurait plus de place pour les graviers ou les cailloux. C'est pareil pour ta vie : si tu consacres ton temps et ton énergie aux éléments secondaires, tu n'as plus d'espace pour l'essentiel, tu passes à côté de ton chemin. Tu cours après le superficiel en te demandant pourquoi tu n'es pas heureuse. »

J'applaudis en souriant. Belle démonstration !

« Maintenant, à toi de définir tes priorités. À quoi correspondent les cailloux de ta vie, quelles sont pour toi les choses essentielles ? C'est-à-dire ce que tu ne sacrifierais pas. Ou ce que tu voudrais le plus au monde.

— Je ne sais pas... Euh, là tout de suite, je suis fatiguée.

— Réfléchis ! », ordonna-t-il avec fermeté.

Je pris ma tête entre mes mains et me mis à considérer le sujet, le regard porté vers le sol. Je savais ce qui habitait mon cœur, mais j'avais trop souffert pour en faire une priorité. La douleur mêlée aux souvenirs troubla ma vue. Je relevai la tête, les mâchoires en appui sur les paumes, mes doigts couvrant mes joues, je laissai les larmes couler sans les retenir et avouai avec tristesse : « Bien sûr, je souhaiterais pouvoir me réveiller chaque matin dans les bras d'une personne que j'aime, avoir du temps pour moi, pour mes amis, ma famille. Leur exprimer mon amour. Je voudrais rire de rien, partager des moments simples, voyager... » Aucun de ces sujets prioritaires ne faisait partie de mon quotidien. Je passais à côté de ma vie.

Shanti posa sa main sur la mienne et me dit avec compassion : « Alors, arrête de charger ton bocal de sable, Maëlle. Vis tes rêves, prends soin de toi, de ton cœur, de ton corps, de tes envies, des gens que tu aimes. Remplis-toi de ce que tu es et cesse d'avoir peur de souffrir, c'est cette peur qui t'empêche d'être heureuse et t'enferme dans tes blessures. » Je fixai Shanti, en pleurs. Il poursuivit : « Prends le risque de vivre et d'être ce qui t'habite. Emplis ton bocal, caillou par caillou, gravier par gravier, grain de sable par grain de sable en considérant chacune de tes priorités. À chaque fois que tu poses un élément, il doit prévaloir sur tous les suivants. Choisis par primauté la première pierre, puis ajoute la deuxième en te disant que tu ne sacrifieras jamais la première pour la deuxième. Et continue avec le même raisonnement, jusqu'au dernier grain. Mais fais attention à ce que tu veux, car tu risques de l'obtenir ! »

Shanti vida le récipient sur la table et me tendit les trois grosses roches. Je réfléchis à celle que je pourrais glisser en premier dans le bocal. De toute évidence, mon travail semblait être celui qui prenait le plus de place dans ma vie et ma priorité numéro un. Mais Shanti avait raison, n'était-ce pas par défaut ? N'était-ce pas par peur de tomber amoureuse ? Avais-je pris le temps ces derniers mois de m'occuper de moi, de mes amis, de ma famille ? De m'attarder sur mes valeurs, sur ce qui me rendait heureuse ? Il y avait longtemps que je ne vibrais plus. Mon travail me passionnait, mais n'était-ce pas pour mieux oublier le vide de ma vie ? Je fis tournoyer mes trois pierres sur la table, incapable d'y associer ma préférence. Shanti sentit mon désarroi.

« Si tu avais une baguette magique, quelle serait pour toi la vie idéale ?

— Euh... Je vivrais aux côtés d'un homme extraordinaire qui me comprendrait, que je soutiendrais et qui m'épaulerait. Je voyagerais, je découvrirais le monde avec lui ! Je partagerais des soirées et des week-ends avec ma famille, mes amis, j'aurais un quotidien simple, rempli de petits bonheurs : une balade à la campagne, un coucher de soleil, un verre de vin, des discussions tardives, de l'attention, de l'amour... Enfin, tout ça, c'est bien gentil, mais ça n'existe que dans les contes de fées !

— Non, c'est une réalité pour les personnes qui en ont fait leurs priorités. Ce qui n'est pas ton cas puisque pour le moment, seul ton travail est essentiel. »

Je malaxai nerveusement les roches d'une main, puis étalai le sable sur la table de l'autre en me justifiant sans conviction. Parce qu'il me manquait le reste, je m'accrochais à ce que j'avais. « Raisonne en sens inverse. En définissant tes priorités, tu les vivras, car toute ton énergie sera focalisée sur ce qui est essentiel. »

Je choisis un premier caillou, le fis rouler entre mes mains et soufflai dessus pour le réchauffer en réfléchissant au nom que j'allais lui donner. Je levai les yeux vers mon guide. « Et toi, Shanti, qu'est-ce qui est le plus important pour toi ? »

Sans hésiter, l'homme rétorqua comme une évidence :

« Ma santé !

— C'est sûr ! Sans elle nous ne pouvons plus rien faire, ta réponse est trop facile.

— Trop facile ? Non ! La santé est le plus grand luxe qui soit pour moi et je suis conscient de sa fragilité. Chaque jour, je suis attentif à ce que je mange pour ne pas faire de mal à mon corps et je contrôle mes pensées pour ne pas blesser mon âme. La santé n'est jamais acquise et demande une surveillance constante, elle représente ma priorité ultime, que je ne sacrifierais pour aucune autre dans mon bocal. »

Je libérai mes mains et bus une gorgée de thé. Shanti avait une nouvelle fois raison. Je pensai sur-le-champ à Romane, à ce qu'elle endurait depuis plusieurs mois et à la chance que j'avais d'être en pleine forme. À cet instant, je compris que c'était ma pierre précieuse. Je pris la plus grosse roche sur la table et la déposai au fond du bocal. Celle-ci serait ma pierre numéro un : elle s'appellerait « santé ». Puis je glissai sans hésiter la seconde. Celle-ci se nommerait « amour », où cohabiteraient ma vie sentimentale, ma famille et mes amis. Enfin, la troisième définirait « le partage et le bonheur ». Bizarrement, ces deux derniers mots résonnaient en boucle dans mon cœur, comme une priorité. Shanti ne sembla pas surpris par ce choix, mais plutôt par l'absence d'un autre.

« Tu ne m'as pas parlé de ton travail ? De l'argent ?

— Parce que je suis convaincue qu'ils n'ont pas le privilège de cette caste. Qu'en dis-tu ? Est-ce une bonne réponse ?

— Il n'y a pas de bonne réponse, Maëlle. Seul ton cœur sait ce qui est important pour toi. En écoutant ce qu'il te dicte, tu sauras qui tu es. »

Je fis le même exercice avec les graviers. Je les associai à mes envies, mon travail, mes ambitions, mes rêves, mes voyages, mon entourage plus lointain, mon appartement. Puis, sans interrompre ma réflexion, je nommai les grains de sable qui trouvèrent leur place dans la dimension matérielle, l'apparence et le superficiel.

Shanti m'observa en silence me frotter les mains pour me débarrasser du sable restant. J'avais la certitude de mes priorités, même si elles étaient très éloignées de celles que je vivais, car mon cœur vibrait comme il ne l'avait pas fait depuis longtemps. Je regardai Shanti, remplie de gratitude.

« Ton pot est-il plein maintenant ?

— Cette fois, j'en suis sûre ! Et bien ordonné ! »

J'observai les reliefs formés par les différentes roches en faisant tourner le bocal et le lui tendis. Il le scruta à son tour, le posa sur la table, puis y versa les deux tasses qu'il avait mises de côté plus tôt. Je me mis à rire.

« Qu'est-ce que le liquide est censé représenter ?

— Rien. Juste te rappeler que même si ta vie est bien remplie, il y a toujours de la place pour un café à partager avec un ami ! »

Esprit positif

> *« Nous sommes ce que nous répétons chaque jour. »*
>
> ARISTOTE

J'ouvris les yeux avant la sonnerie du réveil à 6 heures. La nuit rude n'avait pas eu raison de mon sommeil grâce au raksi[1] que Goumar nous avait offert avant d'aller nous coucher. Le simple fait d'y tremper mes lèvres avait suffi à m'étourdir. Ce matin, je me sentais en forme. J'écartai le rideau d'un bras audacieux. La vue spectaculaire me saisit autant que la température glaciale de la chambre. Je m'assis en tailleur devant la fenêtre, enveloppée dans mon sac de couchage. Le ciel, encore bleu nuit, attendait les premiers rayons du soleil pour varier ses tons.

Mon souffle chaud qui contrastait avec les températures basses de la chambre provoqua des réactions chimiques qui me rappelèrent mon enfance chez ma grand-mère lors de nos séjours

1. Alcool de millet ou de riz distillé au Népal notamment.

à la campagne. Margot et moi nous amusions à expirer la vapeur d'eau, comme si nous fumions. Le jeu préféré de ma sœur était de nous inventer des rôles de grandes dames, un bâtonnet à la bouche simulant la cigarette que nous coincions entre notre index et notre majeur en expirant avec emphase. Margot ! Quand j'allais lui raconter ce que je vivais, jamais elle ne me croirait ! Je l'entendais d'ici : « Arrête de me faire marcher... Toi ? À la montagne ? Dans l'Himalaya ? Sans tes talons et ton maquillage ? Tu veux me faire croire que tu pourrais survivre plus d'une heure sans ton téléphone, sans tes e-mails, à écouter d'autres vérités que celles qui sortent de ton prodigieux cerveau ?... À d'autres, petite sœur ! »

Je souris. Margot m'offrait régulièrement des livres sur le développement personnel que je rangeais soigneusement au fond de ma bibliothèque sans en ouvrir un seul. Plusieurs fois, elle avait tenté de m'inscrire à des stages de je ne sais quoi, auxquels je ne m'étais jamais rendue. De temps en temps, elle choisissait la provocation pour tenter de me faire comprendre à sa façon que je passais à côté de ma vie. Je la trouvais excentrique, mais je l'adorais. Je crois que c'est sa bienveillance envers le monde qui me touchait le plus.

Face à moi, le Machapuchare commença à scintiller. Cette géante sacrée aux deux sommets portait bien son surnom de « queue de poisson ». Le temps, suspendu, ne semblait plus exister. Je pensais à ma présence ici, Romane, ce voyage, cette mission et cette rencontre avec Shanti qui bouleversaient ma vie et mes certitudes, lorsqu'un puissant faisceau vint percuter mes pupilles. Les colosses recouverts de neige déteignirent, passant d'un orange fluorescent à de multiples jaunes pour enfin retrouver leur robe blanche au rythme de la boule de feu qui progressait dans le ciel. Le compte à rebours était lancé, la journée pouvait commencer.

J'entendis au rez-de-chaussée l'animation matinale. Les volutes de café exhalaient à travers les murs, chatouillant mes narines. Je pris une grande inspiration et sortis avec courage de mon enveloppe pour enfiler mes vêtements figés par le froid. Je me sentais légère. Rien n'avait de prise sur moi. Je pensai aux mots de Maya, puis aux paroles de Shanti face à mes priorités.

Je descendis les escaliers et rejoignis la maisonnée en action. Amita me proposa de choisir sur la carte ce qui me faisait plaisir. J'étais affamée et pris le petit déjeuner complet : omelette, pancakes au miel de montagne et porridge. De quoi tenir quelques heures… Le poêle central chauffait toute la pièce. Thim, Goumar et Nishal se préparaient à tour de rôle devant l'unique morceau de miroir de la cuisine. Shanti vint s'asseoir à côté de moi et déplia une carte. « Nous allons monter ce matin jusqu'au col de Deurali, à deux mille cent mètres d'altitude, puis nous redescendrons de l'autre côté au village de Landruk, plus bas. »

La route paraissait infinie pour une première journée, mais je me concentrai sur ma nouvelle énergie. « Je te suis, enfin j'essaie ! », finis-je par balbutier la bouche pleine. « Nous partirons dans une demi-heure, le soleil sera plus élevé et ses rayons adouciront les températures. » Le silence qui s'ensuivit me rappela une nouvelle fois à ma préoccupation première.

Depuis mon arrivée à Katmandou, personne ne parvenait à m'éclairer sur cette méthode qui semblait trop belle pour être vraie. Comment pouvait-on l'ignorer alors que des millions de personnes souffraient du cancer ?

« Que penses-tu des écrits que nous allons chercher, Shanti ? En as-tu entendu parler ?

— Non, mais bien des mystères sont gardés dans l'Himalaya, dont plusieurs ont fait l'objet de guerres entre la Chine et le Tibet et sont encore source de conflits aujourd'hui. Si tu as la chance d'arriver jusqu'au bout du chemin, tu auras ta réponse.

— Pourquoi la chance ? Tu m'inquiètes...

— Parce que la route est longue et que seul Dieu sait si nous y parviendrons. »

Shanti resta mystérieux sur le sujet et peu loquace, ce qui ne contribua pas à me rassurer. Je me sentis investie d'une mission plus large que je ne l'avais imaginée.

« Mais y crois-tu ?

— Pour ça, il faudrait que je sache ce qu'elle contient. Ne te tracasse pas, une chose après l'autre. Pour le moment, nous sommes en route, et nous aurons nos réponses au moment opportun. »

Je finis mon assiette et sortis me dégourdir les jambes courbatues des efforts de la veille. La première inspiration d'essences de forêt échappées des toits voisins glaça mes bronches. Je descendis le village et m'arrêtai à plusieurs reprises devant les montagnes magistrales, puis je remontai vers le lodge.

L'heure du départ venait de sonner. Nishal finissait sa cigarette, assis sur un muret à côté des bagages pendant que Thim courait derrière un papillon.

Goumar partit en premier, je lui emboîtai le pas, suivie de Shanti. Nous grimpâmes en silence, marche après marche, les escaliers, qui paraissaient n'en plus finir, sous les rayons encore bas qui coloraient le paysage de lueurs dorées. Je portai mon attention sur les géantes qui semblaient veiller sur nous et me procuraient la force d'avancer. J'obligeai mes muscles douloureux à se contracter ; ils dégagèrent dès les premiers mètres la chaleur attendue.

Mon corps brûlait dans l'effort. À la première pause, je me dévêtis des premières couches pendant que Nishal alluma une nouvelle cigarette : à croire que l'oxygène en altitude devenait trop dense pour lui. Je m'approchai de Shanti qui scrutait la vallée.

« J'ai réfléchi à ce que tu m'as expliqué hier sur les priorités. Tes mots sonnent juste, mais tout ne dépend pas de moi. Un de mes gros cailloux est de vivre l'amour. Et pour ça, il faut trouver la bonne personne et jusque-là, ça n'a pas été le cas.

— Tu as raison, les occasions sont déterminantes, mais es-tu ouverte aux rencontres ? À tout type de rendez-vous ? Tu as mis des noms sur tes priorités, maintenant il te faut changer ton état d'esprit pour accueillir les opportunités sans répéter les mêmes erreurs. Pour recevoir le bonheur, il va falloir penser autrement, être positive, croire en ce que tu souhaites et en la Vie, car tu attires ce que tu es.

— Je suis quelqu'un d'optimiste !

— C'est un bon début. Mais être positif, c'est s'ouvrir vers l'extérieur. Prenons un exemple : si tu t'apprêtes à demander l'heure dans la rue, te tourneras-tu vers la personne qui est pressée, en pleine conversation téléphonique, ou celle qui te sourit ?

— Vers celle qui m'accueille du regard, non ? Je n'aurais pas envie de déranger l'autre.

— Je ferais la même chose ! Ce qui n'empêche pas que celle qui est absorbée par son appel puisse être optimiste, non ?

— Oui, ça y est, je comprends. Mais comment s'ouvrir vers l'extérieur ?

— C'est avant tout se remplir de l'intérieur. Lorsque tu rumines tes réflexions nocives, tu expires du négatif et tout ton corps exprime cet état : tes muscles se tendent, ton visage se crispe, tu ne peux appréhender les occasions qui se présentent. À l'inverse, quand tes pensées sont positives, ton être se détend, tu deviens accueillante. Les personnes qui te croisent ont envie de venir à toi. »

Shanti retira son pull et le positionna autour de sa taille. Nous en profitâmes pour faire une courte pause. Il m'expliqua en repartant :

« Tu exprimes qu'une de tes priorités est de trouver l'amour, or, je t'entends dire que tu n'es pas faite pour vivre à deux, que ce n'est pas pour toi. Tu as assez souffert. Et tant que tu resteras dans cet état d'esprit, rien ne pourra changer. Le bonheur est à ta porte, mais encore faut-il que tu acceptes de l'ouvrir.

— Mets-toi à ma place ! J'ai rencontré des hommes qui ne valaient pas la peine que je sacrifie autant de temps.

— Alors pourquoi l'as-tu fait ?

— Parce que je ne m'en rendais compte qu'après la rupture.

— Il est important de tirer les enseignements de tes expériences sinon tu es condamnée aux mêmes actions.

— Je suis d'accord ! C'est pourquoi je ne vais pas retomber dans le panneau de sitôt, tu peux me croire !

— Les seules vraies erreurs sont celles que nous commettons à répétition, les autres sont des occasions uniques d'apprentissage. Ne crains pas l'échec, car il est le précurseur de la réussite. Sois audacieuse, l'amour implique le risque. Si tu es fermée, personne ne viendra te demander l'heure.

— Ce n'est pas facile de garder un état positif !

— Il se travaille comme le corps. Si tu souhaites te sculpter, tu devras exercer chaque jour tes muscles et être attentive à ton hygiène de vie. Ce n'est pas en pratiquant une demi-heure de sport par mois et en ingurgitant des aliments gras que tu obtiendras le résultat escompté. Pour l'esprit, c'est pareil. Il te faut surveiller chaque jour tes pensées en tentant de ne pas te laisser polluer par le négativisme. Être positif, c'est arriver à contrôler nos peurs ; croire en nos rêves, les visualiser et laisser entrer les opportunités. Tu as déjà fait le plus important : tu as décidé de la direction en priorisant ta vie. C'est plus simple de prendre la route quand on sait où l'on va.

— Oui, mais il est difficile de croire en ses rêves quand on s'est fait mal », soupirai-je.

Deux oies à tête barrée nous survolèrent. Surpris, Shanti les regarda un moment s'éloigner, m'expliquant qu'il était rare d'en croiser à cette période. Il continua :

« Ne plus désirer l'amour parce que tu as souffert est un choix, mais tu devras renoncer à la priorité de le vivre. Chaque situation n'est-elle pas différente ? Chaque personne n'est-elle pas unique ?

— Oui, bien sûr, mais j'ai l'impression de ne pas savoir m'y prendre et de ne rencontrer que des gens qui me font du mal.

— Tu attires ce que tu penses. Ta peur de souffrir ne laisse à personne la possibilité d'entrer dans ton univers. En verrouillant ton accès, tu t'enfermes toi-même. »

J'expirai longuement. Shanti avait encore raison : je subissais ma vie à cause de mes barricades. Je me trouvais des excuses pour ne pas l'admettre et me noyais dans le travail pour oublier mes rêves.

« Qu'est-ce que je dois faire pour vivre mes idéaux ?

— Je te l'ai dit : changer ton état d'esprit. Ça veut dire que tu dois contrôler chacune de tes pensées et t'assurer qu'elle est en phase avec ton objectif. Dès que l'une s'égare, tu la reformules pour la remettre sur le droit chemin. Il n'est pas nécessaire d'oublier les douloureuses ruptures précédentes. Tires-en les leçons et arrête de te cacher derrière. Visualise l'objectif : si ta priorité est de rencontrer quelqu'un, quel type d'homme est-il ? Que veux-tu partager avec lui ? Quel genre de vie souhaites-tu ? Assure-toi qu'aucune pensée nocive ne te déroute de ce rendez-vous qui arrive à grands pas. Pour le reste, laisse faire l'univers, il s'en charge ! »

Alors que je cherchais ma gourde dans mon sac à dos, je me mis à rêver de mon prince charmant, marchant main dans la main sur les quais de Seine, échafaudant les plans d'une vie à deux, faits de dîners romantiques aux quatre coins du monde, de fous rires, de la fusion de nos corps... Et mon cœur s'emplit d'une douce chaleur. Shanti s'était assis sur un rocher, me laissant à mes songes sentimentaux. Je pris place à côté de lui, bus une gorgée d'eau et lui avouai :

« Je commence à comprendre.

— Comment te sens-tu ?

— Heureuse.

— Ressens-tu l'énergie qui circule en toi ?

— Oui, je me sens sereine. J'ai le sentiment que mon étau se desserre.

— C'est cet état qu'il te faut approcher au plus près. Prends le temps d'observer le bien-être dans lequel tu te trouves et reviens-y à chaque fois que tu auras un doute. »

Je sentis mon cœur s'animer et l'émotion me gagner. Je fus surprise du silence de mon cerveau ; je n'arrivais plus à réfléchir, j'étais bien. Mes chaînes se dénouaient une à une.

Nos compagnons de route nous avaient rattrapés et s'étaient posés à quelques mètres de nous. Mon guide se leva. J'en fis autant, étourdie par cette nouvelle énergie. Un sentiment de légèreté accompagnait mon sourire béat, qui fit rire les quatre hommes. Nous repartîmes le cœur en liesse.

Goumar me tapota l'épaule, puis enchaîna un geste ample et circulaire, en inclinant son buste dans une charmante révérence pour me prier de passer. Nous marchâmes un moment ensemble. Il se livra sur sa famille après m'avoir montré la photo de ses trois enfants. C'était la première fois en vingt-quatre heures que j'avais un échange au-delà du regard avec cet homme d'une grande sensibilité, resté observateur jusque-là.

Thim grimpait devant moi. Il sautillait comme les cabris que nous croisions dans les fermes sur notre passage, heureux de partager ce moment particulier. Mes quatre gardes du corps semblaient avoir ressenti mon bonheur et les effets immédiats sur l'équilibre de notre petite tribu. Shanti fermait la marche en silence, un sourire accroché aux lèvres. Je me retournais de temps en temps pour m'assurer de sa présence, il la confirmait par un clin d'œil.

J'entendis au loin des bruits de sabots accompagnés de tintements de clochettes qui se rapprochaient de nous. Une caravane d'ânes, de généreux sacs de marchandises sur les flancs, avançait en file indienne, guidée par les petits cris successifs d'un adolescent. Les équidés, l'œil inquiet, pressèrent le pas en nous croisant. J'observai le troupeau défiler et repris mon ascension aux côtés de Shanti.

« C'est décidé, je tente de changer mon état d'esprit dès que je rentre à Paris.

— Pourquoi attends-tu d'être en France ?

— Ben voyons, Shanti… ce n'est pas ici que je vais rencontrer qui que ce soit !

— Et pourquoi pas ? »

Je ris aux éclats.

« Je parle de ma vie sentimentale.

— J'ai bien compris ! Le futur n'arrive jamais, Maëlle, seul le présent est réel. Tu veux être heureuse et réaliser tes rêves, alors n'attends pas “plus tard”, change ton état d'esprit maintenant. Sois ouverte aux opportunités et aux rencontres. La vie est l'addition de moments présents. Chaque seconde gâchée est une seconde perdue qui ne se récupère pas. »

Le ton de Shanti avait changé. Sa conviction ne laissait place à aucun doute. Je compris que mon système de pensées automatiques m'emmenait vers des lieux hasardeux, je devais le recadrer vers mes objectifs. Comment faire ? Shanti devança mon interrogation.

« Sais-tu qu'il faut vingt et un jours d'exercice pour se forger une habitude ?

— Tu veux dire que je pourrai évoluer dans trois semaines ?

— Non ! Tu peux changer dans la seconde qui suit, mais c'est le temps généralement nécessaire pour que tes nouveaux automatismes remplacent les anciens.

— Mais comment modifier mes pensées ? Elles arrivent sans que je m'en rende compte. Tu peux m'aider à les repérer ?

— Je ne peux pas être dans ta tête. Et sache que tu ne pourras pas toutes les contrôler, puisqu'elles sont soixante mille à tourner dans ton cerveau chaque jour. En revanche, tu feras taire, petit à petit, ton comité de direction de contestataires qui prend trop d'importance. Tes pensées négatives sont tes pires ennemies, elles freinent le changement. Ne t'entends-tu pas répéter : "Ce n'est pas réaliste, cela ne vaut même pas la peine de tenter. J'ai essayé : ça ne s'est pas bien passé, tu perds ton temps, ce que tu fais ne sert à rien, arrête de faire confiance à n'importe qui, tu connais les conséquences…" »

Je ne pouvais qu'approuver. À croire que Shanti venait d'entrer dans ma tête.

« Tu n'imagines pas le pouvoir qu'ont ces pensées sur nous. Elles immobilisent notre vie en mode "pause".

— Bon, mais admettons que j'arrive à identifier les mauvaises pensées parmi les soixante mille qui traversent ma journée, ce qui n'est pas gagné, comment puis-je les chasser ?

— Pour chaque pensée négative qui naît, même insignifiante, essaie de la remplacer par une autre positive qui la discrédite, puis accorde plus d'importance à cette dernière. Par exemple, lorsque tu te lèves et qu'il pleut, quel sentiment te vient en premier ? »

Je m'imaginai la scène et la réplique sortit instinctivement : « Encore une journée de m… ! » Shanti sourit.

« Et tu commences ta matinée sans te rendre compte à quel point cette phrase sabote ton bonheur.

— Oui, mais que puis-je faire contre la météo ?

— Rien ! En revanche, tu peux changer ton état d'esprit ! L'eau est un élément vital. En te rappelant les bienfaits de la pluie sur les forêts, les pelouses, les fleurs, les champs, l'assainissement des rues et j'en passe, ton ressentiment s'évaporera et tu deviendras reconnaissante pour ce trésor envoyé. Tu te sentiras heureuse et protégée par ces cycles nécessaires à ton équilibre. Tu commenceras la journée en harmonie avec ton environnement. L'agression que tu ressentais en sortant de chez toi se transformera en une prise de conscience. C'est dans l'exercice perpétuel du contrôle de tes pensées que tu suivras ton chemin.

— Je ne veux pas être pessimiste, mais soixante mille pensées par jour à identifier, cela me semble impossible !

— Regarde la montagne derrière toi, ne l'était-elle pas ce matin ? »

Je me retournai sur le chemin que nous avions parcouru et fus surprise.

« Pas après pas, nous l'avons gravie. Avance, pensée après pensée, tu te retrouveras plus loin que tu ne l'avais imaginé. Sais-tu que 80 % des réflexions du jour sont celles de la veille ?

— Tu me laisses un peu d'espoir ! Si j'efface jour après jour les mauvaises et que je n'en crée pas d'autres, seules les bonnes se renouvelleront !

— C'est exact ! »

Je m'appuyai sur les contours du paysage toujours aussi impressionnant, pour adoucir l'effort de l'ascension jusqu'au col de Deurali. Je m'adossai un instant sur un chörten, une sorte de promontoire, qui surplombait la vallée, et observai au loin les agriculteurs, courbés sur des charrues, sillonnant les terrasses. Puis je repris ma réflexion jusqu'à la pause déjeuner.

Une famille de paysans nous servit quelques légumes mijotés et du riz, puis nous nous abandonnâmes au soleil le ventre plein avant que Shanti n'annonce le départ de la seconde partie de la journée.

Je ne m'étais jamais aperçue du bourdonnement incessant de ces pensées automatiques. Je tentai d'intégrer cette nouvelle considération en m'exerçant avec les images qui traversaient mon esprit. Je les visualisai, essayant de les surprendre à leur naissance comme un chat tapi guetterait la souris à la sortie de son trou. Mais plus je les attendais, moins elles se manifestaient. Dès que je relâchais mon attention, un flux incessant de scènes diverses reprenait possession de moi : les dossiers qui m'attendaient à Paris, le cancer de Romane, les objectifs de ma vie, puis le travail reprenait le dessus, associé à la culpabilité d'être partie. Et si Romane ne s'en sortait pas, et si l'amour n'était pas pour moi, et si j'étais condamnée à vivre seule, et si... et si... et si...

Shanti interrompit mon imagination fertile pour me ramener à la réalité du moment.

« Tes sourcils froncés me laissent supposer que tu as quitté le Népal ? Tu peux constater à quel point les pensées peuvent t'enfermer.

— C'est étonnant, tant que j'essayais de les observer, elles ne se manifestaient pas. Dès que j'ai relâché la garde, mes automatismes ont repris le contrôle. Les peurs se sont confondues à mes idées jusqu'au moment où tu m'as sortie de cette cage.

— Tu viens de comprendre un point essentiel. Lorsque tu restes présente à ce qui arrive, tu vis l'instant. Tu profites des opportunités. Au contraire, dès que tu es prisonnière de tes pensées, elles te transportent dans le passé ou le futur avec toutes les angoisses qui en découlent.

— Je ne sais pas à quel moment tout m'échappe, je me retrouve esclave, comme hypnotisée.

— Plus tu prendras conscience de tes automatismes, moins ils s'imposeront. L'observation te sort de ce cercle infernal. Dans un premier temps, quelques secondes d'attention suffisent, puis un peu plus chaque jour, et enfin ce processus devient naturel.

— Mais si tu n'étais pas intervenu, je serais restée enfermée. Comment faire pour s'en sortir seule ?

— Quand j'ai commencé à travailler sur mes pensées, je m'étais fixé des points de repère : à chaque fois que je franchissais une porte, je tentais de recentrer mon attention. À la fin de la journée, je me rendais compte que je n'y pensais qu'une fois sur dix, mais avec le temps j'y arrive mieux. Tu peux aussi programmer un signal sur ton téléphone à chaque heure qui te permettra de rester attentive, ça aide aussi ! »

J'activai aussitôt une alerte horaire sur mon mobile d'un « gong » traditionnel parmi la liste fantaisiste proposée, qui provoqua une cascade de rires chez mes amis. Le travail sur la pensée me sembla colossal, mais je restai positive. Une chose après l'autre. Il n'était pas question de se décourager.

La fin d'après-midi nous mena jusqu'à Landruk par une descente progressive le long des cultures en terrasses qui transformaient le paysage de ce versant de la vallée. Sur un palier de la montagne creusée en escalier, les paysans fauchaient le millet, rapportant dans leurs hottes d'osier, sur la plus haute surface, cette céréale coupée à la serpette. D'autres l'étalaient sur de larges bâches avant de les passer dans une sorte de van. Je m'attardai quelques minutes devant une Népalaise accroupie qui maniait le tamis avec agilité.

Mes compagnons avaient repris la marche, je pressai le pas pour les rattraper. Nous descendîmes un chemin de pierre, en suivant la vie des agriculteurs pendant une heure, puis rejoignîmes le village d'étape sous un ciel magnifique.

L'Annapurna Sud et le Hiunchuli, à plus de sept mille mètres de hauteur, nous faisaient face. La beauté de ces montagnes adoucissait la violence de mes efforts. Je profitai d'un coucher de soleil inspiré : le brouillard recouvrait les forêts et les villages encastrés, seuls les plus hauts sommets perçaient le voile mystique tendu entre les roches. Les lueurs ocre juraient avec l'opacité des volutes de la vallée.

Devant l'entrée du lodge, assis autour d'une plaque de bronze ronde et de figurines du même alliage, Nishal « affrontait » le propriétaire. Thim regardait, anxieux, la partie. Shanti s'avança vers moi. « Le Bagh Chal est un jeu traditionnel népalais. "*Bagh*" veut dire "tigre" et "*Chal*", "le mouvement". Nous y jouons beaucoup ici. Tu vois, sur le plateau sont dessinées cinq lignes horizontales, cinq verticales et d'autres diagonales. Nishal dispose de vingt chèvres et l'autre joueur de quatre tigres. Notre porteur doit s'efforcer d'immobiliser les tigres, tandis que les fauves essaient de ne pas se faire bloquer, et pour cela kidnappent les chèvres, comme au jeu de dames, en sautant par-dessus. La partie est gagnée par les biquettes si aucun des quatre félins ne peut se déplacer, alors que leur tour arrive. En revanche, les tigres ont vaincu s'ils réussissent à supprimer cinq chèvres sur les vingt. »

Le jeu paraissait simple, mais je compris très vite qu'il nécessitait des trésors de stratégie. Je ne veillai pas ce soir-là. La fatigue et les douleurs musculaires avaient pris mon corps en otage. Je m'endormis sans difficulté après un bon dîner.

Suspendu

« Cela semble toujours impossible, jusqu'à ce qu'on le fasse. »

Nelson MANDELA

Mes premiers mouvements matinaux furent un supplice. En plus des terribles courbatures qui ne m'avaient pas quittée de la nuit, l'inconfort s'aggravait de jour en jour : le lit se réduisait à une planche de bois en guise de sommier, recouvert d'un maigre matelas. À ce rythme, dormir dehors, par terre, était tout ce qui pouvait m'arriver de pire !

Les reins endoloris, je me dirigeai avec peine dans la salle commune pour prendre mon petit déjeuner. La nuit glaciale s'échappait sous les premiers faisceaux du soleil. J'aperçus Shanti, assis en tailleur sur un rocher. Il entra quelques minutes plus tard dans la pièce, affichant son habituel air affable. Il se frotta vigoureusement les bras pour se réchauffer et, du bout de ses lèvres engourdies, me demanda si j'avais bien dormi. J'avais mal partout. Je serais bien allée me recoucher, mais étant donné l'état du lit, mieux valait rester debout ! Shanti me proposa de faire quelques étirements après le petit déjeuner, avant de reprendre la route.

La première montée me démoralisa, mais stimulée par mes compagnons, je trouvai mon rythme. Les sommets de l'Annapurna attiraient mon attention, amoindrissant les difficultés physiques. L'ascension dura plus d'une heure. Comme me l'avait dit Shanti, mes muscles chauffés répondaient plus docilement jusqu'au moment où je m'immobilisai, tétanisée. Mes jambes se mirent à trembler. Je me tournai vers mon guide, mais ne pus sortir un mot. La vue d'un pont suspendu d'une centaine de mètres juste devant nous me paralysa, la peur du vide était insurmontable. Je devins blême, proche de l'évanouissement. Shanti comprit mon malaise et plaisanta : « Que se passe-t-il, Maëlle ? Ne me dis pas que la traversée du Modi Khola t'effraie ! »

Je ne pouvais imaginer mettre un pied sur cette surface ajourée culminant à cinquante mètres de hauteur. Mon corps se raidit, mon cœur s'accéléra, je sentis la terre se dérober sous mes pieds. Shanti se précipita vers moi et m'assit sur un rocher.

« J'ai une peur panique du vide, il m'est impossible de passer ce pont. Peut-on emprunter un autre chemin ?

— Je crains que non. Nous ne pouvons accéder à la vallée sans le traverser. »

Thim observait la scène. Il se lança entre les câbles en sautillant. La flexibilité de l'attelage me donna l'impression que la passerelle s'était multipliée. Le jeune adulte que je voyais maintenant en quadruple riait sur son trampoline improvisé. Il criait tout en faisant des bonds, essayant de me rassurer.

« Ma route s'arrête là, Shanti. Nous devons repartir dans l'autre sens. » Je ne laissai aucune place au doute. Mais ma détermination ne découragea pas mon guide. D'un signe de la main, il calma Thim, qui cessa ses cabrioles et revint vers nous.

Shanti s'accroupit près de moi et me demanda avec douceur ce qui m'effrayait. « Je ne peux pas l'expliquer, le vide me donne le vertige. Malgré toute ma bonne volonté, je ne pourrai traverser. » Je me levai, décidée à rebrousser chemin. Shanti se mit à ma hauteur : « Je comprends, mais nous n'allons pas abandonner. La peur est subjective, elle repose sur nos expériences antérieures. Tu as vu Thim s'amuser sur le pont ? Son cerveau n'interprète qu'un passage sympathique, le tien, un risque de mort ! »

Depuis la berge d'en face, un bruit sourd de cloches se rapprochait. Un jeune Népalais entraînait d'un bâton son troupeau de buffles et de vaches sur les lattes instables. Un à un, chargés de paquetage et de nourriture ficelés sur les flancs, les animaux avançaient en file indienne. Ils commencèrent la traversée. Je redoutais le moment où le pont, redevenu double, triple puis quadruple par l'enchaînement des mouvements des bestiaux, allait s'écrouler. Durant cinq bonnes minutes, ma respiration s'amputa. La vie d'une vingtaine de bovins et du jeune berger ne tenait qu'aux deux câbles tendus, à quelques planches de bois entrelacées, et à un grillage pour lien. La passerelle dansait de gauche à droite, de haut en bas, soumise au poids du bétail. Je ne pouvais m'empêcher de la voir céder. Le premier buffle avança vers nous : il trébucha sur une latte déplacée puis s'équilibra, poursuivant ses enchaînements. Sous les interjections du jeune paysan, le cheptel atteignit notre berge dans un carillon de cloches cadencées par leurs pas. Nous nous écartâmes pour les laisser passer un à un, piétinant comme si la route ne s'était pas arrêtée.

Je repris mes esprits, encore tremblante de la catastrophe qui aurait pu arriver, pendant que mes quatre accompagnateurs patientaient, décontractés. Shanti me tendit la main.

« Il est temps pour toi d'expérimenter la virtualité de la peur. Comme tu viens de le voir, le pont peut supporter d'énormes charges : des troupeaux le traversent depuis des années. Il danse, se déforme, mais il est toujours là ! Ton cerveau imagine les pires scénarios, mais ce ne sont que des inventions. Rien n'est réel.

— Peut-être, mais mon malaise, lui, l'est !

— C'est la même chose que dans un rêve.

— Tu veux dire un cauchemar !

— Lorsque tu dors, rien ne te semble plus réel que ton imagination. Ton corps réagit aux émotions : face à la peur, il se raidit, ton cœur s'accélère, ton souffle est court, mais lorsque tu te réveilles, tu sors de cet état de stress, parce que le signal donné à ton cerveau est rassurant. C'est la même chose ici : tu es bloquée dans un cauchemar imaginaire. La réalité est tout autre, tu vois bien !

— Je comprends, mais c'est plus fort que moi. Mon corps s'immobilise à l'idée d'essayer.

— Tu dois le rassurer et contrôler tes pensées négatives pour sortir de cet état de panique. Commence par respirer profondément. »

Shanti prit trois inspirations profondes. Il gonfla ses poumons, puis expira l'air jusqu'au dernier souffle. Il m'invita à en faire autant. La première se bloqua, la seconde prit de l'amplitude, et la troisième libéra mon sternum. « Bien ! Maintenant, tu vas attraper les épaules de Goumar et suivre ses pas. Pose tes pieds où il mettra les siens et concentre-toi sur ma voix, je serai juste derrière toi. »

Il échangea quelques mots avec le cuisinier et demanda aux deux porteurs de nous attendre avec les bagages. Goumar se mit devant moi, je me levai comme un automate en m'accrochant à son cou. Il avança, je le suivis, tremblante, en canalisant mon attention sur ses chaussures. Shanti, placé derrière moi, me tenait par les deux épaules. « C'est très bien, me chuchota-t-il après avoir enchaîné les deux premiers pas. Continue. Inspire profondément, puis expire doucement. » Je l'entendais exagérer sa respiration pour m'inciter à me concentrer sur mon souffle. Il répéta l'opération plusieurs fois. Pas après pas. Je marchais au rythme de Goumar, lui labourant les épaules de mes mains crispées. Le pont se mit à faire des écarts au fur et à mesure de notre avancée. J'aperçus le vide à travers les lattes espacées. Mon cœur s'accéléra et mes muscles se figèrent.

Shanti le sentit. Il exerça une pression sur mes omoplates pour m'empêcher de m'arrêter. « Sors de ton cauchemar, Maëlle, rien ne peut t'arriver ! Ferme les yeux et inspire. Concentre-toi sur tes jambes, ne les laisse pas s'immobiliser. Observe de l'extérieur ce qui se passe, ne rentre pas dans l'émotion. Allez, respire encore ! »

Les yeux fermés, je ne maîtrisais plus rien, tirée devant par Goumar, poussée derrière par Shanti, comme un wagon coincé, je suivais la locomotive. Je ne faisais plus qu'un avec eux, ce qui me rassura quelques instants. Puis Goumar se mit à crier. J'ouvris les yeux, il faisait signe à un sherpa, qui arrivait de la berge d'en face, d'arrêter sa course. Nous étions au milieu du pont, à l'endroit le plus flexible. Je voyais le torrent serpenter entre les roches en bas. La panique s'empara de nouveau de moi, mes jambes se dérobèrent. Shanti m'ordonna de « sortir » de toute pensée. « Écoute ma voix ! Imagine-toi en pleine mer sur un bateau en train de rejoindre l'avant. Le vent souffle fort, le navire épouse les vagues. »

Je tentai de me représenter la scène et retrouvai mon équilibre, écartant mes membres inférieurs pour retrouver de la stabilité. Pendant que je visualisais la proue, ma place préférée pour admirer la mer, mes pas s'enchaînaient. Lorsque Shanti me fit ouvrir les yeux, nous étions de l'autre côté de la berge, sur la terre ferme. Il me sourit. « Tu l'as fait, Maëlle. »

Je le regardai, ahurie. Mes mains moites se décrispèrent, mes muscles se relâchèrent, mon sang s'activa, ma respiration peina à retrouver sa régularité. J'entendis Nishal et Thim applaudir au loin. Ils nous rejoignirent en un éclair, courant avec habileté sur le pont. Le sherpa nous fit signe et continua sa route. Il marqua un temps d'arrêt, revint vers moi et me glissa une phrase en tibétain. Puis, avançant de latte en latte, il reprit la surveillance de son troupeau.

Je me tournai vers Shanti, interrogative. « Il a dit : "Si la peur frappe à ta porte et que tu as le courage de l'ouvrir, tu t'apercevras que derrière, il n'y a personne." » Je souris, regardant l'homme s'éloigner en dansant sur le pont.

Nous avions repris notre route, mais il me fallut plusieurs minutes pour retrouver mes esprits. Mes jambes fragilisées me portaient avec difficulté. Shanti resta à côté de moi. Je fixais le chemin de pierres.

« Il m'est impossible de contrôler mes émotions.

— Ce n'est pas facile, mais tu peux apprendre. Les peurs naissent de la pensée. Par des exercices réguliers de prise de conscience, tu n'en seras plus le jouet, mais le maître. Si tu observes ce qui arrive, tu peux calmer l'enfant en panique qui est en toi. Nous jonglons entre un double état : l'enfant qui sommeille en nous et l'adulte que nous sommes devenu. Face à nos peurs, c'est le petit être qui domine, nous quittons notre lucidité. Ses émotions négatives l'emprisonnent, jusqu'à ce que l'aîné trouve les paroles rassurantes pour le ramener à la raison.

— Comment identifier ces états ?

— L'enfant vit dans la peur, il manque d'autonomie. Il se nourrit du regard de ses parents. Il se sent abandonné lorsque l'on détourne l'attention de lui. Il cherche l'amour de l'autre, il ne sait pas s'en donner. Le problème vient de son entourage et sa colère est alimentée par son orgueil. L'adulte, lui, s'oxygène seul, il sait se rassurer. Il reconnaît que sa douleur prend son origine dans sa propre création, mais il perçoit aussi les solutions en lui.

— Mais comment passes-tu d'une phase à l'autre quand la peur t'aveugle ?

— J'identifie la situation dans laquelle je me trouve et ne la juge pas. Lorsque l'enfant qui est en moi domine, je le rassure en lui expliquant que je l'accompagnerai jusqu'à la fin de sa vie. Je m'engage envers lui à ne laisser personne lui faire de mal. L'homme que je suis devenu est armé pour le guider. »

Cette image de l'enfant et de l'adulte semblait très juste, ces deux états fondaient le berceau de mon quotidien.

L'inclinaison de la pente s'adoucissait, mais la montée restait raide. Mes muscles contractés par la peur se détendirent peu à peu. Tout me semblait facile après cette traversée. Nous fîmes une halte au village de Jhinu Danda. Comme à leur habitude, Nishal et Thim s'installèrent avant nous. Il n'était que 13 heures et le paquetage était déjà déficelé.

« C'est fini pour aujourd'hui ?

— Oui, je te propose de déjeuner en terrasse, puis de prendre un peu de repos. Si tu es d'accord, nous descendrons ensuite aux sources chaudes où nous nous prélasserons le reste de l'après-midi. Qu'en dis-tu ?

— J'en dis que c'est une belle surprise ! Mais comment peut-il y avoir des sources chaudes dans le coin ?

— C'est un phénomène étrange dans cette région de l'Himalaya. Il existe des chaudières géothermales, c'est-à-dire de l'énergie thermique provenant de la Terre. La température des roches de la croûte terrestre augmente et lorsque l'eau pénètre, elle se réchauffe au contact des pierres brûlantes. C'est de là que naissent les geysers de Jhinu Danda. »

La propriétaire du lodge et ses deux garçons de 4 ou 5 ans qui trottinaient à ses côtés nous saluèrent. Menkhu me serra la main. Ses deux bambins se cachaient derrière chacune de ses jambes, m'observant discrètement. Je leur lançai un clin d'œil qui les fit pouffer de rire puis disparaître en courant dans la maison. Ils réapparurent peu de temps après ; l'un des deux garçons tenait un ballon crevé qu'il me tendit, pendant que l'autre improvisait des buts avec deux grosses pierres, prêt à réceptionner mes tirs. Goumar et Thim regardaient la scène, amusés. Je les appelai à ma rescousse, mon niveau de football ne me permettant pas de me mesurer seule à d'aussi « grands » gaillards. Les deux hommes ne se firent pas prier. Un couple de touristes anglais s'avança pour étoffer l'équipe. Le match pouvait commencer !

Vingt minutes plus tard, Menkhu siffla la fin de la partie. Elle tenait un plateau sur lequel quatre assiettes de *dal bhat* fumantes aiguisèrent notre appétit. Shanti proposa aux jeunes Anglais de se joindre à nous. Ils s'attablèrent, ravis. Ces Londoniens s'étaient octroyés quelques mois sabbatiques pour expérimenter la méditation. Shanti écoutait avec intérêt et enrichissait de ses connaissances ce vaste sujet qu'il semblait maîtriser. Nick et Abby se délectaient des paroles de mon guide, j'avais l'impression de déjeuner avec trois illuminés.

« Je suis surpris d'entendre vos valeurs révolutionnaires, dit Nick.

— Révolutionnaires ? Ces préceptes reposent sur des enseignements ancestraux, sourit Shanti.

— Alors, ils ont du mal à passer les frontières !

— Si vous le souhaitez, nous pourrions allier nos énergies ce soir au coucher du soleil. »

Les deux jeunes s'empressèrent d'accepter. Puis les trois sélénites me dévisagèrent, attendant visiblement une réponse. Je balbutiai, mal à l'aise.

« Je n'y connais rien, je ne voudrais pas vous faire rater l'expérience.

— C'est simple ! La méditation ne demande aucune qualité particulière. Ta présence est suffisante, tu vas voir !

— Euh... Et qui s'occupe de l'herbe et du whisky ? »

Un silence profond plomba l'atmosphère. Je rattrapai ma maladresse, feignant la plaisanterie. Alors que je cherchais d'autres arguments pour me sortir du traquenard, Nick conclut : « Parfait alors, c'est d'accord ! Retrouvons-nous à 18 heures au même endroit. » Il se leva, suivi de son amie, sans attendre notre réponse. Je fixai Shanti, hébétée.

« Tu m'as demandé de t'aider à traquer tes pensées automatiques, cette expérience pourrait t'être utile. Accepte-la, même si elle te semble farfelue.

— Ne me dis pas que pour y arriver, il me faut passer sur une planète d'exaltés ! Sans vouloir te vexer, je vous laisse ce genre de pratique ! Je préfère rester les pieds sur terre que la tête dans le cosmos. »

Je regardai mon portable machinalement. Toujours pas de réseau ! « Non, rassure-toi, tu n'as pas besoin d'entrer dans un autre monde. Je te propose juste d'élargir le tien. Que risques-tu ? » Shanti désigna mon mobile. « Avais-tu prévu autre chose à cette heure-là ? » Cet homme avait l'art de me persuader. Il m'agaçait, mais je devais avouer qu'il me fascinait. Je souris. « C'est vrai, mon planning n'est pas trop chargé. Bon, nous verrons ce soir ! »

Je découvris ma nouvelle chambre, à l'image de celles des deux premières nuits : spartiate... Après avoir organisé mon couchage, je m'assoupis une heure dans le jardin, au soleil. Je fus réveillée par les pleurs de Yanhi, le cadet des deux frères, qui avait perdu l'équilibre dans sa course. Son aîné l'aida à se relever. Ses larmes s'accentuèrent, mais sa mère ne sembla pas s'en inquiéter. Je m'assurai que la chute était anodine, le pris dans mes bras puis l'assis sur mes genoux. Il se laissa faire. Ses vêtements noirs de poussière donnaient le ton de sa propreté. Il me tendit ses mains crasseuses pour me montrer l'ampleur des dégâts, mais une simple rougeur naissait à l'endroit de l'impact avec le sol. Je sortis un mouchoir en papier de ma poche, lui enveloppai le nez et le fis souffler sa morve séchée.

Son frère, resté près de lui, scrutait chacun de mes gestes. Je lui racontai une histoire au creux de sa paume douloureuse, que ma mère me chuchotait lorsque je vivais de tels drames : « La poule de grand-mère a pondu son coco, là. » En prenant son petit pouce : « Le premier l'a vu », puis son index « Le deuxième l'a ramassé », il me tendit son majeur « Le troisième l'a fait cuire », « Le quatrième l'a mangé... » et enfin repliant son auriculaire à l'intérieur de sa main en la caressant : « Et le tout petit rikiki, qui n'a rien eu du tout, a bien léché le plat. » Les deux garçons me regardaient fixement. Ils n'avaient probablement pas compris un mot, mais ma voix les hypnotisait. Les pleurs avaient cessé dès mes premières syllabes, laissant place à deux sourires radieux à la fin de mon récit. Les enfants repartirent en courant.

Shanti nous observait, attendri. « La source est à une demi-heure de marche, si nous voulons en profiter un peu, je suggère de partir maintenant. »

Quand je pense qu'à Paris, même pour de courtes distances, je prenais systématiquement le taxi, je ne me reconnaissais plus : pas un seul agacement à l'idée de redémarrer à pied ! Thim et Goumar se joignirent à nous, mais Nishal préféra se reposer. Thim, en tongs, sautait de pierre en pierre sur le chemin bordé par la montagne, Goumar le surveillait du coin de l'œil. Shanti, amusé, fermait la marche en veillant sur la troupe. La route descendait à pic sur un bon kilomètre. L'idée de la remonter me démoralisait.

« J'espère que le jeu en vaut la chandelle, car le retour va être difficile.

— *Carpe Diem !* »

Mon guide parlait latin maintenant ! *Carpe Diem* : cueille le jour présent sans te soucier du lendemain.

« Pourquoi te soucies-tu de la remontée, alors que nous ne sommes qu'à l'aller ? Quitte à penser à l'instant d'après, réjouis-toi de ce qui nous attend.

— Ah c'est vrai… Rester positif !

— Pas seulement. Le travail consiste à apprécier ce que tu vis maintenant, et non pas à imaginer ce que tu vivras plus tard. Profite du chemin sur lequel tu es, des arbres qui dansent dans le vent, de la vie qui nous sourit, partout où se posent nos yeux. Laisse tes oreilles écouter les chants qui naissent dans le silence, ton nez respirer les parfums qui se mêlent, tes muscles se contracter et se détendre au rythme de tes pas, et perçois ton cœur se nourrir de tout cet amour. » Mon cœur se mit à cogner fort en sollicitant mes sens. « Voilà ce qu'est le bonheur, Maëlle ! Ne va pas chercher plus loin, il est dans l'instant présent. Rien d'autre que ce que tu vis là n'est réel. »

Nous arrivâmes près d'une rivière. L'eau chaude sortant de la montagne fissurée se déversait dans de larges réservoirs rectangulaires taillés à même la roche. Dans l'un des bassins, un couple chuchotait les yeux dans les yeux, en se tenant la main. Ils semblaient seuls au monde, profitant de ce havre de paix.

Shanti échangea quelques mots avec la gardienne des lieux qui nous invita à nous laver avec un savon naturel avant de nous offrir le plus grand espace en contrebas. Cinq gros bambous distribuaient le flux de la cascade en autant de douches à un mètre les unes des autres. Thim et Goumar ne se firent pas prier et se retrouvèrent en slip sous une chute d'eau chaude. Shanti les suivit de près. Les trois hommes alignés le long de la roche frottèrent leur peau pendant un long moment. Mes sous-vêtements dépareillés me firent renoncer un instant, mais voyant le plaisir que prenaient mes trois mannequins, j'en oubliai ma pudeur.

L'eau bouillante coula sur mon crâne, emportant avec elle une épaisse couche de poussière. Mes cheveux emmêlés s'ordonnaient sous le débit rapide de cette ablution salutaire. Je glissai avec les autres dans le bassin qui nous était réservé. Je nageai, laissant l'eau pénétrer tous les pores de ma peau. Quel bonheur !

Shanti, isolé dans un coin, flottait à l'horizontale. Il semblait s'être assoupi sur le dos. Après quelques minutes, il s'approcha de moi.

« Tu dormais ?

— Non, je laissais mon cœur *être*. Pour le ressentir, il faut en faire l'expérience. Il suffit de t'allonger et d'écouter... »

Je m'exécutai. Mon corps cherchait son équilibre à la surface, ce qui me rappelait les concours de planche que nous faisions dans la mer avec mon cousin à l'adolescence. C'était à celui qui flotterait le plus longtemps. Ce n'était pas aussi facile que dans l'eau saline, la portance ici était moins bonne, mais après plusieurs tentatives, je réussis à me stabiliser. J'essayai d'écouter, mais je n'entendais rien. Je ne comprenais d'ailleurs pas très bien ce qu'il y avait à percevoir. Je me redressai, dubitative, et avouai à Shanti que l'expérience n'avait pas été concluante. « Ne cherche pas à flotter, laisse ton corps trouver sa position. »

Je tentai de nouveau. Mes poumons gonflés remontèrent ma poitrine et mon thorax à la surface. Mes jambes s'alignèrent sans effort. Mon enveloppe s'immergea et émergea au rythme de ma respiration. Je tentai d'écouter, mais rien d'autre ne venait, que des bruits sourds. Je me relevai.

« J'arrive à trouver l'équilibre sur l'eau, mais je n'entends toujours rien.

— Il n'y a rien à entendre, juste à ressentir à l'intérieur comme à l'extérieur de ton corps. Imagine-toi en observatrice de toi-même. Comme si tu étais assise sur le bord du bassin et que tu te regardais faire l'expérience. »

Je trouvais Shanti bizarre. Je me demandais s'il n'était pas un peu fou, mais ma curiosité me poussa à poursuivre. Sans me décourager, je retrouvai ma position horizontale avec aisance, mon être devenu léger flotta. Mes muscles se détendirent. Je tentai de ressentir mon corps, mais tout me semblait flou. Je fermai les yeux pour entrer en moi. J'écoutai ma respiration : mes poumons se gonflaient puis se vidaient. Je pris conscience qu'ils le faisaient depuis ma naissance. Je suivis le circuit de l'air pénétrer dans ma poitrine, puis dans mon sang par mes alvéoles pulmonaires. Je visualisai l'oxygène transporté par mes globules rouges jusqu'à mon cœur se répartir entre mon cerveau et le reste de mon corps, et mes artères, divisées en de multiples vaisseaux, alimenter mes cellules. Je me représentai mon plasma acheminant le dioxyde de carbone vers mes poumons pour l'évacuer et s'emplir à nouveau d'oxygène. Trente-cinq ans que mon anatomie fonctionnait seule, et produisait un miracle à chaque respiration pendant que je brassais de la paperasse toute la journée, certaine de relever de l'intelligence suprême…

Tout à coup, mon cerveau se tut, il ne concevait plus rien, une trappe s'ouvrit au niveau de ma gorge, j'avais le sentiment d'habiter mon corps pour la première fois. Il se passa alors quelque chose d'étrange : je ne distinguais plus la limite entre mon corps et l'eau. Je me mêlais à la sève des montagnes avec laquelle je fusionnais. J'eus le sentiment que mon être se prolongeait dans toutes les directions. Au fur et à mesure qu'il s'étendait à droite puis à gauche, il transperçait le décor au-dessus et en dessous de moi, jusqu'au centre de la Terre, puis ressortait de l'autre côté de la planète pour se fondre dans l'univers. J'eus l'impression de ne faire qu'un avec tout ce qui m'entourait. Je n'avais jamais ressenti cette force en moi, ni même imaginé sa puissance. Je n'arrivais plus à revenir de cette éternité. Toute image disparut. Les battements de mon cœur résonnaient à l'infini, comme si le reste n'existait plus.

Affolée par ce qui venait de se passer, je me redressai brutalement. Shanti me sourit. Il savait. J'essayai de lui expliquer, mais les mots ne sortaient pas. Il plongea son regard dans mes yeux troublés. « Nos cerveaux et nos paroles ne pourront jamais raconter, seul notre cœur pourra le vivre. » Je repris mes esprits.

« Je n'ai pas rêvé ? J'ai eu la sensation de m'être fondue avec l'univers. C'est fou, est-ce l'altitude qui me rend dingue ?

— Non, c'est la vérité, tu es Tout. Tu viens d'accéder à la source, l'amour dans lequel tu vis.

— Arrête, tu me fais peur. Je ne comprends rien de ce que tu me dis.

— Parce que encore une fois, tu tentes de rationaliser, or, rien de ce que je t'explique ne peut l'être. Ressens l'harmonie dans laquelle tu te trouvais. Étais-tu mal ?

— Non ! Au contraire, je sentais une force inqualifiable !

— Tu viens de goûter à l'infinie grandeur. L'état originel que tu peux vivre à tout moment si tu fais taire ton mental.

— Tu parles de Dieu, c'est ça ?

— Appelle-le comme tu veux.

— Je ne crois pas en Dieu ni en toutes ces choses qui attirent les gens qui n'ont pas le courage d'affronter la vie.

— Pourquoi as-tu besoin de croire ou pas ? Vis ! Fais l'expérience ! En nommant, tu restreins, or ce que je t'exprime est tout-puissant, illimité et éternel. »

Rien de ce que je venais de vivre ne ressemblait d'une quelconque façon à ce que j'avais pu éprouver auparavant. Le bien-être dans lequel je baignais me donnait une joie inconnue.

Autour de nous, il n'y avait plus personne. Thim et Goumar étaient remontés. L'air était devenu plus frais. Une fois séchée et rhabillée, je remontai sans difficulté la côte que j'avais appréhendée à l'aller jusqu'au lodge. Absorbée par l'expérience que je venais de vivre, je ressentais la vie battre en moi et autour de moi. J'étais là tout simplement !

Ma chère colère

> *« La véritable liberté exige de s'affranchir de la dictature de l'*ego *et de son cortège d'émotions. »*
>
> Matthieu RICARD

Nishal et Thim finissaient leur lessive, tandis que Nick et Abby discutaient avec un homme chargé d'un sac à dos, qui se tenait sur ses longues jambes musclées brunies par le soleil. Quelques cheveux blancs sur les tempes trahissaient sa quarantaine.

Les enfants sortirent de la maison en courant et se jetèrent à son cou. L'homme lâcha son énorme bagage et en prit un dans chaque bras en les faisant tournoyer. Les petits riaient aux éclats. Il les reposa au sol pour s'incliner les mains jointes devant Menkhu, lança un « *Namasté* », puis caressa la tête des enfants accrochés à ses jambes avec tendresse. Nick nous fit signe. Shanti s'approcha du groupe et se présenta. L'homme l'accueillit comme un cadeau.

« Je suis ravi. Mon nom est Matteo. » Puis il se tourna vers moi et me tendit la main. Ses sourcils épais et réguliers renforçaient son regard brun confiant. Son nez aquilin séparait ses joues et ses pommettes saillantes. Ses lèvres dessinées avec précision prenaient une place harmonieuse au-dessus de son menton anguleux, divisé par une fossette. Il hypnotisait la maisonnée. Il faut avouer qu'il avait une prestance rare en dépit de son short poussiéreux et de sa tenue de routard. Sa barbe de quelques jours lui rendait sa virilité malgré la finesse de son visage allongé, à l'image de sa stature. Ses yeux me paralysèrent. La douceur de sa paume anesthésia la mienne. Il y avait bien longtemps que je n'avais pas ressenti une telle émotion… Il chuchota entre ses lèvres sans décrocher son regard du mien : « Je n'ai pas entendu votre prénom. »

Malgré son anglais fluide, les « R » roulés trahirent ses origines. Je reconnus l'Italie que je connaissais bien et qui m'avait rendue si malheureuse, quelques années auparavant. Le souvenir d'une histoire d'amour douloureuse me fit redescendre rapidement sur terre. Je me dégageai d'un mouvement brusque. « Aucune importance ! »

Le plus grand des deux garçons attrapa la main que je venais de libérer et son petit frère s'agrippa à l'autre. Ils le tirèrent dans le bâtiment jusqu'à sa chambre qui jouxtait la mienne. Je tournai les talons sous les regards hébétés.

Abby me rattrapa en proposant à Shanti et à Nick de nous rejoindre. « Il est 18 h 15, le soleil rougit, nous devrions commencer. » J'en avais oublié notre rendez-vous mystique. Je n'étais pas d'humeur à supporter toutes ces mises en scène, mais Shanti ne me laissa pas le choix. Je m'assis en tailleur et complétai le cercle qu'eux trois suggéraient. Mon guide m'expliqua : « C'est simple, il n'y a rien à faire que d'être là. »

Le silence ne tarda pas à m'agacer. Je les observai : leurs yeux ouverts fixaient le sol à un mètre devant eux, ils ne bougeaient pas d'un millimètre, concentrés sur je ne sais quoi. Je gesticulai, la position était inconfortable. J'avais l'impression de perdre mon temps. Je décidai après quelques minutes de quitter le groupe. Personne n'en fit cas : sans un battement de cils, ils continuèrent sans moi.

Je restai dans ma chambre pendant une heure puis descendis dans la salle commune pour me réchauffer près du poêle, en attendant le dîner. Shanti parlait avec Matteo. Il m'appela d'un mouvement de la main, je préférai l'ignorer. J'échangeai quelques mots avec Abby qui abandonna le livre qu'elle était en train de lire pour m'expliquer avec enthousiasme son voyage. Je l'écoutai sans conviction.

Menkhu nous proposa de passer à table, disposant une dizaine de plats différents devant nous. Shanti me garda une place près de son nouvel ami, ce qui ne manqua pas de m'agacer. Je me refermai sur moi-même tout au long du dîner. Matteo me posa quelques questions, auxquelles je répondis par de courtes phrases sans relancer la conversation. Je me pressai de manger.

Saisie par un mal de tête, je saluai tout le monde, prétextant la fatigue. Je sortis m'aérer. Comme un chercheur d'or qui promène son détecteur, j'errais de gauche à droite, mon téléphone à la main, à l'horizontale, espérant capter une onde aventurière qui se serait échappée d'une antenne. Toujours rien ! Je m'assis sur une chaise basse. Le ciel attrapa mon regard : des millions d'étoiles éclairaient lcs montagnes et, au centre, le premier croissant de lune annonça la naissance d'un nouveau cycle.

Matteo sortit de la bâtisse, il se dirigea vers moi et me tendit une tasse de thé. Je la refusai, exaspérée. « Je vous la laisse là, dit-il en posant la décoction à mes pieds. Il fait froid ce soir, peut-être changerez-vous d'avis. Je vous souhaite une bonne nuit. »

Il retourna vers sa chambre sans un mot supplémentaire. Shanti fixait la scène du pas de la porte. Il s'approcha.

« Pourquoi cette attitude ?

— J'ai mal au crâne ! Et puis... j'avais envie d'être tranquille !

— Pour quelqu'un qui voudrait être calme, tu sembles en colère !

— Les Italiens me crispent, parce qu'ils sont superficiels. Ce ne sont pas des gens de confiance. Je les connais bien, j'ai travaillé trois ans à Milan, c'est dans leur culture d'être menteurs, ils n'ont aucune parole ! Ce sont des charmeurs, qui ne pensent qu'à séduire, leur mentalité ne me plaît pas, je n'ai pas envie de perdre de temps avec ce type, j'ai déjà donné. »

Shanti m'écouta en silence déblatérer ma colère. Il contemplait les montagnes se fondre dans le ciel. Sans détourner son regard de l'obscurité, il posa sa main sur mon bras et raconta :

« Une femme de peau blanche vient de terminer ses courses. Au comptoir du self, elle achète un bol de soupe, va s'installer à une table, y dépose son plateau et s'aperçoit qu'elle a oublié de prendre une cuillère. Elle repart en direction du bar.

Revenant à sa place, elle trouve un homme de peau noire au-dessus du bol, trempant sa cuillère dans le bouillon. "Quel sans-gêne ! Mais il n'a pas l'air méchant... Ne le brusquons pas !"

"Vous permettez", lui dit-elle en tirant la soupe de son côté. Son interlocuteur ne répond que par un large sourire. Elle commence à manger. L'homme retire un peu le bol vers lui et le positionne au milieu de la table. À son tour, il plonge sa cuillère et avale le breuvage, mais avec tant d'amabilité dans le geste et le regard, qu'elle le laisse faire, désarmée. Ils mangent à tour de rôle. Elle est décontenancée. Son indignation fait place à la surprise, elle se sent même un peu complice.

La soupe terminée, l'homme lui fait signe de ne pas bouger et revient avec une abondante portion de frites qu'il pose au milieu de la table. Il l'invite à se servir. Elle accepte et ils les partagent. Puis, il se lève pour prendre congé avec un ample salut de la tête et prononce l'un de ses premiers mots : "Merci !" Elle reste un moment pensive, et songe à s'en aller. Elle cherche son sac à main qu'elle avait accroché au dossier de la chaise. Plus de sac ! "Quelle imbécile je fais ! Cet homme noir n'était qu'un voleur évidemment !"

Elle s'apprête à demander qu'on le poursuive, lorsque ses yeux tombent sur un bol de soupe, intacte et froide, posé sur une table voisine, devant la chaise où pend son sac. Il manque une cuillère sur le plateau… »

Shanti se tut, le regard éloigné.

« C'est une très belle histoire, mais je ne vois pas le rapport…

— Crois-tu que tous les hommes noirs sont pauvres et voleurs ? Que tous les Italiens sont superficiels et flambeurs ? Que tous les Français sont les mêmes ?

— Non, bien sûr que non !

— Alors pourquoi réagis-tu ainsi avec Matteo ?

— Il me rappelle de mauvais souvenirs.

— Si tu veux vivre en phase avec tes priorités, tu devras changer ton état d'esprit et accueillir les nouvelles rencontres sans le poids du passé, sans projection vers le futur. Regarde Matteo comme si tu voyais un être pour la première fois. Oublie ce que tu connais des hommes et des Italiens. Écoute ton cœur, laisse-le te guider. Ne permets pas à ton *ego* de te duper, il me semble te l'avoir déjà dit. Une personne qui touche ton cœur est un ennemi pour ton *ego*. Est-ce que tu ressens quelque chose de spécial pour Matteo ?

— Pas du tout ! Je viens de te le dire, je fuis ce genre d'homme.

— Mais pourquoi refuser une discussion, un moment agréable, une information qui pourrait te servir ? Il ne t'a pas demandée en mariage, mais juste offert une boisson. Maëlle, il n'est pas l'homme avec lequel tu as travaillé et qui t'a trahie. Il n'est pas non plus l'un des autres individus avec qui tu as partagé ta vie, qui t'a fait mal. Il est différent et unique.

— Le connais-tu pour en parler comme ça ?

— Laisse-toi une chance de le découvrir. Non pas comme un Italien, mais comme quelqu'un qui a fait battre ton cœur. Tu sauras s'il vaut la peine que tu perdes ton temps. Bonne nuit, Maëlle. À demain. »

Il partit se coucher. Je restai seule sous les étoiles quelques minutes. Saisie par le froid, je regagnai ma chambre. Je passai devant celle de mes tourments, la lumière transperçait ses rideaux, Matteo ne dormait pas. Shanti avait raison, cet homme faisait battre mon cœur et il n'avait rien fait de mal. Il était même attentionné, j'avais été injuste avec lui.

Je m'arrêtai sur le pas de sa porte, j'aurais voulu lui présenter mes excuses. Mais non ! La situation était stupide. Je n'allais pas m'abaisser à ce genre de chose ! Je m'engouffrai dans ma chambre, heureuse de n'avoir croisé aucun témoin.

*
**

« Le petit déjeuner est servi, Maëlle, le départ est prévu dans une demi-heure ! »

J'ouvris un œil, sentis mes muscles endoloris. Je dégageai mon bras hors du duvet pour regarder ma montre. Déjà 7 h 30 ! Le soleil ne m'avait pas attendue pour se lever. Je pris une inspiration profonde et me libérai de la plume pour affronter les températures négatives. J'enfilai des couches de vêtements successives, puis sortis. La porte de la chambre voisine était ouverte, je regardai discrètement, mais il n'y avait plus personne. Plus d'affaires non plus. Je me précipitai vers la salle commune, mais ne le vis pas. Je courus jusqu'au jardin, personne.

Je croisai Shanti.

— Bien dormi ?

— Où est-il ?

— Qui ?

— Matteo !

— Il est parti au lever du soleil, il y a vingt minutes environ.

— Mais pourquoi tu ne m'as pas réveillée plus tôt ?

— Pourquoi aurais-je dû le faire ? »

Je sentis ma frustration m'envahir et la colère me submerger. « Mais parce que… Laisse tomber, tu ne comprends rien ! »

Je m'assis à une table seule. Menkhu m'apporta un copieux petit déjeuner, mais je n'avais plus faim. Mon cœur était serré et une boule plombait mon estomac. Shanti se servit un café et s'assit à côté de moi.

« Tu es en colère après moi parce que tu cherches un coupable. Ton *ego* ne peut accepter la raison de ton mal-être.

— Oooh… ça va avec tes leçons de morale ! Et puis… Je ne suis pas en colère. Laisse mon *ego* où il est et concentre-toi sur la route que nous devrons prendre.

— Tu as raison, c'est ton orgueil qui parle, il ne m'intéresse pas. Je refuse de perdre mon temps avec lui. Nous partons dans dix minutes, je t'attends dehors. »

Il se leva et sortit aider les deux porteurs à finir de ficeler les bagages. Je sentis ma rage monter. Je me levai et vociférai : « C'est ça, fuis ! Tu es lâche comme tous les hommes ! Dès qu'il faut assumer ses responsabilités, il n'y a plus personne. » Shanti repassa la tête par la porte et conclut, amusé : « Oups… je me suis trompé, la colère est toujours là ! » Nick et Abby, qui venaient d'entrer dans la pièce, regardèrent la scène, effarés.

Les dents serrées, je fulminais encore quand Yanhi me remit un dessin sur lequel un couple était relié par un immense cœur. Je m'effondrai sur la banquette et l'enveloppai de mes bras. Il s'installa sur mes genoux, me dit quelques mots en népalais, et attrapa ma main. Il prit mes doigts un par un et retraça à sa façon l'histoire que je lui avais contée la veille, puis me regarda avec la pureté de son âme dont seuls les enfants sont capables. Mon agressivité s'estompa, mes larmes se mirent à couler. Je l'embrassai fort, ainsi que son frère qui se tenait en silence à côté de nous.

Je saluai Nick et Abby en les priant de m'excuser pour mon comportement. Ils me souhaitèrent une bonne route. Menkhu m'accompagna jusqu'à la sortie avec les enfants et me serra dans ses bras en me glissant à l'oreille des mots que je ne compris pas mais qui vinrent se poser sur mon cœur.

Je fixai ses yeux et la remerciai. Ces gens qui avaient peu en apparence possédaient en fait l'essentiel. Alors qu'ils ne connaissaient rien de moi, ils m'avaient tout donné : leur présence, leur silence, leur patience, leur générosité, leur compréhension, leur regard, leur gentillesse, leur pardon, leur amour. Je repartais alors que j'avais montré la pire image de moi. J'aurais voulu m'en expliquer, mais ne trouvai plus de mots. J'avais honte.

Shanti se lança en premier, je le suivis, la tête baissée, puis Goumar m'emboîta le pas. Je me retournai pour saluer les enfants et Menkhu. Yanhi et son frère me firent de grands signes puis se remirent à jouer. Leur mère nous accompagna du regard un long moment. Sentant sa bienveillance dans mon dos, je lui fis un dernier geste de la main.

La journée commença par une montée raide. La fraîcheur matinale et la rudesse de l'effort anéantissaient toute discussion. Mes membres inférieurs courbatus se chauffaient comme chaque matin. J'enchaînais les pas sur les traces de Shanti. Mon souffle se raccourcit, je n'étais pas en forme et l'ambiance restait pesante. Shanti ne m'avait pas adressé la parole depuis le départ. Je devais avoir franchi les limites au petit déjeuner. Mais n'était-il pas un peu susceptible lui aussi ? Il n'y avait quand même pas de quoi se vexer !

Mes pensées s'accélérèrent : je n'arrivais pas à joindre Romane et personne ne semblait connaître l'existence d'une quelconque méthode miracle. Je ne pouvais toujours pas lire mes e-mails et n'avais donc aucune nouvelle de l'essentiel de ma vie. Je doutai tout à coup de mes choix. Pourquoi avais-je accepté de venir ? Quelle folie m'avait poussée jusqu'ici ? N'était-il pas temps de rentrer ? Je me tournai vers Shanti, cherchant un soutien. Le regard égaré dans les montagnes, il m'ignora.

L'ascension se poursuivit jusqu'au village de Chomrong. Thim m'informa que nous avions passé le cap des deux mille mètres. Je repris la marche en silence, apercevant au loin le bourg.

Mes questions sans réponses fusaient. J'étouffais et mon guide me faisait la tête ! Je n'avais rien dit de mal. C'est lui après tout qui fuyait toute discussion. Shanti siffla nos deux porteurs et leur fit signe de s'arrêter. Il sortit quelques fruits secs, en prit une poignée et me tendit le sac. Il s'assit sur un rocher plat, à quelques mètres de nous, face à la montagne. À l'évidence, il était fâché. Je tentai de me rappeler ce qui avait pu le froisser. L'image qui revint à ma mémoire fut celle de son visage moqueur me traitant d'orgueilleuse. Je m'approchai de lui, mâchouillant nerveusement le mélange d'arachides, et pris place sur la même roche.

« Tu es vexé ? Tu ne dis rien depuis notre départ.

— Je n'ai pas de temps à perdre avec des émotions qui ne me conviennent pas. Discuter avec une personne prise en otage par son orgueil me demande trop d'efforts. Elle cherchera à avoir raison, quelle que soit la situation et particulièrement quand elle a tort. Pardonne-moi, mais je préfère que tu t'adresses à quelqu'un d'autre.

— Bon, tu vois, je mets mon amour-propre de côté, puisque je te parle.

— Prouve-le-moi ! Excuse-toi par exemple. »

Je soupirai, exaspérée.

« Je suis désolée, ça va, t'es content ?

— Non, je ne discute pas avec toi ! Il est toujours là !

— Arrête de faire l'enfant Shanti !

— Je n'ai pas d'énergie à perdre. Point final ! Écoute le monologue de ton *ego* et laisse-moi me concentrer sur ma route.

— Oh, ne sois pas susceptible pour si peu. »

Il se rembrunit. Je conclus en me levant : « Comme tu veux ! Après tout, reviens vers moi quand tu seras de meilleure humeur. Moi non plus, je n'ai pas d'énergie à perdre. » Je m'écartai de lui. Il se rapprocha de moi.

« Tu vois, il est là, sinon tu t'excuserais avec sincérité. Tu serais affectée par les mots que tu as prononcés ce matin.

— Tu ne veux pas que je t'embrasse, non plus ! Je suis désolée, je viens de te le dire. Si tu préfères rester dans ton coin, reviens quand tu auras fini de bouder.

— J'ai un petit faible pour le silence plutôt que de te savoir prisonnière de tes émotions. Ton *ego* jubile. Il se nourrit de l'attention que tu lui donnes. Tu n'as plus la force d'ouvrir les yeux sur la situation. Il prend toute la place. Tu lui as tenu la porte, il s'est engouffré et l'a refermée à double tour. Il te drogue dès que tu tentes de t'échapper en te laissant assez d'air pour le nourrir. Regarde ta respiration : elle est courte et rapide, ton thorax douloureux. Dans peu de temps, si ce n'est pas déjà le cas, il invitera ta colère à danser avec lui et ensemble, ils trouveront un coupable pour alimenter leur raison d'être. La meilleure façon de t'aider est de me taire. J'attends qu'il se fatigue ou que tu te réveilles. Tant que tu le nourris, il se renforce. Il devient difficile à combattre. En revanche, il meurt dès que tu en prends conscience. Il est vulnérable comme l'obscurité face à la lumière. S'il te reste un peu de lucidité, repasse-toi la scène en supprimant ce filtre de l'*ego*. »

Shanti partit en tête. Goumar le suivit, j'en fis autant. Nishal et Thim fermaient la marche. Le soleil chauffait l'air qui s'adoucit. Silencieuse, je réfléchis. Il était vrai que je respirais mal depuis la veille, mon plexus s'était resserré. Une douleur dans l'estomac m'empêchait d'avaler quoi que ce soit. Mais je devais voir la vérité en face : après mon comportement de la veille, pourquoi Matteo aurait-il dû m'attendre ? Quant à mon guide, je ne lui avais rien demandé. Pourquoi lui en voulais-je de ne pas l'avoir retenu ?

Je rattrapai Shanti et le pris par le bras : « Je suis désolée. Je n'avais pas à te parler comme je l'ai fait. » Il se laissa faire et approuva d'un clin d'œil. Mon estomac se dénoua à la vibration de mes excuses. Mon thorax s'ouvrit et ma respiration s'amplifia. « Il semblerait que la fête soit finie ! », dit-il, avec une certaine complicité. Je fis une petite moue honteuse. « Oui. Il reste les verres cassés, les bouteilles vides, les trous dans la moquette et une odeur terrifiante. L'excès d'émotions qui laisse un goût amer plusieurs heures durant. »

Shanti s'ouvrit avec compassion.

« C'était donc une sacrée java ! Puis-je t'aider à faire un peu d'ordre ?

— Ce n'est pas de refus. Le chantier est dans un tel état que je ne sais pas comment l'attaquer.

— Commence par regarder ce qui t'entoure. Face à toi, l'Annapurna Sud, ici, le Hiunchuli, et à notre droite, le Machapuchare. Admire et respire ! »

Il prit une grande inspiration et ferma les yeux. Je fis de même. « Encore, insista-t-il en élevant la voix. Ressens leurs énergies en profondeur. Puis expire ta douleur, lâcha-t-il en vidant ses poumons. Inspire leur immensité et expire ta frustration, inspire leur pureté et expire ta colère. Inspire et expire encore... »

Je suivis sa cadence de plus en plus profonde. Je perçus la fraîcheur pénétrer mes narines, ma gorge, mes bronches, mes veines, comme si la puissance des montagnes transformait mes tensions en une force apaisante.

« Respire, jusqu'à sentir que l'air qui entre soit aussi pur que celui qui sort et que plus rien d'autre que la perfection n'ait besoin d'être expulsé. » J'inhalai jusqu'à ne plus faire de différence entre mes inspirations et mes expirations. « Laisse l'oxygène s'introduire par les pores de ta peau et libère-le par toutes les parties de ton corps. Inspire l'ensemble des montagnes, les arbres, le ciel, l'univers et... expire. »

Je visualisai cette force qui me transperça au point de m'anesthésier, j'avais l'impression de ne faire qu'un avec tout ce qui m'entourait, comme la veille. J'ouvris les yeux et pris conscience du calme qui régnait. Shanti regardait l'horizon, Nishal, assis plus haut, fumait une cigarette, Goumar et Thim s'étaient allongés au soleil.

« Comment te sens-tu ?

— Vide ! À l'arrêt. Je ne sais pas comment t'expliquer.

— Il n'y a rien à dire, juste à ressentir. Tu viens de vivre comme dans les sources chaudes, l'instant présent, le moment où tu fais taire ton cerveau. Ni passé ni futur, tu empêches tes pensées de t'enfermer. Tu laisses la place à ce qui est d'être !

— Je ne peux pas passer mon temps à respirer ainsi.

— Tu respires depuis ta venue au monde. Te concentrer un moment te permet de desserrer l'étau qui te comprime. Tu élargis ton champ de conscience, tu libères de l'espace pour accueillir autre chose que ton problème. C'est un bon exercice pour calmer ton agitation cérébrale... Bien, maintenant que nous sommes éveillés, je te rappelle que nous devons faire un peu d'ordre dans le chantier que tu as laissé. »

Alors que nous avions repris la route, suivis de près par le reste de la troupe, Shanti m'expliqua :

« Comme je te l'ai expliqué le jour de notre rencontre, seuls deux sentiments racines existent : l'Amour et la Peur. Tu ne peux te trouver dans les deux simultanément. L'état d'amour ne se vit qu'en conscience. Dans ce mode, le contrôle est dirigé par le cœur qui dicte chacun de tes gestes, l'*ego* ne peut plus s'exprimer. En revanche, à chaque fois que tu laisses ton mental reprendre le pouvoir, il te plonge dans le passé ou le futur. Tu entres dans la zone de peur, le royaume de l'*ego*. Il invente des stratagèmes pour t'empêcher d'agir, terrorisé par le changement. Tout ce qu'il ne maîtrise pas l'effraye. C'est ce qui s'est produit pour toi hier soir.

— Attends ! je ne suis pas sûre de comprendre. Je n'avais pas l'impression de me replonger dans le passé ni même d'avoir peur.

— Le cerveau est très fin, il t'endort sans que tu puisses t'en apercevoir. Remontons quelques heures en arrière et dis-moi comment tu te sentais dans les sources chaudes.

— C'était incroyable, j'éprouvais une force impressionnante en moi.

— Tu étais à l'écoute de ton corps, de ton âme, et de ton cœur. Ton mental et ses pensées négatives se sont tus. Te rappelles-tu la suite ?

— Oui ! Nous sommes remontés. La côte que j'appréhendais m'a demandé moins d'efforts que je ne l'imaginais à l'aller.

— Là encore, tu étais dans le présent, dans la vibration de ce que tu venais de découvrir. Tu étais remplie d'énergie. Puis tout a basculé. Le mental a repris ses droits. Il t'a entraînée dans ses doutes.

— Oui, au moment où nous sommes rentrés.

— Et plus précisément ?

— Je ne me souviens plus. C'est confus. »

J'essayai de revivre la scène de retour, mais aucune image n'arriva. Le trou noir. « Je ne sais pas... L'expérience de méditation avec Nick et Abby m'agaçait, je crois. » Shanti s'immobilisa brusquement.

« Observe la force et le jeu de ton mental. Tu occultes ce qui pourrait te servir. L'*ego* est terrorisé à l'idée que tu le fasses taire. Laisse-moi te rafraîchir la mémoire : ton changement d'humeur est arrivé quand tu as fait la rencontre de Matteo. Tu as peut-être eu peur de tomber amoureuse. Ton mental a gardé le contrôle. En te replongeant dans les blessures du passé, il s'est assuré qu'aucun chemin ne pourrait se frayer vers ton cœur. Sont alors remontées à la mémoire tes dernières ruptures sentimentales et ton expérience professionnelle en Italie, empreinte de trahison. Mais ce n'est qu'un stratagème. Tu as refusé en bloc ce que Matteo t'offrait : un sourire, une discussion, un thé. Ton cœur a envoyé de doux signaux, il s'est mis à battre fort au moment où son regard a croisé le tien, mais tu as préféré l'ignorer ! »

— Non... enfin oui, mais j'avais mal à la tête. Et puis, je ne sais plus, Shanti...

— Les maux ne sont qu'une conséquence de ton conflit intérieur ! »

Mon guide ne me laissait aucune porte de sortie. Il assenait des vérités, vrillant ses yeux dans les miens pour m'empêcher de fuir. « Matteo est resté lui-même : ouvert et attentionné. Et toi, tu as persisté dans ton entêtement. » Je baissai la tête. Mon accompagnateur me prit le menton et le releva. « Je n'ai pas fini et tu vas écouter jusqu'au bout ! » Assommée, je me laissai faire. « En te réveillant, tu as eu des remords. Ton cœur pleurait son absence. L'attaque devient une obligation pour l'*ego*. Ses armes sont imparables : la colère et l'orgueil. Il cherche le coupable ailleurs. Comment avouer qu'il a tort ? Jamais ! Il te donne la solution : le fautif est celui qui t'a fait mal, c'est Matteo. Le bel Italien s'est envolé sans te dire au revoir ! Tu te mets en rogne contre lui. Mais ça ne suffit pas. Un second ennemi serait mieux. Tu m'accuses de l'avoir laissé partir sans te réveiller. La réalité est tout autre. Il n'y a qu'un coupable et il ne sert à rien de le chercher à l'extérieur : c'est ton *ego*. Tu es complice de ses actes en l'autorisant à guider ta vie. »

Je ne savais pas quoi dire tant la révélation était juste. « Tu vas avoir un sérieux problème entre tes objectifs et ton mental. Tu as permis à ton cœur d'exprimer ses priorités, et tout ce qui arrivera prendra cette direction : les rencontres, les expériences... Si tu résistes, tu vivras le pire des cauchemars. Si tu acceptes et gardes confiance en la vie, tu te rendras compte que tes rêves se réaliseront les uns après les autres. » Je me frottai les yeux.

« Ah ! J'ai une autre mauvaise nouvelle ! Si à chaque fois qu'une opportunité se présente à toi, tu laisses ton *ego* la rejeter, ton quotidien te servira des situations plus douloureuses pour honorer ta volonté. Tu as deux solutions : soit faire taire ton cœur et changer d'objectifs, soit garder sous silence ton mental et vivre ce que tu souhaites. Que décides-tu ?

— Ben, je sais plus ! Va doucement, je suis paumée ! Et toi, tu ne me ménages pas !

— Je ne suis pas là pour t'épargner, mais pour t'aider. Alors, quel choix fais-tu ? »

Je soupirai.

« Je veux rester dans mes priorités, mais comment éteindre mon mental ?

— En vivant dans le présent. C'est le seul moyen de le calmer. Commence par observer les pensées et les émotions qui arrivent, comme pendant l'expérience des sources chaudes.

— Mais dans cet état, je ne peux rien faire de constructif, je ne peux pas passer mon temps en lévitation, à espérer les paroles de mon cœur.

— Il n'est pas question de vivre à l'arrêt, mais à l'écoute. En étant consciente de tes pensées, de tes actes et de tes mots, ta vie prend une direction différente, en accord avec ce que tu veux être. Ton pilotage automatique s'interrompt, tu reprends les rênes et cesses de reproduire les mêmes erreurs. »

Je comprenais ce que Shanti me disait, mais je n'entrevoyais aucune solution. Elle semblait évidente pour lui, mais je n'intégrais pas ce qu'il m'expliquait. Observer mes pensées me paraissait difficile, je ne les contrôlais pas. Mon guide me rassura : « Tu ne pourras pas les maîtriser en quelques heures, mais plus tu t'exerceras à les guetter, plus l'habitude s'installera dans ton quotidien. Quelques secondes par jour, puis quelques minutes, enfin tu ne pourras plus vivre autrement que dans la conscience, car tu découvriras le sens du bonheur. N'est-ce pas l'objectif que tu t'étais fixé à travers un des gros cailloux que tu as déposés dans le pot ? »

L'espoir effaça mon anxiété, je repris confiance, malgré une profonde tristesse.

« Je suis peut-être passée à côté d'une belle rencontre, n'est-ce pas ?

— Ton mental est-il si vite de retour pour créer cette pensée négative et t'emmener dans l'émotion de la déception ? »

L'humour de Shanti me plaisait. Il avait l'art d'accrocher un sourire à mes lèvres à chaque fois que je me sentais découragée.

« C'est la vérité.

— Mais quelle vérité ? Ne comprends-tu pas ce que je suis en train de t'expliquer ? La réalité est que nous sommes ici et maintenant au village de Sinuwa, à deux mille trois cent soixante mètres d'altitude, que le paysage est magnifique, que nous sommes en pleine forme, heureux et… affamés. C'est la seule vérité ! »

Shanti passa son bras autour de mes épaules. « Entre nous, il n'était pas si beau, ce n'était qu'un homme… un Italien en plus… Tu ne perds pas grand-chose ! » Je ris de bon cœur et le traitai de tous les noms. Il reprit avec plus de sérieux :

« Si Matteo doit recroiser ton chemin, rien ne pourra l'empêcher, sois-en sûre.

— Comment le retrouver dans l'Himalaya ? Autant chercher un dromadaire au sommet de l'Everest !

— N'y pense pas ! Fais confiance à la vie. Crée ce que tu veux et laisse faire l'univers. »

Carte de visite

« Vous pouvez, sans en être conscient, prendre bien des choses pour votre identité : votre corps, votre race, vos croyances, vos pensées. »

Jack KORNFIELD

Un jeune couple nous accueillit pour le déjeuner. Assis à une table en bois faisant face aux massifs, nous avions une vue spectaculaire sur l'Annapurna Sud, le Hiunchuli et le Machapuchare qui dominaient la vallée, rassemblant entre ses gorges encastrées de minuscules maisons que nous devinions à peine.

Je dégustai quelques momos végétariens[1] accompagnés de riz, puis finis par une banane. Shanti choisit le même menu alors que Nishal et Thim somnolaient à flanc de montagne. Goumar n'était pas ressorti de la cuisine. La pause fut

1. Ravioli originaire du Tibet cuit à la vapeur ou frit, confectionné à partir d'un carré de pâte à base de farine de blé.

brève, nous avions pris du retard le matin. Il restait trois heures de marche avant l'étape suivante.

Après un court somme, nous repartîmes par un chemin qui serpentait entre des ronces et des fougères. Le dénivelé positif de plus de mille mètres nous mena dans la forêt tropicale avant de pénétrer la bambouseraie par une descente qui nous fit perdre cinq cents mètres d'altitude. L'effort intense m'obligeait de garder le silence. Les quatre hommes adaptèrent leur rythme au mien, échangeant des sourires bienveillants. Ils discutaient quelquefois avec les sherpas qui croisaient notre route, croulant sous le fardeau de produits alimentaires, de canettes de sodas ou de feuillage. J'arrivais à peine à me hisser, alors que certains d'entre eux portaient l'équivalent de leur propre poids.

Les températures douces de l'après-midi facilitèrent la montée. Nous contournâmes régulièrement de petites tours de pierre bouddhistes au sommet desquelles flottaient des drapeaux de prière, d'où les mantras s'étiraient dans le ciel, comme une protection au-dessus de nos têtes. J'aperçus en transparence les deux pointes du Machapuchare.

Nous traversâmes le village de Bamboo Lodge à l'heure de la sortie des classes. Une ribambelle d'enfants en uniforme grouillait dans les ruelles. Un troupeau d'ânes chargés de sacs de farine et de millet nous devança dans l'escalier de roche qui traversait le village. Sur la droite se trouvait notre lodge, dont la terrasse dégagée sur la vallée invitait à la contemplation. Les habitations ne dérogeaient pas à la règle des constructions des hautes collines népalaises : une structure ramassée, des murs de pierre et un toit à deux pentes recouvert de bardeaux. Notre lodge s'adossait à l'une de ces maisons. Tout en bois, il avait été ajouté au corps principal.

Nishal avait pris soin de déposer mes bagages au pied de la porte de ma chambre, au rez-de-chaussée de cette bâtisse à deux étages. La nuit n'arrivait plus à me surprendre, mes habitudes bien rodées, je pris possession des lieux et préparai mon couchage. Puis je sortis admirer la vue sur la terrasse lorsque j'aperçus Nishal en contrebas. Je descendis jusqu'à lui. Il était assis sur un banc, adossé à une boutique constituée de quatre planches de bois, dont une ouverte sur le comptoir. On aurait dit un kiosque à journaux rectangulaire. Nishal fumait une cigarette roulée, le regard lointain. Je sortis quelques roupies, lui proposai une Gorkha, une bière népalaise, qu'il accepta avec plaisir, et pris place à ses côtés. Il me montra son paquet de tabac pour m'offrir une cigarette, je la refusai, j'avais arrêté de fumer depuis quatre ans.

Les rayons déclinaient, nappant l'horizon d'une lumière veloutée. Comme chaque soir, le temps était suspendu face au show final du soleil qui croisait ses lasers de feu devant nos yeux ébahis. Nishal se ravitailla en Pilot, les cigarettes locales, pour 30 roupies, l'équivalent de 25 centimes par paquet. J'achetai quelques friandises pour le lendemain, puis nous remontâmes au lodge par le chemin qui poudroyait.

Shanti me fit part du menu : une soupe de légumes avec des momos et une omelette. Je profitai du quart d'heure suivant pour prendre une douche, puis le rejoignis à une table face à la montagne. Le dîner fut vite servi. J'aimais ces moments d'échange avec mon *gourou*. Il me demanda comment je me sentais. Je vivais un grand changement intérieur. Tous mes repères éclataient. J'étais terrorisée par ce qui arrivait. Shanti me rassura, j'étais face à moi-même. Mes masques tombaient. Les armes, que je maîtrisais dans mon environnement, ne me servaient pas ici. Effectivement, rien de ce que je connaissais ne m'aidait. Je me sentais vulnérable, je souffrais de tous mes membres. Nos discussions me bouleversaient. Je lui avouai que j'avais peur du trou noir, là, devant moi !

« Il n'est pas question de gouffre ou d'une autre horreur, mais juste de te débarrasser de ce qui t'encombre pour te retrouver.

— Je suis fragile depuis le début du voyage. Je ne contrôle plus rien. Je me croyais solide... et là c'est tout le contraire !

— Tu t'es construite sur des valeurs différentes de ce que tu perçois ici. »

Je me frottai les mains et soufflai pour les réchauffer.

« Les conditions climatiques extrêmes t'obligent à puiser dans des réserves que tu ne soupçonnais pas. La puissance des montagnes te ramène à la petitesse de l'être humain. Mais le plus déroutant, tu l'as constaté, c'est la réaction des gens que tu rencontres. Il est impossible d'appliquer ton mécanisme de pensée, de stratégie et de défense. C'est pourquoi tu te sens désemparée. Nous construisons dès notre plus jeune âge une armure pour nous protéger. Nous la façonnons avec notre éducation et la position que la société attend de nous en oubliant nos besoins intrinsèques. En Occident, la valeur fondamentale sur laquelle repose tout votre système de compréhension, d'acceptation, de pouvoir, de reconnaissance, et d'amour est l'argent. Tes réflexes sont conditionnés autour de cet élément. Ce qui ne peut fonctionner ici. »

J'entourai mon bol de soupe de mes mains. Shanti croqua dans un momo frit.

« Vous êtes formatés pour réussir socialement. Vos enseignements, vos envies, votre réflexion sont basés sur la victoire matérielle. Vous aimez parce que ça vous rapporte.

— Tu prends un raccourci, là !

— Le respect est fonction de la taille de votre compte en banque. Vous vivez dans la peur de perdre le peu amassé puisque l'amour n'est pas dissocié de l'argent. C'est pareil dans vos relations sentimentales, vous ne rêvez qu'à travers les projets matériels : la maison, la voiture, les achats. Vous ne prenez plus de temps pour apprendre de vos aînés, enseigner la confiance à vos enfants, partager avec vos amis plutôt que de vous comparer les uns aux autres ! Votre système de valeurs est fondé sur votre patrimoine. Vous ne savez plus donner sans imaginer d'intérêts en retour. Pire encore : vous confondez ce que vous êtes avec vos conditions de vie. Vous vous associez à votre titre, votre quartier, vos biens, vos origines, votre nom, votre travail, vos relations et n'existez qu'à travers eux. Vous ne concevez plus d'être aimé pour ce que vous êtes : un simple être humain. Dans l'Himalaya, nous sommes dans l'excès inverse. À défaut d'argent, nous vivons dans la misère. Pour survivre, ces peuples se sont accrochés à des valeurs ancestrales et religieuses qui donnent un sens à leur vie. Ils n'ont pas l'occasion de se perdre dans l'opulence, ils sont confrontés à leurs besoins primaires. L'*ego* ne trouve rien pour s'engraisser, ce qui favorise la compassion, la solidarité, l'optimisme, l'attention, les plaisirs simples, quoi !

— C'est vrai, les rencontres que j'ai faites ici me rappellent que nous nous sommes un peu égarés. »

Je soupirai et pris une mine grave.

« Je ne m'explique pas cette fragilité, je devrais retrouver ma nature profonde.

— Tu as construit ta vie dans l'action et la planification. Ton cerveau étudie des stratagèmes complexes pour anticiper toutes sortes de situations autour de la rentabilité. Il s'agit de négocier, de gagner. L'*ego* s'exprime dans toute sa splendeur. Ici, personne ne peut t'acheter quoi que ce soit, même si beaucoup le souhaiteraient, ils n'ont pas l'argent nécessaire.

— Je ne cherche pas à vendre quelque chose !

— C'est peut-être le problème. Jour après jour, tu te libères des couches de protection qui t'encombrent, car elles sont trop lourdes à porter ici. Ce sont les mécanismes que tu as mis en place pour attirer l'énergie, le regard et l'amour des autres. Lorsque tu diriges une assemblée de gens qui boivent tes paroles, lorsque tu conduis la voiture que tout le monde aimerait s'offrir, lorsque tu brilles des plus belles tenues, ne crois-tu pas que tu suscites l'attention et l'envie ?

— Mais le plaisir matériel n'a rien de malsain !

— Je suis d'accord avec toi, la confusion vient du fait que tu ne dissocies plus ce que tu es de ce que tu gagnes. Tu ne sais plus si l'amour que l'on te porte est associé à ta réussite, à ce que tu représentes, ou à l'intérêt que l'on peut tirer de t'avoir dans son cercle de connaissances. Crois-tu que ceux dont le succès matériel ne s'impose pas se sentent en confiance dans vos arènes ? Je ne crois pas. Ils cherchent désespérément la place que la société ne leur donnera pas. Le paradoxe est que les personnes qui ont atteint la fortune ne se considèrent pas en sécurité. Elles en veulent toujours davantage : plus d'argent, plus de pouvoir, plus de reconnaissance, pensant thésauriser l'amour. Les signes extérieurs de richesse sont les gages de l'amitié que vous recevrez. »

Je fis une moue d'approbation. Pour Shanti, la souffrance venait de notre peur de manquer. En attendant le regard de l'autre, nous nous branchions sur son oxygène sans nous apercevoir que nous respirions l'air impur qu'il expirait. Je me surpris une nouvelle fois à écouter sans intervenir la sagesse de cet homme qui savait trouver les mots pour me laisser sans voix. « Alors pourquoi te sens-tu si fragile ? Parce que tu fais tomber un à un les masques que ton *ego* a placés devant tes yeux pour se protéger. C'est en acceptant cette vulnérabilité que tu sauras qui tu es. Tu te retrouves nue, sans carapace, mais tu ne t'affaiblis pas. Au contraire, tu retrouves l'essentiel. » Les mots de Shanti firent battre mon cœur. Ils sonnaient juste, même s'ils m'affolaient.

« Tout est maîtrisé et calculé dans ma vie. Tu m'expliques qu'il faut lâcher prise, accueillir l'instant présent, enlever ses protections ? Mais c'est impossible pour moi !

— Tu ne créeras jamais de costume assez grand pour cacher ce que tu es. Tu portes déjà tous les habits du roi. Pourquoi ne pas révéler fièrement qui tu es ? Ne crains pas d'être rejetée ou seule, c'est de ton petit bout d'humanité que le monde entier tombera amoureux. Ce que tu ressens comme de la fragilité se transformera en force. Toute ton armure se désintégrera, ainsi que le poids des déguisements que tu portes, il ne restera alors que l'essence. »

Une fois de retour dans ma chambre, je griffonnai quelques notes sur une feuille, essayant de rassembler les échanges avec Shanti.

Vivre l'instant présent avec des yeux neufs.

Se rendre compte que seuls deux sentiments existent : la Peur ou l'Amour.

Le seul coupable de notre souffrance, c'est nous.

Ce qui peut sembler négatif ne l'est peut-être pas.

Choisir ses priorités et s'assurer que ses pensées sont dans cet axe, en observant ses automatismes.

Rassurer son enfant intérieur lorsqu'il panique.

*Distinguer les messages qui émanent du cœur de ceux qui viennent de l'*ego.

Supprimer les armures, qui ne protègent qu'en surface, mais finissent par étouffer.

Revenir à l'essentiel.

S'envoler légère en étant soi-même.

Les températures de la nuit chutaient au fur et à mesure de la montée. Le passage des deux mille mètres d'altitude gela le mercure en dessous de zéro.

Je m'endormis en récitant comme un mantra la liste que je venais de rédiger… ou digérer…

Réalité tronquée

« Nous ne voyons pas les choses comme elles sont, nous les voyons comme nous sommes. »

Anaïs NIN

Je me réveillai la tête lourde, soulagée de revenir à la réalité. Cette nuit avait été le berceau de tous mes cauchemars, passant de la perte de mon travail à de vieux souvenirs d'enfance, puis à ma condamnation par une maladie foudroyante. J'avais rarement si mal dormi. Le froid confortait ce climat ténébreux. Je m'assis en tailleur sur le lit, puis m'étirai le cou et le buste par quelques mouvements de tête. Les courbatures semblaient m'avoir quittée à l'étape précédente. Je m'habillai en retenant mon souffle comme chaque matin, traversai la salle commune endormie, puis sortis affronter les gelées.

Les lueurs perçaient derrière le Hiunchuli. Mes rendez-vous avec le soleil me procuraient une joie profonde à chacune de ses apparitions et disparitions. J'avais repéré la veille un rocher plat en hauteur d'où je pourrais contempler son lever. J'escaladai la butte. Shanti avait eu la même idée. Assis en lotus devant l'immensité, les mains sur ses genoux, il priait dans le calme de son âme. Je m'approchai sans bruit et me plaçai près de lui. Le Machapuchare, entouré de ses apôtres face à nous, changeait de couleur de seconde en seconde. Je consultai ma montre, l'astre n'allait plus tarder. Sa ponctualité enseignait un profond respect, jamais une minute de retard. La boule de feu orange vif éclaira nos deux visages. La beauté de ce paysage unique nous pénétra et ses premières flammes nous réchauffèrent. Mon maître se tourna vers moi et m'offrit son sourire. Je le lui rendis comme un reflet, puis après un long silence, il me demanda d'une voix douce quels étaient mes objectifs de la journée. Surprise par sa question, je pris un moment de réflexion.

« Je suis pressée d'arriver au but de ce voyage, de rencontrer le fameux Jason et de récupérer la méthode que je suis venue chercher pour Romane. En plus, Goumar m'a promis une vue exceptionnelle sur les treize sommets les plus hauts de l'Himalaya. J'ai hâte de m'y rendre. Ce sera une sorte d'accomplissement de tous nos efforts, tu ne crois pas ? »

Mon sage semblait loin dans ses réflexions.

« Tu n'es pas d'accord ?

— Je pense que seul le chemin compte. Le résultat est souvent insignifiant par rapport au trajet parcouru. »

Après ce qu'il m'avait enseigné sur le présent, je cherchais d'autres sources de satisfaction à court terme.

« Je me réjouis de passer par la forêt de rhododendrons. J'en ai entendu parler. Et toi, quels sont tes objectifs du jour ?

— Je n'en ai qu'un seul. Il est le même tous les jours : celui d'être heureux.

— Et tu y arrives ?

— Je m'y efforce. Le bonheur est un état d'esprit. Je tente de ne pas me laisser emprisonner par mes pensées. Je me réjouis de cette nouvelle journée qui commence et m'ouvre aux belles surprises qu'elle nous réserve.

— Tu ne m'as jamais parlé de toi. Es-tu marié ? »

Shanti me regarda d'un air coquin, levant un sourcil interrogateur. Je rougis. Il se mit à rire. Je me rappelai ma réaction quelques jours plus tôt lorsqu'il m'avait posé la même question.

« Je te taquine... et te remercie de l'intérêt que tu me portes. Oui, j'ai trois enfants que je vois peu. Je suis marié, mais... Pour être honnête, l'union est une affaire de castes ici.

— Tu veux dire qu'elle est arrangée ?

— Oui, pour satisfaire l'honneur de ma lignée. Je suis brahmane[1]. Ce qui est important pour moi, c'est d'offrir le nécessaire à mes enfants pour qu'ils puissent choisir leur vie.

— Tu as toujours été guide ?

— Non ! J'ai débuté comme porteur, puis chef porteur. En parallèle, j'ai appris l'anglais et j'ai passé mon diplôme d'accompagnateur. Je suis heureux comme ça ! »

Shanti regarda sa montre. Il était temps de savourer un bon petit déjeuner. Son ventre

1. Le plus haut rang du système indo-népalais.

gronda, suivi de nos rires. Je me sentais bien, régénérée par ces vues d'exception et les paroles de Shanti qui vibraient en symphonie. Frigorifiés et affamés, nous avalâmes un « *breakfast* complet », puis mon guide annonça le départ malgré la fraîcheur matinale.

Sur le chemin, une sorte de bise cinglait mon visage, mes joues et mes lèvres se paralysaient. Je couvris les zones restées nues, mais mes larmes coulaient. Shanti se retourna pour me rassurer. Nous allions entrer dans la forêt de rhododendrons, nous serions protégés du vent. Les paysages se transformaient comme les décors d'une pièce de théâtre. Nous débouchâmes sur un sentier dont les arbres entrelacés formaient une voûte végétale au-dessus de nos têtes. La canopée créait une barrière naturelle contre le vent. Je me réjouissais d'emprunter cet itinéraire, l'endroit singulier avait fait l'objet de divers reportages.

« Nous y sommes ! Regarde cette forêt de rhododendrons, as-tu déjà vu ça ailleurs ?

— Où ? Je ne vois rien !

— Tout autour de nous... Tous ces arbustes...

— Ben... C'est une blague ! Où sont les fleurs ? »

Shanti se mit à rire. Elles n'apparaissaient qu'au printemps ! Son attitude me contraria. Il semblait ne pas comprendre ma déception. C'était moins spectaculaire en hiver ! Nous marchions en silence sur un chemin de terre, j'étais dépitée de rater ce moment unique. Shanti s'arrêta et s'assit sur une pierre face au plongeant. Il m'invita à le rejoindre.

« Tu imaginais autre chose ?

— Oui, j'aurais aimé contempler les fleurs, mais ce n'est pas le printemps.

— Il n'y a pas de saisons pour les regarder. Je peux te les montrer. »

Dubitative, je l'observai. Les yeux plissés, il cherchait au loin dans ce méli-mélo de lianes. Je l'imitai, mais ne vis rien ! Je n'étais pas sûre qu'il apercevait quoi que ce soit non plus. Il se concentra puis pointa du doigt la forêt, me parlant de bouquets de fleurs rose saumoné, puis rouge vif, à côté, en forme de trompettes. Je le dévisageai, surprise. Il ne détacha pas ses yeux du paysage. Je cherchai et portai mon attention plus loin. Je ne les voyais toujours pas.

« Juste devant toi, là.

— Tu te moques de moi ! »

Je me relevai, vexée. Il m'attrapa la main et me força à m'asseoir. D'un ton ferme, il m'ordonna : « Prends le temps d'examiner les jeunes rameaux pubescents. Vert tendre, ils deviennent brunâtres puis grisonnants avec l'âge. Observe leurs feuilles étroites, persistantes, ovales.

— Oui ! Les feuilles, je les vois !

— Combien mesurent-elles ?

— Je sais pas... Douze ou treize centimètres.

— C'est ça. Elles sont vert clair aux beaux jours, elles foncent en hiver et peuvent virer au rouge comme celles-ci, là, regarde. Les bourgeons floraux se forment à la fin de l'été et prennent une forme arrondie. Ils sont visibles toute la saison froide. »

Je remarquai enfin ces boutures, par centaines.

« Souvent, les aveugles perçoivent mieux les choses que les voyants. Ferme les yeux et laisse-moi te les montrer.

— Ben, si je suis dans le noir, je ne risque pas d'apercevoir quoi que ce soit !

— Fais ce que je te dis ! Tu peux imaginer leurs fleurs rose fuchsia. Elles mesurent cinq centimètres de diamètre. En forme d'entonnoir évasé ou de cloches étroites, elles se serrent les unes aux autres pour constituer un bouquet. »

Shanti marqua un temps d'arrêt pour me permettre de les visualiser, puis reprit en laissant éclore les mots. « Regarde de plus près : dans le réceptacle se pose la fleur composée de cinq pétales enchevêtrés. Ils protègent l'ovaire dans lequel se forme l'ovule. Le stigmate trône au centre. Tout autour, les filets rose clair dansent. Ils offrent leur pollen jaune vif au vent qui se charge de les acheminer à bon port. Tu peux en voir par milliers. »

Il se tut. Sa description était si précise qu'à ma grande stupéfaction, les bourgeons s'ouvrirent un à un. Le vert aux accents marron dominant des feuilles et des arbres fit place à ces somptueux bouquets de pétales que mon guide venait de dépeindre. Je n'avais jamais vu de pareilles merveilles ou simplement pris le temps de les regarder une seule fois ! Je souris à Shanti. « C'est magnifique ! »

Nous contemplâmes la forêt fleurie. Le chant des oiseaux amplifiait ce printemps virtuel. Des bruissements successifs s'approchaient, et bientôt tout un orchestre profita de la scène. Le vent au-dessus de nos têtes perçait par intermittence l'épaisse couche d'éricacées pour participer au concert. Le soleil, projecteur naturel, s'intercala entre les branches emmêlées. Shanti me tapota la jambe. Il était temps de repartir pour Deurali.

Mon état d'esprit avait changé. Mon cœur débordait d'émotions. Je foulai la terre sans effort, absorbée par ce sentiment de bien-être dans la quintessence de l'instant. Nous ne vîmes personne pendant plus d'une heure, profitant de cette énergie exclusive jusqu'au torrent. À raison de deux ou trois ponts suspendus par jour, j'avais dompté mon infime reste d'appréhension, en m'amusant à écraser avec prudence, tout de même, mes empreintes sur celles de Thim, qui sautait de latte en latte.

En remontant le sentier au-dessus des gorges, je pensai à la précision avec laquelle Shanti m'avait décrit les fleurs et la façon dont elles étaient apparues devant mes yeux.

« Je suis impressionnée par ce que j'ai vu. Tu m'as détaillé avec une telle justesse les rhododendrons, que je les ai vus comme s'ils étaient vrais !

— Ne l'étaient-ils pas ? Que veut dire « réel » pour toi ?

— Quelque chose que l'on peut toucher, qui existe vraiment !

— Une pensée ne l'est pas ? Une onde non plus ? Et une vibration, une émotion, un sentiment ?

— Si ! Mais ce que je veux dire, c'est que j'ai imaginé des fleurs, alors qu'il n'y en avait pas.

— Mais si, bien sûr ! Dans ta réalité, puisque tu les as vues.

— Non ! Elles semblaient concrètes, mais elles ne l'étaient pas. Shanti, tu le sais ! Pourquoi cette mauvaise foi tout à coup ?

— N'as-tu jamais rêvé ou cauchemardé ? Lorsque cela t'arrive, il n'y a pas d'autres vérités. Rappelle-toi, je t'en ai parlé lorsque tu avais peur de traverser le premier pont suspendu. Tu ressens les émotions, ton corps réagit à une situation authentique pour toi à ce moment-là. Ne t'est-il jamais arrivé de te réveiller en sursaut, en sueur après une course effrénée, ou transie de peur, le cœur battant, après unc agression ? Ta réalité devient alors ton rêve. Tous les symptômes se manifestent comme si tu étais en train de le vivre éveillée, non ?

— Oui, c'est vrai, mais ce n'est pas la réalité.

— Elle dépend de la perception que l'on a des circonstances. Nos vérités et notre réalité se construisent avec les filtres de notre passé, de notre éducation, et de nos expériences. Reprenons l'exemple de la météo, lorsque tu te lèves le matin, que le ciel est gris, et qu'il pleut des cordes, que te dis-tu ?

— Il y a deux jours, j'aurais pesté, mais maintenant que je suis positive, je me réjouis !

— Quoi d'autre ? À propos du soleil par exemple ?

— Il n'y en a pas s'il pleut !

— Et pourtant, comment ferait-il jour ? »

Je souris à cette dernière remarque, je commençais à entrevoir ce que Shanti essayait de me démontrer.

« Effectivement, le soleil est bien présent, mais je ne peux pas l'apercevoir d'où je suis.

— C'est ça, de ta fenêtre en effet, tu ne peux pas le voir, mais si au même moment tu te trouvais en avion, survolant ta maison au-dessus des nuages, il t'éblouirait, non ? Face à une situation, il nous est impossible de reconnaître la réalité dans son ensemble si l'on reste figé à sa place. »

Shanti proposa une pause. Il fit asseoir l'équipe en cercle et me demanda de lui prêter mon téléphone. « Je ne capte rien, il est inutile », répliquai-je en le sortant de mon sac à dos. Je vérifiai. La batterie était faible et le réseau inexistant. Shanti me tendit la main avec insistance. Je le lui remis, il le cala droit sur une pierre qu'il avait pris soin de placer au milieu de nous. Il nous proposa ensuite d'observer et de décrire ce qu'il était possible d'apercevoir de notre position.

Goumar qui examinait le téléphone de dos commença, traduit par Shanti : « Je vois un rectangle gris métallisé d'environ dix centimètres sur cinq, un rond noir en haut à gauche, au milieu le dessin d'une pomme, et, tout en bas, quelques inscriptions avec des chiffres. » Puis Thim, qui ne voyait que la tranche, prit la suite : « Je vois une barre arrondie sur les côtés de dix centimètres. Trois boutons en haut, dont deux identiques et un plus petit. » Nishal qui était face à l'écran énumérait, toujours avec l'aide de Shanti : « Un rectangle noir de dix centimètres sur cinq avec un contour blanc, un cercle argenté en bas, un trait horizontal noir en haut. » Je présentai à mon tour la tranche qui m'apparaissait.

Shanti nous laissa finir, puis reprit la parole. « Si je vous demandais d'expliquer à une autre personne ce qu'est un téléphone sur la base de ce que vous venez de voir, chacun aurait une version différente de l'objet, n'est-ce pas ? Et pourtant, aucun d'entre vous n'aurait menti ? » À l'unanimité, la réponse fut non. « Pensez-vous que quelqu'un a raison ou tort ? Selon la place que l'on occupe, notre vision est différente. Il faut garder à l'esprit que la vérité peut dépasser notre angle de vue. » Shanti se tourna vers moi.

« Connaissant le téléphone, peux-tu me dire si la somme des descriptions que vous en avez faites tous les quatre permettrait à une personne n'ayant jamais vu l'objet d'en avoir une perception complète ?

— Non, elle ne suffirait pas à appréhender son utilité et ses fonctions par exemple.

— C'est exact, malgré la précision de chacun, nous sommes loin du potentiel qu'il recèle. »

Je regardai mon mobile. Il était facile de comprendre la métaphore de Shanti : l'addition de plusieurs évidences n'amène qu'à un résultat partiel. Les trois dimensions n'avaient pas permis de définir correctement l'objet. Il aurait fallu des éléments de connaissance pour apporter un éclairage complet.

« Nous pensons détenir la vérité, mais devons faire attention aux certitudes que l'illusion engendre.

— Cela voudrait-il dire que notre réalité n'est peut-être pas celle que l'on perçoit ?

— En effet. Nous devons rester vigilants quant à nos propres discernements. »

Sur le sentier escarpé, la végétation se faisait de plus en plus rare. Au fur et à mesure de la montée, je ressentis une gêne respiratoire qui me força à ralentir la cadence pour reprendre mon souffle régulièrement. La fatigue gagna mes muscles. Mes pensées vagabondaient de Romane, que je n'arrivais pas à joindre et avec qui j'aurais voulu partager mon voyage, à Shanti et ses enseignements. Sa sagesse me touchait. Puis me vint l'image de Matteo et mon cœur se serra. J'avais le sentiment étrange d'être peut-être passée à côté de quelqu'un de bien. Je chassai cette idée en tentant de retrouver le positivisme de Shanti. Il avait raison, n'ayant pas d'information sur le futur, autant imaginer les meilleures choses possible. Peut-être que le destin nous réunirait et puis… si ce n'était pas lui, ce serait un autre. Je souris en observant les mécanismes qui se mettaient en place.

L'arrivée à Deurali ne fut pas pour me déplaire, la journée avait été difficile physiquement. J'étais nauséeuse depuis le matin et cette sensation n'avait fait que s'accentuer. Chaque jour, nous perdions quelques degrés avec l'altitude, et la fin d'après-midi affichait des températures négatives. Je pris possession de ma chambre, du même genre que les précédentes, minimaliste, mais suffisante : un matelas sur une planche de bois, une ampoule nue au plafond, une corbeille et une grande fenêtre donnant sur la chaîne himalayenne. J'arrangeai quelques affaires, puis profitai, avant le coucher de soleil, d'une douche chaude, que le propriétaire proposait pour deux dollars supplémentaires. La chaleur du jet brûlant me fit du bien, mais, à peine rhabillée, l'écart de température accéléra mon mal-être : des aigreurs d'estomac puis l'acidité sur les côtés de la langue m'annonçaient une suite périlleuse. Je me sentis mal, très mal… Je courus aux toilettes.

Après quelques instants éprouvants, je peinai à regagner ma chambre. Mes muscles endoloris me portaient avec difficulté. Mon corps sensible se mit à trembler. Une enclume dans le ventre, des spasmes dans les intestins, une respiration courte, l'ivresse des montagnes m'avait choisie comme cible. Nous étions à trois mille deux cents mètres d'altitude, à une journée de marche du point culminant et j'étais à bout de force. Comment allais-je pouvoir dépasser cette limite ? Je savais qu'il ne fallait pas lutter contre les hauts sommets, mais au contraire capituler et redescendre. Mon corps se déroba et emmena mon moral qui se fissurait.

Quelqu'un frappa, je n'eus pas l'énergie de lui répondre, je souffrais de la tête aux pieds. Il insista, je reconnus le ton de Shanti. Je gémis d'une voix ténue : « Entre ! » Mon guide fut surpris de me trouver recroquevillée dans mon duvet.

« Qu'est-ce qui t'arrive ?

— Je suis malade. Complètement H.S. !

— Rien d'étonnant !

— Tu penses au mal des montagnes, n'est-ce pas ? »

Il se mit à rire. Le ton de ma voix se durcit.

« Je ne vois franchement pas ce qu'il y a de drôle !

— Pardonne-moi, je ne voulais pas te vexer. Je me moque de moi et non de toi ! Notre réflexe est de chercher le problème à l'extérieur de soi, je fais la même chose quand j'ai mal quelque part.

— Je ne comprends pas ce que tu essaies de me dire, mais je ne suis pas sûre d'avoir la force de t'écouter ce soir. »

Le corps ankylosé et perclus de courbatures, je fermai les yeux et espérai que Shanti devine mon besoin de solitude. Il s'approcha et me dit à voix basse : « Je ne vais pas te laisser souffrir. Ton mental est réfractaire à tous ces changements.

Ton corps réagit, il t'explique le conflit que tu es en train de vivre entre tes priorités et tes peurs. Écoute-le, permets-lui de te raconter ce qu'il subit. Ne t'en veux pas, mais entends ce que tu lui fais endurer. Lâche prise, ne tente pas de tout contrôler, laisse-lui la place de se manifester. Fais équipe avec lui, c'est ton meilleur ami. Il sait te prévenir des dysfonctionnements. Lorsque ton mental s'agrippe à ses "fausses" croyances et que ton cœur te dicte le contraire, le corps se retrouve entre les deux et t'alerte du problème. Accepte simplement ce soir ce conflit interne ! Ne te laisse pas berner, tu ne subis pas le mal des montagnes. Entends le message subtil de ton corps. Essaie de rassurer ton cerveau en lui expliquant que tu souhaites qu'il s'épanouisse dans le domaine dans lequel il excelle : celui d'exécuter les choix de ton cœur. Si chacun joue son rôle, vous arriverez à interpréter la plus belle symphonie qu'est ta vie. »

Shanti s'absenta et revint avec une tisane. Il m'aida à boire une gorgée, me caressa le front et me chuchota avant de partir : « Lâche prise, Maëlle ! » Comme toujours, ses mots vibrèrent en moi. Tout n'était pas clair, mais je sentis ce conflit interne dont il parlait. Mon corps serait un allié pour m'alerter d'un problème ? Pas facile d'admettre que je puisse me mettre seule dans un état pareil ! Je bus quelques gorgées de la décoction bienveillante de mon enseignant et m'endormis sans peine pour une première nuit au-dessus de trois mille mètres.

⁂

Je me réveillai le lendemain en forme, surprise de n'avoir mal nulle part. Il me semblait avoir dormi vingt-quatre heures. Il était 6 h 20, juste à temps pour accueillir le soleil. J'enfilai mes vêtements glacés, subtilisai une tasse de café avec la complicité du jeune propriétaire du lodge qui remit de l'eau à bouillir sur le poêle à bois, et sortis au grand froid.

Comme chaque matin, Shanti était là, le regard dans le vide, concentré dans son ailleurs. Les premiers rayons du soleil coloraient d'un orange vif le Machapuchare et l'Annapurna. Des traînées de dégradés jaunes, rouges et violets animaient le ciel. Les nuages fluorescents se déplaçaient horizontalement, contrastant avec la constance de la verticalité. Chaque jour, je retrouvais les teintes des jours d'avant, mais aucun lever de soleil ne ressemblait aux précédents. Ce matin, tout paraissait s'éveiller dans un mouvement lent, confiant, organisé et immortel. Je me concentrai sur ma respiration, en communion avec cette tranquillité. Les couleurs se projetèrent sur les montagnes qui s'animaient devant mes yeux. Les arbres me saluèrent de leurs feuilles et le vent me caressa le visage. Entraînée dans une danse cosmique, j'étais moi-même actrice. Mon cerveau en paix n'aspirait qu'au silence, mon corps se prélassait, je ne pus retenir mes larmes.

J'avais la sensation étrange de n'être qu'un grand tout, dans l'harmonie de cette immensité, comme si une vieille horloge détraquée se remettait en route dans un mécanisme parfait. Chaque pièce avait retrouvé sa place. Chacune apportait sa contribution au dispositif pour donner l'heure juste. Je scannai mon habitacle pour m'assurer qu'aucun blocage ne se manifestait. L'énergie circulait sans difficulté, plus de douleur. Une superbe équipe en puissance. Je me sentis entière, heureuse, faisant partie intégrante de cet univers que je voyais pénétrer dans tout mon être à travers la perfection de tout ce qui m'entourait. Je mûris chaque seconde aux couleurs du décor. Le soleil apparut. Se fondant au rythme établi, il contribua à l'excellence du moment. Quel miracle !

Le travail inconditionnel de mon organisme s'exprimait enfin à ma conscience. Comment avais-je pu passer à côté de moi pendant toutes ces années ? Je ne connaissais rien de plus beau que cet amour, qui ne cherchait aucune reconnaissance. En dépit des coups reçus, mon petit être continuait avec pugnacité à exécuter ce pour quoi il avait été créé. Je n'étais pas fière d'avoir délaissé à ce point l'essentiel. Mon cerveau, prétentieux d'avoir raflé les prix d'écoles prestigieuses, descendit prestement de son piédestal. Je le consolai :

« On a fait ce que l'on a pu avec les moyens que nous avions !

— Oui, mais si le cœur s'exprimait, ce serait plus simple.

— Pour cela, il faudrait que nous lui en donnions l'occasion.

— Une place ne s'offre pas, elle se prend !

— Je vois que tu tentes de récupérer ta position, laissons-le nous expliquer sa version. »

Mon cœur continua à battre au même rythme.

« Je ne vous ai jamais quittés, j'étais présent dans tous vos actes et décisions, même lorsque je ne les approuvais pas.

— Mais pourquoi n'es-tu pas intervenu, alors ?

— J'ai essayé, mais tu parles plus fort que moi. Tu ne peux pas m'entendre dans le chaos. »

Mon corps prit la parole, s'adressant au cerveau :

« Je tente de t'alerter quand tu pars dans la direction opposée de ton cœur, mais j'ai parfois besoin de m'imposer pour que tu comprennes, comme hier soir. C'est la seule façon que j'ai trouvée de te tranquilliser.

— Autrement dit, tout est de ma faute ! Tout le monde est contre moi !

— Il ne s'agit pas de chercher un coupable. Nous connaissons tous ta valeur lorsque tu n'es pas sous l'emprise de l'*ego*. Nous avons besoin de toi ! Si nous voulons nous réaliser, nous devons travailler ensemble. »

Le cerveau se laissa convaincre et ne dit mot. Le soleil prit place dans le décor et façonna la peinture qui se dessinait devant nous. Je n'osais plus bouger, de peur de modifier cet état de plénitude.

Mon téléphone se mit à vibrer au fond de ma poche pour annoncer le déchargement de la batterie.

Belle énergie

« L'amour est la seule réponse à la haine. »

Dilgo KHYENTSÉ RINPOTCHÉ

L'idée d'atteindre notre objectif eut raison de mon envie de paresser ce matin. Nous prîmes la route juste après un copieux petit déjeuner : une omelette au fromage, un bol de porridge, deux pancakes au miel et quelques fruits secs. Direction le point culminant de notre trek : le camp de base du Machapuchare, le sanctuaire de l'Annapurna ! La pente était raide, Shanti m'avait annoncé un dénivelé positif de neuf cent trente mètres.

À trois mille six cents mètres d'altitude, après une matinée concentrée sur l'intensité de l'effort, je me réjouis de partager le déjeuner avec mes premières rencontres de l'Hexagone : un couple de Français d'une cinquantaine d'années. Je déchantai au premier virage politique lorsqu'ils se mirent à soutenir des propos racistes d'une violente intolérance, qui me mirent hors de moi.

Sans retenue, je leur balançai le fond de ma pensée puis m'étendis à côté de Shanti, qui s'était allongé dans l'herbe au soleil, un peu plus loin. Je lui relatai l'incident.

« Je ne supporte pas ce genre d'abrutis !

— Ne t'es-tu jamais rendu compte qu'après certaines discussions tu perdais ton énergie ?

— Je n'avais pas pris conscience de ça, mais je dois avouer que je l'ai bien compris cette fois-ci !

— Toute attitude générée par le manque induit ce comportement. N'ayant pas trouvé leur source, ce type de personne s'approprie l'oxygène des autres en attirant l'attention à lui, il se régénère.

— C'est vrai ! En plus de me mettre en colère, ils m'ont épuisée.

— Les pessimistes, les négatifs, ceux qui veulent imposer leur point de vue, d'autres qui contredisent tout ce qui est dit, ou ceux qui se victimisent sont des gens énergivores. Ils sont animés par la peur. Tu peux éviter ce genre de situation. Il suffit d'être attentif. Ce type de comportement est facilement repérable et ton corps est un bon indicateur. Lorsque tu sens des tensions, de la crispation, une frustration, tu sais que ton énergie diminue.

— N'est-il pas préférable de les fuir ?

— C'est une solution si tu présumes que tes forces ne suffisent pas, mais moi, je préfère observer sans chercher à donner tort, puis je me recentre pour envoyer des pensées aimantes.

— Ça, c'est au-dessus de mes possibilités, j'ai des envies de meurtre !

— Rassure-toi, c'est pour tout le monde pareil, mais la colère est un sentiment vain qui ne nous soulage pas. Le bonheur consiste à être en harmonie avec nous. Seules nos pensées bienveillantes peuvent nous préserver de ces offenses.

— Nous ne pouvons pas nous taire continuellement. Si personne ne les fait réfléchir, ils vont continuer à polluer la Terre. Je n'ai pas aimé leur façon de m'agresser.

— Ils souffrent d'un manque. La peur nous oblige à agir en défense ou en attaque. Si tu changes ton regard sur eux, tu observeras que rien de ce qu'ils disent n'est tourné contre toi. Tu sembles être la cible, car tu te trouves là, mais ils auraient eu la même attitude avec une autre personne que toi. Comme l'automobiliste que nous avons croisé le jour du départ, tu te souviens ? Tu as la faculté de rester dans le bien-être malgré leurs agissements. En distribuant ton énergie aimante, tu te préserves.

— C'est difficile pour moi de ne pas riposter.

— Ça l'est pour toute personne qui croit être la cible de l'attaque. Si tu sors de cette idée, en observant les peurs de ton interlocuteur, tu entres en empathie. En étant conscient de ton état d'esprit, tu as les pleins pouvoirs sur la force que tu génères. Le point essentiel est de t'assurer que tu cherches à rester en lien avec l'autre et non à avoir raison.

— Euh... oui, je cherche à défendre ma cause !

— C'est le problème de beaucoup de personnes !

— Je vois... enfin, je crois... Comment je peux faire pour ne pas me laisser happer ? Y a-t-il des signes précurseurs ? »

Shanti m'invita à me redresser pour faire une expérience. « Ferme les yeux et enchaîne cinq respirations profondes. Pense maintenant au mot "douleur" ». Il se tut une minute. « Prononce ce mot trois fois en t'imprégnant des sensations qu'il procure. Peux-tu me décrire ce que tu ressens ? »

Je pris un moment. « Je sens mon corps se raidir, mon visage se crisper, mon cœur s'accélérer, mon thorax se fermer, mes muscles se tendre, des sueurs… » Shanti écouta sans intervenir jusqu'à ce que je ne trouve plus rien à ajouter. « Maintenant, pense au mot "plénitude". Prononce-le trois fois. » Après un moment de réflexion, je décrivis mes sensations : « Je sens mon corps devenir léger, comme inexistant, sans résistance, ma respiration est lente, je laisse la lumière me pénétrer, je suis heureuse, remplie d'une belle énergie. » Je savourai ce ressenti.

« Comprends-tu le pouvoir des mots et leur faculté à nous faire passer d'un état à un autre ? Quand ton corps se crispe, il t'appartient dans la seconde suivante d'en prendre conscience. Tu peux alors générer des pensées aimantes envers toi et ton interlocuteur afin de retrouver ta plénitude, quel que soit son comportement.

— C'est difficile lorsqu'on est face à quelqu'un de borné qui nous pousse dans nos retranchements.

— Je le répète, tout dépend de ton objectif. S'il est de rester en harmonie plutôt que d'avoir raison, tu te rendras compte que c'est aussi simple que ce que nous venons de faire. »

Je réfléchis à la conversation que j'avais eue avec mes deux cons patriotes… *euh non ! pas de mauvais esprit, Maëlle : compatriotes...* Il est vrai que je cherchais à changer leur perception en imposant la mienne.

« En modifiant ton état d'esprit, ton énergie attirera des forces de même intensité.

— Par la pensée seulement ?

— C'est un bon début. Toutes les sources chargées d'amour te permettent l'accès direct à cette zone. La musique, l'art, la nature et même un sourire. Lorsqu'une idée naît d'un désir profond, les miracles se produisent. L'univers tout entier met en place les éléments nécessaires à la réalisation de cette volonté.

— J'aimerais pouvoir me sortir de mes émotions négatives, mais je n'y arrive pas, tu crois que l'univers peut m'aider ?

— Oui, si tes mots sont justes et clairement formulés en accord avec tes intentions et celles de ton cœur.

— Attends, j'essaie ! "Je ne veux plus me laisser aspirer par la mauvaise énergie des autres."

— Je te conseille d'une part de ne pas faire intervenir de tierce personne pour ne pas en être dépendante, et d'autre part d'affirmer ce que tu souhaites dans le présent, comme si tu l'avais déjà. Par exemple, tu pourrais dire : "Je suis dans un bien-être parfait et suis la seule à pouvoir modifier cet état."

— Mais comment savoir que la formulation est bonne ?

— C'est le troisième point essentiel : lorsque tu exprimes cette intention, prends le temps de ressentir les réactions de ton corps. Si le bien-être y est associé, ce désir se réalisera. Si en revanche tu n'arrives pas à te sentir apaisée, c'est que tu n'es pas en accord avec ta volonté profonde. »

Je reformulai, puis écoutai ce qui se passait en moi. Une joie intense émanait de mon cœur. Je savourai ce moment.

« Un point me chagrine quand même ! Je ne me rends pas compte du moment où mes pensées deviennent négatives. C'est après la conversation que je constate mon état d'énervement. Comment fais-tu pour t'en apercevoir plus tôt ?

— Je tente de m'observer. C'est un exercice de chaque seconde, qui te permet de vivre dans la conscience de tes actes. Essaie de te regarder comme si tu étais à l'écart de la scène, en silence, sans te juger.

— Regarder quoi ?

— Tout ! Évalue tes gestes. Parles-tu fort ou avec calme ? Sens-tu des paroles bienfaisantes, ou au contraire d'attaque, de défense ? Que dirais-tu de l'énergie qui se dégage de toi ? Une autre chose importante est d'apprendre à être à l'écoute de ton corps. Tente de mémoriser les sensations que tu as éprouvées lors de l'exercice sur les mots "douleur" et "plénitude" et observe le plus souvent possible ce qui t'anime. Tu sauras dans lequel des deux états tu te trouves et pourras t'immerger dans celui que tu souhaites en toute conscience.

— Et le naturel dans tout ça ? Si je dois analyser tout ce que je dis…

— Au début, il te faudra forcer l'attention, mais avec la pratique, les pensées bienveillantes deviendront une drogue, tu verras. Tu considéreras chaque situation comme une chance de grandir.

— Je vais essayer de m'y astreindre.

— Si c'est vraiment ta volonté, il faudrait exprimer ton intention comme je viens de te l'expliquer. Tu pourrais dire : "Dès à présent, je formule des pensées positives et ce sont les seules que je génère. Je ressens mon corps en harmonie avec mes pensées." »

Je souris et répétai à voix haute la formule magique. Le bien-être fut immédiat. Avant de repartir, je serrai la main de mes deux concitoyens en leur souhaitant une bonne route. Leurs visages trahirent leur incompréhension…

Les premières enjambées de l'après-midi furent difficiles. La vie autour de nous se faisait aussi rare que l'oxygène. Il n'y avait plus d'espace non plus pour les mots. La palette de teintes automnales avait laissé place à la bichromie : les nuances de tons gris, dont l'amplitude variait du noir des chemins de terre rocailleux au blanc des sommets montagneux, annonçaient les difficultés de l'altitude. Pour retrouver les couleurs, il fallait jeter loin son regard dans la vallée. Les cascades gelées, sculptées dans la roche, figeaient des figures de yeti aux contours d'abominable homme des neiges. Pendant deux heures, j'enchaînai les pas sans penser aux suivants, mais mon rythme ralentit au point d'être presque à l'arrêt. Le passage des quatre mille mètres fut fatal : ma respiration devint douloureuse, je m'essoufflai au moindre effort.

Alors que nous faisions une énième pause, mon corps se bloqua. Je m'assis. J'étais à bout de force. Shanti me tendit la main. Je le suppliai : « Laisse-moi mourir ici ! Je viens d'entrer dans le nouveau record d'altitude de ma vie ! »

Je m'écroulai sur le sol. Je ne pouvais plus avancer. Shanti s'assit à côté de moi, amusé par mon ironie, et me glissa à l'oreille : « Il nous reste quatre cents mètres, je te propose de les dédier à tous ceux qui n'ont plus de jambes pour marcher, ceux qui sont atteints de maladies respiratoires ou musculaires, ceux qui rêveraient d'être à notre place et ne le peuvent. Qu'en dis-tu ? »

Je me tournai vers lui, stupéfaite. Ses mots vinrent se poser sur mon cœur lorsque les images de Romane, puis de deux autres amis, Sarah, atteinte d'une sclérose en plaques, et Cyril, paraplégique à la suite d'un accident, apparurent devant mes yeux. Je me redressai. Les paroles de Shanti diffusaient en moi une force qui m'était inconnue. Je me levai et me remis en route, pensant à toutes ces personnes que j'aimais et que j'aurais tant voulu voir à mes côtés. Je poussai sur mes jambes libres et solides, mes poumons s'oxygénèrent, mon cerveau encouragea ma machine pugnace.

Nous atteignîmes une heure plus tard le sanctuaire dans un cri de victoire. Je me sentis petite et grande à la fois, au centre des treize plus hauts sommets himalayens ! Minuscule au milieu de ces montagnes imposantes emplies de certitudes, mais immense d'être arrivée jusque-là. Alors que je me fondais dans ce décor impressionnant, un homme d'une quarantaine d'années sortit de la bâtisse principale et se posta devant nous en quelques foulées. La main tendue, il se présenta : « Jason Parker. Vous êtes Maëlle, je suppose ? »

Un choix :
deux portes

> « *Commencez par changer en vous ce que vous voulez changer autour de vous.* »
>
> GANDHI

L'accent américain de Jason était différent de celui de mon petit Népalais, auquel je m'étais habituée. Il étreignit Shanti d'une longue accolade. Les deux hommes se regardèrent un moment. Shanti lui demanda comment avançaient ses travaux.

« Les résultats sont prometteurs, un ami m'a retrouvé pour m'aider. Je vais t'expliquer en détail.

— N'étiez-vous pas venu pour une urgence ?, m'inquiétai-je.

— Une mauvaise grippe qui nécessite un peu de surveillance, mais finalement rien de grave. »

Je soupirai. Il aurait pu rester à Katmandou et m'éviter tout ce trajet ! L'anxiété me rattrapa.

« Quels genres de travaux faites-vous, alors ?

— À la suite des différents conflits limitrophes, des millions de Tibétains se sont réfugiés au Népal. Le stress a fait naître de sérieuses maladies comme des cancers et autres dégénérescences. Nous sommes convaincus que la peur en est l'une des causes majeures. Nous tentons de mettre en place un protocole de guérison en modifiant l'état psychologique par effet inversé. Nous nous sommes aperçus qu'en apprenant aux patients à transformer leurs pensées et leurs actes, leurs défenses immunitaires remontaient significativement. »

Je préférai me taire pour ne pas l'offenser, mais laissai filer un sourire moqueur qui ne lui échappa pas. « Je suis un chercheur sceptique et rationnel, mais je dois reconnaître que la médecine a ses limites qu'il nous faut contourner par des hypothèses moins cartésiennes. Aussi surprenant que cela puisse paraître, elles peuvent amener à des résultats complémentaires, voire meilleurs. »

Je restai dubitative. Tout cela me semblait un peu excentrique. Pour de petits maux, je pouvais admettre que les plantes suffisaient à soulager, mais de là à soigner de lourdes causes ? Je trouvais dangereux de laisser entre les mains d'utopistes des patients dont la maladie pouvait évoluer rapidement. J'étais rassurée que Romane ne sombre pas dans ces méthodes douteuses qui ne servaient qu'à faire perdre leur temps aux idéalistes. Justement, mon amie !

« Vous savez pourquoi je suis montée jusqu'ici ? Avez-vous les écrits que vous devez me remettre ?

— Bien sûr, je vous les donnerai au dîner, mais en attendant, je vous propose de vous installer. Miria va vous montrer votre chambre. »

Une femme avait suivi ses pas. Elle s'approcha de moi. Il se dégageait de ses yeux bridés une lumière intense qui accentuait sa sympathie.

La brise glacée nous gelait. La température avoisinait les moins quinze degrés alors que le soleil était encore haut. L'altitude renforçait ma fragilité respiratoire, mais la beauté du paysage compensait ces désagréments : à plus de quatre mille mètres, nous étions encerclés par des sommets nous dépassant de trois mille mètres. Je compris que c'était comme si j'étais en haut du mont Blanc et que des montagnes presque aussi élevées nous cernaient.

Miria me prit par la main comme une mère et m'entraîna dans la chaleur du bâtiment, jusqu'à ma chambre, où m'attendaient mes bagages. Une petite pièce simple offrant une vue panoramique sur le sanctuaire. Je restai un moment derrière la fenêtre à contempler les montagnes puis rejoignis Miria dans la salle commune pour me réchauffer. Seul le poêle à bois adoucissait les températures éprouvantes de la bâtisse.

Plusieurs petits groupes de trois ou quatre personnes étaient assis sur des bancs de bois de chaque côté de grandes tables disposées en U autour d'un immense fourneau. Miria vint me chercher au pas de la porte et me positionna près de la tôle ardente en me frottant le dos. Un frisson parcourut mon corps, mes dents claquèrent. Elle me tendit une tasse de thé que je me passai d'une main à l'autre. Je posai mes lèvres violacées sur le rebord et aspirai la boisson bouillante. Comme avec Nishal, les signes nous suffisaient pour communiquer.

Une femme de type indien s'approcha de nous. Elle portait une tunique rouge, brodée de fils dorés, sur un jean moulant, laissant ses formes généreuses se dessiner. Ses yeux noirs, accentués par un maquillage aux traits larges et épais, perçaient son visage arrondi. Elle me demanda dans un anglais parfait si j'étais venue pour découvrir les résultats de Jason. « Non, de quoi parlez-vous ? »

Elle échangea quelques mots en tibétain avec Miria. N'étais-je pas tombée dans un traquenard ? Je me retrouvais égarée dans l'Himalaya à quatre mille mètres d'altitude avec des fantaisistes passionnés par des expériences douteuses et je n'avais toujours pas le manuscrit de Romane... Shanti m'avait confirmé que les autorités népalaises recherchaient les réfugiés clandestins, mais n'étaient-ce pas justement ces procédés illégaux qu'elles traquaient ?

La jeune femme, Ayati, se présenta. « Miria m'a expliqué la raison de votre venue. Votre amie a beaucoup de chance de vous avoir. J'habite un petit village du sud de l'Inde, près de Thanjavur. Et vous ? »

Je restai sur mes gardes. Toutes les circonstances étaient réunies pour me faire fuir, mais sa douceur m'inspira confiance. Je regardai autour de moi, la quiétude était perceptible et l'atmosphère chaleureuse. Je me présentai à mon tour.

« Vous avez l'air anxieuse ?

— Je me sens en effet en décalage avec ce qui m'entoure. Ces recherches mystérieuses... Je me demande si tout ça est bien légal ! »

Ayati se mit à rire. Je trouvai son attitude déplacée et ne manquai pas de le lui faire remarquer par un regard noir. Elle se reprit et me demanda pardon, le sourire encore accroché aux lèvres. « Les études que Jason mène sont des plus légales. L'État subventionne une partie de ce projet. Je suis moi-même chercheur à Delhi. Jason m'a proposé de le rejoindre ici pour me faire part des résultats étonnants qu'il a obtenus. Il s'est rendu compte qu'être en lien avec ce qui nous entoure pouvait modifier le comportement de nos cellules et libérer des hormones sécrétées par le cerveau, responsables de notre bien-être. En bref, il a identifié deux états possibles dans notre quotidien : celui de la Peur et celui de l'Amour. La Peur est un état d'aveuglement et d'automatisme, alors que l'Amour est un état de conscience, d'infini et de lien. L'Amour ne s'exprime que dans le présent, il a tout à offrir. La Peur est conditionnée par le passé ou la projection d'un manque futur : elle n'est rien, c'est une invention du mental. » Je ne pouvais que confirmer cette vérité après les expériences vécues les jours précédents.

« En poussant ses recherches, Jason s'est rendu compte que se plonger dans l'état d'amour permettait de se délivrer des énergies bloquées qui sont à l'origine de la plupart des maladies. Dans le bâtiment supérieur, il héberge depuis plusieurs années une cinquantaine de Tibétains. Ce sont des réfugiés qui ont fui le Tibet, terrorisés par les Chinois.

— Mais l'exil des Tibétains, ce n'était pas dans les années 1950 ou 1960 ?

— Oui, cela a commencé en 1950 lorsque l'Armée populaire de libération a attaqué les troupes tibétaines. La population et les monastères se sont soulevés, mais la pression des politiques antireligieuses a conduit les Tibétains à partir. Depuis, des dizaines de milliers de réfugiés sont arrivées en Inde en 1959, la plupart des agriculteurs et des pasteurs. Bien qu'ils aient été considérés par les Indiens comme aptes à travailler en haute altitude, nombre d'entre eux sont morts, victimes de maladies ou d'éboulements.

— Et l'ouverture des frontières en 1980 ?

— Elle a permis aux Tibétains de se rendre en Inde pour rendre visite à leurs familles ou pour découvrir les lieux saints du bouddhisme. Certains sont restés. Après la mise à l'écart de Hu Yaobang[1], la détérioration de la situation au Tibet a renforcé l'exode. Encore aujourd'hui, entre deux et trois mille réfugiés traversent l'Himalaya chaque année. Ils cherchent asile ici ou en Inde. Un tiers d'entre eux sont des enfants non accompagnés et de nombreux rapports font état de Tibétains qui périssent au cours de leur voyage.

— Mais quelle est la corrélation avec les travaux de Jason ?

— Ceux qui ont la chance de survivre sont rongés par la peur. Le pourcentage des personnes affectées par des troubles sérieux jusqu'à des maladies graves est très important. Jason a proposé à certains des séances de réflexion, permettant de se libérer de leurs angoisses pour basculer dans ce qu'il appelle l'"état de confiance". Il a pu observer que leur système immunitaire s'était renforcé.

— Et ça marche vraiment ?

1. Secrétaire général du parti communiste chinois de 1980 à 1987.

— Oui, les résultats sont stupéfiants : les troubles bénins disparaissent rapidement. Pour les cas les plus graves, une personne sur deux a repris une vie normale, un tiers se sent mieux et continue la démarche, le reste combat encore la maladie et cherche le chemin. Les séances de travail reposent sur le principe que seul l'état de confiance peut nous guérir. Nous vivons dans une peur constante, emprisonnés dans nos habitudes conditionnées par notre passé. La première des quatre étapes préliminaires du processus de transformation est de prendre conscience de cet aveuglement. Elle consiste à comprendre que nous avons le choix d'être dans nos croyances réflexes ou dans l'état de confiance. »

J'avais envie d'en savoir plus. Ces derniers jours avaient bouleversé mon système de pensée. En ouvrant les yeux sur le choix à faire entre ces deux états, le premier soir de notre rencontre avec Shanti, j'avais décidé de le suivre en écoutant mon cœur plutôt que mes peurs. À travers les travaux de Jason, Ayati semblait confirmer ce que je ressentais. Elle devait rejoindre un collègue, mais me proposa de consulter les éléments que Jason lui avait envoyés. Elle s'absenta un court instant et revint avec une liasse de feuilles agrafées d'une cinquantaine de pages. Je la remerciai et m'installai à la table. Je me plongeai dans la lecture et pris quelques notes.

La première partie développait ce que Maya m'avait enseigné à mon arrivée. Shanti avait insisté sur ce thème lui aussi : regarder la vie d'un œil neuf, comme un enfant qui découvre le monde. S'éveiller à ce que désire notre cœur et non pas agir en fonction de croyances automatiques guidées par la peur. Jason avait baptisé cela les « croyances réflexes » – en opposition à l'« état de confiance » –, qui reposent sur des lois universelles inexplicables, mais peuvent être expérimentées à tout instant.

La logique voulait que lorsque l'on donne quelque chose à quelqu'un par exemple, la croyance réflexe associe cela à la peur du manque, car en offrant, on se démunit. Ainsi, nous partageons le moins possible et accumulons des choses inutiles plutôt que d'en faire profiter les autres. Cette croyance s'applique au matériel comme à l'intangible : les futilités dans lesquelles nous nous perdons alimentent l'illusion de notre absence de temps. Or, en retenant ce que nous possédons, nous nous limitons à ce que nous avons, nous coupons la circulation des énergies.

Ces éléments m'interpellèrent. Je m'arrêtai de lire pour réfléchir. Ma cave était pleine de choses inutiles ; mes placards débordaient de vêtements, je n'en portais pas plus d'un quart ; le travail constituait l'essentiel de mes semaines, je profitais des brefs moments qu'il me restait pour me détendre dans une salle de sport. Il est vrai que j'accordais peu de temps aux autres, mais les journées étaient trop courtes pour faire autrement !

Je repris ma lecture. La croyance réflexe alimente de nouvelles peurs de perdre ce que nous avons, de n'être jamais satisfaits, de devenir envieux de ce que le voisin a de plus. L'état de confiance au contraire affirme que plus nous donnons, plus riche est notre vie. Le bonheur d'offrir n'a rien de comparable. L'amour ne peut nous démunir, il se multiplie, jamais ne se divise. Lorsque nous partageons notre temps, un sourire, de l'argent, nous accédons à la source intarissable de l'univers. L'état de confiance repose donc sur l'abondance, il prend naissance en nous alors que la croyance réflexe se fonde sur la peur du manque et se nourrit de restes extérieurs.

Je compris qu'il y avait en quelque sorte deux portes devant moi. J'avais le choix de pousser l'une ou l'autre à chaque instant. Soit j'empruntais celle qui me permettait l'accès à l'Amour, soit celle qui m'enfermait dans le prisme de la Peur.

Miria passa de table en table avec des thermos et remplit les tasses vides. Je lui souris, elle me fit une caresse sur la joue, puis leva son pouce pour me demander si tout allait bien. Je lui répondis par un signe de la tête et lui pris la main pour la remercier. Elle s'éloigna de quelques mètres pour servir le petit groupe assis à côté. Je poursuivis ma lecture.

Jason expliquait que jusqu'à cette prise de conscience, nous fonctionnons par automatisme, dirigés par l'*ego* qui nous contrôle. Il nous devient impossible de concevoir que la deuxième porte existe, car sous l'emprise de l'*ego*, la seule hypothèse est l'individualisme.

Je me sentis perdue à la lecture de cette dernière idée. La suite m'éclaira, mais je devais avant tout comprendre le fonctionnement de l'*ego*. Jason précisait que ce dernier maintenait son identité en enseignant que le monde était dangereux, et que grâce à sa protection nous avions survécu. Pour cela, il établit ses propres règles, ses mécanismes de défense et d'attaque et nous préserve dans la peur. Plus il crée le manque dans notre quotidien, plus confortable est son argumentaire pour nous maintenir dans l'illusion. Il nous enferme et nous asphyxie dans un univers étriqué. Les pensées négatives, alimentées par notre paranoïa d'un monde extérieur nuisible, prolifèrent et nous cimentent dans notre réalité tronquée. L'arme de l'*ego* est inébranlable : l'autre est le problème ! En se positionnant en victime, il rejette la faute sur la première personne qui passe : « Si je suis malheureux, c'est à cause d'elle » ; « Avant de la croiser, qu'elle me dise ceci, ou qu'elle réagisse comme cela, tout allait bien... ».

L'*ego* renforce sa position : c'est en raison d'événements extérieurs que je me protège, mes attaques ne sont qu'une réaction à celles des autres. Sa défense se caractérise par la critique et la condamnation pour justifier qu'il n'y a aucune raison d'être dans l'amour, sauf lorsqu'une personne sert ses intérêts. La seule façon d'entrer dans son cercle d'amis est de lui rapporter quelque chose, sinon il exclut. Il juge, blâme et joue avec les sentiments. Il définit si l'autre est aimable ou pas. Il récompense en honorant de son estime lorsque l'autre répond à ses critères de sauvegarde, sinon il punit en la retirant. L'amour inconditionnel est une menace pour l'*ego* puisque cet état l'obligerait à disparaître. Donc il assujettit, sépare et garde sous hypnose en s'assurant que l'on ne puisse atteindre la seconde porte qui le condamnerait à mourir.

J'avais conscience de mes mécanismes de défense, mais pas qu'un choix existait. Je ne voyais pas quelle autre porte s'ouvrait devant moi. Les notes de Jason expliquaient que la seconde issue offrait un monde opposé à la première. Elle partait de l'hypothèse que le bonheur n'était accessible que dans la compréhension de notre interconnexion les uns aux autres. Nous avions l'impression d'être dissociés, mais étions indivisibles.

J'avais du mal à comprendre cette alternative. Je visualisais les deux portes, celle de la Peur ou celle de l'Amour, mais je ne saisissais pas clairement ce que signifiait cette dernière. La suite des écrits me stupéfia. Jason insistait sur le fait que prendre conscience n'était pas simple, car nous vivions sous le contrôle de l'*ego* depuis notre naissance. Commencer à voir que la réalité était ailleurs, c'était admettre que l'*ego* était une illusion. C'était donc aller à l'encontre de sa préservation. Comment pourrait-il l'accepter sans résistance ? L'*ego* ne juge qu'en fonction de lui-même et de ce qui lui sert. Il nous maintient dans un état d'effroi qui nous restreint à ne percevoir qu'une porte. En l'admettant, nous prenons le recul nécessaire pour voir la seconde.

La seconde porte consistait à comprendre que derrière la multitude de visages sur terre, il y avait une seule et même unité. Nous réagissons tous de façon similaire, avec des volontés, des peurs et des besoins identiques, même si la forme paraît différente. Pour apercevoir le choix qui s'offre à nous, il faut enlever les lunettes que l'*ego* a placées devant nos yeux pour nous rendre compte que nous ne sommes pas dans la réalité, mais dans la vision de ce qu'il veut nous montrer.

La première étape préliminaire du processus de transformation consistait donc à se rendre compte que nous avons deux options. Il est possible de prendre conscience de nos réactions automatiques qui se traduisent par la défense, la culpabilité, l'illusion, la colère, le conflit, l'opposition, la tristesse, la séparation, l'individualisme, la supériorité, l'infériorité, la lourdeur du passé, la peur du futur, le manque et même la maladie, pour faire le choix de vivre différemment par la lucarne de l'état de confiance, de l'unité, de la plénitude, du seul instant réel qu'est le présent, de la justesse de nos agissements, de tous nos mots et de toutes nos attitudes guidées par le cœur.

À la fin de son texte, Jason recommandait un exercice pour modifier ses habitudes :

« Pendant les prochaines vingt-quatre heures, concentre-toi sur les trois idées suivantes :

*1) Observe tes pensées, tes intentions et tes volontés et tente d'établir si elles viennent du cœur ou de l'*ego.

2) Donne aux autres ce que tu veux recevoir : des sourires, de douces pensées, du temps, de l'écoute, de la compréhension et partage ce que tu aimes.

3) Observe que tout ce que tu donnes à l'autre, tu te le donnes à toi-même, car nous sommes interconnectés. »

Absorbée par cette révélation, je n'entendis pas Jason s'approcher. Il vit les feuillets devant moi et me demanda mon avis. Je lui confiai en toute honnêteté ma perplexité et lui lus ma synthèse en diagonale.

« Tu expliques que nous fonctionnons par automatisme, guidés par l'*ego* qui nous contrôle. C'est souvent le cas en effet. J'ai pris conscience ces derniers jours que je m'enfermais dans ma propre prison face à certaines émotions comme la colère ou la tristesse par exemple. Je comprends qu'en réalité, je n'agissais que par le filtre de l'*ego* qui m'incarcérait dans mes croyances, rejetant la faute sur l'autre.

— C'est exact, l'*ego* ne survit que dans l'illusion d'être une entité à part du reste.

— En quelque sorte, je pousse toujours la même porte, celle de la Peur. Tu expliques que j'ai le choix d'en sortir et d'entrer par la seconde porte qui s'offre à moi en acceptant l'hypothèse de l'interconnexion. Ce que tu appelles l'état d'amour ou de confiance !

— Pour y accéder, il nous faut lâcher la croyance de la séparation. Nous ne formons qu'une seule et même entité avec tout ce qui nous entoure.

— Que veux-tu dire par là ? Je suis physiquement différente de toi, des montagnes, des arbres, des pierres, de la table, des personnes... Je suis unique et séparée de toi.

— En es-tu sûre ? La science nous apporte un éclairage intéressant à ce sujet. Notre corps est constitué de dix mille milliards de cellules qui se différencient et se regroupent pour former nos tissus et nos organes. Une cellule est un ensemble de molécules, qui sont elles-mêmes un ensemble d'atomes reliés dans un ordre précis. Sais-tu ce qu'est un atome ? Il est formé d'un noyau chargé positivement, autour duquel tournent des électrons chargés négativement. C'est là que ça devient intéressant. Des outils de plus en plus sophistiqués ont permis de définir que le noyau était cent mille fois plus petit que l'atome entier. Nous pouvons conclure que l'atome est constitué de vide à 99,99 %.

— Ça veut dire qu'un atome correspond à de l'énergie microscopique composée presque à 100 % de vide ? Mais la matière n'est-elle pas formée d'atomes ?

— Si, en effet, comme toute chose vivante ou inerte présente dans l'univers. La distance qui sépare deux atomes est immense, proportionnellement plus grande que celle qui éloigne la Terre du Soleil. À l'échelle de notre vue, la matière paraît solide, mais à l'échelle microscopique, ce n'est qu'une concentration d'énergie constituée de vide. »

Je réfléchis un instant à ce qui m'entourait. J'avais du mal à visualiser la table comme du vide. Quant à mon corps, c'était impossible ! Si je comprenais la démonstration de Jason, nous n'étions qu'une grande masse vibratoire. Par conséquent, tous connectés les uns aux autres, en effet.

« La seule chose que nous pouvons affirmer à propos de la matière, c'est que c'est une sorte de fragment concentré d'informations et d'idées.

— La fameuse formule $E = mc^2$?

— Oui. Einstein fut le premier à mettre en évidence que l'énergie en perpétuelle vibration était de la lumière condensée. La physique moderne a confirmé cette démonstration, le corps comme les pensées et les émotions ne sont donc qu'oscillations pures. Notre manque de conscience quant à la puissance de cette force laisse échapper des réflexions négatives qui ont des effets désastreux sur nous tous. Fort de ces études, je me suis aperçu que la maladie pouvait être envisagée comme une vibration disharmonieuse, susceptible d'être transformée par une modification de la pensée. L'énergie ne disparaît pas, mais est en constante transformation. Chacun de nous a le pouvoir de modifier son état. Tout ce que nous émettons, nous le recevons en retour.

— Par la pensée ?

— Parfaitement ! Nous attirons ce que nous sommes. Pour pouvoir évoluer dans un champ vibratoire plus haut, il nous suffit d'élever nos convictions, c'est la deuxième étape préliminaire du processus de transformation. Le corps est un précieux indicateur de l'état dans lequel nous nous trouvons. Comment te sens-tu à cet instant ? De bonne humeur, légère, ou au contraire vulnérable, fatiguée ? »

J'étais tendue, mais affirmai que tout allait bien. Jason fit une moue amusée pour me signaler qu'il n'était pas dupe. Je soupirai et avouai mon agacement.

« J'ai du mal à croire tous ces phénomènes. Je suis réfractaire à ces nouvelles pratiques, et puis c'est compliqué tout ça !

— Moi aussi j'aime avoir la preuve. C'est pourquoi je te propose d'essayer. Le secret de la guérison n'est pas d'admettre, mais de le vivre.

— Je ne suis pas malade !

— Non, je l'espère ! Mais n'as-tu jamais ressenti quelques crispations en présence de certaines personnes, ou au contraire une force débordante avec d'autres ? »

Je repensai au déjeuner et à l'épuisement après la conversation. Je lui racontai.

« Tu peux changer d'état vibratoire, sortir de ces énergies basses pour retrouver une fréquence plus élevée et te régénérer. C'est la meilleure façon de s'immuniser contre les voleurs d'actifs, les bactéries et les virus. Pour élever tes fréquences vibratoires, prends conscience de ton état d'esprit, tu pourras ainsi mesurer les ondes que tu émets. Ta fréquence vibratoire correspond à ton état de bien-être à un moment précis. Plus tu es en harmonie avec toi-même, en connexion avec l'autre, plus l'amour que tu génères est fort et plus la fréquence vibratoire est élevée. Elle devient optimale lorsque tu accèdes à la fusion avec l'unité. C'est à cet instant que tout est réalisable. Tu entres dans le champ illimité des possibilités. »

Je me sentis distancée ! Jason me demanda alors de mesurer mon état de bien-être sur une échelle de un à dix, lors de ce fameux déjeuner.

« Mon état de plénitude était proche de zéro !

— Pourrais-tu évaluer sur cette même échelle l'intensité d'amour que tu émettais vers tes interlocuteurs pendant cette conversation ?

— Je n'envoyais pas la moindre affection, j'avais envie de les étrangler ! Je l'estime donc à zéro, c'est sûr !

— Je te propose maintenant de prendre trois inspirations profondes en oubliant cet incident et de revenir à l'instant présent. »

J'inspirai une grande bouffée d'air, puis l'expirai à son rythme trois fois de suite.

« Que ressens-tu ?

— Je me sens un peu anxieuse de tous ces changements. Je dirais que je me situe autour de cinq ou six sur dix.

— Qu'en est-il de la dose de sympathie que tu émets envers moi ? »

J'étais gênée. Jason faisait de son mieux pour que je trouve mes marques, mais je restais sur la défensive. Il insista pour que je sois honnête. « Autour de cinq, peut-être six. » Il me remercia pour ma franchise et ne sembla pas touché par mes révélations. « La première chose que tu peux remarquer est que l'amour que tu émets est corrélé à ton état de bien-être. Lorsque tu te sens mal avec quelqu'un, le niveau de vibrations bienveillantes que tu lui envoies est bas. Pour accéder à l'espace illimité, il te faut élever ton énergie. C'est l'échelon maximal sur l'échelle. Il suffit d'une seconde pour y arriver ! Le passé est révolu et nous n'avons plus d'impact sur lui. En revanche, le présent nous permet d'agir instantanément. Il suffit d'avoir conscience de notre état vibratoire et des ondes que nous émettons. »

Pour moi, ils parlaient tous un peu de la même façon, on aurait dit une secte ! Mais ma curiosité était encore une fois mise à l'épreuve. Je me demandais comment faire. Jason m'indiqua qu'il était plus simple pour commencer d'être dans des conditions favorables. Nous enfilâmes nos parkas et sortîmes sur la grande place où nous étions arrivés. Le soleil s'apprêtait à se coucher. Devant la beauté des lieux, j'eus le souffle coupé : la lumière unique renvoyait d'une montagne à l'autre des reflets dorés puis orangés. Je suivis des yeux les faisceaux qui se projetaient dans les miroirs glacés à trois cent soixante degrés. Les températures déjà basses avaient chuté d'au moins dix degrés en deux heures, mais la vue d'exception sur le sanctuaire de l'Annapurna nous enroba. J'en avais oublié l'exercice en cours. J'étais subjuguée. Le paysage avait pris mon cœur en otage. Il battait avec une intensité particulière.

« Pourrais-tu te situer sur notre échelle virtuelle ?

— Proche de dix ! Je communie avec ce que je vois.

— Sens-tu que ta fréquence vibratoire a changé ?

— Oui, je suis heureuse, il émane de moi une énergie incommensurable.

— En arrêtant le mental, les croyances réflexes disparaissent pour ne laisser place qu'à la vérité de l'instant. Tout devient conscient : l'espace entre les mots, le silence entre les sons, la lumière dans l'obscurité… Nous pénétrons dans la vibration du cœur, pour nous fondre dans le seul sentiment réel : l'amour. C'est de cet état que tu peux créer tout ce que tu souhaites en accédant à une dimension plus élevée : celle du champ des possibles. »

Je ressentais ce vacillement exceptionnel. J'avais eu ce même sentiment d'unité avec la nature lors de mon expérience avec Shanti dans les sources chaudes.

« Lorsque tu atteins cette fréquence vibratoire, les pensées en provenance de ton cœur ont une résonance tellement puissante que ta volonté est exécutée par l'intelligence universelle, cet endroit uni et illimité au-delà des apparences. »

Je ne comprenais pas ce que Jason essayait de me dire, mais je ressentis une joie particulière, quelque chose qui me dépassait. J'avais besoin de silence, j'avais juste envie de vivre ce cadeau unique que m'offrait la vie.

Le soleil finit sa course derrière l'Annapurna II. Quand je me retournai quelques minutes plus tard, je vis que Jason s'était retiré discrètement.

Je n'osais quitter cette magie, au centre des arènes face à l'immensité. Je sautillai pour me réchauffer en jouissant de ce contact avec l'altitude, la nouveauté, la première fois, le froid, l'expérience, le décalage avec ma vie, mes dernières rencontres : Shanti qui avait eu la patience de me faire monter jusqu'ici en m'ouvrant à un monde incroyable, son équipe attentionnée, l'accueil chaleureux des Népalais ne possédant presque rien, mais offrant tout. Puis vint la vision de cet Italien que j'avais laissé fuir par orgueil. Mon cœur déjà rapide s'accéléra au souvenir de son image. J'étais face à mon impuissance : moi qui pensais tout contrôler, ici tout m'échappait… même les pensées !

Devant la gamme chromatique du feu d'artifice, j'observai les montagnes se renvoyer des nuances de tons dans une symétrie parfaite. Les palettes de couleurs que des logiciels complexes seraient incapables de reproduire m'invitèrent dans une dimension nouvelle. J'étais figée, ébahie, ne faisant qu'un avec l'infinie beauté. Mes pensées s'évaporèrent, j'avais juste envie d'être là et de m'abandonner au crépuscule. Mon corps, en symbiose avec le paysage, réagit au rythme des lumières, des parfums, des battements d'ailes des oiseaux de passage, des arbres, des pierres, de tout ce qui composait le tableau final. La perfection du moment me rendit éternelle. J'étais consciente, portée par une force inqualifiable. Je m'abandonnai confiante.

Mon cerveau avait-il gelé ? La fraîcheur de la nuit pénétra mes vêtements et s'intensifia à la disparition des derniers rayons du soleil, mais je ne voulais pas interrompre cet instant d'exception.

Le ciel s'obscurcit. Le contraste inverse apparut, les couleurs s'éteignirent dans un fond noir percé de milliers d'étoiles.

Je sortis de ma torpeur, les mains et le visage transis, je n'arrivais plus à me mouvoir. J'avais le sentiment d'atterrir sur terre après des années dans l'espace. Mon corps devenu lourd ne répondait plus aux ordres de mon cerveau paralysé. Je restai debout, un moment percluse. Quand le vent glacial griffa mon visage, je fus surprise par la chaleur d'une couverture sur mes épaules. Une voix douce me chuchota : « Il fait moins vingt-sept degrés. Le spectacle est éblouissant, mais il serait raisonnable de rentrer pour ne pas finir congelée. »

Je me tournai au rythme apathique de mon être ankylosé. Mon cœur s'accéléra, il cogna violemment sur mes côtes. Une énergie étourdissante s'empara de moi quand un courant électrique me traversa. Je souffrais autant que j'exultais, l'instant surnaturel me terrorisait. Mes mains se mirent à trembler. Avais-je franchi le point de non-retour ? Étais-je passée de l'autre côté de la barrière ? Je sentis mes jambes se dérober, le vertige m'emporter. Je restai là, interdite. Emmitouflé dans une parka noire, la tête enveloppée dans sa capuche de plumes, se tenait devant moi Matteo.

Je m'évanouis.

L'unité absolue

> « *La folie est de toujours se comporter de la même manière et de s'attendre à un résultat différent.* »
>
> Albert EINSTEIN

Shanti me tapotait avec ferveur les joues pour me ramener à la réalité. Allongée dans la salle commune et couverte de la tête aux pieds, je reprenais péniblement mes esprits.

« Je suis où ? Je suis morte ?

— Tu es vivante, mais tu nous as fait peur.

— C'était magnifique, comme dans un rêve, j'étais si bien... »

J'étais l'attraction du soir. Les visages autour de moi saluèrent mon réveil. Je tentai de me redresser. Shanti m'en empêcha. Je n'en cherchais qu'un, il n'était pas là. Je reconnus la couverture rouge, je m'y blottis. Avais-je eu une hallucination ? Il paraissait si réel.

Shanti s'assit près de moi et me demanda comment je me sentais. J'avais vécu une expérience incroyable. Je vibrais avec l'univers, puis... plus rien : le court-circuit ! Pour mon guide, c'était plutôt un coup de foudre.

Matteo arriva soudain avec une gourde en aluminium et une autre couverture. Il sembla soulagé de voir que j'avais repris connaissance. Il me tendit la bouillotte improvisée que je plaquai contre mon ventre. Il me couvrit avec le plaid et me frotta les bras de ses deux mains. Ses gestes sûrs me surprirent. Mon cœur s'enflamma à son contact. J'étais tétanisée, mais je me laissai faire. Shanti se leva, le sourire aux lèvres, et d'un clin d'œil fit de moi sa complice. Il passa commande pour le dîner. La foule se dissipa. Les conversations reprirent.

Matteo adopta un ton taquin : « Vous avez de drôles de manières de m'éviter. La dernière fois en me fuyant, aujourd'hui en vous évanouissant. À moins que ce ne soit une façon d'attirer mon attention ? »

Embarrassée, je balbutiai : « Je suis désolée pour la dernière fois, je ne sais pas ce qui m'a pris... Euh... je n'étais pas moi-même... L'altitude, la nouveauté, le froid... Et puis vous n'aviez pas été correct non plus ! Vous avez fui comme un voleur !

— Je vois que vous reprenez vos esprits. Je m'en réjouis. »

Touchée dans mon orgueil, je regrettais déjà mes accusations. Mon « bel Italien » se rattrapa d'une voix calme.

« Je vous dois des excuses. Je suis parti tôt, car Jason avait besoin de moi ici. Nous sommes donc quittes.

— Ils ont réussi à vous contaminer avec leurs théories ?

— Je ne sais lequel de nous a infecté l'autre, mais ces recherches ont absorbé les dix dernières années de nos vies. Les résultats sont édifiants. »

Je n'en revenais pas. Comment pouvait-on être crédule à ce point ? *Du calme, Maëlle !* La vie m'offrait une nouvelle occasion de connaître cet homme, je voulais la saisir.

« Il doit me manquer des pans entiers. Par quoi êtes-vous passionné ? Je ne comprends pas bien vos recherches. Êtes-vous médecin ? Quel est votre parcours ? Et le fruit de ce travail ? » J'enchaînais les interrogations sans attendre de réponses. J'avais besoin de le garder près de moi.

« Il me faudrait une nuit entière pour vous résumer l'introduction !

— Eh bien… nous l'avons ! »

Je me sentais euphorique. Matteo saisit ma remarque suggestive. Il me regarda en inclinant la tête. Je devins écarlate. « Je plaisante », reprit-il remarquant mon embarras. *Pas moi !* J'esquissai un sourire. Les mots s'étouffèrent. Nos regards restèrent suspendus un moment à ce silence qu'il rompit en douceur.

« La journée a été pénible, il serait préférable de vous reposer avant le dîner. Nous aurons l'occasion d'en parler demain.

— Non, non, je vous écoute ! J'ai très envie de vous… Enfin, je veux dire… connaître… Euh… plutôt de connaître vos recherches… Et puis… »

J'étais ridicule. Les joues brûlantes, le cœur exalté, j'observai, consternée, mes pensées m'échapper. Cet homme avait beaucoup trop de pouvoir sur moi. Je ne me reconnaissais pas. Ma pression artérielle était proche de celle d'une bouteille de gaz prisonnière d'un incendie ! Il me sourit à nouveau et me demanda ce que je voulais savoir.

« Comment en êtes-vous arrivé à ces découvertes ?

— J'ai fini mes études de médecine à Milan. Je me suis spécialisé en neurologie. Après avoir pratiqué deux ans en Italie, j'ai eu l'opportunité de partir à New York pour intégrer l'équipe de recherche d'un hôpital universitaire. J'y suis resté sept ans, ce qui m'a permis d'exercer la chirurgie tout en continuant mes travaux sur les énergies qui régissent le corps humain. Je me suis intéressé aux fonctionnements du cerveau et ses impacts sur la façon dont on perçoit la réalité. Ce qui explique un grand nombre de problèmes relationnels entre les hommes. »

J'écoutais avec attention. Sa bouche entrouverte laissa apparaître des dents blanches alignées qui parachevaient son visage d'ange. Je n'avais plus qu'à m'avouer que j'étais totalement sous le charme. Jason se précipita vers nous, inquiet. Il prit de mes nouvelles, puis une fois rassuré me tendit un paquet, ficelé, de la taille d'un livre de poche, enveloppé de papier kraft.

« Voici ce que tu es venue chercher.

— Tout est là ?

— Oui ! Je compte sur toi pour le remettre à Romane en mains propres.

— Je le ferai, sois-en assuré. J'ai parcouru tout ce chemin dans ce seul but ! »

J'aurais voulu en apprendre plus sur la méthode, mais n'osai aborder le sujet devant Matteo qui ne posa aucune question. Je ne savais pas ce que Jason avait divulgué. Je rangeai le colis dans mon sac à dos, qui ne me quitterait plus. Shanti s'approcha. « Tes belles couleurs sont revenues. Le dîner est prêt, te sens-tu de manger quelque chose ? » Les parfums qui se dégageaient de la cuisine aiguisaient mon appétit. Je me levai avec précaution. Matteo attrapa ma main. « Tu ne vas pas t'en tirer comme ça. Je te laisse reprendre des forces, mais j'ai moi aussi quelques questions à te poser. » Je me noyai dans ses yeux bruns. La chaleur de ses doigts nous rapprocha un peu plus. Il avala sa salive, je suivis sa pomme d'Adam saillante se soulever le long de son cou. Plus rien ne comptait d'autre que cet instant.

Jason avait invité Ayati à se joindre à nous pour le dîner. « Vous avez eu l'occasion de faire connaissance. Ayati travaille avec Matteo sur la troisième étape préliminaire du processus de transformation : la façon dont notre cerveau crée notre réalité et les réactions associées à nos compréhensions face à une situation donnée. » Décidée à remettre le mien en route après avoir montré une piètre image de mes facultés, je leur demandai de m'en dire plus !

Shanti servit la soupe de légumes, puis s'assit à ma droite. Matteo s'était installé à ma gauche, Ayati et Jason en face de nous. Mon guide me fit un signe de la tête pour s'assurer de mon état de santé. Matteo le remarqua. Je leur avouai que tout allait très vite avec ces concepts qui m'étaient inconnus. J'avais pris conscience que la réalité n'était peut-être pas celle que l'on percevait. Je pris un moment pour rassembler mes idées.

« J'ai lu tes notes, Jason, sur la réalité tronquée à laquelle nous soumet l'*ego*. Tu m'as ensuite expliqué que la matière était composée d'espace, puisqu'elle représentait une concentration d'atomes, formant un champ énergétique. J'ai du mal à imaginer que tout ce qui m'entoure n'est constitué que de vide, tout comme nous, même si je comprends la démonstration. J'ai ressenti la fusion de mon corps avec l'environnement au point de ne faire qu'une grande masse d'énergie, après l'expérience que tu m'as fait faire au coucher du soleil. Je comprends la possibilité de changer d'état vibratoire en transformant nos pensées. J'ai également perçu que notre bien-être était corrélé à l'amour que nous émettions. Tout cela est nouveau pour moi, mais je dois admettre que l'expérience était impressionnante. Ce qui me pose une question : vivons-nous la réalité ? N'était-ce pas une vue de l'esprit, de l'*ego* ou que sais-je encore ?

— La réalité est complexe, confirma Ayati. Face à une situation, nous ne percevons qu'une petite partie de la vérité, avec les limites de notre vision, de notre perception, de notre compréhension, des dimensions que nous connaissons, de nos croyances, de notre éducation, et bien d'autres facteurs, pour n'en citer que quelques-uns.

— Rappelle-toi le test que nous avons fait avec ton portable, intervint Shanti.

— Lors d'une expérience en laboratoire, j'ai demandé à un individu d'examiner un objet, reprit Ayati. En connectant son cerveau à un scanographe, j'ai constaté que certaines zones s'illuminaient. Jusque-là, rien d'étonnant. J'ai enlevé l'objet de son champ de vision, lui ai proposé d'imaginer ce qu'il venait d'observer. Les mêmes zones se sont allumées. Le cerveau ne fait donc pas de différence entre ce qu'il voit et ce dont il se souvient. Nous activons les mêmes réseaux neuronaux. Ce qui pose une première question sur notre réalité : sommes-nous en train de regarder ou d'inventer ?

— La masse cérébrale traite quatre cents milliards de bits d'informations par seconde, mais nous ne sommes conscients que de deux mille bits, expliqua Matteo. Ces éléments nous informent sur notre environnement, notre corps et la temporalité. Or nous ne voyons qu'une très faible partie du monde qui nous entoure. Un objet devient réel à partir du moment où l'on y met de la conscience. Ce qui pose une seconde question sur la réalité : la façon dont nous la percevons n'est-elle pas intimement liée à notre connaissance ? Nous voyons une chose, puis son reflet dans le miroir de la mémoire. Regarde la table, par exemple. L'image arrive à notre pupille puis à notre cerveau. Nous ajoutons le savoir nécessaire pour considérer que c'en est une. Il s'est passé un moment entre la vision du meuble et la compréhension que nous en avons. Nous ne sommes jamais en perception directe, mais en interprétation.

— Autrement dit, nous fabriquons notre réalité à partir de notre connaissance et de nos expériences ?

— C'est exact, mais pas seulement. Elle est aussi conditionnée par nos émotions. Laisse-moi t'expliquer comment fonctionne notre cerveau pour comprendre. Il est composé de cellules nerveuses, les neurones, qui possèdent des ramifications pour se connecter les uns aux autres et constituer le réseau neuronal, de plus en plus sophistiqué, au fur et à mesure que nous entrons des informations et que nous l'alimentons. Au point de contact des neurones se forme une pensée ou un souvenir. L'hypothalamus, une toute petite zone du cerveau, fabrique des substances chimiques, appelées peptides, qui se rassemblent pour créer des hormones neuronales correspondant à chaque sentiment vécu.

— Comme la colère ? La joie ?

— Oui, la tristesse, la frustration, la jouissance, le plaisir... En fait, dès que nous éprouvons une émotion, les peptides constitués sont déversés dans le sang pour s'acheminer auprès des cellules visées. Chaque cellule est dotée de milliers de récepteurs ouverts au monde extérieur. La substance diffusée dans le corps envoie un signal au récepteur qui capte l'information et déclenche une série de réactions biochimiques pouvant modifier la cellule.

— Comme si elle avait une conscience ?

— Parfaitement. Elles sont vivantes. Leurs récepteurs les font évoluer et les réinventent selon les sentiments les plus courants de notre vie. Les pensées et les ressentis sont interconnectés à ce réseau neuronal. Le cerveau est donc en constante construction. Il change chaque seconde en fonction des renseignements qui lui parviennent. C'est ainsi que nous créons nos modèles de vision du monde extérieur.

— Ce qui veut dire que pendant que tu me parles, mon cerveau se transforme et élabore de nouvelles connexions ?

— C'est juste. Il enregistre, renforce un modèle existant sur ces thèmes, ce qui modifie sa structure. De plus, il traite l'information qui arrive en y ajoutant une intelligence particulière. Suivant ton interlocuteur, le cerveau libère les émotions concernées.

— Je suis désolée, je ne comprends pas.

— Prenons un exemple : tu sais que je m'appelle Matteo, que je suis un homme, italien, et que j'exerce le métier de neurologue. Avec ces quatre critères, ton cerveau accordera aux renseignements reçus plus ou moins de crédit en fonction de tes expériences passées et de la façon dont tu les as vécues. Il fera le lien avec les Italiens que tu as rencontrés, les personnes portant le même prénom que moi, avec ton aversion ou ton intérêt pour le milieu médical. En réalité, le cerveau croise les milliers d'informations qui entrent avec celles déjà connues : le son de ma voix, la taille de mes mains, ma coupe de cheveux, la chaleur de la pièce, les bruits qui nous entourent, tout ce qu'il est capable de capter, et il modifie tous les schémas affectés par les nouvelles données. Plus nous avons d'informations, plus notre modèle est détaillé. »

Ayati précisa qu'il était difficile d'être objectif face à une situation puisque nous la traitions en y ajoutant une réaction affective subjective.

En résumé, nous nous racontions une histoire sur ce qu'est le monde extérieur.

« Ce qui veut dire que la même information libérée à un instant précis devant deux personnes sera considérée différemment par l'une ou l'autre suivant les modèles neuronaux en place. Et c'est pareil pour les émotions générées : elles seront différentes suivant les expériences vécues, reformulai-je.

— Un dernier point important, ajouta Matteo. Les cellules nerveuses qui s'animent ensemble collaborent. Lorsque nous répétons des comportements identiques tous les jours, les neurones créent une relation durable qui détermine notre personnalité. Si je me mets en colère, ou que je souffre, ou que je me sens brimé au quotidien, je renforce ce réseau neuronal.

— Mais comment arrêter ça ? Sommes-nous condamnés à ces automatismes ?

— Non ! Nous avons la faculté de casser nos représentations. En changeant nos croyances, il nous est possible de remplacer nos modèles par d'autres. »

Ayati ajouta que les cellules qui ne collaboraient plus finissaient par perdre leurs relations. Chaque fois que l'on interrompait le processus mental qui produisait une réaction chimique dans notre corps, les neurones impliqués commençaient à détruire leur lien.

Shanti me présenta une corbeille de chapatis, une sorte de pain indien aplati. Je pris une galette et les fis passer à Matteo. Je réfléchis un moment.

« Une chose m'intrigue : que sommes-nous si nous sommes constitués de vide comme tout ce qui nous entoure ?

— Nous pourrions nous définir comme de l'énergie vibrante intelligente, répondit Jason.

— Au risque de passer pour une idiote, pourriez-vous m'éclairer sur les énergies dont vous parlez ?

— Rassure-toi, il m'a fallu quinze ans pour comprendre que tout était énergie et plusieurs décennies aux physiciens pour le démontrer ! Ce n'est qu'au XXe siècle que la physique quantique a apporté un éclairage nouveau quant à la constitution de l'espace. »

Quelle chance et quel hasard ! J'avais lu un article dans l'avion qui traitait des définitions de la physique quantique. Le journaliste expliquait qu'elle représentait l'étude de l'infiniment petit et permettait de décrire les phénomènes fondamentaux à l'œuvre dans les systèmes physiques, à l'échelle atomique. Jason précisa qu'alors que la physique classique admise au XIXe siècle considérait que l'espace n'est rempli que de vide, cette nouvelle science tendait à prouver qu'il était une matière vivante, vibrante et intelligente. C'était un champ d'énergie qui unifiait tout l'univers avec lequel nous étions en communion par nos pensées, nos émotions et l'ensemble de nos sentiments. Tout cela me paraissait incroyable. Je n'arrivais pas à imaginer que cette dimension nous échappait à ce point. Notre réalité me semblait si différente…

Le vent s'était levé, nous l'entendions gifler les vitres par rafales. Nishal et Thim entrèrent bruyamment dans la salle commune. Ils étaient couverts de neige. L'aîné annonça qu'une tempête arrivait sur nous, provoquant la surprise chez Jason. « Nous ne l'attendions pas avant la semaine prochaine. »

Shanti quitta la table et sortit pour analyser la situation. À travers la baie vitrée, le ciel était noir et les étoiles s'étaient effacées derrière une épaisse couche de nuages. Des bourrasques malmenaient d'énormes flocons qui tournoyaient, puis s'écrasaient au sol. L'harmonie du lieu avait disparu, laissant place à un champ de bataille.

Shanti revint s'asseoir. Je le dévisageai, interrogative. « Il faut espérer que le vent se calme, sinon nous serons obligés de retarder notre départ. Nous ne savons pas combien de temps la tempête peut durer. Mais généralement pas plus de deux ou trois jours. » Les hommes se regardèrent, ils ne semblaient pas affectés par la situation. Je m'enquis des alternatives. « La patience », répondit Jason. Je consultai Shanti, espérant d'autres mots, mais il me fit une moue embarrassée. Je n'osais imaginer rester bloquée plusieurs jours ici. Mes pensées se bousculèrent autour de mon travail, je sentis la panique monter, mon souffle devint court. Je sortis mon portable de ma poche : aucun signal ! Shanti me tapota le dos de la main. « Nous ferons le point demain matin. Ne nous inquiétons pas ce soir alors que nous n'avons pas l'information nécessaire. Nous trouverons la solution quand nous aurons le problème, pour le moment, il n'y en a pas ! »

J'appliquai ses enseignements en contrôlant mes arguments négatifs *via* la reformulation en pensées positives. Mon mental devenu fou se calma. Miria venait de poser au centre de la table un gratin d'épinards et des brochettes de poulet frit. J'appréciai la viande qui se faisait rare depuis le début de notre ascension. Retrouvant mes esprits, je m'adressai à Jason.

« Tu m'as expliqué les trois premières étapes du processus de transformation : la première en prenant conscience que nous avons le choix à chaque seconde de pousser la porte de la Peur ou celle de l'Amour, la deuxième en élevant son état vibratoire pour se connecter à l'énergie pure : l'espace où tout est création, le champ de tous les possibles, et la troisième en comprenant qui nous sommes et comment nous fonctionnons. Quelle est la dernière ? Ayati m'a parlé de quatre étapes.

— Pour cela, j'aimerais partager avec vous les travaux du Dr Masaru Emoto[1]. Je te propose de te joindre à nous après le dîner pour découvrir les résultats d'une expérience étonnante. »

*
**

Dans la cour, le vent facétieux soulevait des nuages de flocons. Nous trouvâmes refuge dans le couloir du bâtiment voisin qui menait au laboratoire. Jason sortit un dossier épais du tiroir de son bureau. « Le Dr Masaru Emoto a réussi à observer les réactions de l'eau en photographiant des cristaux gelés. Il a démontré ce que d'anciens

---

1. Auteur japonais (1943-2014), titulaire d'un doctorat à l'université de Yokohama en médecine alternative, connu pour sa théorie sur les effets de la pensée et des émotions sur l'eau.

peuples avançaient depuis des millénaires et que la physique quantique permet de valider aujourd'hui : la pensée a un pouvoir instantané de création. Sa méthode consiste à congeler des échantillons d'eau à moins vingt degrés durant trois heures afin qu'ils se cristallisent. Il photographie à grande vitesse le cristal formé sur la couronne de gouttelettes de glace à la surface. C'est ainsi qu'il a découvert que la qualité et l'harmonie des figures dépendaient de la pureté de l'eau. Une eau pure façonne des modèles splendides alors qu'une eau usée ou stagnante présente des formes incomplètes et disharmonieuses. Il s'est alors intéressé à la structure moléculaire de l'eau et à ce qui pourrait l'influencer. »

Jason ouvrit le dossier devant lui et sortit d'une première pochette à rabats plusieurs photos. « Il a fait des expériences troublantes en employant des stimuli mentaux. Il s'est rendu compte que l'eau réagissait à des phénomènes immatériels ! Il les a photographiés avec son microscope à fond noir et voilà le résultat. » Jason nous montra une figure désorganisée. « C'est celle de l'eau du barrage de Fujiwara, puis voici une seconde épreuve de la même eau, bénie quelques instants plus tard par un moine bouddhiste. » Il me tendit le cliché suivant, exhibant de magnifiques cristaux clairs à structures hexagonales. Je les passai à Shanti.

« Il a continué ses recherches à travers de nouveaux essais et a prouvé que les vibrations de la musique ou des mots influencent l'eau plus que tout autre élément. Les figures photographiées en témoignent. Concrètement, il a exposé de l'eau distillée aux ondes de la sixième symphonie

"Pastorale" de Beethoven. » Jason nous montra les épreuves d'une rare perfection.

« Il a réitéré l'expérience avec la symphonie en *ré* majeur n° 44 de Mozart, puis l'aria de la *Suite n° 3* de Jean-Sébastien Bach et là encore, la beauté des cristaux est indescriptible. Il a retrouvé les mêmes formes splendides lors de l'exposition de l'eau à des vibrations aimantes.

— C'est fou !, lança Ayati. Mais qu'en est-il lorsqu'elle est confrontée à des pensées négatives ? Arrive-t-il à mesurer la différence ?

— Oui, c'est ce que je voulais vous montrer. Regardez ! Lorsque l'eau subit de la haine, de la violence et même de la musique dissonante, les figures deviennent disharmonieuses et désorganisées, les cristaux sont déstructurés et partiels. N'est-ce pas étonnant ? »

En effet, les clichés étaient troublants. L'universitaire avait même collé des étiquettes sur des bouteilles remplies d'eau avec des messages tels qu'« âme », « beauté », « amour ». Le résultat avait été sans appel. Les représentations complexes et parfaites apparaissaient alors que celles exposées aux réflexions « laid », « idiot », « diable » montraient de vilaines formes désordonnées. J'étais médusée par les différentes photos que Jason nous passait au fur et à mesure de ses explications.

Le chercheur japonais avait continué une série d'expériences : il avait placé du riz cuit dans deux pots en verre identiques. Chaque jour, il avait « parlé » au riz en remerciant le premier par des mots bienfaisants, puis en traitant le second de « bon à rien ». Après un mois, il avait constaté que la céréale malmenée avait moisi beaucoup plus vite. J'avais du mal à croire tout ça !

« Moi aussi, pour être honnête !, confessa Jason. Mais si on réfléchit aux travaux de Gregg Braden[1], ce n'est pas étonnant ! Ses recherches mettent en évidence les effets des fréquences sur une goutte d'eau. Les vibrations élevées produisent de nouveau des figures harmonieuses. Nous savons que la musique est un ensemble d'ondes et son influence n'est plus à prouver, mais nous étions moins conscients de celle des pensées, des paroles, des personnes, des couleurs, des odeurs, de l'art et des lectures sur nous.

— Oui, ajouta Ayati, tout comme l'immersion dans la nature peut avoir cette puissance, non ?

— C'est juste ! »

Je demandai alors à Jason si on se servait de ces vibrations pour guérir. Apparemment, depuis une décennie, les médecines alternatives utilisaient l'énergie vitale pour soigner différents types de maladies. Les fréquences élevées réussissaient à dissoudre la matière, comme certaines tumeurs qui ne sont qu'une solidification d'autres, plus basses. J'étais stupéfaite.

« Comprends-tu l'importance de ces découvertes ?

— Je n'en mesure pas toute la portée, mais je crois savoir que l'être humain est composé en grande partie d'eau, non ?

1. « When a Water Droplet Is Exposed to Sound Frequencies », extrait de la conférence de Gregg Braden, « Feeling Is Vibration ». Pour plus d'informations sur Gregg Braden : www.greggbraden.com

— En effet, à plus de 70 %. Ces explorations ouvrent des pistes intéressantes : les ondes vibratoires ont des conséquences sur chacune de nos molécules d'eau, c'est-à-dire sur notre corps tout entier ! Ces expériences prouvent ce que nous ne pouvions expliquer : la force de la pensée et de la concentration bienveillante a une action d'harmonisation. C'est la quatrième étape pour engendrer le processus de transformation. C'est à partir de ces découvertes que nous avons créé le protocole. Nous nous sommes basés sur les hypothèses suivantes : un, la science permet d'observer que ce qui nous semble solide n'est que du vide. Deux, nous savons que notre corps est composé à plus des deux tiers d'eau, une molécule constituée d'oxygène et d'hydrogène, eux-mêmes des atomes, dont le vide représente 99 %. Elle réagit sous l'influence des pensées. Trois, le cerveau se recrée *via* les informations que nous lui envoyons et les pensées que nous formulons. Je me suis attardé sur la pensée puisqu'elle est le centre du sujet et me suis rendu compte que seuls deux états existaient : la Peur et l'Amour. Toutes nos réflexions prennent racine dans l'un ou l'autre. La peur entraîne la tristesse, la colère, l'agressivité et bien d'autres émotions qui ont un effet désastreux sur notre corps. En revanche, les pensées générées dans un état d'amour permettent l'harmonie du corps, la réconciliation, l'unité, le bien-être. Nous avons réfléchi à un protocole de guérison basé sur la conscience de ces deux manières d'être, des actes qui en découlent et les incidences directes sur notre santé et notre vie. »

J'aurais voulu mieux comprendre le processus de transformation, mais il était tard. Jason me proposa d'essayer le lendemain. Ce dernier resta un moment dans son laboratoire. Ayati partit se coucher. Matteo et Shanti m'accompagnèrent jusqu'à la salle commune pour prendre un dernier thé.

« N'importe qui peut vivre le processus de transformation ?

— Oui, toute personne qui souhaite changer, me confia Matteo. Pour accéder à la transformation, il m'a fallu prendre conscience que j'étais malheureux, et ça n'a pas été si simple de me l'avouer ! Bien sûr, je connaissais des moments de plaisir éphémères, mais plus rien ne me faisait vibrer durablement.

— Qui peut se plaindre quand il a tout ce que la société recherche, n'est-ce pas ?

— C'est ça ! J'avais la chance de m'offrir ce que je souhaitais, j'étais entouré d'amis, ma vie sentimentale me convenait, ma santé était bonne. Mais je sentais au fond de moi quelque chose qui n'allait pas. Je ne savais pas quoi, mais je ne me reconnaissais plus dans ce monde agressif. La morosité ambiante me touchait. Je ne retrouvais pas ma nature profonde dans ce combat.

— Exactement comme moi ! C'est ce que je ressens. Les moments de bonheur sont brefs, je retombe dans un mal-être dès qu'une situation ou une personne me contrarie. Je n'arrive pas à sortir de ces tensions, mais je voudrais moi aussi changer !

— Tu es donc prête pour la transformation qui commence au moment où nous souhaitons voir notre vie évoluer. Après avoir pris conscience que nous nous sommes enfermés seuls dans une prison, et que nous avons le choix d'en sortir, il nous faut maintenant les clés. C'est ce que Jason t'expliquera demain. »

Nos paupières étaient lourdes. Malgré l'envie de poursuivre la discussion, mieux valait regagner nos chambres. Shanti remplit ma gourde en aluminium d'eau bouillante. « Glisse-la au fond de ton duvet, la nuit va être éprouvante. »

Matteo m'accompagna à la porte de ma chambre. Ses yeux plongés dans les miens semblaient lire dans mon âme. Mon corps épuisé s'enflamma. Matteo me prit la main, il l'embrassa et me déposa une longue bise sur la joue en me souhaitant de doux rêves. Nos regards restèrent liés jusqu'à ce que j'entre dans la pièce.

Je me glissai dans mon duvet, armée de plusieurs couches de vêtements pour affronter les températures négatives. Je me figeai pour écouter ses mouvements à travers la cloison fine. Son lit jouxtait le mien. Je m'endormis sur les derniers mots qu'il chuchota.

« *Buonanotte*, Maëlle.

— Bonne nuit, Matteo. »

À partir de maintenant…

« Avoir la foi, c'est monter la première marche, même quand on ne voit pas tout l'escalier. »

Martin Luther KING

Le vent avait soufflé toute la nuit. Je me réveillai le cœur heureux. Mon corps engourdi réclamait encore du repos malgré neuf heures de sommeil. Je passai un œil derrière le rideau, la neige continuait à tomber. Un épais brouillard masquait les montagnes. La sortie de duvet était comme chaque matin un supplice, mais j'avais hâte de retrouver mon équipe et surtout mon bel Italien. Je tendis l'oreille du côté du contreplaqué : pas un bruit. Dormait-il encore ?

Je pris sur moi. J'affrontai le froid, fis une toilette rapide, enfilai des vêtements propres, mais congelés, et rejoignis Shanti dans la salle commune. Tout le monde était déjà levé et au travail. Mon guide s'installa à côté de moi avec son mug de café. Il m'informa que Jason m'attendait dans le bâtiment voisin. Quant à Matteo, il travaillait avec Ayati. Mon appétit en fut perturbé. En réalité, j'étais un peu jalouse !

Le vent s'était calmé, mais les chemins restaient dangereux. Il était donc préférable de partir le lendemain après le lever du soleil, les routes seraient dégagées. Je m'inquiétai d'un éventuel retour de la neige. Shanti m'apprit que la descente était impraticable. Il avait essayé plus tôt de suivre le sentier, mais avait dérapé trois fois sur cinquante mètres. Les glissements de terrain risquaient de nous retarder davantage. Il me montra son bras égratigné.

« Tu t'es fait mal ? Tu dois désinfecter la plaie !

— Ce n'est rien, juste quelques éraflures. La météo n'annonce pas de neige les deux prochains jours. Le soleil devrait faire fondre la couche instable en vingt-quatre heures.

— Viens avec moi. Jason doit avoir ce qu'il faut pour te soigner. »

Après avoir supplié Shanti, je réussis à le décider : il m'accompagna jusqu'au laboratoire. Les toits, les chemins, les pierres étaient recouverts d'un manteau immaculé aux formes arrondies. Tout était calme et intime, plus un son ne faisait écho dans les montagnes, seuls nos pas étouffés dans la neige ouatée défiaient le silence.

Jason conversait avec cinq Tibétains. Il nous salua à travers la fenêtre. La séance terminée, le petit groupe sortit et marqua un signe de respect en nous croisant. L'Américain fit asseoir Shanti sur une chaise d'écolier. Il apposa une compresse d'alcool et une pommade antiseptique sur son bras puis y plaça de la gaze pour protéger la blessure des frottements. Jason se tourna vers moi et me demanda si j'avais bien dormi. Il me fit signe de prendre place à côté de Shanti et s'installa en face de nous à cheval sur une chaise, les bras posés sur le dossier.

« Oui… Enfin, je dois avouer que je suis perturbée par toutes ces nouveautés dans ma vie ! Je suis impatiente d'en savoir plus sur ce processus.

— C'est une bonne chose ! Te voilà prête pour accéder au champ de tous les possibles !

— À la transformation, n'est-ce pas ?

— Oui, une création commence par une idée à un moment précis et présent. Au plus profond de nous, nous savons que notre pensée résonne, et que le rêve n'est pas loin. Mais il est souvent difficile de passer à la réalisation. Pourquoi ? Parce que l'*ego* freine, il nous décourage. Ses arguments paraissent tellement sensés que saisis par le doute, nous préférons oublier nos aspirations.

— Oui, enfin… Nous avons quelques obligations dans la vie, qui nous empêchent de les réaliser !

— Non ! Rien ne peut bloquer un désir qui émane du cœur, excepté l'*ego*. Et c'est un fin négociateur, il sait nous ramener à “sa raison”. Le conflit interne commence : “Je sais qu'il faut que ça change, mais je n'ai pas d'autre choix que continuer comme ça, je ne vais pas faire de mal à mes enfants, à mon conjoint, à X ou Y, et puis… je ne suis pas très chanceux, ni très doué, il vaut mieux laisser tomber…” ; “Évidemment que je sais ce que je veux, mais c'est trop tard ou c'est trop tôt…”. La transformation comprend deux stades. Le premier est d'être déterminé à voir les choses différemment !

— Voir les choses différemment ?

— Oui. Nous construisons et renforçons notre système de croyances par notre éducation, notre culture et nos expériences. Nous intégrons comme une vérité les phrases qui nous sont répétées : "La vie est dure et injuste", "Elle n'est que combat"... Nous agissons par automatisme. Nous reproduisons les cycles antérieurs en nous angoissant pour l'avenir. Notre mental nous projette dans un temps décalé.

— Tu deviens libre au moment précis où tu deviens conscient, intervint Shanti. C'est dans cet espace que tu pourras prendre les décisions avec un regard neuf sans le poids du passé, sans culpabilité ni projections sur l'avenir.

— C'est exact, reprit Jason. Tu t'offres la liberté de voir les autres et les faits tels qu'ils sont, en te détachant du prisme de la peur. C'est ainsi que tes pensées automatiques s'arrêtent et que tu accèdes à tes rêves en connexion avec l'instant. C'est simple : en sortant de nos croyances, le processus se met en place.

— Pourrais-tu me citer une croyance ?

— "J'ai peur de l'échec", par exemple.

— Mais... c'est une réalité ! Qui n'en a pas peur ? N'en as-tu jamais connu ?

— L'échec n'existe que dans le monde de l'*ego*, car il est source de jugement. Alors que ce sont les expériences qui nous permettent de grandir et d'apprendre. C'est en acceptant l'épreuve que nous accédons à nos rêves. Crois-tu que nous marcherions aujourd'hui si nous n'étions pas tombés mille fois ? L'équilibre ne se trouve qu'après plusieurs chutes. Ce n'est pas un échec, c'est le processus normal de l'apprentissage.

— Si les chercheurs avaient capitulé à chaque fois qu'ils empruntaient une voie sans issue, les recherches ne feraient plus partie de notre vocabulaire, ajouta Shanti.

— Se tromper est un élément nécessaire à la réussite. En lâchant la pression de l'erreur, nous pouvons nous libérer des barrières de la peur et commencer la transformation. Les cycles se reproduisent tant que nous les alimentons. Ne t'est-il jamais arrivé de vivre le même scénario négatif à une période de l'année ? »

Je réfléchis et souris à un exemple qui me vint à l'esprit.

« J'ai un rhume récurrent les premiers jours de janvier. C'est devenu une coutume, au point que j'emporte toujours quelques médicaments en prévention quand je pars.

— Tu vis ce que tu crées. Chaque année, tu visualises ton inflammation avant qu'elle n'arrive, alors elle se manifeste.

— Ben, non ! Je ne fais pas exprès de tomber malade !

— Je n'en doute pas, mais tu l'as inscrit dans ton système de pensée. Pour arrêter le processus, il faut stopper cette croyance en contrôlant ton mental. À chaque fois qu'une idée ne te convient pas, ne la rejette pas, mais annule-la par une image opposée, puis valide à voix haute ce que tu transformes. Par exemple, lorsque tu te remémores ce rhume de l'année précédente et que tu imagines que tu n'y couperas pas cette année, observe cette réflexion et reprogramme-la.

Tu pourrais te visualiser guérie puis affirmer : “Je commence l'année en pleine santé. Aucun virus ne peut m'atteindre. Je laisse les médicaments dans le placard.”

— Et tu crois que ça suffit ?

— Oui, intervint Shanti, c'est la même chose que l'esprit positif, nous en avons déjà parlé.

— Tes croyances reproduisent ton rhume chaque année, pourquoi ne pas considérer qu'elles fonctionnent dans l'autre sens ? Si tu décides fermement quelque chose, tu l'obtiens. Si tu souhaites attirer du positif, sois positive dans tes pensées, dans tes mots, dans tes actes. N'as-tu pas dans ton entourage des personnes qui ont une chance inouïe ?

— Si, je pense à un collaborateur, il ne lui arrive que des choses incroyables. Il est toujours là au bon moment.

— L'entends-tu se plaindre, juger ou critiquer ?

— Il ne manquerait plus que ça, il a tout ! Une femme qui l'aime, des enfants adorables, un job fructueux dans lequel il s'épanouit… À chaque fois qu'il se passe quelque chose de bien, c'est pour lui. Ce serait malvenu qu'il se lamente !

— Nul n'est plus chanceux que celui qui croit en sa chance. Tous les êtres humains vivent des déceptions et des souffrances, mais tu remarqueras que ceux qui attirent la chance ont eux-mêmes une attitude positive envers la vie. C'est un cycle vertueux que chacun peut mettre en place. D'autant plus vertueux que lorsque nous réussissons quelque chose, nous prenons confiance en nous, la crainte s'éloigne et nous tentons davantage de choses. De la même façon, chacun a la possibilité de s'enfermer dans ses croyances négatives alimentées par ses expériences passées. La peur nous tétanise et nous bloque dans un cercle vicieux. Nous attirons alors ce qui nous hante. Ta pensée présente enclenche le processus constant de ta réalité. C'est ce que j'appelle la loi de l'attraction. Tu attires ce que tu es.

— Je ne suis pas sûre que ta théorie convienne à tout le monde. Je pense à un ami d'une gentillesse profonde, il est toujours là pour aider, mais il ne lui arrive que des malheurs. Si la loi de l'attraction s'applique comme tu viens de me l'expliquer, il devrait mériter la paix et l'harmonie or, ce n'est pas le cas.

— Elle fonctionne lorsque ta pensée, tes actes et tes envies profondes sont alignés sur la même vibration. Si ton ami agit par obligation parce qu'il ne sait pas refuser une demande, ses choix diffèrent de ses intentions, et la magie n'opère plus.

— Pourquoi ferait-il cela ?

— Pour être aimé par exemple. Il pourrait souffrir d'une blessure profonde, qui l'amène à croire que pour être apprécié, il doit aider l'autre au point d'oublier ses besoins. Crois-tu que ses actes sont en phase avec ses rêves ?

— Non, effectivement, il m'a souvent dit qu'il ne savait pas dire non, ce qui génère des conflits dans son couple. Sa femme et ses enfants lui reprochent son absence, il passe son temps à rendre service.

— Sa difficulté à refuser provoque les demandes qu'il appréhende. Il finit par s'oublier.

— Le processus paraît simple à comprendre, mais difficile à appliquer, car nous ne pouvons pas identifier tout ce qui est inconscient. C'est pourquoi il est essentiel de se confronter à nos envies, nos frustrations, et d'écouter notre voix intérieure pour apprendre à harmoniser nos énergies afin d'aimanter ce que l'on veut au plus profond de nous. Le souhaites-tu vraiment ?

— Oui, je suis prête, mais je ne sais pas comment m'y prendre.

— La première chose est de formuler ce que l'on vient de se dire en visualisant ta vie comme si elle était déjà une réalité. Essaie en commençant ta phrase par "À partir de maintenant, je...". »

Je me levai et me dirigeai vers la fenêtre pour rassembler mes idées. La neige semblait avoir immobilisé le paysage. J'offris les mots qui jaillirent de mon cœur à l'âme de l'Himalaya : « À partir de maintenant, j'ai confiance en la vie, elle me présente les opportunités et je les saisis. À partir de maintenant, j'accepte de me tromper, l'erreur fait partie de la transformation. À partir de maintenant, j'attire ce que je pense, si mes pensées sont positives, le positif arrive à moi, si en revanche mes pensées sont négatives, le négatif arrive à moi. À partir de maintenant, je suis consciente des deux portes devant moi. À partir de maintenant, je suis moi ! »

Jason attendit un instant, puis déclara : « Te voilà partie dans le processus de transformation ! » Mon visage s'illumina. Au même moment, le ciel se dégagea et le soleil éclaira la pièce. C'était ce que je ressentais en moi : Jason venait d'allumer mon intérieur. Les montagnes réapparaissaient au fur et à mesure que les nuages se dispersaient, comme si... comme si quoi d'ailleurs ? Je ne sais pas… mais c'était tellement beau que j'avais envie de l'écrire. Jason attendit que je recentre mon attention sur la discussion, puis reprit.

« Le deuxième et dernier stade de la transformation consiste à accéder à ton potentiel. En tant qu'être humain, nous sommes tous des élus, nos ressources sont illimitées. Mais souvent, nous nous perdons en route, hypnotisés par des futilités, et ne retrouvons plus le chemin de la créativité. Nous oublions notre essence, nous n'entendons plus nos signaux ni nos codes. Alors nous naviguons en solitaire, dans un brouillard épais, en nous laissant endormir par le marketing qui donne un sens, même éphémère, à notre quotidien. Il existe en nous une petite flamme qui nous rappelle que nous ne sommes pas dupes. Face à notre miroir, nous savons que nous nous mentons, mais comment retrouver le chemin ? Comment m'avouer que je me suis égaré durant toutes ces années, que j'ai combattu des tempêtes pour avoir ce que j'ai aujourd'hui et que ma bataille n'a servi à rien ? »

Je haussai les épaules, je n'avais pas de réponse.

« La première chose est de ne jamais se juger. Tout ce que j'ai pu faire m'est utile pour comprendre. Accepter la transformation et le changement, c'est aussi admettre son passé avec bienveillance. Nos anciens combats nous ont permis un entraînement non négligeable. Je suis ce que je suis, conscient de mes forces et de mes faiblesses avec de nouveaux objectifs. Il ne sert à rien de se positionner en victime ou d'avoir des regrets. Nous avons vécu en phase avec nos buts précédents.

— Tu avais peur de tomber amoureuse, tu es donc restée seule pendant cette période, intervint Shanti. Tu voulais gagner de l'argent, tu t'en es donné les moyens en travaillant de façon acharnée. Tu souhaites autre chose, tout est possible si tu le décides.

— Oui, ton potentiel est illimité, Maëlle. »

Mais comment y accéder ? Il me fallait retrouver le chemin de cette petite pièce intérieure que j'avais oubliée.

« Guide-moi. Je ressens ce que tu dis, je fuis ce que je désire parce que je le crains. J'en ai assez de vivre comme un automate, mais je n'arrive pas à différencier ce que je suis intrinsèquement de ce que l'on attend de moi. Comment dissocier mes envies de mes obligations, de mes peurs dont je ne suis pas consciente pour certaines ? »

Jamais je n'aurais pensé un jour avouer ce genre de choses.

« Admets la situation. Celle de ne pas savoir ce que tu veux au fond de toi.

— Mais alors, rien ne change ?

— Si, au contraire, accepter ce qui est donne accès à la vérité.

— Je ne comprends pas, tu me disais tout à l'heure qu'il fallait créer sa vie en imaginant la suite, en se visualisant dans ce que l'on souhaitait à l'instant présent.

— Accueillir ce qui est te permet ce processus de changement, car il t'affranchit du poids du passé, de la peur, du jugement et de la panique du futur. Ta volonté est de changer, de te connaître pour te libérer de tes réactions automatiques. Tu es déjà en route vers cette flamme intérieure. Sois attentive aux coïncidences de la vie et laisse faire l'univers, qui agira selon les lois de l'attraction. Plus tu seras lucide en observant ce qui est, sans juger, moins ta perception interviendra, plus vite la magie opérera.

— Tu veux dire que mes émotions tronquent mes réactions ?

— Bien sûr, car la neutralité de chaque chose ou de chaque situation est abolie par nos projections affectives, éducatives, socioculturelles et même religieuses. Un problème pour certains peut être un défi pour d'autres, un jeu ou une expérience pour d'autres encore. Si nous réussissons à déconnecter notre perception de l'événement, nous pourrons plus facilement réfléchir à la solution. Nous avons tous en nous un endroit où le savoir est illimité, une partie de nous qui nous rappelle que nous sommes, au-delà de nos apparences, connectés à quelque chose qui nous dépasse.

— C'est-à-dire reliés à... Dieu ?

— Appelle-le comme tu le souhaites, je n'aime pas mettre de nom sur ce qui est infini. Le nommer impose une limite qui par définition ne peut exister. Se brancher à cette source interne nous permet d'avoir accès à tout notre potentiel de création.

— Une fois que j'accepterai ce qui est, tu penses que je saurai ce que je désire créer ?

— Oui, tu commenceras à entendre cette petite voix. N'as-tu jamais eu d'intuitions ? Les suis-tu ?

— Pas toujours, mais il est vrai que souvent je le regrette, car elles se vérifient.

— Nous préférons demander conseil à notre entourage, en déléguant notre vie. Si j'échoue, j'ai déjà le coupable ! »

L'ironie de Jason ne m'échappa pas.

« Je ne suis pas toujours mon instinct, mais j'assume mes choix. Je calcule les probabilités de réussite et décide de me lancer ou pas.

— La rationalisation est une autre façon de fuir nos intuitions. Dans le monde occidental, nous négligeons les coïncidences, comme tout ce qui émane de l'hémisphère droit de notre cerveau : la créativité, le sens artistique et l'intelligence globale. Nous avons privilégié l'utilisation de notre hémisphère gauche, siège de la logique et du raisonnement, pensant que c'était le seul utile pour résoudre les problèmes. C'est pourquoi nous sommes démunis face à la maladie, car les statistiques ne peuvent rien pour nous. Accéder à l'essence de toute chose nécessite de dépasser la compréhension. La guérison revient à comprendre qu'il y a un espace en nous de perfection. Il suffit de le ressentir pour le retrouver immédiatement.

— De quel endroit parles-tu ? Je suis perdue !

— Un trouble est une forme extérieure, la convalescence est une paix intérieure, mais les deux naissent de la pensée, puis se manifestent dans le corps. La maladie vient de notre perception de manque exogène. La santé représente le parfait dialogue entre nos cellules et notre environnement. En augmentant notre niveau de conscience, nous élevons nos fréquences et renforçons notre système immunitaire.

— J'ai ressenti un état vibratoire différent lors de l'expérience que nous avons faite hier, c'est ça l'endroit dont tu parles ?

— Je ne sais pas. Qu'as-tu identifié ?

— J'ai perçu quelque chose de plus grand, une force particulière, une dimension plus large que je ne peux expliquer.

— C'est le mot juste : un autre espace auquel il nous est impossible d'accéder dans notre conception en 3D. Nous nous enfermons dans une perception tridimensionnelle, pensant que c'est la seule existante. Le cerveau émotionnel guide nos réactions dans des cycles répétitifs automatiques, la puissance mentale prend toute la place. Il nous est difficile d'atteindre l'énergie universelle, qui donne accès au champ illimité des possibles. Or aujourd'hui, nous prenons conscience de l'existence de mondes parallèles qu'il nous est impossible de voir, mais que nous pouvons ressentir. C'est de cet endroit que naissent les intuitions. Nous entrons dans une ère inédite, celle de l'énergie pure : le champ de fréquences supérieures. Dans cet espace, notre âme prend le dessus sur nos automatismes et déprogramme, une à une, nos cellules avec de nouveaux codes qui nous libèrent des mémoires polluées. Nous parvenons à une autre compréhension : nous expérimentons l'unité dans une dimension vibratoire unique en comprenant que la dualité n'est qu'illusion. Nous commençons à tester une forme de communication novatrice : l'intuition où les pensées se manifestent en connexion avec l'énergie universelle.

— Peut-on y accéder dès maintenant ?

— Elle est là, nous y sommes déjà, même si nous ne la voyons pas, nous pouvons la percevoir, en écoutant ce qui se passe en nous. Comme je viens de te le dire, sois attentive aux signaux qui émanent de ton cœur face aux personnes que tu croises, aux lieux qui t'apaisent, aux remarques qui te blessent, écoute le message qu'ils t'apportent et prends-les au sérieux. Si tu comprends que ton dessein est bien plus large que toi et que tu fais partie d'un tout, tu sauras que ce qui se produit est le fruit de ta semence dans la matrice globale. L'univers répond à tes attentes à chaque instant.

— Faire confiance à ce qui arrive me semble impossible dans le monde dans lequel je vis. Je dois programmer, je ne peux pas me permettre de m'affaiblir en lâchant le contrôle.

— Prends le risque. L'*ego* ne t'offre aucune protection, juste des strates d'illusion qui te plombent et te contraignent à rester figée au sol. Enlève l'armure, et par tes failles, la lumière trouvera le chemin.

— Accèdes-tu à cette dimension ?

— Je m'y efforce, je suis attentif et je formule cette volonté. Je me répète tous les jours les affirmations suivantes : "Je crois en moi, et je sens ma puissance illimitée" ; "J'écoute les signes qui me guident" ; "J'obtiens ce que je veux, je mérite le meilleur". Ces déclarations m'aident à ne pas fléchir quand mon *ego* tente d'interagir. Puis je me pose la question la plus précieuse : qu'est-ce que je souhaite créer dans ma vie ?

— C'est ce que tu as trouvé dans la méthode que tu m'as remise pour Romane ?

— C'est plus complexe que cela. Je préfère qu'elle t'en parle elle-même. »

Matteo frappa à la porte et entra. Le déjeuner était prêt. Il était déjà 12 h 30, la matinée était passée comme l'éclair que mon Italien venait de m'envoyer en plein cœur.

L'épaisse couche de nuages avait disparu, laissant place à un ciel bleu azur. Je fus prise d'un sentiment de bien-être, d'évidence. Et j'avais faim...

Kilomètre Zéro

« Il n'est rien au monde d'aussi puissant qu'une idée dont l'heure est venue. »

Victor HUGO

Pendant le déjeuner, pris tous ensemble, Matteo chercha mon regard. Je lui rendis quelques timides sourires. Puis je sortis prendre un café au soleil. Les montagnes m'impressionnaient, les dents blanches des sommets découpaient le ciel uni à trois cent soixante degrés. Shanti avait suivi mes pas. Je lui avouai que les propos de Jason au sujet des dimensions parallèles m'avaient perturbée.

« Crois-tu qu'elles existent ?

— Je ressens la limite de notre vision et la présence de quelque chose qui nous dépasse. Je ne sais pas si ça répond à ta question.

— Les rêves peuvent-ils faire partie de cet univers ? Je ne me souviens presque d'aucun, mais cette nuit, j'en ai fait un étrange : nous partions toi, Nishal, Thim, Matteo et moi à la recherche d'un trésor dans l'Himalaya. »

Alors que je racontais les détails de mes délires nocturnes, Shanti devint pensif. Après un long silence, il m'informa que la météo était clémente. « La neige ne tiendra pas, nous pourrons redescendre comme prévu à l'aube. Repose-toi cet après-midi, la journée sera difficile demain. » Il se leva et entra dans la bâtisse principale. Mes questions en suspens s'envolèrent alors que je me laissais pénétrer par la douceur du soleil.

Thim passa devant moi, accompagné d'un adolescent d'une quinzaine d'années, Yeshe. Ils allaient acheter des drapeaux de prière chez le frère de ce dernier pour les attacher à un long mât qui trônait à trente mètres des habitations. Du sommet de ce pylône de bois partaient des centaines de guirlandes de tissu colorées, formant un immense chapiteau.

Je suivis les deux garçons jusqu'à la communauté tibétaine, où se trouvait la boutique en question, une vieille masure près du dernier bâtiment. Je fus accueillie par de grandes révérences. Thim s'y sentait comme chez lui et les Tibétains le considéraient comme l'un des leurs. Au bout du couloir délabré, dans la pièce du fond, se trouvait un homme d'une trentaine d'années. Déconcerté par ma présence, il questionna son jeune frère qui le rassura. Il s'inclina dans ma direction et cacha ses mains couvertes d'encre dans son dos.

L'odeur des essences prédominait dans la manufacture confinée d'à peine dix mètres carrés, d'autant que des cartons empilés jusqu'au plafond remplissaient pour moitié l'espace. Sur une table, de petits rectangles de couleur attendaient de passer sous la presse. Il s'agissait de *loungtas*, ce qui signifie « chevaux au vent » en tibétain. Le cheval imprimé au centre arborait les trois joyaux du bouddhisme : le Bouddha, c'est-à-dire l'éveillé, le Dharma, correspondant à ses enseignements, et la Sangha, qui représente la communauté des pratiquants.

On pouvait voir sur les *loungtas* quatre autres créatures surnaturelles venant en renfort du cheval au vent : le Garuda ou gardien céleste, le dragon, le lion et le tigre. À eux cinq, ils représentaient le centre et ses quatre directions. Yeshe me montra les tissus un à un pour imager ses explications. Je les passai à Thim qui écoutait, subjugué. Le grand frère était immobile, toujours les mains dans le dos. Les drapeaux avaient cinq teintes différentes, dont chacune avait une signification : le bleu pour l'Espace ou le Ciel, le blanc pour l'Air ou le Vent, le rouge pour le Feu, le vert pour l'Eau, le jaune ou l'orange pour la Terre. Ce symbolisme référait aux éléments, ainsi qu'aux Bouddhas des cinq familles.

J'effleurai de mon pouce le dernier fanion que Yeshe m'avait tendu. On les appelait des « drapeaux de prière », car ils contenaient des mantras divins livrés à l'esprit du vent. Selon les adeptes du bouddhisme tibétain, la brise qui soufflait caressait au passage les formules sacrées imprimées, les dispersait dans l'espace et les transmettait aux dieux et à tous ceux qu'elle touchait dans sa course. La fabrication se faisait à partir d'impressions par blocs xylographiques sur de la toile de coton. Sur chaque tampon étaient gravés la divinité, son mantra, des prières de souhaits et symboles de bon augure.

Yeshe commentait tous les gestes de son aîné, qui s'était remis à l'ouvrage. « Le tissu est placé sur la plaque encrée. On appuie avec le rouleau pour qu'il adhère correctement. Les drapeaux imprimés sont ensuite cousus et reliés par une ficelle puis roulés et empaquetés. » Il tapa deux fois sur un carton plein pour marquer la fin du reportage, puis prit un air mystérieux en contenant sa voix. « Ils sont prêts à dévoiler leurs secrets au vent, à celui ou celle qui les libérera… » Je souris avec Thim à ces derniers mots.

J'achetai dix rouleaux pour 250 roupies, soit à peine 2 euros. J'en remis un à Thim, un autre à Yeshe et proposai à l'artiste de nous faire l'honneur de nous accompagner jusqu'au mât pour en attacher un avec nous. Il sourit et accepta avec enthousiasme. Il fouilla dans ses cartons et sortit un magnifique drapeau avec, en son centre, un cheval majestueux brodé de fils des cinq couleurs, entouré de mantras imprimés en noir. Yeshe me traduisit les mots que son frère m'adressait en tibétain : « Celui-là est un cadeau pour toi, il te portera chance. » Je le regardai émue pendant qu'il l'enveloppait dans un papier journal.

Malgré le soleil brûlant du milieu d'après-midi, les températures négatives maintenaient au sol l'épaisse couche de neige tombée dans la nuit. Nous contournâmes les bâtiments, en direction du mât de prières. Du bas de la place, Matteo nous héla : « Attendez-moi ! » Il nous rattrapa en quelques enjambées et salua les trois garçons.

« Je te cherchais », me dit-il avec tendresse, fixant mon regard. Il passa une main dans ses cheveux noirs. Sa barbe de quelques jours recouvrait la fossette de son menton et ses joues creusées dessinaient un visage anguleux. Je n'arrivais pas à me détacher de ses yeux. Cet homme faisait battre mon cœur à chaque fois qu'il s'approchait de moi. Je tendis un rouleau à Matteo. « Tu viens avec nous ? »

Où que nous soyons, la vue était unique. Nous marchions à flanc de montagne jusqu'au lieu sacré, un souffle glacial nous giflait par rafale. J'observai Yeshe et son frère dérouler avec soin leurs fanions et les offrir au vent. J'en fis autant, mimée par Thim et Matteo. Je regardai chacun des drapeaux de ma banderole de part et d'autre de mon équidé qui trônait au centre.

Nous accrochâmes nos ficelles les unes après les autres aux guirlandes existantes qui s'entrelacèrent, puis les deux Tibétains se mirent à prier en silence. J'eus moi aussi envie de me recueillir un moment. Je missionnai mon cheval : qu'il apporte la sérénité à chaque personne qui croiserait son chemin et vole jusqu'à Romane pour la guérir. Du haut de l'Himalaya, je sentis mon thorax se desserrer et libérer l'amour qui jaillit de mon cœur. Cette sensation me bouleversa. J'ouvris les yeux et aperçus les quatre hommes, les mains jointes. Je n'étais pas croyante, mais il se passait quelque chose d'étrange, une impression d'immensité, de paix intérieure. Je visualisai mes prières se mêler à celles des autres comme si ensemble nous jouions la symphonie de nos vies, pourtant si différentes. Un instant en commun.

Un croisement dans nos existences. Nous étions là au même endroit, au même moment, dans la même vibration, pour offrir au monde notre plus belle énergie. Ils ouvrirent les yeux. Nous nous regardâmes dans une communion silencieuse.

« Nous devons retourner travailler », dit Yeshe en nous saluant. Les jeunes gens redescendirent avec Thim. Matteo m'entraîna derrière le mât de prière. Nos pieds s'enfonçaient dans la neige, comme dans un terrain tourbeux. « Regarde tous ces cairns[1], faisons-en un ensemble », lança-t-il en s'engageant entre les rochers. Des dizaines de monticules de pierres de toutes tailles se dressaient devant nous. Certains à même le sol, d'autres posés sur une roche, d'autres encore en quinconce. Ils signifiaient une offrande, un espoir, un vœu, un remerciement, mille choses...

Matteo ramassa deux gros cailloux plats qu'il cala sur un rocher. « Ce sont les fondations. À toi d'y mettre ta pierre. » J'en trouvai une et la déposai au centre des deux siennes. À tour de rôle nous montâmes notre édifice. Ce projet commun m'enthousiasmait, mon cœur s'emballait. Après avoir entassé une vingtaine de petites roches, Matteo proposa de faire un vœu, juste pour moi.

Il ferma les yeux pour se concentrer. Je fis comme lui. Un vœu pour moi ? Toutes ces émotions depuis quelques jours... Je ne savais plus quoi demander. Je respirai profondément. Je sentis le vent frais s'engouffrer par mes narines.

---

1. Sortes de pyramides de pierres élevées par les alpinistes et les explorateurs comme point de repère ou pour marquer leur passage.

Ma tête était vide, je laissai le calme s'installer. Comme une évidence, je formulai le souhait de trouver le chemin du bonheur. J'ouvris les yeux, Matteo m'offrit un sourire, que je lui rendis. Les couleurs du ciel commençaient à changer. Un frisson me parcourut. Matteo me couvrit de son écharpe, son parfum entoura mon cou. Il me frictionna le dos, je me laissai faire. Il m'enveloppa de ses bras, je passai le mien autour de sa taille. J'aurais voulu qu'il m'embrasse. Mais non ! Il me conduisit sur le chemin jusqu'à la bâtisse principale. Shanti nous attendait avec deux couvertures qu'il posa sur nos épaules. Après nous être réchauffés près du poêle ardent, nous ressortîmes tous les trois regarder le coucher du soleil au cœur du sanctuaire des Annapurna. Les mêmes couleurs, des émotions identiques et pourtant uniques chaque soir.

*
**

Des plats de momos frits, d'autres à la vapeur mêlaient leurs parfums à une soupe de légumes. Matteo remplit chacun de nos bols puis s'assit sur le banc en bois que nous partagions. En face, Jason me tendit une assiette de friands. Un bref silence nous accompagna dans la dégustation de ce dîner. Je me sentais bien, vivante. Shanti transperça ma paix d'un grand coup de canif. Il avait parlé de mon rêve à Jason ! Je faillis m'étouffer en avalant de travers. Mon bien-être laissa place au ridicule. Je lançai un regard noir à mon guide, en espérant qu'il me sorte de cette impasse.

« Maëlle, je crois que tu détiens la clé qui nous manque, intervint Jason d'un ton sérieux. Laisse-moi t'expliquer : nous avons entendu parler d'un sage qui se serait réfugié dans l'Himalaya il y a peu de temps. Il a longtemps travaillé sur les relations humaines. Les légendes à son sujet nous confirment que nos croyances ne sont peut-être pas les bonnes. Nous sommes persuadés que ses théories pourraient changer nos connexions et apporter une autre vision à l'humanité.

— C'est quoi encore ces histoires ? C'est qui ce sage ? »

Je décochai mes sarcasmes habituels sans que Jason paraisse s'en émouvoir ni ne perde la gravité de son expression.

« Nous ne le savons pas vraiment, mais nous avons tous fait le même rêve.

— Quel rêve ?

— Le même que le tien. »

Surpris, Matteo se tourna vers moi.

« Tu as entendu son appel, toi aussi ?

— Holà ! Je ne sais pas de quoi vous parlez. J'ai fait un rêve absurde à quatre mille mètres d'altitude dans lequel je partais à la recherche d'un trésor avec toi, Shanti, Thim et Nishal. Les trésors n'existent pas. Je me suis réveillée ce matin. Rien de plus. Point final ! Il me semble délirant d'interpréter quoi que ce soit !

— Ce qui est étrange, c'est que Matteo, Shanti et moi avons fait le même, la même nuit. Or, nous cherchons cet homme depuis plusieurs mois. Shanti m'a parlé de détails dans ton rêve qui, associés aux nôtres, pourraient nous révéler l'endroit où il se trouve. »

J'étais perplexe. Mon guide poursuivit.

« Je me rappelle nous avoir vus descendre la route en direction de Chomrong, l'Annapurna I à l'ouest du II sur notre droite. Jason a reconnu le pont qui traverse la Kimrong Khola, Matteo a visualisé les champs de millet face au Machapuchare, et toi, Maëlle, tu nous apportes une information importante…

— Je ne sais vraiment pas ce que j'ai pu rêver de capital !

— Tu nous as vus nous baigner. »

Matteo s'exclama : « Les sources d'eau chaude ! » Jason sortit un plan des montagnes qu'il déplia sur la table après avoir fait un peu de place. « Nous en avons déduit avec Shanti que deux endroits étaient possibles. L'un près de Sinuwa, à deux jours de marche, l'autre plus à l'est. » Les têtes se penchèrent sur la carte. Je toussotai et repris d'un ton compassé : « Pardonnez-moi d'insister, mais ne croyez-vous pas que notre besoin de changement active un peu trop notre imagination ? Cet individu est une légende, vous en avez vaguement entendu parler, personne ne l'a vu, et vous conjecturez ses travaux comme révolutionnaires. Revenez à la réalité… ou “au présent”, comme vous dites ! »

Les trois hommes ne firent pas cas de mes remarques. Je ne pouvais pas croire que ces êtres d'une intelligence au-dessus de la moyenne pouvaient élucubrer de la sorte. « Je suis persuadé que nous devons dépasser ce qui est visible. Comme je te l'ai expliqué ce matin, l'intuition fait partie de cette dimension qui pourrait se révéler notre meilleur guide dans peu de temps. Nous n'avons pas rêvé par hasard de choses identiques la même nuit. » Jason se tut un instant et reprit pensif :

« Je n'ai pas de preuve à apporter, mais ça viendra.

— De toute façon, allons voir… Qu'est-ce qu'on risque ?, proposa Matteo.

— En effet, si vous avez du temps à perdre… En ce qui me concerne, je dois rentrer ! »

Ma réaction jeta un froid. Leur idéalisme m'agaçait. Shanti rompit la glace. « Je propose que nous nous connections demain matin au lever du soleil pour décider de la direction à prendre », s'exclama-t-il dans une évidence absolue. Ses yeux rieurs retrouvèrent la joie. Jason et Matteo se fondirent dans la même énergie. La nouvelle proposition m'abasourdit. Je les regardai, hébétée ; ils attendaient visiblement une réponse. Matteo insista. « Serais-tu prête à tenter l'expérience de l'intuition avec nous ? Il s'agit de nous concentrer un instant face à la magie du lever du soleil et de tenter d'entendre notre petite voix intérieure. Elle devrait nous révéler l'une des deux destinations. Nous comparerons les résultats. »

J'expirai, consternée, et avouai, au risque de passer pour une attardée : « Inutile de vous dire que vous m'avez complètement larguée ! Il vaut mieux que vous fassiez l'expérience sans moi.

— Ta présence est importante, Maëlle, renchérit Jason. Tu ne risques rien à essayer.

— Peu importe que tu ressentes quelque chose ou pas », m'expliqua Matteo en me prenant la main.

Une décharge électrique traversa mon corps. La douceur de ses yeux, de ses phalanges sur les miennes me rappela à ma dure réalité : je m'étais amourachée d'un illuminé !

« Tu es là chaque matin pour le lever de soleil. Le spectacle est édifiant dans le sanctuaire, tu n'auras rien d'autre à faire que le regarder, ajouta Shanti.

— Trois contre un… ce n'est pas juste ! Je capitule. Vous avez gagné, je viendrai demain, mais il n'est pas question pour moi de vous suivre. Je dois redescendre. »

Je retirai avec douceur ma main de celle de Matteo. Shanti me rassura. Il ferait ce que je déciderais et me raccompagnerais comme convenu à l'aéroport de Katmandou.

La lune se levait, je partis me coucher.

*
**

Le lendemain au lever, les pensées se bousculaient dans ma tête. La probabilité de résultat identique me semblait faible.

« Ne t'inquiète pas de la finalité, me répondit Shanti. Tente de regarder tout ce qui s'offre à toi avec le filtre de ton cœur, sans te préoccuper de ce qui arrivera la minute suivante. Concentre-toi sur la beauté du spectacle comme si nous vivions nos derniers instants. Lorsqu'une pensée parcourt ton esprit, ne la rejette pas, laisse-la passer comme un nuage dans le paysage. Reviens à la réalité. Profite de la magnificence de ce qui est. Remplis-toi de cette belle énergie. »

Les couleurs orangées réchauffaient les sommets enneigés, gelés par les températures négatives de la nuit. L'ombre laissait place à la lumière.

Les reflets métalliques des montagnes donnaient l'impression, par jeu de miroirs, que plusieurs soleils brillaient. Nous étions au centre de la chaîne de l'Annapurna. Je me sentais bien.

Soudain, l'image de Romane s'imposa à moi. Un sentiment d'injustice contre sa maladie ternit la quiétude de l'instant. Je me remémorai les mots de Shanti et laissai passer ces pensées qui se dispersèrent dans la vallée. Je revins aux lumières qui happaient mon attention et ressentis un plaisir immense. Puis l'image de mon rêve interrompit cette seconde suspendue. Je n'arrivais pas à la sortir de ma tête : nous descendions tous les trois avec l'aide de nos porteurs lorsque je visualisai un morceau de bois cloué sur un poteau, sur lequel était inscrit « Tshong » peint en blanc. Je n'avais jamais entendu parler de cet endroit. Pourquoi ce rêve me hantait-il à ce point ? Avaient-ils réussi à me laver le cerveau avec leurs histoires farfelues ? Non ! Je devais revenir à la réalité, trois cents salariés attendaient que je redescende de ma petite escapade. Cette pensée s'évanouit comme les premières. Je lançai un regard furtif autour de moi : les trois hommes concentrés étaient immobiles. Le soleil apparut de face. Il nous éclaira de ses doux rayons. Je laissai agir sa magie, portant toute mon attention sur sa splendeur. Je ne saurais dire combien de temps s'était écoulé, car il semblait ne plus exister. Mes acolytes sortirent de leur torpeur. Sans un mot, ils se tournèrent vers moi.

« N'as-tu pas trouvé ce lever de soleil splendide ?, s'enquit Shanti dans un sourire béat.

— Euh… si, magnifique ! », balbutiai-je, désarçonnée.

Le silence accompagna un instant le réveil de la nature. J'écoutai les bruissements de la neige qui fondait, le souffle du vent s'élever de la vallée, transportant les essences de bois brûlé et de café jusqu'à mes narines.

Jason se leva. Il proposa de nous retrouver au petit déjeuner. Shanti le suivit. Matteo se rapprocha de moi. Mon cœur s'accéléra. Il se mit derrière moi et m'enlaça en fixant son regard parallèlement au mien, face à la boule de feu. Je n'osais plus bouger. Il me glissa à l'oreille : « Je préfère te tenir. On ne sait jamais avec toi… Tu pourrais songer à t'évanouir à nouveau. »

Je souris, puis retins ma respiration. Je sentis la chaleur de son souffle près de ma tempe où il déposa un baiser. Je pris une profonde inspiration pour tempérer mon incendie intérieur et me retournai lentement, cherchant à lire dans ses yeux. Ses lèvres embrasèrent les miennes, mon corps, déjà ardent, s'enflamma au premier contact.

Je n'avais plus ressenti cette sensation depuis longtemps. Je me blottis dans ses bras un moment, terrorisée de me sentir aussi attirée par lui. Il m'embrassa à nouveau, je me laissai faire. Il plongea son regard dans le mien avant de m'entourer de son bras pour me ramener à l'intérieur. Shanti se réjouit de notre rapprochement et ne se gêna pas pour nous le faire remarquer. « On débriefe, les amoureux ? » Nous rougîmes tous les deux, au milieu des regards complices. Matteo me fit tournoyer et finit par une révérence. Les applaudissements ne se firent pas attendre. Il s'installa à côté de moi en me tendant une tasse de thé brûlante. La chaleur du poêle exacerbait les senteurs de pain grillé et de miel tiédi. Miria apporta des pancakes chauds.

Alors que nous dévorions ce premier repas de la journée, j'avouai, désolée :

« J'ai tenté de faire au mieux l'exercice ce matin, mais aucune des deux destinations n'est apparue.

— Moi non plus, mon cœur était ailleurs, soupira Matteo.

— De mon côté, il m'a semblé reconnaître une forêt de pins, mais rien de précis pour nous orienter, fit Jason en se grattant la tête.

— J'ai le sentiment que la première direction est la bonne, affirma Shanti. Ne me demandez pas pourquoi, je n'en ai aucune idée. »

Je me remémorai le panneau de bois que j'avais entrevu cette nuit. À tout hasard, je leur livrai le nom « Tshong », aperçu dans mon rêve. Jason et Shanti se regardèrent, interrogatifs. Ni l'un ni l'autre ne semblait le connaître. L'Américain s'absenta un moment et revint avec un jeune Tibétain qui ouvrit devant nous une carte détaillée. Ce nom ne lui était pas inconnu, mais il ne savait pas le situer.

Nous examinâmes le plan à la périphérie des deux endroits évoqués la veille, en quadrillant chacun de notre côté, centimètre par centimètre, la carte virtuellement découpée. Rien ne ressemblait au panneau qui m'était apparu. Je levai la tête, le jeune Tibétain semblait retiré dans ses pensées, les yeux presque clos. Sa concentration se lisait dans les légères rides verticales qui lui barraient le front. Il déchira le silence en hurlant des phrases attestant d'une victoire.

Il avait trouvé. « Tshong » signifiait « rassemblement » dans un vieux dialecte tibétain. Les sherpas utilisaient ce terme pour se retrouver et échanger sur leurs dernières excursions avant de se disperser. Plusieurs enclos portaient ce symbole du côté de l'Everest. Le Tibétain se tut et mit ses mains devant son visage, il se frotta les yeux puis reprit, toujours traduit par Shanti. Un lodge avait été construit en l'honneur de ces nomades du côté de Sinuwa.

Les hommes se jetèrent sur la carte et le situèrent sans difficulté. Nous étions à deux kilomètres environ. Tous les regards se braquèrent sur moi, j'eus un mouvement de recul. Jason, enthousiaste, me sourit : « Merci, Maëlle, je crois que cette fois, nous nous rapprochons du but. » Dubitative, je me tournai vers Matteo qui me fixait de ses grands yeux bruns. Il me pria de les accompagner : « Nous avons besoin de toi pour mettre en place le changement. »

Prise d'étourdissements, j'attrapai mon manteau et mon thé et sortis prendre l'air. Matteo m'emboîta le pas, mais Shanti le retint d'un geste de la main, pressentant mon besoin de solitude. Je m'assis sur un rocher face au soleil. Je ne savais plus très bien où j'en étais : mon cœur s'emballait pour cet homme que je connaissais à peine, mais ma vie m'attendait en France. J'avais récupéré le manuel pour Romane. Il était impensable d'entrer dans une course au trésor imaginée par des chercheurs d'idéaux. Certes, mes rêves étaient troublants. Tout était confus. Je ne savais plus quoi faire. Mes envies se mêlaient à mes peurs. Je devais rentrer, mais quelque chose m'appelait dans cette aventure absurde. J'avais déjà agi aveuglément par amour. Je me rappelai où tout cela m'avait conduite : un *burn-out* de huit mois ! Il n'était pas question de replonger : je retournais à Paris comme convenu !

Shanti se tenait à côté de moi, je ne lui laissai pas le temps de m'embobiner :

« J'ai bien réfléchi, je dois rentrer.

— C'est toi qui décides. »

Surprise par son abdication si rapide, je le fixai. Il resta silencieux, le regard charmé par le royaume qui s'offrait à lui. Il semblait le découvrir pour la première fois, les montagnes scintillaient.

« Qu'aurais-tu fait à ma place ?

— Comment pourrais-je le savoir ? Personne d'autre que toi n'est à ta place !

— Tu ne m'aides pas beaucoup. Je n'arrive pas à croire aux coïncidences. Ces histoires me font peur. Et puis, je dois rentrer, mon travail m'attend.

— Alors, où est le problème ?

— Je sens que quelque chose me retient.

— Quelque chose ou quelqu'un ? »

Je souris nerveusement.

« Matteo, bien sûr, mais je ne veux pas retomber dans mes erreurs passées. Repartir corps et âme dans une *love story* me terrorise.

— Matteo est milanais, il retourne en Italie dans quelques jours. Vous habitez à côté l'un de l'autre. Rien ne vous empêchera de vous voir à votre retour. Prends le temps de la réflexion pendant cette absence, si tu ne souhaites pas aller trop vite. »

Je bus mon thé devenu tiède à grosses gorgées. Je le sentis descendre le long de mon œsophage glacé jusqu'à mon estomac. Je regardai Shanti. « Le fait de renoncer à cette rencontre hypothétique m'attriste. La raison m'oblige à rentrer, mais j'entends une petite voix intérieure qui me supplie de rester. Je ne sais pas comment te l'expliquer ! » Shanti se leva, me tapota l'épaule et conclut d'un ton satisfait : « Tu as ta réponse ! » Il me laissa seule.

Quelle réponse ? Que voulait-il dire ? « Arrête de me nier », distinguai-je clairement. Surprise, je sursautai. Je me retournai : personne. Étais-je en train de devenir folle ? Je sentis pourtant une présence rassurante, mon anxiété se dissipa. Je le savais au fond de moi : cette petite voix intérieure dont m'avait parlé Jason la veille avait toujours été là pour moi. Je la fuyais de peur d'avoir à assumer les conséquences de mes choix. Mais aujourd'hui, j'avais envie de la suivre, même si elle me semblait déraisonnable. Pour la première fois, j'aspirai à lui faire confiance. Une force me poussait, il était temps d'essayer quelque chose de nouveau : je devais respecter mon rêve.

Ces pensées m'apaisèrent. Shanti m'avait enseigné à écouter mon corps. Je pris un moment pour percevoir ses réactions. Il était détendu, je me sentis soulagée. J'avais opté pour la bonne décision.

Shanti attendit mon retour avec Thim et Nishal qui finalisaient le paquetage.

« Êtes-vous prêts à continuer l'aventure ?, demandai-je à mon guide, qui me serra contre lui.

— Plus que jamais ! »

C'était la première fois que nous nous permettions cette familiarité. Je me dégageai et cherchai, inquiète, Matteo et Jason. Le premier rassemblait ses affaires et le second restait pour s'occuper d'une jeune Tibétaine. Goumar redescendrait avec lui plus tard. Le départ était prévu dans le quart d'heure. Nous avions une longue journée de marche jusqu'à Tshong.

Je sentis la pression remonter. Mon visage se crispa, soudain je n'étais plus sûre de mes ambitions.

« Tu as pris la bonne décision, me rassura Shanti.

— Mais si toutes ces images n'étaient qu'illusion ?

— Profite du chemin, ne cherche pas de résultat. Le bonheur est un état d'esprit, il ne dépend pas de ce qui se passera plus tard ni d'un fait extérieur. Il commence ici et maintenant.

— Mais, Shanti, si nous ne trouvons pas ce sage, nous aurons fait tous ces efforts pour rien.

— Tout dépend de tes objectifs. Cherches-tu à rencontrer cette personne ou à être heureuse ?

— L'un ne va pas sans l'autre dans ce cas précis. Nous entreprenons ce détour pour trouver un enseignement particulier. Je serai satisfaite lorsque nous ferons sa connaissance, enfin… s'il existe !

— C'est un problème récurrent dans notre monde moderne, le résultat ! Se fixer une direction peut être utile, mais en se focalisant sur l'objectif, nous en oublions le voyage. Notre obsession du résultat engendre notre peur de l'échec. Nous souffrons de l'incertitude jusqu'au moment fatidique : soit nous atteignons notre but, en fixons un suivant et nous inquiétons de nouveau, soit nous n'y arrivons pas et nous effondrons dans les affres du naufrage en renforçant l'idée de notre faible valeur. L'objectif devient donc un traumatisme. Le résultat n'est qu'un fait, un bref instant entre deux voyages. Crois-tu que le bonheur dépend d'un moment aussi court ?

— Non, mais... c'est difficile de dissocier mes gestes et mes pensées de mon but. Et puis, je te rappelle que tu m'as enseigné qu'en visualisant nos souhaits, ils se produisaient.

— C'est vrai, juste pour harmoniser tes actes, mais pas pour laisser pousser les mauvaises réflexions sur le terrain fertile de la peur. Te rends-tu compte que tu ne vis que dans la crainte de ce qui va se passer ? Le bonheur est ailleurs. Il est ouvert à tout ce qui arrive. Il se nourrit de la magie du présent, de la perfection du moment, du pas que tu fais en harmonie avec la fleur qui éclot. Si tu laisses tes peurs t'emprisonner dans le futur, jamais tu ne pourras vivre le bonheur. L'objectif n'est qu'un point d'arrivée, il fait partie du voyage comme le point de départ, mais n'est pas le voyage.

— Tu veux dire qu'il ne sert à rien de savoir si nous allons rencontrer ce sage ou pas ?

— Ce que je t'explique, c'est qu'il est inutile de se polariser sur l'issue. Ni toi ni moi n'avons de certitude sur cette rencontre. La meilleure façon de le trouver est d'être en alerte à tout ce qui arrive. Mais quelle qu'en soit la finalité, l'objectif est de prendre du plaisir à chaque seconde, ainsi le voyage sera une réussite. Le bonheur ne réside pas au kilomètre final qui n'existera jamais, mais au kilomètre zéro, qui commence à chaque instant. »

Je souris, parcourue d'un frisson d'admiration. Shanti avait raison, j'envisageais des scénarios et créais mes problèmes : avais-je pris la juste décision ? Et si on ne trouvait pas ce sage ? Et si Matteo n'était pas la bonne personne ? Et si, et si, et si... Après tout, profitons de l'instant ! Je me sentis soulagée.

« Finalement, c'est simple, il suffit de lâcher la pression autour du résultat et d'arrêter d'y penser !

— Ou de le déplacer. Si tu considères que ton objectif est d'être heureuse, alors comprends que chaque seconde est le résultat. Il n'y a pas de différence entre le chemin et son but.

— C'est malin ça ! Le résultat est déjà inclus à chaque moment dans le trajet.

— Oui. Le fait de rencontrer cette personne ou pas ne peut avoir d'incidence sur notre état de bien-être. Ton bonheur prend racine en toi au kilomètre zéro. Rappelle-toi de cela, c'est l'unique secret. »

Shanti avait l'art de me ramener à mes propres responsabilités. Je compris que rien ne pouvait affecter mon bien-être si je ne laissais pas mes pensées le polluer. Il suffisait de décider et d'agir en conséquence. Je voulais vivre sans cette peur. Peu importait que l'on trouve quelqu'un au bout du chemin, ou que Matteo soit l'homme de ma vie. J'avais envie d'être heureuse, de profiter de ces moments sans penser au résultat. Savourer chaque seconde dans le plaisir de l'instant, dans la découverte de ce que j'étais, sans dépendance de l'approbation des autres ni appréhension de l'échec. Je voulus aller voir ce qui se passait du côté de Tshong. J'y allais parce que mon cœur me le demandait et que je souhaitais vivre cette expérience, celle du chemin, celle de faire confiance à la vie.

Je filai rassembler mes dernières affaires, puis retrouvai le reste du groupe qui m'attendait devant la porte d'entrée sur la petite place. Je m'attardai dans le regard de Matteo, puis remerciai Jason et Goumar, que je serrai un long moment dans mes bras.

L'intuition

> « *L'intuition est un éclair que Dieu nous prête.* »
>
> Anne BARRATIN

Le paysage que nous surplombions en descendant un long chemin rocailleux à flanc de montagne était à couper le souffle : les nuages bas voilaient avec pudeur les courbes de la vallée et de ses gorges. Le regard de Shanti se perdait à l'horizon. Il me pointa du doigt Sinuwa, où nous nous arrêterions.

Je scrutai des yeux le village miniature, qui me paraissait hors d'atteinte. Shanti remonta son sac à dos par les bretelles d'un petit coup de reins. Il respira l'air à pleins poumons, comme s'il cherchait à faire entrer l'univers tout entier en lui. Il sourit à deux moineaux à gorge jaune et repoussa une branche d'arbre qui lui chatouillait l'oreille. Son énergie me portait, j'avais envie d'essayer la nouvelle version du voyage qu'il me proposait. Je lançai un regard à Matteo, sa présence me faisait du bien et ses attentions me touchaient. Je sentis battre mon cœur au rythme du sien. Nishal et Thim marchaient devant nous. Je percevais leurs mots s'envoler dans les airs, ponctués de rires, l'effort ne semblait pas avoir de prise sur eux. Je profitais de cette belle énergie.

Près d'un long pont suspendu, Shanti me fit un clin d'œil et se lança. Je le suivis sans me poser de questions. Mon appréhension instinctive disparut à la lumière de ma conscience. Malgré les mouvements de l'équipe qui nous succédait, entraînant la passerelle de gauche à droite, je me laissai porter par le rythme cadencé de leurs pas. Ce qui m'était impossible encore une semaine en arrière semblait presque routinier aujourd'hui.

Shanti sourit à mon arrivée. Une fois les autres à notre hauteur, nous reprîmes la route, sur un dénivelé moins pentu. Matteo me prit par les épaules. Il voulait tout savoir sur moi, tout ce que je pouvais lui dévoiler.

« Ça tombe mal, je suis dans le brouillard ! Shanti m'a fait prendre conscience de mon absence de repères. Il est difficile de te dire aujourd'hui qui je suis. C'est confus.

— Bienvenue dans le monde de la transformation !

— Oui... ça promet ! La semaine dernière encore, j'avais le sentiment d'avoir des certitudes, mais elles se sont envolées une à une. Si peu de temps pour tout bousculer, je n'en reviens pas moi-même. Le paradoxe est que je me sens vulnérable, mais plus solide.

— Sûre de rien, mais confiante ?

— Exactement... Le contrôle m'échappe, mais j'ai le sentiment que tout s'ordonne. Tu vois, à la seconde où je te parle, je me demande quelle est cette force qui me pousse à parcourir l'Himalaya sur un chemin chaotique en direction d'un but invraisemblable, mais je continue dans cette direction, à l'opposé de toutes les certitudes que j'ai construites en trente-quatre ans. C'est fou ! »

Matteo écoutait sans dire un mot, comme s'il comprenait que ce monologue salvateur me permettait de faire le point à ce carrefour de ma vie. Il me laissa poursuivre.

« Je pourrais te rassurer en t'énumérant le nombre de mes diplômes des plus hautes écoles, en me vantant de ma réussite professionnelle, de mon statut social, de mon niveau de salaire, mais je ne t'exposerais que les couches qui me protègent de ce que je suis. À l'image de mes tailleurs de marque qui me déguisent ou... du moteur puissant de ma voiture qui me fait fuir plus vite, ou encore... de mon compte en banque qui me donne l'impression d'être respectée. En fait, je n'avais pas compris que j'étais incapable de m'apporter le respect que j'attends des autres. Je prends conscience que je me rassure à travers tous ces apparats, de peur de révéler ce que je suis. Tu vois, je prends le risque de te faire fuir, mais aujourd'hui je me sens ailleurs, avec des envies si loin de cette superficialité. Je n'ai aucune idée de ce que va être la suite pour moi, mais je sais ce que je ne veux plus.

— Et tout ça en une semaine ?

— Oui, c'est incroyable ! Je mesure à quel point j'étais aveugle !

— Tu es dure avec toi-même. Tout ce que tu as vécu a permis l'accès à ce que tu réalises en ce moment. Tu es la même, ton cœur bat de la même façon, tu élargis simplement ton champ de vision. Ton parcours exceptionnel t'a préparée à ce qui arrive. Je ne suis pas devin, mais je ressens des choses identiques. Je pressens la transformation dont tu parles et je suis prêt. Je lâche le contrôle, je fais confiance à l'univers. Nous sommes là où nous devons être. Il suffit d'être à l'écoute sans chercher quoi que ce soit, sans penser à l'avenir, parce que je crois que nous ne pouvons pas imaginer la grandeur du spectacle. »

Il me prit la main et l'enveloppa dans la sienne. Nous marchâmes en silence tout en respirant la beauté du paysage. Je goûtai la vie qui me frôlait, profitant de chaque scène, chaque son, chaque odeur, chaque sentiment pour la première fois. Mon cœur heureux se nourrissait de l'énergie qui lui parvenait. Je ne me souciais plus de rien. La main de Matteo me sécurisait, mais au-delà, je sentais une force me guider sur ma nouvelle route.

« 12 h 30 ! », annonça Thim les yeux rivés sur son bâtonnet planté dans le sol. Shanti déplia une carte et nous proposa de marcher jusqu'au village de Doban pour déjeuner à une demi-heure de là, à condition de garder le même rythme. Au final, il ne nous fallut qu'une vingtaine de minutes pour atteindre notre cible.

S'arrêtant devant une modeste bâtisse, Shanti nous demanda si un *dal bath* végétarien nous conviendrait. Affamés, nous acceptâmes avec enthousiasme. Un homme prit la commande de boissons et nous proposa de nous asseoir dans le jardin. Thim, allongé dans l'herbe, s'amusait avec une sauterelle. L'espace aménagé à flanc de montagne nous offrait une belle vue sur les cultures en terrasses et les champs de millet. Les nuances de vert et les palettes de couleurs des moyennes altitudes réapparaissaient après l'absence de verdure des hauteurs.

Au milieu du jardin, une balançoire de fortune provoqua mon enfant intérieur. Un rondin de bois horizontal était soutenu par deux autres verticaux en forme de « Y ». On y avait attaché solidement une corde en « U ». Rien d'autre. Je m'y assis et me balançai face à l'horizon. Nishal choisit un fauteuil en plastique vert foncé et s'assit à côté de Shanti autour d'une table en bois, face à la vallée. Il roula une cigarette et discuta avec son ami. Je rejoignis Matteo allongé sur l'herbe, et m'abandonnai à la terre, appuyant ma tête contre son torse. Il m'enveloppa de son bras avec tendresse. Le temps semblait s'être arrêté. À moins que mes pensées ne se soient mises en veille. J'étais là et rien d'autre n'apparaissait que les images qui défilaient devant mes yeux, la joie qui jaillissait de mon cœur, la douceur du soleil qui nous chauffait et la force des montagnes qui nous emplissait.

Mon estomac gronda si fort que tous l'entendirent et se mirent à rire. Les deux mains sur mon ventre, je devins écarlate. Même la cuisinière sembla avoir été alertée et s'empressa de nous apporter les plats fumants. Nishal fit signe à Thim de le suivre. Je les arrêtai et les invitai à notre table. L'oncle déclina par politesse. J'insistai. Nishal regarda Shanti. Il attendait son approbation. Galvanisé par son audace, Thim répondit spontanément qu'il aimerait beaucoup, mais n'avait jamais appris à manger avec une fourchette.

« Et moi, je ne sais pas manger avec mes mains. Pourrais-tu me montrer ? », lui demandai-je, attendrie par sa sincérité. Thim me regarda, surpris. « C'est facile, je vais t'apprendre. » Shanti s'inclina vers Nishal et lui indiqua de se joindre à nous. Matteo, conscient que Nishal ne devait pas être à l'aise non plus avec des couverts, se proposa d'essayer également. Après un lavage minutieux de nos mains sous l'eau gelée d'un lavabo improvisé, Thim commença la leçon. Prenant son rôle d'enseignant à cœur, il corrigea, attentif, nos maladresses. Il formait avec dextérité de petites boulettes de riz qu'il trempait dans les lentilles brûlantes, puis les portait avec précision à sa bouche. Nishal et Shanti maîtrisaient eux aussi la technique. Matteo et moi nous appliquions, mais le résultat était moins probant, ce qui ne manqua pas de faire rire mon guide et son ami. Notre professeur, concentré sur nos gestes, nous encourageait avec pugnacité, lançant un regard noir aux deux autres et leur intimant le silence d'un geste de la main.

La scène paraissait hors du temps, mais ce jeune garçon détenait une vérité oubliée. Il était un exemple de patience et de générosité. Son attention tournée vers nous, il mettait un point d'honneur à satisfaire mon envie, au point d'en oublier son repas. Je m'efforçai d'être précise, afin de ne pas le décevoir, en m'appliquant, malgré la douleur des brûlures, jusqu'au dernier grain de riz. Dans une touchante opération de valorisation, Matteo finit également son assiette. Le sourire de Thim exprima notre réussite. Je le remerciai du cadeau qu'il venait de nous faire : enseigner le don de soi. Ce qui lui paraissait naturel était une qualité si rare. J'étais émue.

Mes vêtements ayant profité du déjeuner en même temps que moi, je me rendis à nouveau au lavabo pour me laver, avant que Matteo ne m'entraîne pour une sieste au soleil. Je m'endormis dans ses bras. Il me réveilla une demi-heure plus tard d'un baiser sur le front et me glissa à l'oreille qu'il fallait repartir. Nishal et Shanti confirmèrent la route avec l'homme de la maison, qui précisa quelques informations sur le plan, en nous proposant l'adresse d'une vieille tante à deux heures de marche, juste à côté de Tshong.

La vie reprenait ses droits à cette altitude. Les champs de millet balayés par le vent dansaient par vagues successives. Notre respiration plus fluide nous simplifiait l'effort. Plus bas, des cris d'enfants attirèrent notre curiosité. À la sortie de l'école, une brebis attendait les caresses des petits, qui ne manquaient pas de lui donner toute leur attention. De jeunes écoliers en uniforme bleu marine fêtaient leur compagne de jeu, qui manifestait son allégresse par de petites cabrioles. Shanti souriait, fasciné par la situation, Thim vivait la scène en sautillant, poussant des cris de joie étouffés, encourageant l'animal.

Comment avais-je pu oublier l'essentiel ? Comment avais-je pu me laisser envahir par la superficialité et accepter d'endosser des couches si lourdes d'inutilité ? Mes yeux s'emplirent de larmes.

« Ne te juge pas, me dit Shanti en m'attrapant le bras.

— Comment ai-je pu m'égarer à ce point ?

— Tu ne t'es pas égarée, tu regardais au mauvais endroit.

— Que se passe-t-il pour que nous ayons besoin de quitter cet état et nous fondre dans le convenu ?

— Nous pensons que devenir adulte, c'est intellectualiser chaque chose. Nous en oublions de vivre. L'enfant habite l'expérience, il ne la considère pas. Que ferais-tu si tu laissais ton enfant intérieur se manifester en toi ? »

Sans attendre ma réponse, Matteo me devança en me tirant par la main : « Nous courrions jouer avec cette petite brebis, parce que la seule chose qui nous rend heureux est de partager un moment d'amour ! »

Il m'entraîna vers les écoliers, et de son autre main attrapa Thim, qui abandonna son paquetage pour galoper avec nous. Nous nous mêlâmes à la bataille, ce qui aviva l'enjouement des petits. Nous jouions comme eux, au milieu d'eux, laissant notre âme d'enfant manifester sa spontanéité pour retrouver une joie intense et connue.

La brebis malicieuse échappa à Matteo qui avait réussi à la canaliser un bref instant. Il se retrouva par terre avec une dizaine de bambins déchaînés sur lui. Mes bras accueillirent la tendresse de deux fillettes. Nos rires s'enfuirent avec les secondes qui s'évaporaient. Il n'était plus question de sourires, mais de rires profonds : une émotion brute où le calcul n'a plus de raison d'être, où la pensée laisse place à l'inné, où la peur disparaît par le seul sentiment d'amour exprimé. Un diamant à l'état pur, un moment unique.

Nous nous relevâmes avec difficulté de nos étreintes. Je me jetai dans les bras de Matteo. « Tu es fou, mais j'aime ta folie », lui dis-je en l'embrassant. Thim tapa dans la main de mon Italien, puis me prit par les épaules. Bloquée entre les deux hommes que je tenais par la taille, nous rejoignîmes le reste de l'équipe, comme de bons copains poussiéreux et heureux.

Alors que nous traversions une forêt de pins, un singe perché salua notre passage en nous jetant les restes de son déjeuner sur la tête.

Après une heure de descente, le panneau « Tshong » s'érigea devant nous. Mon cœur s'accéléra. J'avais eu la vision exacte de cette image dans mon rêve. Je blêmis. Les regards se tournèrent vers moi. « Nous pourrions suivre cette direction et aller à l'adresse indiquée par notre hôte ce midi », proposa Shanti en montrant un chemin qui serpentait.

Le sentier en côte nous mena au pied d'un refuge désert. La vue à trois cent soixante degrés sur la vallée était impressionnante. Plus bas, un rassemblement d'une dizaine de foyers confirma l'existence du hameau que nous cherchions. Shanti prit les devants et interrogea un porteur qui nous indiqua une maison en contrebas. Le village enclavé était à l'ombre, malgré un soleil encore haut.

Une fois arrivés à destination, nous croisâmes une vieille femme, Gu-Lang, qui me fixa un long moment. J'étais hypnotisée par la profondeur de son regard empreint de sagesse. Shanti m'apprit que son prénom signifiait « protectrice des mères et des enfants ».

Gu-Lang porta une attention particulière à chacun des Népalais, puis se tourna à nouveau vers Matteo et moi. Elle attrapa nos mains qu'elle superposa sur les siennes, se pencha au-dessus, formula une prière et se redressa pour nous offrir son sourire. Cette femme semblait lire dans nos cœurs ! Elle poussa la petite porte en bois et nous invita à entrer. Sa démarche bancale, soutenue par sa canne, ne l'empêchait pas d'avancer d'un pas décidé.

L'intérieur de la maison était sombre, seules deux fenêtres étroites laissaient passer la lumière. Le sol en terre aggravait l'obscurité de la pièce. Les poutres basses rasaient nos têtes. Au fond, la cuisine se distinguait par une batterie de casseroles empilées, un poêle sous lequel un morceau de bois de sapin alimentait le feu de cuisson. Gu-Lang nous accompagna en claudiquant jusqu'à l'échelle, à gauche de la cuisine, qui montait à l'étage supérieur. Elle nous proposa d'y poser nos bagages et de nous y installer. Cette pièce ouverte de la superficie de celle du bas avait été aménagée pour accueillir une dizaine de personnes. Les nattes arrangées au sol faisaient office de lit.

Shanti, embarrassé par la situation, se gratta la tête, me demandant si je souhaitais qu'il cherche un autre endroit. Malgré la simplicité des lieux, la générosité qui s'en dégageait me rassura. Je m'y sentais bien. « Ne t'inquiète pas, cette expérience me plaît ! » Quand je pense qu'à l'arrivée à Katmandou, j'étais désespérée par l'hôtel de Maya… Si j'avais su ce qui m'attendait et qu'en plus j'y prendrais du plaisir !

Je posai mon sac sur l'un des tapis en dessous d'une petite lucarne. J'esquissai une petite moue à Matteo pour lui indiquer celle qui jouxtait la mienne. Il ne se fit pas prier. Shanti installa ses affaires à l'opposé de notre couchage et aménagea celle de son équipe à côté de lui. Thim manifesta sa joie de dormir tous ensemble. Nishal le calma d'un regard. L'attitude du jeune adulte m'attendrissait, sa naïveté me touchait.

Après une installation rapide, Matteo suggéra d'aller faire un tour dans le village, mais je préférai me reposer. Après s'être assurés de mon confort, les hommes quittèrent la maison. Je m'assoupis un moment.

La nièce de Gu-Lang, Thi Bah, interrompit ma sieste, me proposant du bas de l'échelle une boisson chaude. Je regardai ma montre, j'avais dormi une bonne heure. J'acceptai avec plaisir et demandai des nouvelles de mes acolytes. Ils n'étaient pas rentrés. La jeune femme me dit en riant que les hommes aimaient se retrouver entre eux au bar pour séduire les dames. Un sentiment de jalousie me traversa. Matteo avait précisé en partant qu'il serait de retour une demi-heure plus tard… J'étais agacée.

Gu-Lang, assise sur un rondin de bois, fixait mon regard. Je m'efforçai de lui sourire, mais son visage restait concentré. Elle me parla en tibétain. Je me tournai vers sa nièce, qui traduisit ses mots :

« Ma tante dit qu'il t'attend.

— Qui ? Matteo ?

— Non, l'homme que tu es venu rencontrer », affirma-t-elle, élevant le ton.

La jeune femme interprétait les phrases en écho sur la même tonalité.

« Comment le sais-tu ?

— Parce que tu m'es apparue dans la nuit. »

Tous ces rêves finissaient par m'effrayer, je ne sus quoi dire. Elle reprit :

« L'invisible existe dans un monde qui échappe à la vue, mais se révèle plus réel quelquefois. Tu es venue par intuition, tu as suivi ton instinct. Une force particulière t'a amenée jusqu'à son appel.

— J'ai le sentiment de poursuivre un fantôme depuis deux jours.

— Ce n'est pas un fantôme, mais un autre système de communication. Je n'ai pas la connaissance nécessaire pour t'expliquer et peut-être est-il impossible d'y poser des mots. Mais je peux le vivre, comme toi, comme tout le monde. »

J'étais aussi inquiète que dubitative. Mes mains collées à la tasse réchauffaient tout mon corps.

Elle reprit à voix basse :

« Tu dois aller le voir, il t'attend, c'est important.

— Tu le connais ? Il t'a parlé de moi ?

— Non, mais il m'a donné la direction dans mes rêves, ma nièce va te conduire, c'est tout près d'ici.

— De quoi as-tu rêvé ? Qu'a-t-il à me dire ?

— Je ne sais pas ce qu'il attend de toi, je ne suis que l'intermédiaire pour te guider.

— Tout ça est ridicule !

— Peut-être. Mais tu es là. Ne veux-tu pas connaître son message ? »

Elle fit signe à sa nièce de m'accompagner. J'hésitai. Il me semblait plus prudent d'attendre le retour des hommes. Oh ! et puis après tout... ils s'amusaient sans se soucier de moi. Dans un élan de colère, je décidai de suivre Thi Bah après les indications données par sa tante.

Je marchais inquiète, ruminant ma jalousie. J'étais furieuse contre Matteo, mais aussi contre Shanti. Comment avaient-ils pu me délaisser ? Un jupon qui s'agite suffisait à les rendre amnésiques ! Qu'est-ce qui m'avait pris de tout quitter ? Je venais récupérer une méthode et me retrouvais au milieu de l'Himalaya sans réseau, déconnectée de tout. Je pris conscience de mon inconscience ! Comment mon entreprise et mes collaborateurs allaient-ils se remettre de mon irresponsabilité ?

Dans le hameau, les parfums de cuisine mêlés aux odeurs de fumée s'échappaient des cheminées. Je cherchai Matteo, jetant des regards furtifs dans les chaumières que nous croisions. En vain. Nous empruntâmes un chemin de traverse sur la droite pour nous enfoncer dans une végétation plus dense d'arbustes feuillus. Nous enjambâmes les branchages et de petits cours d'eau. La nuit tombait, je me sentais de moins en moins rassurée au fur et à mesure de notre progression dans la montagne. Je ressentais le poids de la longue journée dans mes jambes déjà affaiblies.

Thi Bah s'arrêta à un carrefour. Son hésitation me fit comprendre qu'elle s'était égarée. Les quatre routes se ressemblaient, il était impossible d'en choisir une plutôt qu'une autre. L'absence de panneau nous imposa la raison.

« Rentrons, il fait presque nuit et le froid devient insupportable. Nous essaierons demain matin », suggérai-je. Je commençai à rebrousser chemin. Thi Bah m'attrapa la main, proposant de demander de l'aide. Je me mis à rire nerveusement. « Bien sûr, Jean-Pierre !, ricanai-je en français. J'hésite entre l'appel à un ami ou le 50-50 ! » Je sortis mon mobile et continuai sur le même ton : « Ah non, pas de réseau ici, c'est pas gagné pour le million ! »

Elle me regarda, interrogative, sans comprendre un seul mot. Je repris en anglais : « Nous n'avons pas de moyen de communication et n'avons croisé personne depuis notre départ. De qui crois-tu que nous pouvons solliciter de l'aide ? Allez, soyons raisonnables, rentrons », insistai-je en la tirant par la manche. Elle résista.

« Nous pouvons y arriver si tu te concentres, dit-elle en fixant son regard dans le mien.

— Que je me concentre ? Mais sur quoi ?

— Sur le croisement qui est devant nous. Nous allons fermer les yeux et attendre en silence une minute en nous demandant quelle est la route qui nous mènera à notre objectif. »

Le ton direct et ferme de sa voix ne laissait aucune place au renoncement. Thi Bah se tut, inspira profondément et leva la tête vers le ciel en se grandissant. Tout cela paraissait fou. Ils étaient tous contaminés ! Pire encore, leur maladie était contagieuse. Une partie de moi semblait envoûtée. Je sentis une force particulière. Je l'observai, puis fermai les yeux à mon tour. Je me concentrai sur chacune des trois routes restantes alors qu'il était sans doute plus responsable de prendre la quatrième. J'essayai de ressentir quelque chose qui pourrait me guider. Rien.

Un bruissement d'ailes troubla notre expérience. Surprises, nous levâmes la tête dans sa direction. Sorti des arbres, un aigle survola la voie qui partait sur la gauche. Il respecta scrupuleusement les courbes du chemin à basse altitude, puis se posa sur une pierre. Il se retourna vers nous et repartit.

Mon regard magnétisé par la scène me laissa sans voix, alors que Thi Bah déclara comme une évidence : « C'est donc par là ! »

Je marchais à côté d'elle, cherchant l'oiseau à l'horizon, mais il était déjà loin. Le sentier montait brutalement, puis se rétrécissait. Nous le devinions à travers les herbes hautes qui griffaient nos vêtements. Il semblait peu emprunté. Nous devions nous tromper.

Après avoir passé un nouveau virage à quatre-vingt-dix degrés, Thi Bah se mit à renifler comme un animal, levant son museau dans le vent. « Tu sens ? » Je pris une grande inspiration, le nez en l'air.

« Non. Qu'est-ce que ça sent ?

— Une odeur de cheminée, nous ne sommes pas loin d'une habitation ! »

Elle reprit la marche, d'un pas rapide. Une petite maison isolée se dressait à quelques mètres de nous. L'air frais charriait une forte vapeur de bois brûlé. Les battements de mon cœur s'accélérèrent. Thi Bah tendit la main en direction du heurtoir en bois accroché à la porte. « Nous y sommes ! », affirma-t-elle, radieuse.

J'étais sceptique.

Cocktail

> « *Souvent, au moindre écueil,*
> *nous rétrécissons notre vision.* »
>
> Tenzin GYATSO,
> quatorzième dalaï-lama

Alors que je m'apprêtais, tremblante, à frapper à la porte, une vieille femme l'ouvrit. Elle ne semblait pas surprise. Son visage ressemblait à ceux des habitants de l'Asie orientale, probablement de Chine ou du Japon. Sa tenue vestimentaire confirma mes intuitions. Elle portait un haori en laine rouge à fleurs jaunes au-dessus d'un kimono gris en lin attaché par une obi orange, une sorte de large ceinture. Elle nous fit entrer.

L'étroitesse de la maison rendait homogène la chaleur qui se dégageait du poêle central. Les lèvres engourdies, je me présentai, ainsi que mon accompagnatrice, lui expliquant la raison de notre présence. Elle me coupa la parole dans un anglais approximatif : « Mon mari t'attend ! » Puis elle me frictionna le dos, me frotta une à une les mains, et y glissa une tasse de tisane. Elle se tourna vers

Thi Bah, fit de même, puis la fit s'asseoir sur une chaise à côté du poêle près du mur.

L'hôtesse m'invita à la suivre dans la pièce voisine, à peine plus grande que la précédente. Un homme âgé se leva d'un fauteuil, péniblement. « Bonsoir, Maëlle, tu as donc trouvé le chemin, n'est-ce pas ? » J'étais transie de peur. « Comment connaissez-vous mon prénom ? Qui êtes-vous ? Comment faites-vous pour communiquer avec moi ? Qu'attendez-vous de moi ? Pourquoi faites-vous tout cela ? » Le ton de ma voix montait. Mes questions successives et anarchiques trahissaient mes angoisses. Mes jambes vacillantes me soutenaient à peine.

L'homme me prit la main et m'invita à m'asseoir sur une sorte de bergère qu'il venait d'épousseter. Il esquissa un sourire de compassion, se cala dans son fauteuil, sortit d'un tiroir de son bureau une boîte de tabac et se mit à bourrer sa pipe. Il m'observa un moment reprendre mes esprits avant de répondre à mes interrogations. « Comment je connais ton prénom ? Je t'ai entendue arriver et te présenter à ma femme ! Qui suis-je ? Je ne voudrais pas être réducteur. » Il réfléchit en levant les yeux vers le plafond : « Je suis, c'est tout, et c'est déjà pas mal, n'est-ce pas ? »

Mes yeux sortaient de leurs orbites. Je l'écoutais avec anxiété, sans l'interrompre. Je remarquai rapidement que cet homme avait le tic de ponctuer ses phrases d'un « n'est-ce pas », suivi d'un clignement d'yeux nerveux.

« Qu'est-ce que j'attends de toi ? Tu t'es rendue jusqu'ici pour avoir une réponse ? Alors quelle est ta question ?

— Comment ça ? Vous me faites venir par je ne sais quel subterfuge et maintenant que je suis là, vous me demandez ce que j'attends de vous ? Je ne vous ai jamais vu, je ne sais pas qui vous êtes… C'est une histoire de dingue ! »

Je me levai d'un bond. « Assez perdu de temps ! » Ma peur se mua en colère. Je pensai à la méthode que j'avais récupérée pour Romane. Peut-être était-ce un artifice pour me voler le paquet ? Je serrai mon sac à dos dans mes bras. Alors que je m'apprêtais à sortir de la pièce, il me rappela à l'ordre d'un ton sec : « Calme-toi ! Assieds-toi, nous allons essayer de comprendre ensemble, n'est-ce pas ? » Sa voix se radoucit, ses yeux fermés dans un élan de nervosité se rouvrirent. Il passa sa main gauche sur son visage et caressa les poils de son long bouc prolongeant son menton.

« Reprenons du début. Je m'appelle Chikaro. Je vis au Japon, près du mont Fuji. J'ai consacré ma vie à la recherche scientifique. Il y a trois mois, j'ai découvert que mon arrière-grand-père était né ici au Népal, dans un village voisin. J'ai décidé de m'y installer un moment. Il y a sept jours, j'ai fait le rêve que deux Occidentaux viendraient frapper à ma porte, c'est pourquoi je t'attendais. Et te voilà, n'est-ce pas ?

— Deux Occidentaux ?

— Oui, un homme et une femme.

— Je suis avec un ami qui a fait le même rêve que moi.

— Alors nous avons des choses à nous dire tous les trois. Où est-il ? »

Je levai les yeux au ciel.

« Il préfère s'amuser !

— Bon... puisque nous sommes là tous les deux, laisse-moi réitérer ma question. En quoi puis-je t'être utile aujourd'hui ? »

Chikaro paraissait sincère. Son attitude calma mon stress. « Je ne le sais pas. Je ne comprends plus rien depuis quelques jours. » Je lui racontai ce que j'avais vécu, les priorités auxquelles Shanti m'avait fait réfléchir, l'apprentissage de nouveaux concepts, l'harmonisation avec le corps, ma rencontre avec Jason, puis avec Matteo, qui semblait confirmer mes pensées créatrices, puis mes désillusions. Je conclus, désespérée : « Je suis perdue. »

Occupé à allumer sa pipe avec un briquet capricieux, Chikaro ne répondit pas immédiatement, puis lâcha :

« Alors tu es sur le bon chemin. Celui du bonheur. C'est ce que tu désires, n'est-ce pas ?

— Nous le cherchons tous !

— Non. Beaucoup de gens le veulent, mais peu s'efforcent de le trouver. Il n'est accessible qu'à celui qui l'expérimente.

— Avant, mon bonheur se résumait à un job bien rodé qui me permettait d'assouvir mes désirs matériels. Puis j'ai découvert ces derniers jours qu'il était tout autre. J'ai ressenti des émotions nouvelles. Il suffisait de le vouloir pour que ça fonctionne. Mais je me suis enlisée dans mes illusions. L'homme dont je pense être tombée amoureuse ne l'est pas autant que moi, il a préféré passer la soirée à boire un verre avec ses copains ou je ne sais qui, d'ailleurs. Remarquez, je me suis peut-être emballée toute seule, il ne m'a rien promis ! »

Chikaro réfléchit un moment, lâchant une bouffée de fumée. « Sais-tu pourquoi tant de relations sentimentales si fortes au départ se finissent en déchirures sordides ? » Je haussai les épaules.

« Nous attendons de l'autre qu'il comble nos carences, n'est-ce pas ? Tant que nous ne travaillons pas sur nos besoins non satisfaits, nous projetons sur l'être aimé nos attentes, au point de l'idéaliser. Il se donne le rôle de répondre et d'alimenter nos dysfonctionnements. Nous entrons dans une relation de dépendance mutuelle qui finit souvent par une catastrophe lorsque la magie disparaît.

— L'attirance ne s'explique pas. Elle naît d'un coup de cœur pour quelqu'un sans que l'on puisse la contrôler.

— Pas tout à fait. Notre éducation, nos premières amours, les gens que nous avons fréquentés, notre histoire personnelle influencent notre image de l'être idéal. Le coup de foudre est le fait de tomber amoureux d'une personne inconnue dont l'apparence physique correspond à cet idéal. Malgré l'impression que tout se passe au niveau du cœur, l'encéphale est le siège de nos plaisirs. Le courant électrique que nous ressentons lorsque nous sommes amoureux est un enchaînement de réactions chimiques et biologiques perçues au niveau des différents sens. Le cerveau est bouleversé et provoque des décharges de neurotransmetteurs puis d'hormones, n'est-ce pas ? »

Ses tics, associés à son fort accent asiatique sur un sujet que je ne maîtrisais pas, me firent décrocher. Chikaro s'appliqua à prononcer chaque mot clairement pour maintenir mon attention. « Que se passe-t-il au niveau de nos sens lorsque l'on tombe amoureux ? Le nerf optique transporte jusqu'au cortex l'image de notre rencontre, déclenchant divers symptômes comme des palpitations, des rougissements. Notre expression s'embrume, nous balbutions. Les phéromones émises par l'objet de notre désir pénètrent dans le nez et activent les neurones olfactifs, jusqu'au cerveau des émotions. L'odeur s'imprègne, n'est-ce pas ? » J'opinai de la tête, concentrée sur ses mots.

« Les ondes de la voix font vibrer les tympans. Elle devient séduisante et excitante. Les premiers contacts transmettent à des terminaisons nerveuses un courant électrique qui remonte le long de la moelle épinière jusqu'au cortex, libérant les endorphines, les neurotransmetteurs du plaisir. Lorsque l'on tombe amoureux, douze régions de l'encéphale s'activent pour délivrer ces molécules chimiques euphorisantes. Un cocktail magique, proche de certaines drogues comme l'héroïne ou l'opium. C'est pourquoi nous nous sentons “pousser des ailes”.

— Un cocktail magique ?

— Oui, une surproduction d'hormones comme les amphétamines, stimulant l'activité cérébrale, diminuant le sommeil et la faim, ou la dopamine provoquant l'hyperactivité et l'ivresse. Mais aussi la phényléthylamine, qui suscite l'euphorie, la NGF[1], une des protéines qui augmentent au début d'une relation et qui ne durent, au mieux, qu'un

1. *Nerve growth factor* (facteur de croissance des nerfs).

an, ou encore la lulibérine, l'hormone du désir, n'est-ce pas ?

— Holà ! Je ne connais pas toutes ces substances, mais je comprends mieux pourquoi je me sentais dans une joie incontrôlable !

— Le cerveau reçoit des signaux positifs et amplifiés de notre vision de l'objet de nos désirs. Ses défauts s'effacent pour laisser place à un idéal rayonnant qui nous attire vers lui. L'être aimé devient le centre du monde.

— Oui, c'est bien ça ! Je me suis laissé aveugler.

— Puis l'acte sexuel ainsi que le plaisir renforcent la libération des hormones. L'état de bien-être est à son paroxysme, entraînant une anesthésie temporaire de tous les maux psychologiques ou physiques et l'envie de recommencer, n'est-ce pas ? »

Ça, je ne le savais pas, je n'avais pas eu le temps d'expérimenter avec Matteo…

« Mais le cerveau s'habitue aux décharges répétées. Les récepteurs disposés sur nos neurones perdent leur sensibilité aux différentes hormones. Lorsque la potion miraculeuse s'estompe, au bout de six mois à trois ans, l'entièreté de la personne aimée se manifeste. La passion du coup de foudre finit par passer et vient le moment de l'amour raisonnable et sincère.

— Ou de la rupture pour ceux qui ont du mal à vivre sans ressentir ces sensations.

— C'est juste, les frustrations et la déception font leur apparition, n'est-ce pas ?

— Quel romantisme ! Je préfère croire en l'âme sœur.

— L'amour naît du véritable travail sur soi, dans l'acceptation de ce que l'on est, de ce qu'est l'autre et du soutien mutuel. Tant que tu auras peur, tu ne pourras pas aimer. Tu alimenteras la colère, tu seras prisonnière de l'*ego* qui t'empêchera de chérir. »

Chikaro se leva, ouvrit le tiroir d'une commode en bois laqué, en sortit une boîte d'allumettes et enflamma la mèche d'une bougie, qu'il posa sur un guéridon à côté du bureau. Le halo de lumière créa une bulle d'intimité dans l'obscurité de la pièce.

« Mais comment faire, suis-je condamnée à vivre seule ? Je ressens de la peur et de la colère. Je n'arrive pas à chasser mon *ego*. Je ne trouverai donc jamais le véritable amour ?

— Tu n'as pas besoin de le chercher, il est présent partout. Tu ne le vois pas, mais il ne te quitte jamais. Il corrige l'imperfection. L'amour est le seul état d'être réel, rien ne pourrait exister sans lui, n'est-ce pas ?

— Comment apercevoir l'invisible ?

— Commence par le ressentir. Pour se sentir aimé, il est indispensable de s'apprécier soi-même. Pour donner quelque chose, il faut le posséder. Tu ne peux pas offrir ce que tu n'es pas, n'est-ce pas ? Tu ne peux pas recevoir ce qui ne vibre pas comme toi. Pour vivre l'amour, il est nécessaire de se débarrasser des strates qui l'empêchent de s'exprimer, c'est-à-dire des émotions négatives. Pour vivre l'amour, il faut commencer par comprendre ce qu'il est. Pour beaucoup, il se caractérise par une attirance entre deux individus au point de ne songer qu'à cette autre personne.

— C'est cela en effet. Je ne pense qu'à lui.

— Tu ne vis qu'une version limitée de l'amour et tu es condamnée à une instabilité. Tu cherches à combler tes manques et ta solitude en possédant l'objet de tes désirs. Jusqu'au moment du faux pas. Lorsqu'il ne satisfait plus tes attentes, tes sentiments se transforment en haine. Tu donnes et retires ton affection comme une récompense ou une punition. L'amour n'a rien à voir avec cela. Il est inconditionnel. Lorsque tu auras réglé tes blessures, tu pourras offrir et partager ce que tu es. C'est un leurre de croire que quelque chose d'extérieur à toi te rendra heureuse. Tu le seras parce que ton bonheur sera plein en toi.

— Comment faire pour se remplir ?

— L'amour est partout. Dans chaque chose, dans chaque être, en chacun de nous. Notre peur vient du fait que nous l'ignorons. Le monde paraît incertain et nous nous sentons attaqués. Pourtant, durant ces milliards d'années, la Terre évolue dans l'univers sans se heurter à d'autres planètes. Comment expliques-tu que depuis tout ce temps, nous survivons ? Une intelligence organisée nous protège. Comprendre que malgré toutes les menaces qui nous entourent, les espèces vivantes perdurent, c'est déjà le début de la conscience. Accepter que l'on fait partie d'un tout, et que rien d'autre que de vivre la perfection ne peut nous arriver, c'est intégrer que nous sommes en totale sécurité et profondément aimés, n'est-ce pas ? Nous n'avons aucune raison de nous inquiéter. »

Chikaro m'invita de son regard à considérer la bougie.

« Ressentons la petite flamme qui vacille en nous et concentrons-nous sur celle des autres.

— Le passé m'a enseigné d'être sur mes gardes, ce qui m'évite de reproduire les mêmes erreurs.

— Laisse-moi te donner trois clés qui m'ont permis de changer la vision de mes relations avec les autres : la première est que tu n'es jamais victime du monde que tu vois. Pour accéder à la paix intérieure, il est nécessaire de le regarder avec bienveillance et non pas comme une menace. Ne garde de tes expériences passées que l'amour. Le reste est inutile et ne fait qu'encombrer l'esprit de fausses croyances. Le passé tronque la vérité par des filtres de peur.

— J'ai déjà entendu cela en effet. Nous avons le choix de regarder le monde avec Amour ou avec Peur.

— En effet, mais dans les deux cas, nous sommes acteurs et responsables et non pas opprimés, n'est-ce pas ?

— J'ai aussi appris que la peur n'existait pas.

— C'est exact, c'est pourquoi chaque fois que je me positionne en souffre-douleur, je me répète que seuls mon regard et mes pensées emplis d'amour sont réels. Le reste ne l'est pas.

— Pensez-vous que je me positionne en victime par rapport à Matteo ?

— Bien sûr. Ta victimisation te fait croire que tu as une bonne raison d'être en colère après lui.

— Avouez quand même que son comportement est décevant ! Il m'a oubliée pour je ne sais quelle première venue.

— En es-tu convaincue ?

— Je le suppose, répondis-je comme une évidence, en expirant mon désespoir.

— Tu me permets une transition directe vers la deuxième clé : arrête toute supposition ! Lorsque j'ai pris conscience que j'interprétais tout ce que faisaient ou pensaient les autres, j'ai compris que je perdais une grande partie de mon énergie. Je croyais à mes hypothèses comme une réalité, créant des problèmes inexistants. J'en voulais aux protagonistes de mes scénarios, préférant médire plutôt qu'éclaircir la situation. As-tu vu Matteo en compagnie d'une autre femme ce soir ?

— Non, mais il paraît qu'elles ont la réputation de distraire les hommes dans ce village.

— Ce n'est donc qu'une supposition, n'est-ce pas ? Attends de connaître la vérité au lieu d'interpréter. L'esprit humain est fascinant : il nous est plus facile de justifier notre mal-être par l'accusation d'un comportement extérieur que d'accepter l'incertitude ! »

Je baissai les yeux.

« Comment faire pour sortir de là ?

— C'est l'objet de la troisième clé. Je me suis délivré de ce besoin de justifier lorsque j'ai arrêté de juger tout ce qui se produisait. Je passais mon temps à arbitrer tout ce qui arrivait : ceci est bien, cela est mal. Je statuais aussi sur les autres, leurs qualités, leurs défauts. Je portais un regard critique sur ce qui me gênait ou m'imposait une frustration, n'est-ce pas ? Pour retrouver un état de bien-être, il est indispensable de regarder le monde avec bienveillance, en se libérant du jugement. C'est ainsi que nous sortons du besoin d'avoir raison. »

Je me pris la tête entre les mains et massai mes tempes. Il me semblait impossible de ne pas porter de jugement sur quoi que ce soit.

« C'est un exercice de chaque instant. Lorsque tu te surprends à critiquer, remplace cette idée par une autre bienveillante. Lorsque tu ressens l'agressivité de ton interlocuteur envers toi, observe son signal de détresse et rassure-le en lui envoyant des pensées d'amour au lieu d'attaquer. Notre nature profonde est de nous aimer les uns les autres, n'est-ce pas ? »

La flamme qui mordait la mèche de la bougie se mit à vaciller et à danser au rythme des crépitements.

« Tiens, fit Chikaro étonné en l'observant, nous allons avoir de la visite. » Amusé, il inclina la tête. Il s'essuya la commissure des lèvres de son pouce et de son index. Je le regardai, surprise, puis tendis l'oreille vers la pièce voisine. Rien.

Il se tut un moment et reprit : « Un maître zen japonais nommé Shunryu Suzuki[1] compara un jour l'attitude de deux personnes devant une belle fleur. Le premier avait tendance à la couper afin de se l'approprier dans un vase, tandis que le second cherchait à entrer en osmose avec elle, à devenir lui-même une fleur. »

Un lourd tambourinement sur la porte stoppa la poésie.

1. Il fut l'un des maîtres zen les plus marquants et respectés du Japon (1904-1971) et influença le bouddhisme aux États-Unis, où il créa sept centres de méditation.

Le miroir

« Lequel de toi, lequel de moi aura l'audace, de voir en l'autre, tout le contraire d'une menace. »

Patrick Bruel

Je reconnus la voix de Matteo qui demandait si j'étais là. Il poussa un grand soupir de soulagement en pénétrant dans la pièce. Il me serra dans ses bras. Sa respiration haletait, je sentais son cœur cogner contre sa poitrine.

« Tu vas bien ? », murmura-t-il. Étouffée par son étreinte, je ne pus répondre. Il semblait terrorisé. Chikaro toussota pour rappeler sa présence. Matteo relâcha ses bras. « J'ai eu peur pour toi, dit-il, reprenant son souffle. Gu-Lang m'a expliqué que vous étiez parties seules dans la nuit, j'ai couru jusqu'ici. »

Il était inquiet pour moi. C'était idiot, mais cette pensée m'apaisa. Ma colère refrénée s'estompa dans ses mots. Je scrutai son cou, à la recherche de traces de rouge à lèvres ou d'autres indices, reniflai les vapeurs tièdes de sa course folle, mais aucun parfum inconnu ne s'en dégageait. Je ne fis rien remarquer de mon agacement, excepté une légère distance. « Nishal s'est fait mordre par un chien. Nous l'avons porté jusqu'au village voisin avec Shanti et Thim afin de trouver un médecin. La blessure est superficielle, mais nous craignions qu'il contracte la rage. »

J'étais penaude. Je me tournai vers Chikaro, qui nous observait. Il chuchota, amusé : « Tu n'es pas victime du monde que tu vois... Arrête toute interprétation... et ne juge pas ce qui se produit... Tu ressentiras la paix qui t'habite derrière l'agitation de tes tourments, n'est-ce pas ? » Il se leva et se dirigea vers Matteo : « Je suis ravi de faire votre connaissance, je vous attendais. En quoi puis-je vous aider ? »

Matteo me regarda, interloqué. Chikaro montra la chaise au fond de la pièce et lui proposa de s'asseoir à nos côtés. Puis le vieil homme s'expliqua. La surprise de Matteo ne fut qu'éphémère, il raconta en toute confiance les résultats de ses dix dernières années de recherche avec Jason : la faculté du cerveau à se transformer, la possibilité d'atteindre des niveaux vibratoires élevés pour créer et guérir, la démonstration par la science de l'unité... Chikaro écoutait avec attention, il paraissait connaître ses propos. Il avalisait, renchérissait scientifiquement sous un angle mathématique, puis physique. Je suivis à peu près la conversation grâce aux explications de Jason et aux expériences vécues peu de temps avant. L'unité était au cœur du débat, les deux hommes le démontraient sous toutes ses formes.

Matteo s'enquit de la façon de procéder pour que cette réalité devienne visible de tous. Comment transformer les rapports humains vers cette vérité ?

« La seule façon de l'intégrer dans notre quotidien est de l'expérimenter.

— Avez-vous trouvé la solution ?

— Nous vivons un immense paradoxe. La science démontre que nous sommes liés. Or notre système de pensée automatique nous incite à chercher la différenciation, ce qui conduit à l'illusion dans laquelle nous évoluons. Arrêtons de chercher à nous comparer les uns aux autres. Au contraire, prenons conscience de notre égalité. L'individualisme nous conduit à trouver des subterfuges pour nous placer dans l'échelle du respect que l'on a de l'autre ou qu'il peut avoir de nous. Comme l'argent, la taille, le poids, le sexe, la couleur de peau, le pays d'origine, l'âge, l'instruction, l'éducation, la façon de se vêtir, de penser, de raisonner, de bouger... La liste est infinie, puisque l'on passe son temps à l'affiner ! Or nous ne pouvons pas mesurer deux choses parfaitement égales puisqu'elles ne font qu'un, n'est-ce pas ? Comparer nous enferme dans la croyance du manque. C'est une vision erronée ! L'unité, au contraire, nous offre l'abondance, la perfection, la prise de conscience que nous avons tout, et qu'il ne peut rien nous manquer, puisque nous sommes illimités et pleins. »

Chikaro parlait lentement pour ne pas perdre notre attention ; nous étions comme hypnotisés.

« Nous vivons depuis des siècles divisés, n'est-ce pas ? Comprendre qu'il y a une autre manière de penser et de réagir nous permet d'accéder à un endroit différent de notre système personnel. Un espace en nous, oublié. Son accès nécessite une transformation radicale de compréhension et de langage. Pour entrer en communication avec ce Nouveau Monde, nous devons abandonner nos automatismes de séparation, pour intégrer notre lien à toute chose et à toute personne. La clé du changement réside en une idée simple : raisonnons en termes de similitude. Entraînons-nous à passer de la recherche de différences à la recherche de ressemblances. Posons-nous les questions suivantes : qu'est-ce qui est semblable, dans ce qui nous paraît si différent ? Plutôt que de laisser l'*ego* critiquer l'autre en se rassurant sur ses dissemblances, notre objectif est de chercher nos points communs pour entrer en harmonie, n'est-ce pas ?

— Attendez ! Je ne suis pas d'accord, nous fonctionnons différemment les uns des autres, non ? Certaines de mes réactions ne se manifestent pas chez d'autres et réciproquement, affirmai-je. Par exemple, une remarque va me blesser alors qu'elle ne vous toucherait pas, car votre passé, votre vécu, votre sensibilité et même votre environnement sont différents du mien.

— Apprenons à lire que ce qui nous fait mal est une zone d'ombre en nous non réglée, n'est-ce pas ? Rien de l'extérieur ne peut m'atteindre, lorsque j'ai résolu mes problèmes. Seul l'*ego* peut être offensé et assaillir en retour.

— Je ne distingue pas toujours les agissements de mon *ego*, avouai-je.

— L'*ego* est facile à repérer, il te donnera toujours raison. Il juge et condamne. Nous avons tous la même dynamique. Lorsque j'agresse quelqu'un, je souffre de mon attaque sur moi-même. Ce que tu fais subir à autrui, tu te le fais subir. Nous sommes une seule et même entité.

— Ça me rappelle mes cours de catéchisme : "Aime ton prochain, comme tu t'aimes", lançai-je désabusée. Je suis athée et cette relation à Dieu ne me parle pas !

— Tu n'as pas besoin de croire en Dieu pour comprendre la physique. Lorsque nous séparons deux électrons entrelacés en les éloignant à des milliers de kilomètres, le fait d'agir sur l'un provoque la même réaction sur l'autre. Deux solutions s'imposent. Soit l'information voyage à une vitesse infinie, ce que je ne considère pas, soit les deux objets restent connectés malgré l'éloignement. Avant que le Big Bang ne se produise, il y a quatorze milliards d'années, tout était un, n'est-ce pas ? Selon moi rien n'a changé, tout est interconnecté. L'espace entre nous n'est qu'une illusion de l'esprit. L'*ego* ne survit par définition que s'il est séparé du reste. Nous pensons être dispersés, mais c'est une impression. Nous n'avons jamais quitté l'unité. La physique nous le démontre. Nous ne sommes qu'énergie, cette concentration d'atomes qui fait de tout une immense vibration intelligente. C'est pourquoi toute action de notre part a une conséquence sur ce qui nous entoure et sur nous-mêmes. »

Matteo demanda à Chikaro de développer son idée selon laquelle ce qui nous faisait mal était une zone d'ombre non réglée. Le Japonais glissa sa pipe entre ses dents. Tout en fixant son regard sur la flamme, il répondit d'une voix douce et posée : « Chaque fois que j'ai peur, que je juge, que je médis, je suis sous l'emprise de mon *ego*, n'est-ce pas ? Je tourne le dos à la connexion. Je veux rester unique. »

Chikaro nous regarda à tour de rôle, le ton de sa voix prit de l'intensité. « Pour retrouver l'harmonie entre les êtres, il suffit d'accueillir l'autre comme un cadeau, car il m'ouvre les portes de la compréhension en étant mon miroir. »

Matteo se caressa la barbe à contresens.

« Vous voulez dire que lorsque nous sommes blessés par quelqu'un, ce n'est qu'une illusion. L'autre n'est que le reflet de ce que nous n'avons pas réglé ?

— Parfaitement ! Je ne suis jamais contrarié pour les raisons auxquelles je pense. Je me suis rendu compte que les circonstances extérieures impactaient mes ressentis. Le monde était la cause de mes humeurs. Je ne vivais qu'en réaction à ce qui m'entourait. Par exemple, quand il faisait beau, je me sentais bien, quand il pleuvait, je me sentais triste. Si quelqu'un me souriait, je me sentais aimé, si au contraire il était distant, je me sentais agressé. Si un collaborateur me faisait un compliment, la joie m'animait et je l'estimais davantage, si en revanche il me faisait une critique, j'attaquais à mon tour. »

C'est ce que je vis aussi, pensai-je.

« Alors je me suis demandé si mon hypothèse n'était pas fausse. Qu'en serait-il si je la changeais en considérant que les événements extérieurs ne sont que le reflet de ce que je suis ? Lorsque nous sommes sereins et heureux, le monde semble bienveillant, tout nous réussit, la chance est de notre côté. À l'inverse, quand nous sommes englués dans nos craintes, le monde nous paraît morose et les personnes agressives. Nous avons le sentiment que tout s'acharne contre nous, n'est-ce pas ? J'ai donc compris que mon quotidien était le reflet de mes pensées et de mon état d'esprit. Dans les deux cas, il est important de constater que nous sommes connectés dans un sens ou dans l'autre à un fait ou un individu. Dans la première hypothèse, nous sommes passifs, en réaction, nous subissons et mettons en place notre système de défense en considérant que l'extérieur guide notre vie. Dans la seconde, nous sommes actifs et responsables de ce qui nous arrive, nous devenons conscients que notre bien-être dépend de nous et d'aucun autre élément extérieur. Il n'y a plus de coupable à trouver ailleurs.

— Lorsque je suis souriant, attentif, aimant, calme avec les autres, ils se sentent rassurés en ma présence. Ils ne cherchent plus à attaquer pour se défendre. Ils me renvoient un sourire, un geste amical. Quand je suis froid, soucieux, en colère, triste ou jaloux envers quelqu'un, leur insécurité m'adresse une image brutale. Mon comportement reflète mon état intérieur comme un miroir, renchérit Matteo.

— Mais ne croyez-vous pas que certains cherchent à nous faire mal ?, interrogeai-je.

— Oui, bien sûr, vu de la fenêtre de l'*ego* !

— Si j'admets la preuve scientifique : l'autre n'est qu'une partie de nous-mêmes et vice versa.

Il n'y a donc plus d'autres, il n'y a qu'un, c'est bien ça ? », analysa Matteo.

Chikaro approuva de la tête.

« Si nous ne sortons pas du prisme de l'*ego*, il nous est impossible d'approcher la vérité, car il nous maintient dans l'apparence de la séparation. C'est ce que nous vivons, n'est-ce pas ? Si je change cette hypothèse en considérant que nous n'avons jamais quitté l'unité parfaite comme nous le démontre la science aujourd'hui, tous les autres deviennent des miroirs, des cadeaux pour me mettre face à mon propre inconfort. Je peux ainsi travailler sur mes peurs et mes carences.

— Ce qui voudrait dire que nous vivons dans l'ignorance depuis des milliers d'années. La notion d'unité paraît folle, elle est si loin de ce que l'on perçoit. Je comprends la démonstration scientifique, mais peut-on vraiment sortir d'habitudes ancrées depuis si longtemps ?

— Les questions auxquelles nous devons répondre sont : suis-je prêt à voir les choses autrement ? Ai-je envie de ne plus être moi en tant qu'individu ? Je regarde avec le filtre de ma particularité plutôt que celui de l'amour, comment vais-je pouvoir lâcher cette perception ? Est-ce mon désir ? Souhaitons-nous vivre dans la peur avec toutes les réactions qui en découlent ou voulons-nous retrouver la paix ? »

De l'inquiétude traversa mon esprit.

« On est condamné à mourir pour expérimenter cette nouvelle dimension ?

— Lorsque tu te réveilles le matin, tu ne meurs pas, tu prends conscience que ton rêve fait partie de toi, mais que tu n'es pas ton rêve, n'est-ce pas ? C'est la même chose dans cette hypothèse : en te réveillant, tu te rendras compte que tu es dans l'unité. Ce que tu crois être la réalité dans la division n'est en fait qu'un cauchemar. Tu n'as pas besoin de mourir pour te tirer du sommeil, il suffit de prendre conscience, puis de rééduquer ta vision. »

Matteo s'adressa à moi, faisant le lien avec les travaux de Jason : « Lorsque nous poussons la porte de la Peur, c'est comme si nous nous étions endormis dans l'unité absolue et que nous évoluions dans un monde d'illusion. Nous sommes en train de vivre un rêve, or nous pensons que c'est la réalité. »

Je regardai Matteo puis Chikaro. Comment était-ce possible ?

« Quand nous rêvons, qu'y a-t-il de plus réel ? Nous ne pouvons nous en rendre compte qu'au moment du réveil, n'est-ce pas ? Réalité d'un côté, illusion de l'autre. Nous ne percevons que des apparences, car le voile qui est devant nos yeux est imposé par l'*ego*. Il nous empêche l'accès à ce que nous sommes, pour sa propre survie. Il nous tient à l'écart de la réalité. Nous sommes simplement l'unité éparpillée avec le même ADN. Chaque contrariété est un enseignement sur ce que nous devons travailler. L'*ego* rétorque en premier à tous les problèmes en rejetant la faute sur un coupable. Il a tort, mais nous le suivons. C'est pourquoi la douleur persiste. Elle se manifeste chaque fois qu'un phénomène similaire se produit. Or, le chemin du bonheur ne peut passer par l'autre, parce que changer l'autre répond aux besoins primaires de l'*ego* : le contrôle et la domination. Lorsque quelque chose n'est pas comme “je” le souhaite, “je” devient frustré. L'*ego* conclut qu'étant parfait, le problème ne peut venir que de l'extérieur.

— Lorsque quelqu'un m'agresse ou me blesse, le problème vient bien de lui, pourtant.

— Considère que l'autre représente la perfection au même titre que toi. Si quelque chose te fait souffrir, il faut résoudre le conflit de l'intérieur, n'est-ce pas ? C'est la même chose que de tomber en panne sur l'autoroute et de s'efforcer de trouver des excuses externes au véhicule. Tu pourras accuser la météo, l'état de la route, la conduite de ta femme ou de ton mari, les passagers, le concessionnaire ou qui tu veux, mais si tu ne te concentres pas sur ta voiture, elle ne repartira pas pour autant. Quel est l'objectif ? Cherche-t-on à se dédouaner du problème en arguant que nous ne sommes pas responsables de la situation ou souhaitons-nous faire redémarrer le véhicule ? Lorsque je souffre face à la remarque d'une personne, je peux sortir de cette ornière en visualisant la douleur autrement, en me concentrant sur la similitude avec mon interlocuteur et non plus sur la différence. Se sentir similaire à l'autre nous permet d'abolir le mécanisme de dominant/dominé. Supérieur/inférieur. En regardant ce qui est, sans jugement, nous comprenons par un jeu de miroirs ce que nous souhaitons développer en nous.

— Il est difficile de ne rien juger. Lorsque je rencontre quelqu'un, je ressens si ça colle ou pas.

Je sais qu'avec certains, ce n'est pas la peine de perdre de temps.

— Je pourrais aussi le formuler différemment, n'est-ce pas ? Certaines personnes me renvoient vers mes problèmes non réglés. Elles me sortent de ma zone de confort alors que d'autres au contraire me recentrent. Nous avons trois types d'attitude face à une nouvelle rencontre. Soit nous ressentons une profonde attirance, soit un rejet immédiat, soit de l'indifférence. Les deux premiers sont souvent plus marqués. L'individu qui nous inspire de l'antipathie fait appel à ce qu'il nous est laborieux de reconnaître chez nous. Imaginons que je ne supporte pas les personnes qui me prennent de haut et qui savent tout sur tout. Peut-être n'ai-je pas réglé mon complexe d'infériorité, il m'est difficile d'admettre que j'aimerais m'imposer davantage dans une conversation avec leur facilité. Ou bien je ne tolère pas les individus sans gêne. Pourquoi ne pas m'avouer que ma rigidité m'enferme dans ma prison ? Je souhaiterais pouvoir m'autoriser plus de liberté, mais mon éducation me l'interdit. L'attirance immédiate fonctionne de la même façon. Ce qui nous attire chez l'autre est une partie de nous-même à l'état embryonnaire. Ce que nous désirerions faire grandir, mais dont nous ne trouvons pas encore le chemin, n'est-ce pas ? Ce qui résonne en moi est l'expression de ce que j'aimerais au plus profond de moi. Les gens que nous respectons sont souvent ceux qui nous servent de modèle dans la vie. En prenant conscience que ce qui nous attire en eux est une partie de nous, nous visualisons la direction à prendre pour atteindre nos objectifs. »

Chikaro se tut comme pour nous laisser le temps d'intégrer ses propos. Matteo résuma à haute voix :

« J'accueille l'autre comme le plus beau des cadeaux, car il m'offre mon miroir. Il est le révélateur de ma conscience. Ce que l'on croit être des différences avec l'autre ne sont que nos similitudes et nos zones d'ombre. Mes actions et mes pensées ont une résonance directe sur l'autre qui me reflète. Je peux me voir tel que je suis sans jamais plus me mentir.

— Une réalité impossible à admettre pour l'*ego*, affirma Chikaro, mais indispensable à la compréhension de la vérité. »

Le vieil homme regarda sa montre. Il se leva. « Il est tard, vous devriez rentrer. »

La nuit était tombée. Les deux lampes torches guidèrent nos pas dans l'obscurité. Le froid cinglant nous força à accélérer le rythme. De nos bouches s'échappait de la buée qui s'évapora dans la nuit en de fines volutes pailletées par la lune.

Notre gîte éclairait la nuit, la maisonnée sommeillait, sauf pour Shanti, qui nous attendait. Il manifesta son soulagement à notre arrivée et nous tendit un bol de soupe. Un frisson parcourut mon corps. Je m'enquis de Nishal. Il dormait. La morsure l'avait sonné, mais la blessure n'était pas trop profonde. En descendant au village, ils avaient croisé un chiot. Nishal s'était approché pour le caresser. Il n'avait pas vu arriver la mère, qui lui avait attrapé le mollet. Heureusement, ils avaient trouvé un médecin dans un hameau voisin équipé de vaccin.

À mon tour, je relatai à Shanti le message de Gu-Lang, le trajet avec sa nièce, la coïncidence avec l'oiseau, les circonstances de la rencontre. Mon guide était impatient de savoir ce que Chikaro m'avait dit. Je baissai les yeux. Je n'étais pas fière de mes caprices d'enfant abandonnée. « Ne vous voyant pas revenir, je suis partie, énervée contre vous, et particulièrement contre toi, Matteo. Je pensais que tu étais en charmante compagnie, le village entretient sa réputation, paraît-il. » Je lui lançai un regard furtif. Ses sourcils hissés en accent circonflexe marquaient son étonnement. Il esquissa un sourire et me prit la main. J'inspirai profondément. « Avant que tu n'arrives, Chikaro m'a éclairée sur les relations sentimentales. Il m'a expliqué que nous confondions l'amour avec l'illusion de l'*ego* qui se sert de l'autre pour combler ses besoins. L'*ego* utilise les sentiments comme une récompense ou une punition. Il scanne ce qui lui manque et l'idéalise chez l'être aimé. Pour vivre l'amour, il faut être lucide de ses carences et bannir ses peurs. »

Les deux hommes m'écoutaient. Je pris un temps pour rassembler mes idées et récitai ma leçon : « Il m'a donné trois clés de compréhension pour sortir de la souffrance : la première est que nous ne sommes jamais victimes du monde que l'on voit. En identifiant nos peurs, nous nous rendons compte qu'elles tronquent la réalité de notre perception puisqu'elles ne sont qu'illusions. Nous sommes donc victimes de notre perception. La deuxième clé est de cesser toute supposition face à une situation. En attendant d'avoir des explications tangibles, il faut bannir toute interprétation intermédiaire. La troisième clé est de ne rien juger de ce qui se produit. En nous libérant de la critique et en acceptant l'autre dans son ensemble, la connexion entre les êtres devient indestructible, n'est-ce pas ? »

Matteo sourit, Shanti fit un mouvement de tête approbateur. « Puis tu es arrivé. » Je tendis la main en direction de Matteo pour lui laisser la parole.

« Je lui ai parlé de nos recherches, il n'a pas été surpris, il avait lui aussi la certitude de l'unité absolue. Partant du principe que rien n'est séparé, ni les êtres ni les choses, et que nous ne formons qu'un, il nous a mis face au paradoxe que nous vivions. Nous ne pouvons être heureux dans l'illusion de la séparation, puisqu'elle n'existe pas. Pour sceller l'harmonie entre les êtres, nous devons admettre la réalité et agir en conséquence. Si notre hypothèse est de ne faire qu'un avec l'univers, nous devons nous concentrer sur la recherche de nos similitudes et non plus de nos différences, ces dernières étant illusoires. Une apparence que l'*ego* entretient pour assurer sa survie. En cherchant les ressemblances, nous retrouvons notre essence. Les douleurs ressenties au contact de tierces personnes ne correspondent qu'à nos problèmes non réglés. L'autre est notre reflet. Il est un cadeau de la vie, il nous offre la compréhension de nos zones d'ombre. »

Shanti hocha la tête. Il bascula sur sa chaise, les mains croisées derrière sa nuque. Seul le crépitement du bois dans le poêle perçait le silence de notre réflexion jusqu'au moment où Shanti murmura : « C'est ça, bien sûr... L'autre est notre miroir ! »

Je regardai Matteo. Je vis mon reflet dans ses yeux.

Une zone d'ombre

> *« Si tu rencontres un individu de valeur, cherche à lui ressembler. Si tu rencontres un individu médiocre, cherche ses défauts en toi-même. »*
>
> CONFUCIUS

Je me réveillai dans la même position qu'au coucher : blottie dans les bras de Matteo, le cœur battant fort contre son thorax.

Nishal avait ronflé par intermittence d'un grondement qui nous avait offert un fou rire au moment de nous endormir. Thim avait sommeillé à côté de lui, la tête enfouie sous son oreiller. Quant à Shanti, il avait veillé à ce que les deux hommes ne nous dérangent pas, remuant de temps à autre Nishal, pour le faire taire. Matteo semblait préoccupé. Je l'observai.

« À quoi penses-tu ? », chuchotai-je. Surpris, il sortit de ses songes et me sourit. « J'attendais que tu te réveilles. » Je l'embrassai dans le cou puis me redressai, cherchant nos compagnons de route. Plus personne. Je tendis l'oreille au niveau inférieur et reconnus la voix de nos hôtes ainsi que celles de Thim et Nishal.

Matteo dégagea son bras engourdi par le poids de ma tête. Il activa ses doigts pour faciliter la circulation.

« Tu as bien dormi ?

— Je crois », répondis-je en frictionnant son bras.

Je me jetai sur lui pour l'embrasser. Il se laissa faire, mais je le sentais ailleurs. Je lui en fis part. Il esquiva. « Nous devons nous préparer, nous avons une longue journée de descente. »

Il porta nos affaires jusqu'à l'entrée. Le soleil était levé. Thim et Nishal finissaient leur petit déjeuner alors que Gu-Lang nous servit le nôtre. Je demandai des nouvelles de la jambe de Nishal, qui me rassurèrent. La nuit avait été réparatrice. Il me montra sa morsure, que je ne trouvai pas si légère !

Shanti, qui était sorti tôt le matin, frappa deux fois à la porte et entra sans attendre de réponse. Il était radieux comme chaque matin. Ankylosé par le froid, il se dirigea vers le feu. Il avait vérifié si le chemin de traverse était praticable. Cela nous permettrait de rejoindre la Modi Khola plus rapidement jusqu'à Gandrung. Tout dépendrait de l'état de Nishal.

Matteo finit de bander la jambe de notre blessé sous l'œil attentif de Thim. « Nous pouvons nous répartir son paquetage. Je me sens de porter mon sac », affirmai-je. Shanti déclina :

« Nous l'avons allégé. Thim supportera plus de charges sans difficulté.

— Moi aussi, je peux soulever quelques kilos », insistai-je.

Sans lui laisser le choix, j'entraînai Thim dehors pour réorganiser le portage. J'attrapai mon sac à dos ficelé dans le bagage de Nishal. Shanti nous avait suivis, il essaya de me convaincre de renoncer, mais ma détermination le découragea. Thim m'aida à placer le sac sur mon dos après avoir rangé avec soin les affaires restantes. Nous étions prêts. Nishal sortit en boitant. Il chercha son portage qu'il reconnut sur le dos de Shanti. Il s'empressa de le récupérer, mais Shanti l'arrêta d'un geste net. « Si tu prends mon sac, il te faudra porter ceux des autres, car ils contiennent tous une partie de ton paquetage. »

Nishal nous regarda un à un. Il me supplia de lui laisser le mien. Je refusai, avec fermeté. Je lui tendis mes bâtons de marche, lui demandant de m'en alléger. Une larme coula le long de sa joue. Je serrai fort Gu-Lang et sa nièce dans mes bras. Elles saluèrent les hommes en nous souhaitant une bonne route.

Nous descendîmes toute la matinée une série d'escaliers à travers les cultures en terrasses. De courtes pauses m'aidèrent à m'habituer à ma charge dorsale. Matteo tenta à plusieurs reprises de prendre mon sac pour me soulager, mais je l'en empêchai. Nishal, courageux, souffrait en silence ; je le surpris à plusieurs reprises grimacer, malgré les antidouleur que Matteo lui donnait toutes les deux heures.

Nous déjeunâmes dans une gargote fabriquée de quatre planches de bois, amarrée au bord de la rivière. Deux paysans proposaient pour quelques roupies une soupe de légumes du jardin accompagnée de riz et de lentilles. Chacun se trouva une roche face au torrent pour déguster son repas.

La reprise fut difficile pour tout le monde. Après la traversée de la Modi Khola sur un long pont de madrier, nous remontâmes vers Gandrung, l'un des plus anciens villages de la région, à l'architecture authentique. De riches maisons en pierres sèches y abritaient l'ethnie gurung.

Nishal transpirait à grosses gouttes, Shanti proposa de passer la nuit dans un lodge à l'entrée du hameau. Je commandai des boissons fraîches pour l'équipe. Matteo allongea la jambe de Nishal sur une chaise et enleva son bandage. La plaie rougeâtre s'était infectée avec le frottement. Il la nettoya avec soin, puis lui donna des anti-inflammatoires.

En rassemblant sa trousse de médicaments, Matteo s'adressa à Shanti : « Il est préférable de s'arrêter pour aujourd'hui. Je ne voudrais pas que l'infection se propage. » Shanti hocha la tête. « Nous partirons à l'aube demain matin pour gagner Pokhara en fin d'après-midi. La journée sera longue, mais nous devrions y arriver. »

Thim et Shanti installèrent Nishal dans une chambre. Il était 16 heures. Après une douche régénératrice, nous décidâmes de visiter le village avec Matteo et Shanti. Thim resta auprès de son oncle. Il était inquiet malgré les propos rassurants de Matteo.

Un chemin de pierres nous conduisit au centre. Shanti nous expliqua que les Gurungs représentaient l'une des plus importantes populations montagnardes des hautes collines du

Népal central. Célèbres comme soldats d'élite et principales recrues des Gurkhas[1], ils servent aujourd'hui dans l'armée britannique, l'armée indienne, les forces de police de Singapour et participent aux missions des Nations unies sur tous les théâtres d'opérations.

Matteo se rapprocha de moi. Cette proximité me rendit fébrile. Mon cœur s'accélérait à chaque fois qu'il me frôlait la main. Je le trouvais magnifique, sensible, intelligent... À l'évidence, j'étais amoureuse !

Le dîner fut pris tôt. Matteo retrouva Nishal dans sa chambre et lui prodigua les derniers soins de la journée, puis nous rejoignit dans le jardin. Je sirotais un verre d'alcool de millet avec Shanti, en profitant de ce ciel étoilé. Les quelques degrés au-dessus de zéro nous semblaient estivaux, après avoir bravé les moins trente degrés en altitude.

C'était l'avant-dernière nuit ensemble, la dernière se ferait à Pokhara avant le départ de Matteo le matin suivant pour Katmandou. Shanti me raccompagnerait jusque chez Maya par avion le jour même, mais quatre heures après mon Italien. Matteo rentrerait en Europe le soir de son arrivée à Katmandou. Je savais que la séparation serait dure. Je m'interdis d'y penser, appliquant les enseignements de Shanti. Je ne voulais pas gâcher les dernières heures avec Matteo et l'ensemble de ma petite tribu.

Je revins à l'instant présent. Mon guide nous souhaita une bonne soirée. Matteo me regarda

1. Unités des armées britanniques et indiennes recrutées au Népal.

avec insistance. « Où es-tu ? », lui murmurai-je la gorge serrée. Il but d'un seul trait son verre de millet, me prit la main et m'entraîna sans un mot dans sa chambre. Je le suivis comme une adolescente qui rêvait de faire l'amour pour la première fois, tétanisée, mais brûlante.

Il ferma la porte derrière moi et m'embrassa. Il étala son duvet sur le matelas et me bascula en me retenant avec délicatesse. Il me déshabilla. Mon corps impatient suppliait les caresses de ses mains et de ses lèvres. Malgré le froid, mes cellules s'embrasèrent. Mon cœur cognait contre ma poitrine. Je le dévêtis sans ambages, impatiente. Sa peau contre la mienne me fit frémir. Sa bouche ardente sur mes seins exalta ma passion. Je m'abandonnai tout entière. Chacun de ses gestes m'excitait. Mon bas-ventre hurlait de désir. Je le suppliai d'entrer en moi, soulevant mon bassin pour le plaquer contre le sien. Enivrée, je le cherchais, mes mains l'attiraient, mes ongles plantés dans les muscles de son dos l'obligeaient. Mon corps devenu brûlant transpirait d'amour. Je sentis son désir entre mes jambes. Il maîtrisa encore un peu son ardeur, puis me pénétra avec douceur. Une énergie nouvelle me submergea. La fusion de nos êtres nous emmena dans une jouissance simultanée. Nos corps, nos cellules, nos cœurs ne faisaient plus qu'un. Je ne contrôlais plus rien et me laissai sombrer dans cette folie romantique.

*
**

Nous nous réveillâmes enlacés, emplis d'énergie malgré une courte nuit. Je me sentais différente, ce lâcher-prise en si peu de temps me rendait fébrile. Peut-être que les préceptes de Shanti me faisaient entrer dans des dimensions inconnues ? Je ne savais pas, mais tout se transformait.

Matteo dégagea son bras, il me sourit. Il tira le rideau du bout des doigts, le soleil n'était pas levé, mais il n'allait pas tarder. Je me redressai et m'assis en tailleur, blottie contre son corps nu. Le regard au loin, j'attendais que ce jour naisse comme le départ d'une nouvelle vie. Les rayons transpercèrent l'Annapurna. Je serrai ses bras autour de moi, nos doigts mêlés solidifiaient notre communion. Le temps s'immobilisa dans notre silence.

Shanti nous sortit de notre intimité lorsqu'il annonça le départ une demi-heure plus tard. Je m'aventurai dans la douche qui ne me prit pas plus d'une minute quand je compris que le choix se limitait à l'eau glacée. Matteo en fit autant. Nous nous réchauffâmes dans les bras l'un de l'autre, après nous être chaudement vêtus. Le reste de la troupe nous attendait. Les sourires affables de mes compagnons de trek me sortirent instantanément de mon sentiment de gêne.

Nishal se sentait mieux. Matteo lui prescrivit un traitement puissant pour la longue journée de marche. Il refit son bandage après le petit déjeuner et nous prîmes la route.

Nous descendîmes le sentier jusqu'à Birethanti. Nishal avait insisté pour reprendre mon sac à dos. Il précédait son neveu qui retrouva sa joie de vivre, après de longues heures d'inquiétude pour son oncle, sa seule famille. Je suivais Matteo, Shanti fermait la marche.

Nous accélérâmes le rythme après être passés en dessous des mille mètres. La pente était douce, les températures agréables. Notre marche se fit sans effort jusqu'en début d'après-midi. Nous nous arrêtâmes dans un lodge pour le déjeuner.

Alors que nous allions repartir, la citerne d'eau dégringola du toit. L'installation précaire avait cédé, arrachant une partie des tuiles, mais heureusement aucun blessé n'était à déplorer. Shanti, Matteo, Thim et Nishal se précipitèrent pour aider le propriétaire et son fils à redresser la cuve. Au même moment, une femme occidentale, d'une cinquantaine d'années, sortit en beuglant en anglais d'une des chambres du rez-de-chaussée, suivie de son mari qui tentait de la calmer. Il l'entraîna dans ma direction en sollicitant un peu d'aide, la laissant s'accrocher à moi comme à une bouée de sauvetage, puis s'élança, en levant les yeux au ciel, prêter main-forte aux autres hommes.

« Avez-vous mal quelque part ?, demandai-je, déstabilisée.

— Non, mais je n'ose imaginer ce qui aurait pu arriver, sanglota-t-elle.

— Ne vous mettez pas dans cet état, ce n'est que matériel !

— Vous ne comprenez pas, c'est toujours sur moi que ça tombe ce genre de chose ! »

Son ton s'était durci. Elle sécha ses larmes du bout des doigts en prenant soin de ne pas étaler son Rimmel. Elle sortit un mouchoir, affina son maquillage, et se remit à hoqueter.

« Dans quelques minutes, ce ne sera plus qu'un mauvais souvenir, tentai-je sans conviction.

— Je n'aurais jamais dû accepter de venir ici. Mon mari a tellement insisté que je me suis résignée, comme toujours ! Mais nous vivons l'enfer depuis notre arrivée. Et ce n'est que le deuxième jour. Je vais y laisser ma peau, c'est sûr ! J'ai toujours fait ce qu'il voulait. Je le supporte depuis trente ans, il n'a jamais écouté ce qui pourrait me faire plaisir. Je n'ai pas eu de chance dans ma vie, déjà enfant, mon père… »

Elle accéléra son débit de paroles, je m'accrochai à un terme puis un autre pour réconcilier ses propos, mais ses larmes diluaient ses mots à peine audibles. Elle me perdit au début d'une interminable tirade. Je la dévisageai, consternée, déverser sa misère. Elle ponctua son monologue d'un « Vous me comprenez, vous, j'en suis sûre, vous êtes comme moi ! ».

Non seulement je ne comprenais rien, mais en plus elle m'oppressait. J'aurais voulu lui dire à quel point la situation était ridicule. J'essayai de rester calme en me remémorant les paroles de Shanti : « Cherches-tu à rester en lien avec l'autre ou à avoir raison ? » J'arrêtai de la persuader du caractère insignifiant de l'incident. Elle avait besoin de se plaindre, elle trouvait en moi une bonne âme pour l'écouter.

Mon attention se porta sur les hommes qui s'affairaient à réparer les dégâts, ce qui m'apaisa. J'en oubliai ma pleurnicheuse, qui me rappela vite à sa triste réalité : « Il faut être folle pour venir s'enterrer ici. Qu'est-ce qui m'a pris de le suivre ? De toute façon, là ou ailleurs, je ne suis bonne à rien ! »

Elle se leva, me salua et regagna sa chambre. Cette femme avait réussi en cinq minutes à m'enfermer dans un mal-être abyssal. Je l'avais laissée parler sans intervenir, mais son négativisme et sa victimisation m'étaient insupportables.

Shanti s'approcha de moi, je lui expliquai la conversation et l'état dans lequel je me trouvais.

« Le fait de ne pas chercher à avoir raison t'a permis de garder ton énergie. Tu peux te féliciter d'avoir pris conscience de cela.

— Je me sens oppressée alors que tout allait bien avant cette discussion avec elle.

— Si tu ressens un malaise, c'est que son attitude a touché quelque chose en toi. J'ai réfléchi à votre rencontre avec Chikaro. Il a raison, sa théorie est fondée. L'autre est le reflet de nous-mêmes. Nous devons chercher les similitudes à la place des différences.

— Je ne suis pas d'accord. Cette femme a gémi sans la moindre pudeur. Je ne crois pas être comme elle. M'as-tu déjà entendu m'apitoyer ? Je mets un point d'honneur à ne jamais le faire.

— Pourquoi ne te plains-tu jamais ?

— Parce que ça ne sert à rien !

— Pour certains, c'est une façon d'attirer à eux l'énergie. Mais ce qui est important est de comprendre pourquoi tu es touchée par ce type de comportement.

— Je ne sais pas, je déteste les plaintifs.

— Peut-être que c'est une partie de toi que tu nies. “L'autre est le reflet de nous-mêmes” ne signifie pas que nous lui ressemblons en tout point, mais que ce qui nous agace dans ses agissements est une zone d'ombre que l'on appréhende d'approcher, en nous. Parce qu'elle nous fait souffrir, on préfère l'ignorer. La douleur peut ressurgir lorsque tu y es confrontée. N'aurais-tu pas subi ce genre de comportement jeune ?

— Je ne vois pas.

— Peut-être que la plainte était bannie par tes aînés ? Ou qu'un proche utilisait ce mécanisme pour exister et justifier son mal-être ? »

Je réfléchis un moment.

« Ma mère a fait une dépression pendant dix ans après le départ de mon père, mais elle avait une bonne raison, il l'avait quittée sans un mot pour une gamine de vingt ans de moins.

— Avait-elle tendance à se plaindre auprès de toi ?

— Oui, elle était triste, c'est normal après un tel choc !

— Je ne la juge pas, Maëlle, mais tu devrais réfléchir au fait qu'à cette période, tu te sentais peut-être obligée de l'écouter et de la porter. Lorsque tu croises une situation similaire, cette obligation renaît et te met dans une zone d'inconfort. L'autre est un miroir de nos propres fonctionnements et dysfonctionnements, il nous permet de révéler ce que nous avons cherché à enfouir ou à nier.

— C'est effrayant !

— Non, au contraire, plus tu prendras conscience de tes blessures, plus tu laisseras ton potentiel s'exprimer. Chikaro a raison : l'autre est un cadeau extraordinaire, il nous permet d'accéder à ce que nous refusions de voir. »

J'avais un peu de mal à admettre ce que Shanti venait de me dire, mais je sentis que ses mots sonnaient juste. Mon orgueil tentait de combattre, en vain. Cette femme m'avait plongée dans l'état de ma jeunesse, une période douloureuse sur laquelle je n'aimais pas revenir. Je lui demandai si nous avions la même attitude avec tout le monde.

« Nous avons passé notre enfance, notre adolescence, notre vie de jeune adulte et enfin d'adulte à nous construire une image idéale en refoulant les côtés noirs de notre personnalité. Lorsque l'une de nos caractéristiques ne nous plaît pas, nous la dissimulons. Notre profonde croyance que l'amour ne pourra nous être offert qu'en échange d'un comportement parfait nous pousse à bannir des parties de ce que nous sommes. Lorsque quelqu'un met en avant l'un de nos défauts, il nous est plus simple de l'accuser pour ne pas être démasqué. Nous attendons de notre interlocuteur la même chose : un comportement irréprochable. Si tel n'est pas le cas, nous nous appliquons à le lui faire remarquer par le jugement, la critique ou le rejet. Une grande partie de notre énergie est consacrée à masquer nos faiblesses. La pression dont nous nous affligeons pour garantir la meilleure image de nous-mêmes nous prive de l'accès au bonheur. Nous sommes en quête permanente de la reconnaissance, seule source d'oxygène que nous ayons trouvée. Nous développons notre intolérance, notre sens critique et notre besoin d'être différents. Nous aiguisons notre susceptibilité et nous sentons offensés par les remarques ou l'absence de gratitude. Lorsque l'autre agit en résonance avec ce que nous tentons de refouler, il nous met dans une zone d'inconfort, nous préférons le voir comme un ennemi plutôt qu'une ressemblance avec ce quc nous n'avons pas réglé.

— Je comprends, mais je ne suis pas consciente de ce que j'ai enseveli.

— As-tu une profonde volonté d'y arriver ?

— Oui, bien sûr.

— Comme te l'a dit Matteo, l'envie de changer est le point de départ de la transformation.

— Mais toi ? Comment fais-tu pour travailler sur tes régions douloureuses ?

— J'essaie d'identifier le mal-être face à mon interlocuteur. Je décèle jour après jour ce qui me gêne, en quoi son comportement m'a heurté. Quelles remarques ou attitudes m'ont blessé ? Qu'est-ce que je n'arrive pas à lui exprimer ? J'écris ce qu'il est pénible de m'avouer. »

Shanti sortit un petit carnet noir de sa poche. Il l'ouvrit et me montra une colonne. « Je note mes succès ici. » Il tourna une page. « Ce qui m'est encore difficile sur celle-là. » Il retourna le livret à la fin.

« Ou impossible là. Au fur et à mesure, mes problèmes se révèlent, je peux travailler sur eux avec une attention particulière.

— Quel boulot !

— Ce n'est pas plus compliqué que de chercher les différences qui nous séparent, et bien moins nocif que de médire. Le plus complexe est de sortir de nos habitudes automatiques pour entrer dans la réflexion de nos similitudes. Il suffit de se poser les bonnes questions à chaque rencontre, comme : qu'est-ce que j'aime en elle, qu'est-ce qui me touche ? Que pourrait-elle me révéler ? N'a-t-elle pas une réponse pour moi ? Ai-je le sentiment de vibrer sur la même fréquence ? Qu'est-ce qu'il m'est difficile d'accepter chez elle ? Ai-je déjà réagi ainsi face à quelqu'un d'autre ?

— Tu as raison, je vais essayer !

— Non, si tu le souhaites, pense à bien formuler ton désir !

— À partir de maintenant, je suis attentive à la zone d'inconfort que l'autre me renvoie et je cherche en moi ce que je ne voulais pas voir jusque-là. Je m'accepte tout entière comme je suis !

— Félicitations, Maëlle. Je n'ai rien à ajouter ! »

Je me sentis libérée du poids de cette oppression. Chikaro avait raison, cette femme était un cadeau, elle avait éclairé une douleur d'enfance. De plus, cette rencontre m'avait permis de mettre en pratique la théorie de Chikaro. Je souris à cette coïncidence !

L'installation réparée, nous reprîmes la route jusqu'à Pokhara. Je savourai mes dernières minutes de trek. Main dans la main, Matteo et moi entrâmes par le haut du village, surplombant l'aérodrome. Mon cœur se serra, je savais que le lendemain matin, un avion me séparerait de lui. Je me cramponnai à son bras passé autour de mes épaules.

Shanti nous mena au dernier lodge de notre parcours, à peine plus confortable que les autres. J'étais heureuse de savourer cette dernière nuit dans l'Himalaya avec l'homme qui faisait battre mon cœur si fort et si vite.

Nishal, Thim et Shanti passèrent la soirée chez des amis. Ils nous invitèrent à les rejoindre, mais nous préférâmes notre intimité. Après avoir bu l'apéritif de l'amitié, Matteo remercia Shanti, qui devait partir à l'aube le lendemain pour rendre visite à un cousin dans un village voisin. L'avion de Matteo décollait dans la matinée, il savait qu'il ne le reverrait pas de sitôt. Ils échangèrent une longue accolade puis se regardèrent fixement dans les yeux. Shanti le serra à nouveau dans ses bras en lui souhaitant un grand bonheur.

Matteo et moi nous éclipsâmes.

Trahison

> « *L'expérience, ce n'est pas ce qui nous arrive, c'est ce que nous faisons avec ce qui nous arrive.* »
>
> Aldous HUXLEY

Je me réveillai le visage contre la poitrine de Matteo, regardant son profil endormi, en écoutant le doux battement de son cœur contre ma joue. Je fondis ma respiration dans la sienne, son torse me soulevait au rythme de ses poumons.

Il nous restait deux heures à partager avant son transfert à Katmandou. Je savais que la séparation, même courte, serait longue. Il est des secondes interminables ! Nous avions projeté notre prochain rendez-vous en Europe, je m'accrochai à l'avenir qui s'offrait à moi.

Je profitai de cet instant volé, imprégnée de toutes nos promesses, m'enivrant de notre désir fusionné par ces heures nocturnes, jusqu'à ce qu'il esquisse un sourire en rencontrant mon regard.

Il m'embrassa, nos corps s'unirent. En me donnant à lui, je découvris de nouvelles sensations.

Étaient-ce d'autres univers ? J'écoutai sa vie battre la mesure, nos cœurs se fondirent en une unique pulsation. Je me laissai entraîner dans un tourbillon d'émotions, une vague de bonheur me submergea. Matteo me caressa les cheveux, m'embrassa encore et tenta de s'extirper de mon étreinte pour se préparer. Je le retins, puis le regardai s'arracher de notre nid, en revenant poser un baiser sur ma bouche. Son corps nu combattait les gelées matinales. Je me recroquevillai dans le duvet chaud de nos braises. Il enfila un pantalon, un tee-shirt et sortit de la chambre en direction de la douche. Je planais, suspendue à mes pensées.

Le téléphone de Matteo vibra. Je tendis la main machinalement et déchiffrai un SMS en italien : « *Tu m'as tellement manqué, j'ai hâte de te retrouver demain. Rentre vite. Je t'aime. Laura* », suivi d'une rangée d'icônes de cœurs rouges. Mon cœur se mit à cogner. Qui était cette Laura ? Je regardai, tremblante, le téléphone et me trouvai face à l'inimaginable. En dessous du texto de cette femme, je vis apparaître le nom de Romane, mon amie. J'entrai dans la conversation et lus, stupéfaite, ses échanges avec Matteo depuis plusieurs jours.

13 novembre

Matteo : « La première approche n'a pas été très convaincante. »

Romane : « Méfie-toi, elle est perspicace, laisse un peu de distance. »

Matteo : « Je repars demain matin et la retrouverai plus haut. »

Romane : « Elle ne se doute de rien ? »

Matteo : « Non, je ne pense pas. »

Romane : « Comment va-t-elle ? Elle tient le coup ? »

Matteo : « Oui, elle est forte, elle va y arriver. »

Romane : « Vérifie qu'elle récupère le paquet, Jason a pour mission de le lui remettre en mains propres. »

Matteo : « Ne t'inquiète pas, je serai là, je te tiens au courant ! »

16 novembre

Matteo : « Jason lui a remis le paquet, tutto va bene *! »*

Romane : « C'est parfait. Je pars quelques jours, mon réseau est médiocre. »

Matteo : « Ne t'inquiète pas, je m'occupe de tout. »

Je bondis du lit sans prendre le temps de lire la conversation avec Laura. Je m'habillai, furieuse, me dirigeai vers la salle de bains le mobile à la main et le balançai violemment contre la porte de la douche en hurlant ma douleur. « Comment avez-vous pu me faire ça tous les deux ? » Matteo, sous une couche savonneuse, figea son regard dans mes yeux en larmes, puis sur le téléphone en morceaux à ses pieds. « Comment as-tu pu... ? », répétai-je, les mâchoires serrées. Il m'attrapa le bras.

« Je vais t'expliquer.

— Il n'y a rien à expliquer, j'ai compris !

— Non, Maëlle, ce n'est pas ce que tu crois. »

« Ce n'est pas ce que tu crois. » J'avais eu droit à la même phrase quelques années plus tôt lorsque j'avais surpris mon ex dans notre lit avec l'une de ses collègues. Comme une imbécile, j'avais écouté

ses arguments pour mieux me faire avoir trois mois plus tard !

Il n'en était plus question aujourd'hui ! Je me débattis et m'enfuis, ne supportant pas un mensonge supplémentaire. Je poussai un cri de rage et crapahutai à la vitesse de la douleur jusqu'à l'épuisement et m'assis, lasse, après une heure d'acharnement à gravir à la verticale le chemin rocailleux. Le poignard planté dans ma poitrine élança violemment. Comment avais-je pu être si naïve ?

*
**

Alors que les scénarios fusaient dans ma tête, le soleil progressait dans le ciel. L'avion de Matteo déchira le silence. La violence de la situation m'anéantit. Je regardai le bimoteur s'élever, emportant tous mes rêves. Mon cœur explosa dans un bain de sanglots, m'enfermant dans un abandon terrifiant. J'étais comme une enfant vulnérable, seule. Je gémis un long moment, pétrifiée, puis tentai de comprendre.

Que contenait ce paquet ? Comment avais-je pu me laisser berner ? Comme une évidence, je pensai à des substances illicites, mais je n'imaginais pas Romane capable de se servir de moi pour cela. À moins qu'elle ait missionné Matteo pour le récupérer ? Non, ça ne tenait pas, puisque je le lui ramenais.

J'avais tout abandonné dans la chambre. Quelle idiote ! L'angoisse s'empara de moi. Je détalai en direction du lodge. Les questions se bousculaient à la vitesse de la course de retour. Je vis à peine

Thim, qui m'attendait sur le pont. « Écoute-moi, Maëlle ! Matteo m'a demandé de te remettre cette lettre, c'est très important ! » Je ralentis le pas, la lui arrachai des mains et marquai un temps d'arrêt. Non, il n'était plus question de se laisser avoir, j'avais déjà donné ! De rage, je déchirai le papier, laissant les mots voltiger jusqu'au torrent. « Ce n'est qu'un menteur, je ne veux plus rien de lui, tu m'entends ! »

Le visage débonnaire de Thim se transforma. Il regarda bouche bée les confettis dériver dans le courant. Je courus jusqu'à la chambre, vidai le contenu de mon sac à dos sur le lit. Tout y était. Tout et surtout le paquet ! J'arrachai la ficelle d'un coup de dent puis le papier kraft qui enveloppait un carnet jaune orangé, neuf. Je m'assis sur le bord du lit et feuilletai les pages : vierges. Je ne comprenais rien. Je m'allongeai, désespérée. Mille hypothèses tournaient dans ma tête, mais aucune ne me rassura. Ma colère s'agrippa, je m'asphyxiais. Je sortis.

Shanti rentrait de son escapade familiale. Il s'approcha de moi. « Je veux être seule », lui lançai-je sèchement. Ne prêtant aucune attention à ma demande, il s'assit à côté de moi. Je repris en haussant le ton :

« J'ai besoin que tu me laisses, tu peux comprendre, non ?

— Que se passe-t-il ? C'est le départ de Matteo qui te met dans cet état ?

— Je n'ai pas envie d'en parler.

— Très bien. Je ne crois pas que tu cherches la solitude, mais je pense que tu ne peux pas faire autrement, ce qui est différent.

— Shanti, je t'en prie, pas de sermons. Laisse-moi tranquille !

— Ta colère traduit ton enfermement. »

Je rugis :

« Je ne suis pas en colère !

— Ah bon ?

— J'ai horreur que l'on me force à faire quelque chose. J'ai envie d'être seule, tu fais semblant de ne pas le comprendre.

— C'est donc de ma faute ? »

Prise la main dans le sac avec mon *ego*, je me mis à sourire avec lui. Malgré tout ce qu'il m'avait enseigné, les automatismes revenaient vite ! « Maëlle, je sais que l'enfant qui est en toi a besoin d'être rassuré. Il trouve des excuses pour préserver sa position de victime. Mais puis-je parler à l'adulte ? » Je baissai les yeux. « Oui, je suis en colère, mais j'ai mes raisons, je viens de vivre l'enfer ! Je me suis fait avoir par mon amie. Je ne comprends pas pourquoi elle a cherché à se moquer de moi. » Je lui narrai la scène du matin, le téléphone de Matteo, le message de Laura, les échanges avec Romane. Il m'écouta en silence. Je stoppai net mes explications en le fixant, terrifiée.

« Et toi ? Tu étais au courant bien sûr !

— Non, je t'assure ! »

Shanti semblait sincère. Il partit échanger quelques mots avec Thim et Nishal avant de revenir vers moi. Il n'obtint rien de plus. Matteo avait juste remis la lettre à Thim en lui faisant promettre de me la donner.

« Quelles que soient les raisons, tu as le choix de sortir de cet état ou d'y rester. Toi seule décides du temps que tu vas passer dans ce mal-être.

— Je n'y arrive pas, j'ai été trompée. Mon corps me fait mal, mon estomac est lourd d'un poids que je ne peux supprimer. Je souffre tellement que j'ai envie de crier !

— Toutes les douleurs que tu décris sont alimentées par ta colère et tes croyances. Si tu sors de cette mauvaise énergie, tu retrouveras le calme. À moins que tu préfères y rester un instant.

— Bien sûr que non ! Mais je me sens prisonnière. Je me retiens pour ne pas les injurier. Ce sont les seuls mots qui me viennent, mes pensées sont incontrôlables, tout comme mes émotions.

— Respire et prends un peu de recul. Tu n'as aucune certitude sur ce que tu avances. Attends les explications de ton amie et celles de Matteo. Tu prendras ta décision lorsque tu auras toutes les informations. Pour Matteo, il va falloir patienter, puisqu'il n'a plus de portable et il ne reste rien de la lettre qu'il t'a laissée. »

J'esquissai une moue d'approbation. Shanti me demanda si j'avais essayé de joindre Romane. Je courus chercher mon téléphone dans la chambre. La batterie était faible, mais le réseau passait pour une fois ! Je tombai directement sur sa messagerie. Je raccrochai sans dire un mot. Mais Shanti insista pour que je demande une explication. La voix de son répondeur m'était insupportable. Je soupirai. Après le bip, je vociférai : « Tu t'es bien foutue de moi ! Je suis au courant de tes manigances avec Matteo. Arrête de te cacher derrière ta messagerie. Aie au moins le courage de tes actes. Rappelle-moi ! » Je raccrochai, encore plus énervée.

« Bon, même si le ton n'y est pas, tu as fait ce qu'il fallait. Maintenant, tu peux rester dans ta colère ou en sortir. Que décides-tu ?

— Je ne crois pas avoir de choix en de pareilles circonstances, mais si tu as la solution pour me délivrer, je t'écoute.

— La seule façon est de te libérer de tes pensées agressives.

— Avoue qu'elles sont justifiées !

— Tout dépend de ton objectif : souhaites-tu avoir raison ou retrouver la sérénité ?

— Je ne sais plus…

— Penses-tu que les images d'attaques envers Matteo ou Romane te soulagent ? Il est difficile de voir clair lorsque l'on se sent offensé. Tu es emprisonnée dans tes ressentiments. La peur, l'agressivité, la colère sont des sentiments de défense, tu le sais. En prenant conscience qu'en agressant l'autre, tu te fais du mal, tu sortiras de cet emprisonnement. Remplace ces sentences par des paroles aimantes.

— Mais c'est impossible après ce qu'ils m'ont fait… Shanti, essaie de me comprendre !

— Que t'ont-ils fait ? N'es-tu pas en train d'interpréter ? Rappelle-toi, quand tu étais partie à la rencontre de Chikaro avec Thi Bah, tu imaginais que Matteo s'amusait avec d'autres filles.

— Oui, mais là, ce n'est pas la même chose, tu vois bien !

— Non, je n'ai pas de certitude et préfère ne pas faire de supposition tant que les explications ne sont pas claires !

— C'est limpide ! J'ai fait confiance une nouvelle fois et je me suis fait avoir.

— Tu t'en veux donc à toi-même ?

— Oui, t'as raison, je ne suis qu'une imbécile !

— Pourquoi rejeter la faute sur eux, alors ? Ils ne t'ont obligée à rien.

— Où veux-tu en venir ? À me mettre tout sur le dos ? Tu ne penses pas que je suis assez mal comme ça ?

— Tu peux t'en prendre à tout le monde, mais la colère que tu éprouves est envers toi, pour avoir accordé ta confiance une nouvelle fois, tu viens de me le dire.

— Oui, j'y ai cru. Tout semblait magique. J'ai eu envie d'aimer une nouvelle fois.

— Tu n'as rien à regretter. Tu as vécu des moments d'émotions. À revivre, ne le referais-tu pas ?

— Ah, non ! J'ai tellement mal que je trouve que c'est cher payé.

— Sais-tu ce qui te fait si mal ?

— Oui, la trahison.

— Alors, ce n'est qu'un problème d'*ego* attaqué ! Tu guériras vite, en prenant conscience que Matteo ne correspond pas à ce que tu souhaites. »

Shanti réfléchit : « En réalité, tu pleures sur tes illusions, ton futur qui s'est envolé avec lui. »

Je me tus un instant, revivant les dernières heures dans les bras de mon bourreau. « C'est vrai. Nous avons passé la nuit à parler de nos projets. Quand je pense qu'il me mentait… C'est insoutenable ! » Je m'effondrai en larmes.

« Le futur est un poison au même titre que le passé. S'accrocher à une illusion, qui par définition n'existe pas, voue à la souffrance. Tu paniques parce que l'avenir que tu imaginais ne te paraît plus possible. Vivre dans un autre temps que le présent est un subterfuge de l'*ego*. Tu pleures sur ton mirage. C'est une vision irréelle de l'amour. Tout comme ces personnes qui, une fois mariées, se sentent en sécurité.

— Le mariage est un acte d'engagement, je suis la première à le prôner.

— Oui, s'il est vécu avec la force du présent, pas comme la certitude d'un avenir assuré. Malheureusement, il nous faut une rupture radicale comme une perte d'emploi, une rupture sentimentale ou une maladie grave pour nous ramener à la réalité. La douleur associée est liée à la panique de ne plus visualiser d'avenir. Vivre sans se projeter dans le futur nous semble impossible, or c'est le seul moment réel. »

J'avais envie d'envoyer balader mon guide avec ses phrases toutes faites, mais je devais avouer qu'il avait toujours trouvé les mots justes. J'essuyai mes larmes d'un revers de la main.

« Tu veux dire que ma douleur est liée à mes projections et à mes espoirs anéantis ?

— Oui, en remplissant notre futur, nous passons à côté du bonheur qui nous entoure. Nous préférons alimenter nos angoisses associées aux pensées hypothétiques : et si je restais seule toute ma vie ; si je n'étais pas faite pour l'amour ; si je ne retrouvais pas de travail ; si j'avais une maladie ; si, si, si…

— Mais lorsque la situation est insoutenable ? Comme là…

— Ce n'est pas le présent qui te fait mal, c'est la perte de tes illusions. Lorsqu'un changement arrive, nous pouvons trouver les ressources nécessaires pour saisir l'opportunité de l'instant et repérer le chemin qui nous fait vibrer. Nous savons qu'il est impossible de construire sur des apparences, mais nous continuons à nous y accrocher comme une certitude. La vie se charge de nous le remémorer, c'est tout. Non pas pour nous faire payer quoi que ce soit, mais parce que nous ne pouvons pas continuer à nous mentir. Il y a une partie de nous qui se réveille et nous rappelle à la réalité.

— Eh bien là, je dois avouer que la vie ne m'a pas épargnée ! J'ai voulu donner ma confiance, j'ai ouvert la porte de mon cœur et offert mon amour. Résultat : je me fais larguer sans explication avec en prime ma meilleure amie pour commanditaire. Je les hais tous les deux !

— Crois-tu que l'amour peut se transformer en haine ?

— Oui ! Dans ce cas-là typiquement !

— Tant que tu le conjugueras au passé ou au futur, tu ne pourras pas en faire l'expérience, car il naît dans l'instant présent.

— Mais comment faire ? Sans espoir d'une vie meilleure, il n'y a plus de raison de vivre.

— Au contraire, en profitant du présent, tu accueilles ce qui est. En déménageant tes pensées, ta vision, tes envies dans le réel, tu deviens vivante, tu contactes ton potentiel illimité. Je suis conscient que supprimer le futur est difficile, car là où ton énergie était concentrée à s'imaginer un monde virtuel, il te faut accepter le néant. Mais si tu accèdes à cette seule réalité, tu banniras les désillusions de ta vie. »

Je soupirai. J'en avais assez d'écouter ses grandes phrases : et le « présent », et le « futur », et les « illusions », et les « peurs », et l'« *ego* ». Il n'y avait pas à tergiverser, Matteo était un beau salaud et ma superamie écœurante. La philosophie ne pouvait rien pour moi !

Je me pris la tête entre les mains, prête à hurler pour faire taire mon guide. Mais alors que je le fixais, je me rendis compte qu'il était silencieux et que le vacarme provenait de mes pensées agitées. Shanti avait dû comprendre que ses grands discours ne suffiraient pas dans de pareilles circonstances. Il regarda sa montre : « L'avion décolle dans une heure. Nous devons nous préparer... Difficile de voir clair quand l'amour, la colère, la souffrance sont mélangés, mais n'oublie pas que le blanc, symbole de la pureté, est le mélange des couleurs primaires. »

Je rangeai mes affaires, puis m'assis au bord du lit. Je me sentais vide, mes pensées tournoyaient autour de l'image de Matteo et mon cœur pleurait son absence. Toute mon énergie s'était évanouie. Les seules idées qui m'animaient restaient celles qui me renvoyaient à lui. Je me rappelai son visage, ses mains fines, ses expressions faciales, son silence, ses soupirs, ses sourires, notre complicité. Il me manquait dans toutes les cellules de mon corps. Je regardai par la fenêtre, les yeux dans le vide. Shanti frappa à ma porte entrouverte. « Es-tu prête ? », demanda-t-il d'une voix douce. Je répondis par un hochement de tête.

« J'ai mal, Shanti, je n'arrive pas à me libérer de cette douleur.

— Sors de ta prison ! Tant que tu te persuades d'être la victime, je ne peux rien pour toi. Fais taire ton mental et nous pourrons discuter. »

Je savais au fond que Shanti avait raison, je ressassais mon histoire, prisonnière de mes pensées. Je me rappelai ses mots, pris le temps de trois grandes respirations, puis me tournai vers lui. « Je suis prête, je t'écoute. » Shanti s'assit près de moi, les mains croisées sur ses jambes.

« Accuser Matteo ou Romane de ta souffrance t'éloigne de la solution, car tu sais que le problème est en toi, et la clé également.

— Je me rends compte que je ne mérite pas l'amour.

— C'est que tu ne t'aimes pas.

— Si, bien sûr ! Enfin... je ne sais pas en fait !

— Tu te juges comme tu le fais avec les autres. Tant que tu es en manque, tu ne pourras aimer. Tu sauras ce qui est bien pour toi à partir du moment où tu te feras confiance. C'est ainsi que tu vivras en phase avec tes désirs profonds, sans crainte du rejet. Lorsque tu entreras en amitié avec toi-même, tu n'auras plus peur d'être seule.

— C'est vrai, je me sens si seule.

— Sais-tu qu'il existe une personne dans ce monde qui ne t'abandonnera jamais ? La seule qui sera toujours près de toi, c'est toi ! Prends soin de toi, regarde-toi avec affection, en comprenant tes faiblesses et tes forces sans te juger. Commence par t'aimer du plus profond de ton être et tu pourras chérir quelqu'un sans peur. Tu te sens seule, parce que tu te délaisses. Aie confiance en la vie. Tu as émis tes souhaits, sois sûre que la matrice universelle œuvre pour toi. Tu vis ce que tu dois vivre, tu rencontres les bonnes personnes au bon moment pour atteindre tes objectifs. Tu es aimée bien au-delà de ce que tu peux imaginer. Tu es sur ton chemin. »

Un long silence s'installa avant que Shanti ne reprenne la parole. « Lorsque je me sens seul, je me remémore l'histoire que me racontait mon grand-père quand j'étais désespéré :

« *Depuis presque cent ans, le vieil homme marchait. Il avait traversé l'enfance, la jeunesse, mille joies et douleurs, mille espoirs et fatigues. Des femmes, des enfants, des pays, des soleils peuplaient encore sa mémoire. Il les avait aimés.*

Ils étaient maintenant derrière lui, lointains, presque effacés. Aucun ne l'avait suivi jusqu'à ce bout de monde où il était parvenu. Il était seul désormais face au vaste océan.

Au bord des vagues, il fit halte et se retourna. Sur le sable qui se perdait dans les brumes infinies, il vit alors l'empreinte de ses pas. Chacun était un jour de sa longue existence. Il les reconnut tous, les trébuchements, les passes difficiles, les détours et les marches heureuses, les pas pesants des jours où l'accablaient les peines. Il les compta. Pas un ne manquait. Il se souvint, sourit au chemin de sa vie.

Comme il se détournait pour entrer dans l'eau sombre qui mouillait ses sandales, il hésita soudain. Il lui avait semblé voir à côté de ses pas quelque chose d'étrange. À nouveau, il regarda. En vérité, il n'avait pas cheminé seul. D'autres traces, tout au long de sa route, allaient auprès des siennes. Il s'étonna. Il n'avait aucun souvenir d'une présence aussi proche et fidèle. Il se demanda qui l'avait accompagné. Une voix familière et pourtant sans visage lui répondit : "C'est moi."

Il reconnut son propre ancêtre, le premier père de la longue lignée d'hommes qui lui avait donné la vie, celui que l'on appelait Dieu. Il se souvint qu'à l'instant de sa naissance, ce Père de tous les pères lui avait promis de ne jamais l'abandonner. Il sentit monter dans son cœur une allégresse ancienne et pourtant neuve. Il n'en avait jamais éprouvé de semblable depuis l'enfance. Il regarda encore. Alors, il distingua le long ruban d'empreintes parallèles plus étroit, plus ténu. Certains jours de sa vie, la trace était unique. Il se souvint de ces jours. Comment les aurait-il oubliés ? C'étaient les plus terribles, les plus désespérés. Au souvenir de ces heures misérables entre toutes où il avait pensé qu'il n'y avait de pitié ni au ciel ni sur terre, il se sentit soudain amer, mélancolique.

"Vois ces jours de malheur, dit-il, j'ai marché seul. Où étais-tu, Seigneur, quand je pleurais sur ton absence ?

— Mon fils, mon bien-aimé, lui répondit la voix, ces traces solitaires sont celles de mes pas. Ces jours où tu croyais cheminer en aveugle, abandonné de tous, j'étais là, sur ta route. Ces jours où tu pleurais sur mon absence, je te portais." »[1]

Ces mots me soulagèrent. Je sentis une libération, une force en moi venue d'ailleurs. Je me levai, déterminée à sortir de mon marasme.

*
**

Nishal et Thim m'attendaient pour me saluer. Ils me passèrent une *khata* autour du cou. Cette

1. Gougaud, H., *L'Arbre d'amour et de sagesse*, Seuil, 1992.

écharpe blanche décorée de signes de bon augure et de mantras était symbole de bénédiction et de félicité. Je les enlaçai en les remerciant pour cette attention et toute leur gentillesse à mon égard pendant notre voyage. Je n'avais pas envie de les quitter. Je savais qu'ils me manqueraient. Je les embrassai une dernière fois. Shanti leur serra la main avec tendresse. Nous partîmes vers l'aérodrome.

Thim courut vers moi. « Attends, Maëlle ! » Je me retournai. Il détacha un lacet de cuir de son cou auquel était attachée une pierre de kyanite, qu'il passa autour du mien.

« Tu as été courageuse. Je sais que tu n'as plus peur de traverser les ponts, que tu peux manger comme une Népalaise, avec les doigts. Je te donne mon collier, car il m'a porté chance et permis de ne manquer de rien. Lorsque j'avais mal, il m'a réconforté. Il te sera plus utile qu'à moi.

— Je ne peux l'accepter, Thim. C'est ce que tu as de plus précieux ! »

Shanti m'avait expliqué que ce pendentif était la seule chose qui lui restait de sa mère. « Non, ce que j'ai de plus cher, c'est mon cœur, mais je ne peux pas te le donner. Alors je t'offre ce qui m'a permis d'y accéder. Quand je pensais à ma mère, mon cœur vibrait. Quand je serrais fort la pierre dans ma main, je sentais mon cœur déborder de joie. Quand j'étais triste et que je tenais la kyanite, mon cœur se réchauffait. Lorsque j'étais perdu et que je ne savais plus où aller, il suffisait que je me concentre sur mon collier et les idées venaient à moi. Alors j'ai compris qu'il m'avait montré le chemin de mon cœur. Maintenant, j'y vais tout seul, je n'ai plus besoin de lui. Même si je te donnais mon cœur, il ne te servirait à rien, puisque c'est le mien. Tu dois apprendre à repérer la route vers le tien et ce bijou va t'y conduire. »

Je le serrai contre moi, ne pouvant retenir mes larmes.

« Merci, Thim, tu es une personne unique. Je te promets d'en prendre soin.

— Non, ne t'y attache pas. Lorsque tu auras trouvé le chemin, offre-le à quelqu'un d'autre. »

Pour le remercier, je lui tendis la montre que mon père m'avait remise à la fin de mes études. Thim la repoussa vers moi.

« Elle est très jolie, mais elle ne me servira à rien, je ne sais pas lire l'heure avec les aiguilles. Je suis plus précis avec le soleil. Garde-la, tu en as plus besoin que moi. Je n'ai plus le temps de t'apprendre à te repérer avec la lumière. La prochaine fois peut-être ?

— Que puis-je t'offrir pour te remercier ? »

J'étais navrée. Ses yeux pétillants me fixèrent. Figé dans le bonheur comme un enfant à qui je proposais la lune, il me regarda sans un mot. J'insistai, cherchant ce qui pourrait lui faire plaisir. Ses deux grandes billes brillèrent. « J'aimerais un sourire, tu es si belle quand tu souris ! » Je ne m'attendais pas à sa demande. Mes yeux s'embuèrent à nouveau, mais les larmes de tendresse remplacèrent celles de douleur. Ce garçon me touchait. Je le pris dans mes bras, il se laissa faire, puis se dégagea.

« Sens-tu ton cœur vibrer ?

— Oui, je le sens heureux.

— C'est la pierre qui te conduit à lui », me murmura-t-il à l'oreille.

Il me fit une bise sur la joue et repartit en sautillant.

Je serrai fort la kyanite autour de mon cou.

Le pardon

> *« En présence d'une grande déception, nous ne savons pas si c'est la fin de l'histoire. Cela peut être précisément le début d'une grande aventure. »*
>
> Pema CHÖDRÖN

Un grillage nous séparait de la piste d'atterrissage jusqu'à l'aéroport de Pokhara. L'aérogare était précaire. L'enregistrement des bagages se fit au comptoir d'un bureau improvisé. Un agent en uniforme inspecta le sac de Shanti puis le mien, et les plaça sur une balance du siècle dernier.

Mon guide sortit le premier de l'isoloir, passage obligatoire pour une fouille rapide. Il me proposa après le contrôle d'identité de nous asseoir à l'extérieur, sur le rebord de la piste d'atterrissage. L'air était doux. Les yeux fermés, le visage offert au soleil, je m'interrogeai :

« Crois-tu que nous devons souffrir pour être heureux ?

— Non. La souffrance n'existe pas sans la pensée. Un événement est un fait, nous pouvons l'observer, puis nous détacher.

— Je n'arrive pas à contrôler mes pensées.

— C'est pour cela que tu as mal. Tu les laisses infecter la situation. Décris-moi ce que tu ressens. »

J'inspirai une grande bouffée d'air. « J'ai le cœur lourd, la gorge serrée, une respiration saccadée. Je n'ai plus d'énergie, j'ai envie de pleurer, je me sens fatiguée… Puis la colère monte, j'aimerais que ce cauchemar s'arrête et que Matteo me prenne dans ses bras. Je vois son visage, me remémore tout ce que nous avons vécu ces derniers jours. Plus j'y pense, plus j'ai mal. » J'expirai toute ma misère. « Bien. Maintenant, je te propose d'être attentive à toutes tes pensées, quelles qu'elles soient, pendant une minute et de me les décrire à haute voix. Guette-les une à une comme un prédateur devant sa proie et nomme-les-moi. »

Je me concentrai sur sa demande, mais j'étais comme dans un trou noir, rien ne sortait.

« Comment te sens-tu ? Tu n'as plus les douleurs dont tu me parlais il y a quelques minutes ?

— Euh… non, je dois avouer que je ne les ressens plus. Ah si ! Mon cœur se serre à nouveau quand l'image de Matteo apparaît.

— C'est parfait, Maëlle. Qu'en conclus-tu ?

— Que j'ai mal quand je pense à lui, mais ça, je l'avais compris !

— Ce que j'essaie de te démontrer, c'est que la souffrance ne peut se révéler sans la pensée, car elle n'est qu'une projection de ton imagination. Lorsque tu la traques, elle ne se manifeste pas et toutes les sensations douloureuses associées disparaissent.

— Je ne peux pas passer mon temps à examiner ce qui me traverse l'esprit.

— Pourquoi pas ? Trouves-tu plus confortable de laisser tes pensées automatiques contrôler ta vie ? Fais ton choix. Mais je le répète, aucune souffrance n'existe sans la pensée.

— Tu veux dire qu'à chaque fois que la douleur revient, il me suffit de traquer mes préoccupations pour qu'elles s'évanouissent ?

— N'est-ce pas ce que tu viens de vivre ?

— Et ça marche à tous les coups ?

— Essaie dès que tu as mal et tu auras la réponse. »

Je me remis à observer mes pensées, elles ne venaient plus. Dès que je relâchais mon attention, elles s'emparaient de moi par des sensations douloureuses. « Quand tu ressentiras un mal-être, tu sauras que la pensée en est la cause. »

Un avion atterrit en face de nous. Les passagers à peine débarqués, une hôtesse nous invita à embarquer.

Le bimoteur à hélices comptait une vingtaine de sièges solitaires de part et d'autre d'une étroite allée centrale. Shanti insista pour que je m'assoie du côté droit, je compris en vol que la vue y était exceptionnelle.

Le personnel de bord, qui se limitait à une petite femme menue en uniforme beige, perchée sur des talons qui lui imposaient une démarche bancale, déroula les consignes de sécurité. Les moteurs se mirent en route. L'avion s'éleva à travers les vallées encaissées et suivit la chaîne himalayenne.

*
**

Karma, qui était venu nous chercher à l'aérodrome de Katmandou, me déposa devant l'entrée de Bodnath. Maya m'attendait. Shanti passerait le lendemain matin pour m'emmener à l'aéroport. Je le remerciai. Il me serra d'une longue accolade. Je saluai Karma qui fit craquer la boîte de vitesses, avant de se faufiler dans le flux de voitures. Je les regardai s'éloigner d'un vrombissement de moteur, soulevant la poussière sur plusieurs mètres.

Je franchis le portail de l'hôtel. Maya manifesta sa joie en me tendant ses bras, je me blottis contre elle.

« Tu ressembles à un petit animal sauvage, me dit-elle avec tendresse en me caressant les cheveux.

— Il m'est arrivé tellement de choses en si peu de temps, si tu savais !

— Ta chambre est prête, c'est la même qu'à ton arrivée. Profite d'une douche et retrouve-moi sur la terrasse de Bodnath. Tu me raconteras, tu veux bien ?

— Heureuse de pouvoir me confier à une oreille attentive ! »

En ouvrant la porte de la chambre, je ne vis pas la même chose. Pourtant, tout était identique. Un grand lit avec un vrai matelas, du chauffage, une salle de bains, des toilettes. Le luxe absolu !

Je me souvins de mon état d'esprit en arrivant et me mis à rire.

Trois shampoings ne me suffirent pas à me sentir propre. Soudain, l'électricité se coupa. Seul un rai de soleil parvint à percer l'obscurité par le volet entrouvert de la lucarne, éclairant les particules de poussière qui s'agitaient.

Je savourai, dans la pénombre, l'effet du filet d'eau chaude sur mon corps qu'il réchauffait après ces heures passées dans le froid. J'enfilai des vêtements propres et retrouvai Maya, le visage offert au stupa devant un thé au gingembre. Un jeune Népalais ne tarda pas à m'apporter un mug fumant. Maya se redressa : « Alors, raconte-moi ! Je veux tout savoir ! »

Je lui contai, un à un, les onze jours qui venaient de s'écouler : les enseignements de Shanti, l'équipe, mes rencontres, les coïncidences, mes humeurs, mes émerveillements, Jason, ses recherches, Chikaro, puis… je m'attardai sur le drame, la façon dont j'avais découvert la trahison de Romane et de Matteo. Maya écouta mon monologue avec attention. « Je ne connais pas assez ton amie pour savoir ce qui l'a poussée à agir ainsi, mais elle doit avoir une explication… »

Elle suspendit sa phrase et se plongea dans une réflexion profonde. Ce silence m'incita à tendre l'oreille vers la vie qui grouillait en bas : des tintements de clochettes et des murmures de mantras enveloppaient le monument de volutes ondulatoires. Maya fouilla dans son sac à main et sortit une vieille relique. Son visage s'illumina : « Je comprends aujourd'hui le message que mon grand-père m'avait légué avant son décès il y a plus de vingt ans. Il vivait dans un ashram en Inde, près de Pondichéry. Un jour, alors que j'étais en colère après mon père, il m'a remis ce texte sans dire un mot. » Maya me montra une lettre fragilisée par le temps, pliée en quatre.

« Sur son lit de mort, il m'avait conjuré de lire, d'apprendre et d'enseigner ce document. Jusqu'à aujourd'hui, je n'en avais pas mesuré pleinement l'importance, mais il prend tout son sens au travers de ce que tu viens de m'expliquer. » Elle posa le papier sur la table, s'aida de ses deux mains pour attacher ses longs cheveux noirs en arrière, sortit de l'étui une paire de lunettes en écaille qu'elle ajusta sur son nez, déplia avec délicatesse la feuille jaunie écrite en sanskrit et me traduisit :

« "Que pourrais-tu vouloir que le pardon ne puisse donner ? Veux-tu la paix ? Le pardon l'offre. Veux-tu le bonheur, un esprit tranquille, une certitude quant au but et un sentiment de valeur et de beauté qui transcende le monde ? Veux-tu sollicitude et sécurité, et la chaleur d'une protection sûre pour toujours ? Veux-tu une quiétude qui ne peut être dérangée, une douceur qui ne peut jamais être blessée, un bien-être profond et durable et un repos si parfait qu'il ne peut jamais être contrarié ? Tout cela et plus, le pardon te l'offre. Il étincelle dans tes yeux quand tu t'éveilles et te donne la joie avec laquelle tu commences la journée. Il détend ton front pendant que tu dors et repose sur tes paupières, de sorte que tu ne voies pas de rêves de peur et de mal, de malice et d'attaque. Et quand tu t'éveilles à nouveau, il t'offre encore un jour de bonheur et de paix. Tout cela et plus, le pardon te l'offre (...) Que voudrais-tu que le pardon ne

puisse donner ? Quels autres dons que ceux-ci valent d'être recherchés ? Quelle valeur imaginaire, quel effet banal ou quelle promesse passagère, qui jamais ne sera tenue, peut contenir plus d'espoir que ce qu'apporte le pardon ? (...)"[1]

— C'est un texte magnifique. Mais ce n'est pas si simple de pardonner, constatai-je.

— Ce n'est pas si compliqué. Tu as compris que nous pouvions regarder par le prisme de l'Amour ou de la Peur, que l'autre était le reflet de nous-mêmes, que nous ne faisions qu'un. Si tu fais le choix du bonheur, le pardon en est la clé. Nous ne pouvons y accéder que dans la paix, puisque c'est la seule réalité possible. Lorsque nous quittons cet état, une multitude d'émotions naissent guidées par la peur qui tronque nos perceptions. Le pardon ouvre la porte de la guérison. Il nous libère de notre aveuglement. En supprimant les filtres de la rancœur, le pardon nous sort de la confusion. La clémence conduit à comprendre nos erreurs de jugement. Elle nous met face à nos responsabilités : nous ne sommes pas innocents, nos interlocuteurs ne sont pas coupables.

— J'aimerais pouvoir pardonner, mais la douleur persiste.

— Comme te l'a expliqué... euh... le Japonais dont tu viens de me parler à l'instant, chaque contrariété est une opportunité pour comprendre. L'*ego* répond en premier à tous les problèmes, or il a tort et nous le suivons aveuglément. C'est pourquoi la douleur persiste.

---

1. Schucman, H., « Lesson 122 », *A Course in Miracles*, Foundation for Inner Peace, 1976.

— Romane et Matteo m'ont trahie, quand même ! Je ne suis pas responsable. En quoi mon *ego* entre-t-il en jeu ?

— En supposant que ce soit le cas, en quoi devrais-tu être affectée ? La situation est un fait. Pourquoi te sens-tu attaquée ? Qu'est-ce qui te fait peur ? En quoi ton bien-être doit-il être contrarié ? »

Je la regardai, stupéfaite. Elle parlait comme Shanti. Je remuai machinalement la cuillère, écrasant les fines lamelles de gingembre, et bus à grosses gorgées. Maya se tut un instant, elle ferma les yeux puis les ouvrit, pointant son index sur sa tempe : « Écoute ton *ego*, il fredonne les mêmes notes dissonantes ! » Elle prit une voix machiavélique : « *"Je suis malheureux parce qu'il fait froid, parce que l'ordinateur ne démarre pas, parce qu'untel m'a ignoré, parce qu'il m'a agressé, parce que je ne suis pas invité dans cette réunion, parce qu'elle me trahit..."* Tu vois bien, il trouve des excuses pour renvoyer la faute sur l'autre ! Il cherche des stratagèmes pour contrôler les situations et les personnes. Il se méfie de ces individus si différents de lui. Tu ne l'entends pas te murmurer : *"Il n'y a qu'à regarder autour de nous, tous ces égoïstes qui me veulent du mal. Je serai heureux le jour où telle personne réagira mieux, le jour où la météo s'arrangera..."* »

Je souris et approuvai d'un clignement d'yeux. « Tu as raison, Maya, à bien y penser, les solutions que l'*ego* apporte sont terrifiantes, remplies d'agressivité et de violence. »

Maya m'attrapa la main. Elle repassa la même commande.

« En prendre conscience, c'est déjà comprendre que nous préférons expérimenter ce Nouveau Monde plutôt que de continuer à souffrir dans les mécanismes que nous avons créés. Rien ne peut être pire que ce que l'on vit ! À toi de choisir : abandonner l'*ego* ou le suivre. Souffrance ou félicité ?

— Je fais le choix du bonheur, j'en ai assez !

— Alors le pardon est le plus beau cadeau que l'on puisse se faire, c'est l'accès à la vérité. Se pardonner de ne pas toujours décider de la bonne option et excuser d'avance l'autre d'être dans la peur. Si nous cherchons à l'extérieur quelqu'un à critiquer, à juger, à haïr, c'est pour ne pas endosser notre responsabilité. Mais si nous actons que la séparation est une illusion, alors il n'y a plus rien à pardonner.

— Attends, je ne te suis plus. Tu me dis qu'il faut pardonner, mais qu'en réalité il n'y a rien à pardonner ?

— Bien sûr ! Et c'est ça que je n'avais pas compris : la clé est le pardon inconditionnel. Si nous sommes une unique vibration et si tu regardes par le spectre de l'unité, il n'y a pas eu de mal. Nous cherchions au mauvais endroit en répondant aux mauvaises questions : pourquoi l'autre nous fait-il souffrir ? Ou... qu'a-t-il fait de mal ? Or le sujet est de comprendre ce que mon interlocuteur touche en moi. Qu'est-ce qui n'est pas résolu chez moi pour que son comportement ou ses mots m'atteignent ? Au lieu de se placer en victime et trouver en face le bourreau, positionnons-nous comme le responsable de notre douleur et déchiffrons pourquoi notre interlocuteur nous renvoie cette souffrance.

— Je comprends mieux ce que Chikaro essayait de me dire lorsqu'il insistait sur le fait que celui que l'on considère comme l'ennemi est un cadeau précieux. Il nous ouvre les portes de ce que nous devons résoudre en nous pour être heureux, afin de dépasser les barrières de nos croyances.

— Tu vois bien, le pardon n'est plus un acte généreux de notre part envers l'autre pour ce qu'il aurait fait de mal, mais la compréhension qu'il n'y a pas eu de mal, car la douleur ne vient pas de lui, elle vient de nous-mêmes. Ça commence par un jugement et ça finit par un remerciement.

— Oui, tu as raison : le pardon traditionnel repose sur le fait qu'un mal existe et que j'ai la générosité de te pardonner. La clé du bonheur est fondée sur le fait qu'aucune erreur n'est possible, c'est simplement une vision tronquée de mon esprit d'avoir cherché un coupable à l'extérieur de moi, c'est ça ?

— Je le crois en effet !

— Laisse-moi résumer ce que j'ai compris. Un, je ne veux plus souffrir. Mon problème vient-il vraiment de la situation avec Matteo et Romane ? Cette prise de conscience permet de ramener le sujet sous la lumière de ma responsabilité. Je ne suis plus une victime, je deviens actrice de mon bonheur. Deux, l'attaque que j'ai ressentie est celle que je me suis faite à moi-même ! Si je quitte le royaume de l'Amour, je m'inflige la douleur. La colère que j'alimente est mon propre choix. Je reconnais que j'étais tétanisée par mon passé et mes relations amoureuses. J'appréhendais cette trahison. Trois, j'apprécie le cadeau que l'on me tend. Je peux percevoir les deux portes qui s'offrent à moi. Abandonner mon *ego* pour vivre le bonheur que je recherche. Quatre, j'approche la joie qui m'habite et partage mon amour inconditionnel. Nous ne pouvons pas nous séparer. Il n'y a rien que je puisse faire pour m'exclure de l'unité. Se pardonner, c'est s'apercevoir que nous ne sommes jamais sortis de cette grande vibration, car c'est impossible et alors, il n'y a plus rien à pardonner puisque seul l'amour existe. Il n'y a donc pas eu de mal. »

Tout était clair. Nous échangeâmes un regard ému.

Le stupa avait revêtu sa robe orangée sous l'influence des rayons du soleil. J'abandonnai mon corps, mon cœur, mon âme à la splendeur du moment. Une joie m'envahit. Je me sentis libre, heureuse, vivante ! Je fermai les yeux et respirai la vie à pleins poumons. Un sourire se dessina sur mes lèvres. Je murmurai : c'est donc ça, le kilomètre zéro, l'instant où tout commence et tout s'achève dans la perfection !

L'envol

> « *Et il en a toujours été ainsi de l'amour, il ne connaît sa véritable profondeur qu'à l'instant de la séparation.* »
>
> Khalil GIBRAN

La nuit avait été douce. Je finissais mon petit déjeuner en haut de la terrasse de l'hôtel en écoutant bouillonner la vie à quelques mètres de moi. J'étais calme, mon corps en harmonie avec l'instant. Je m'étais fait avoir comme la dernière des imbéciles, mais je ne ressentais plus d'amertume ni de colère. Plus de peur, plus de vide. Je me remplissais d'autre chose de plus sécurisant : je me sentais aimée. J'avais l'impression de renaître ou simplement de naître. J'entendais la vie autour de moi et en moi. Des notes sortaient des temples voisins qui s'étiraient dans le ciel. Toutes mes certitudes s'étaient envolées en dix jours, mais j'éprouvais une confiance inébranlable. J'avais fait table rase de mes constructions en carton pour laisser place au terrain nu, mais fertile, de mon âme. J'avais trouvé ma maison à sept mille kilomètres de chez moi. J'apprivoisais les sensations de mon corps et de mon cœur que je ne voulais plus trahir. Ma priorité allait vers ce trésor, cette vibration unique qui permet, lorsqu'on l'écoute, de vivre le plus beau des voyages. Une balade de chaque instant, une expédition au-delà de l'infini : une odyssée au centre de l'unité, qui commence, se parcourt et se finit ici et maintenant. Tout n'était pas résolu, je prenais conscience du lourd travail nécessaire, mais j'étais fière de mon petit bout d'humanité. Je percevais ce que signifiait le bonheur. Je comprenais que tout ce que je venais de vivre était une immense offrande. Peu importaient les raisons pour lesquelles Romane et Matteo s'étaient joués de moi. J'en sortais grandie. J'avais de la gratitude pour le cadeau qu'ils m'avaient offert.

Je me sentis heureuse, emplie d'une nouvelle énergie.

J'attendais Shanti. Il avait tenu à m'accompagner à l'aéroport, mais j'appréhendais le moment des au revoir. Il m'avait tout donné et tant appris ! Il avait bousculé mes principes et anéanti mes certitudes avec une patience déconcertante pour me remettre sur mon chemin. Je me promis d'honorer ce trésor. Je serais attentive à ne plus me perdre en route.

Mon guide passa la porte du jardin avec sa constante joie de vivre en me faisant un signe de la main. Maya sortit au même moment. Je la serrai dans mes bras et la remerciai pour tout ce qu'elle m'avait offert depuis mon arrivée. Nos larmes se mêlèrent sur nos joues jointes.

Je l'embrassai une dernière fois et promis de lui donner des nouvelles.

Shanti attrapa mon bagage. Nous fîmes le tour du stupa par la gauche jusqu'à la sortie. Je saluai ce géant d'un regard.

Sur la route principale, les échoppes pittoresques insérées entre des habitations et restaurants de fortune défilèrent sous mes yeux.

Le silence suffit entre Shanti et moi. Les mots ne sortaient plus, mes larmes ne cessaient de couler. Il me tapota la main.

« Je suis terrorisée à l'idée de te quitter, lui dis-je d'une voix à peine audible.

— Comme tu l'étais de partir quelques jours avec moi ! »

Je souris.

« Bien plus !

— Il n'est plus question de vivre sans moi, Maëlle, lorsqu'on aime, c'est pour la vie. Tous tes pas suivront les miens et réciproquement. Rappelle-toi, quand deux atomes liés se séparent, tout ce que fait l'un, l'autre l'imite au même moment à l'identique à des millions de kilomètres. Le reste n'existe pas.

— Tu me manques déjà !

— Tu vois que le problème n'est qu'illusoire, puisque nous sommes ensemble. Ta projection t'emmène dans la peur, mais je suis là avec toi pour toujours. Nous ne sommes pas seuls, mais accompagnés. Nous ne risquons rien, nous sommes aimés d'un amour inconditionnel. Il suffit de se relier les uns aux autres pour le sentir. Fais confiance à cette matrice universelle, ressens la paix qui est en toi et entends résonner l'immensité dont tu fais partie. Le bonheur se trouve là.

— Je le sais. J'ai le pouvoir et la faculté de choisir ce que je veux vivre et les pensées qui m'habitent. Il n'empêche que je me sens fragile, comme si on venait de m'enlever un plâtre après une fracture, tu vois ? Je peux marcher seule, mais c'est plus sécurisant avec les béquilles ! »

Shanti m'accompagna jusqu'à la salle d'embarquement. Il me prit dans ses bras :

« Comment te remercier ?

— Me remercier ? Tu plaisantes, c'est à moi de le faire et je ne crois pas qu'un mot puisse être à la hauteur de ce que je ressens. Tu as changé ma vie comme personne n'a su le faire.

— Tu m'as offert le plus beau cadeau qui soit, Maëlle : celui de pouvoir t'enseigner l'amour. Transmets tant que tu pourras ce que tu es, par chacune de tes pensées, chacun de tes gestes, chacune de tes actions. L'offrir est le plus précieux des présents que tu puisses te faire autant que d'écouter l'amour qui t'est prodigué. »

Je ne pus retenir mes larmes. Chacun de ses mots touchait mon âme. Je sentis pour la première fois que je ne faisais qu'un avec l'autre. Je le regardai, il avait compris. « Tu sais que nous ne nous quittons pas, je te tiens la main, tu tiens la mienne pour toujours. » Je le serrai fort et ressentis son cœur contre le mien, cet amour que je n'avais jamais éprouvé, le seul qui soit.

« À tout de suite », me glissa-t-il à l'oreille, avant de s'éloigner d'un signe de la main.

Un nouveau départ

> *« Quand on veut bouger ou parler, il faut d'abord examiner son esprit, le mettre en état de stabilité, puis agir comme il se doit. »*
>
> SHANTIDEVA

Mes larmes ne cessèrent de couler qu'après une bonne heure de vol. Je quittais ce pays qui m'avait tant donné. Il est des rencontres qui marquent notre vie pour toujours.

Je trouvai au fond de mon sac une petite enveloppe. Maya m'avait glissé une carte postale du stupa sur laquelle était écrit de sa main :

« Maëlle,

Lorsque tes automatismes reviennent, ne renonce pas, prends ton ego *en amitié et recommence, toujours. Je te souhaite de vivre l'Amour à chaque seconde. Aujourd'hui est un cadeau, c'est pourquoi il s'appelle présent.*

Maya »

*
**

L'atterrissage fut rapide !

J'activai mon portable. Je l'avais rechargé toute la nuit dans la chambre d'hôtel. Un comble ou un record : je n'avais pas eu envie de le rallumer avant d'arriver à Paris. Il déversa les e-mails comme une délivrance. Les urgences d'un collaborateur d'un jour se soldaient par les solutions d'un autre le lendemain. Les décisions à prendre le jour même avaient pu attendre mon retour ou trouver une réponse. Finalement, la Terre continuait à tourner...

J'écoutai les messages vocaux. La famille s'était relayée pour m'appeler. La panique montait au fur et à mesure des appels. Dans la précipitation du départ, je n'avais prévenu personne. Dans la file d'attente des « passeports européens », je m'empressai de rappeler ma mère. Elle répondit, affolée :

« Mais enfin, que t'est-il arrivé ?

— Euh... J'ai dû partir à la hâte pour mon job...

— Et tu ne peux pas prendre cinq minutes pour ta mère ? Je me suis fait un sang d'encre !

— J'ai eu un problème de portable, je n'imaginais pas que tu t'inquiéterais comme ça.

— Tu vas finir par me faire mourir, tu ne penses qu'à toi et à ton travail. Ta sœur se fait du souci pour toi aussi.

— Écoute, maman, je suis désolée, sincèrement ! J'appelle Margot pour la rassurer. Tout va bien. Je t'embrasse.

— Attends ! Nous aimerions t'avoir pour ton anniversaire. Charles est impatient de te voir et...

j'ai envie de m'occuper de toi. Je pourrais te cuisiner ton plat préféré et nous pourrions marcher ensemble comme avant, qu'en dis-tu ? »

Charles était le nouveau compagnon de maman. Le pauvre ! Il était conciliant et avait rarement son mot à dire. Je ne crois pas qu'il espérait ma venue même s'il n'avait jamais manifesté d'agacement lorsque nous envahissions la maison avec ma sœur.

« C'est gentil, maman, mais nous avons le temps d'en reparler.

— Mais non, chérie ! Ton anniversaire, c'est demain ! Allez, nous t'attendons pour le week-end.

— Je te rappelle. »

Trente-cinq ans déjà, j'avais oublié ! Je souris. Pour la première fois, ma mère n'avait pas réussi à me faire culpabiliser.

Je passai la douane et appelai Margot :

« Salut, grande sœur !

— Oh toi, tu ne perds rien pour attendre ! Il doit être sacrément beau, celui-là !

— De qui tu parles ?

— Pas à moi, sœurette ! Je me suis rendue à ton bureau la semaine dernière, la secrétaire m'a dit que tu étais partie quelques jours. Je sais bien qu'il n'y a qu'un apollon pour te dérouter de ton boulot.

— C'est plus compliqué que ça.

— Ce n'est pas un homme ?

— Non ! Plutôt des hommes, enfin...

— Oh, là, là ! Faut que tu me racontes, ça devient croustillant ! Bon, on se voit à Nice, maman m'a confirmé que tu descendais ce week-end.

— Non, en fait, je n'ai rien validé, ou plutôt si, je lui ai dit que je ne venais pas.

— Écoute, elle m'a harcelée pendant dix jours. J'en peux plus !

— Oui, j'imagine le tableau. Je suis désolée. Mais je vais rester tranquille. J'ai besoin de me poser un peu...

— Tu la connais. Elle va être déçue, mais bon elle se remettra ! On se voit vite, hein ? J'ai hâte que tu me racontes ! »

Je récupérai mes bagages. Le ciel était gris, mais il faisait bon. Je montai dans un taxi en direction de l'Étoile. J'étais heureuse.

Un texto de Romane interrompit mes pensées. « *Demain chez Angélina pour notre brunch annuel ? À 11 heures ? Je ne voudrais pas rater ta ride supp. Je te kisse... tendrement.* »

Elle était gonflée ! Après tout ce qu'elle m'avait fait, elle ne croyait quand même pas que j'allais la revoir ! Je sentis ma colère latente, je l'observai monter. Mon corps se raidit, mes mâchoires se crispèrent. Mon *ego* avait repris le contrôle. J'expérimentai l'autre porte, celle de l'Amour : n'avais-je pas envie, au fond, de comprendre ses motivations, ses douleurs, ses peurs plutôt que de me venger en la supprimant de ma vie ? Ne voulais-je pas connaître sa version au lieu de m'en tenir à mes interprétations ? Bien sûr que si. Mon corps se détendit et je ressentis une libération.

« *J'y serai, je t'embr* »... Je m'arrêtai et effaçai les lettres après la virgule. Non, je ne l'embrassais pas ! C'était déjà généreux d'y aller ! Mes mâchoires se crispèrent à nouveau. Je grognai : « Tais-toi, cher *ego* ! » N'étais-je pas heureuse de recevoir son message ? N'étais-je pas soulagée au fond ? N'avais-je pas envie de rester en lien avec elle ? Je repris mon texto. « *J'y serai, je t'embrasse moi aussi.* » Mon corps se détendit.

*
**

Quel bonheur de retrouver mon confort, ma baignoire, mon lit, la chaleur de mon appartement.

La nuit avait été réparatrice. Je me réveillai le lendemain en forme, avec une année de plus. J'avais éteint mon portable, pour ne pas être dérangée. En fait, j'avais pris goût à vivre sans ! Bien m'en avait pris. Dès 7 heures, des messages vocaux, des SMS et des e-mails arrivèrent les uns derrière les autres pour mon anniversaire. Je m'étais noyée toutes ces années, mais ils étaient tous là, ils m'avaient attendue. Ces déclarations me touchaient. Je me sentais aimée. Tout changeait, j'avais conscience de mes priorités.

Je relevai le store électrique d'une pulsion sur l'interrupteur. Le ciel était bleu azur. La journée s'annonçait exceptionnelle. Nous étions vendredi, j'avais envoyé un message à Pierre pour lui dire que je serais de retour au bureau lundi. Son enthousiasme alla jusqu'à me souhaiter un bon anniversaire en m'offrant un bouquet de fleurs virtuel. Une journée rien que pour moi à prendre mon temps. Rappeler les gens que j'aime, recevoir leur amour, leur exprimer le mien. Pourquoi pas un massage cet après-midi ?

Je me plongeai dans un bain bouillant et barbotai un long moment, puis je choisis avec soin les vêtements que j'avais envie de porter pour ce jour spécial. Un jean, mon chemisier préféré et un pull douillet en cachemire bleu. J'enfilai mon manteau, entourai ma gorge d'une écharpe et descendis à pied les Champs-Élysées.

J'arpentai les rues de Paris. Les feuilles s'entassaient et formaient de petits monticules qui se déplaçaient au gré du vent. Je me reliais à chacun des visages que je croisais. Certains pressés, d'autres soucieux, d'autres encore mélancoliques, tristes, occupés... Peu semblaient heureux, sauf les jeunes amoureux. Je leur envoyai, à chacun, une pensée positive en leur souhaitant de trouver la paix. Je me concentrai et distribuai ma belle énergie autour de moi. J'avais envie de partager mon bonheur. Les rayons du soleil accompagnaient ma route et décuplaient la force qui émanait de tout mon être. Shanti avait raison, le monde n'avait pas changé, c'était mon regard sur lui qui s'était transformé. Je ne pus m'empêcher de croire aux théories de la physique quantique qui démontraient que la pensée influençait le résultat. J'espérais, en soufflant mes plus belles énergies sur ces inconnus, toucher l'une ou l'autre de leurs cellules et faire qu'ils se sentent mieux un instant.

Je n'étais plus très loin de l'endroit où je devais retrouver Romane. J'observai ma colère tenter de refaire surface. Matteo vint à mon esprit, ce qui renforça ma douleur. Je laissai à mon émotion la place de s'exprimer. Avais-je été trahie ? J'avais fait confiance à des personnes qui m'avaient fait du bien. Elles m'avaient ouvert les portes d'un univers auquel je n'aurais pu accéder si vite sans elles : celui du royaume de mon cœur, celui du bonheur ! Alors je te pose la question, ma chère colère, mon tendre orgueil : avais-je été abusée ?

J'observai mes deux acolytes disparaître, puis tenter de revenir :

« Il t'a quand même promis monts et merveilles alors qu'il était marié. Il s'est servi de toi et en a bien profité. Tu n'es pas rancunière !

— Il ne m'a pas forcée. À refaire, je recommencerais ! »

Mon orgueil prit ma colère par le bras et lui glissa à l'oreille : « Laisse tomber, tu vois bien qu'elle ne nous comprend pas ! »

Je les regardai s'éloigner en souriant et leur envoyai des pensées de bonheur et de paix à eux aussi ! Je traversai la Concorde, en m'emplissant de la beauté de Paris. Mon cœur s'enflammait pour chaque détail : l'obélisque de Louxor au centre de la place, les lampadaires qui font le charme de la capitale, les platanes du jardin des Tuileries, le sourire d'un enfant que je croisai en remontant les arcades.

Je poussai les lourdes portes en métal doré du café, laissant sur la droite la boutique et ses gâteaux plus alléchants les uns que les autres, en présentation dans la vitrine réfrigérée, pour pénétrer dans la grande salle. La décoration Belle Époque avait été conservée toutes ces décennies : verrière au plafond, moulures et miroirs aux cadres dorés. Des fauteuils en cuir brun foncé entouraient les tables rondes en bois coiffées de leur plateau de marbre, alignées sur plusieurs rangées. Pendant que je cherchais Romane, une serveuse au pas pressé me salua de la tête, emportant avec elle les parfums de viennoiseries tièdes et de chocolat chaud sur son plateau. Le tintement des couverts en argent sur la porcelaine blanche rythmait le brouhaha des discussions internationales.

Romane m'attendait au centre. Mon cœur s'accéléra. Elle se leva avec difficulté, sa souffrance était perceptible et son teint pâle renforçait sa fragilité. Elle tenta de me serrer dans ses bras, je résistai. Je préférai lui faire deux bises sur les joues. Je m'installai en face d'elle et balançai le carnet vierge sur la table.

« Voilà ce que tu m'as demandé ! »

Elle baissa les yeux en le fixant.

« J'aurais voulu t'accompagner, mais ma santé ne me le permettait pas.

— Je n'avais pas besoin de toi ! »

Elle prit une grande inspiration.

« Lorsque j'ai appris mon cancer en rentrant de Katmandou et non pas sur place comme je te l'avais dit… »

Je levai les yeux au ciel. Un mensonge de plus ou de moins…

« J'ai compris que le voyage que j'avais entrepris m'aiderait à me sauver. »

Romane peinait à parler, mais je ne me laissai pas attendrir.

« Bon, c'est bien gentil tout ça, mais pourquoi me mêler à toutes tes histoires ? »

Je sentis ma colère monter. Je tentai de me calmer avant qu'elle n'éclate. Romane soupira profondément et continua avec douceur :

« Tous les enseignements que j'y ai appris m'ont rendue forte et combative face à la maladie.

— Je suis ravie pour toi !

— Je te vois te détruire depuis plusieurs mois… »

Une serveuse en tenue réglementaire prit notre commande.

Romane se redressa sur son fauteuil, vrilla ses yeux dans les miens, et expliqua avec assurance : « Tu te démolis comme je l'ai fait pendant des années, alors j'ai inventé cette histoire pour que tu puisses toi aussi vivre ces enseignements et te réveiller avant d'avoir à subir ce que je vis. Je savais que tu n'y serais jamais allée si je ne t'y avais pas obligée. »

Je ne sus quoi répondre. La serveuse revint rapidement avec une partie de la commande. Romane poursuivit en m'attrapant la main : « Je voulais t'offrir pour ton anniversaire la liberté de choisir en pleine conscience. »

Je sentis sa sincérité, mais ma colère envers mon dragueur me replaça dans le doute. J'agitai nerveusement mon sachet de thé d'un mouvement de va-et-vient. Un silence s'installa avant que je ne demande, les yeux rivés sur ma tasse :

« Et Matteo ?

— Ah, Matteo ! »

Je relevai la tête. Romane but une gorgée de jus de fruit.

« Je l'ai rencontré aux États-Unis. Nous avons travaillé plusieurs années sur des recherches communes. Comme tu l'as vu, il est passionné par le Népal. Le mois dernier, il m'a annoncé qu'il partait aider Jason à Katmandou. C'est à ce moment que j'ai eu l'idée. Je voulais qu'il veille sur toi ! Je savais que c'était la bonne personne.

— Ah ça, pour veiller sur moi, il a été précis, tu peux être rassurée ! Il en a même abusé. Tu lui avais aussi demandé de me sauter ? »

Les mots m'échappèrent. Mon *ego* avait repris les commandes par surprise. Je les regrettai aussitôt.

« Ne sois pas vulgaire. Je ne lui ai rien demandé d'autre que de te protéger. Il a résisté tant qu'il a pu, mais il est tombé amoureux. »

Notre serveuse annonça son retour par des coups de talons que la moquette épaisse tentait d'étouffer. Elle déposa devant nous les assiettes d'œufs brouillés fumants et des toasts enveloppés d'une serviette blanche.

« Amoureux ? C'est ce que je croyais moi aussi. Mais le dernier texto que j'ai surpris venait de la femme qu'il aime. Et tu vois, ce n'est pas moi ! Elle attendait son retour avec un enthousiasme débordant !

— Comment ça ?

— Ah ! Ça t'en bouche un coin, hein ?

— De qui tu parles ?

— Ben, de sa femme ou sa copine, enfin je sais pas, celle avec qui il vit, une certaine... Laura ! »

Romane éclata de rire.

« Je ne vois pas ce qu'il y a de drôle !

— Quel quiproquo !

— Ah, ça t'amuse ? Eh ben franchement, pas moi !

— Mais voyons... Laura, c'est sa sœur ! Ils sont très liés. Il est rentré des États-Unis pour s'occuper d'elle. Elle a subi un grave accident de voiture il y a trois ans. Elle va mieux, mais ça a été difficile pour eux deux. Il ne t'en a pas parlé ?

— Non.

— Faut dire, il semblerait que tu ne lui en aies pas laissé le temps !

— Qu'en sais-tu ?

— J'ai retrouvé Matteo à Roissy lors de son escale à Paris. »

Romane se pencha vers son sac à main et en sortit une enveloppe. « Il m'a remis ça pour toi. » Elle me tendit la lettre. Je m'apprêtai à la prendre, mais elle la retint : « Promets-moi de ne pas la déchirer avant de l'avoir lue. » Je la suppliai et m'empressai d'ouvrir. Mon cœur pulsait dans ma poitrine. Mon excitation me rendait si nerveuse que mes mains se mirent à trembler. Ma vision se troubla au fur et à mesure de la lecture.

« *Maëlle,*

J'aurais aimé te parler avant notre retour en Europe, je n'ai pas su le faire. Il y a tant de choses que je ne t'ai pas dites, tant de choses que tu dois savoir de moi, tant de choses que j'aimerais apprendre de toi, tant de choses que j'aimerais partager avec toi. Je t'attendrai vendredi soir à Milan. Rejoins-moi pour le week-end, laisse-moi une chance de t'expliquer ce que je n'ai pas eu le temps de te dire, laisse-nous une chance de vivre ce que nous avons à vivre sous la magie des rayons de ce même astre qui a illuminé notre rencontre.

La première chose que je n'ai pas osé te dire est que je t'aimais, non pas pour satisfaire mon ego solitaire, mais d'un amour sincère que j'aimerais voir grandir à tes côtés. Tu me manques tellement.

Matteo »

Un billet électronique était joint à sa lettre. Départ de Paris Orly à 18 h 20 – Arrivée à Milan Linate à 19 h 50.

Je relevai la tête. Les larmes affluèrent sur mes joues. Je regardai Romane dont les yeux rouges témoignaient de la même émotion. Je mesurai l'amour qu'elle m'exprimait malgré ce combat terrible qu'elle endurait depuis plusieurs mois. Elle était là devant moi, digne, forte. Elle était venue m'offrir le plus beau cadeau d'anniversaire. Elle voulait me sauver avant que je ne me noie. Elle me faisait don de son amour comme personne n'avait su le faire avant elle. Je me sentis coupable de tout ce que j'avais imaginé ces dernières heures à son sujet.

Des larmes chaudes coulaient de nos yeux embués sans qu'un seul mot puisse sortir. Ma gorge serrée, mon cœur enflammé, je ne pus retenir cette vague de sentiments qui me submergea.

Romane me prit la main. « Je t'aime, mon amie, n'en doute pas. Matteo est un homme extraordinaire, tout comme toi. Rejoins-le. Ne laisse pas la peur t'emprisonner, c'est le moment de devenir libre, c'est le moment de vivre ! »

Épilogue

> *« Il est temps de commencer à vivre la vie dont vous avez rêvé. »*
>
> Henry JAMES

Le temps d'avaler quelques viennoiseries, de monter faire mon vœu aux toilettes du salon de thé comme chaque année à l'heure de ma naissance, de passer prendre quelques affaires à la maison, accompagnée par Romane, en « taxi driveuse », et je m'envolai quelques heures plus tard pour Milan.

J'ouvris le livre jaune que j'étais partie chercher sur le toit du monde et que mon amie m'avait redonné à l'aéroport, en me précisant qu'il m'aiderait dans les moments difficiles de ma vie. Sur la première page, je reconnus son écriture :

« Maëlle, ma tendre amie, je formule le vœu le plus sincère que tu trouves la force d'écrire ce que tu as compris afin de donner le choix à chacun

de vivre dans cette même conscience. Je t'aime profondément.

Ton Amie pour toujours. Romane »

Une larme coula le long de ma joue et vint s'écraser à côté de son prénom.

Je sortis un stylo de mon sac à main, tournai la première page et écrivis comme une évidence :

« *Je hélai un taxi et traversai Paris jusqu'au Panthéon. Je n'étais pas venue dans ce quartier depuis cinq ans, lors de ma dernière prestation à l'École normale supérieure (ENS). Par manque de moyens, nous avions choisi de faire du lobbying direct dans les meilleurs établissements d'ingénieurs, souhaitant attirer une masse de surdoués dans l'usine que nous avions créée : une start-up de génies où je passais chaque heure éveillée depuis huit ans, espérant le miracle...* »

Et pour finir...

J'avais envie de partager un rêve avec vous.

J'aime à croire qu'un jour, nous saurons marcher les uns avec les autres. Je me suis dit que si chacun donnait la main à quelqu'un d'autre, alors ensemble, nous pourrions faire de ce monde un lieu meilleur où il fait bon vivre dans une douce harmonie.

J'ai besoin de vous pour que ce rêve devienne notre réalité. Si vous croyez comme moi que le bonheur est un choix, alors il est de notre responsabilité d'aider ceux qu'on aime à se réaliser ! Prenez quelqu'un par la main et enseignez-lui l'Amour, devenez son « Shanti », aidez-le à trouver son chemin et proposez-lui de tenir la main d'une autre personne en ne lâchant plus jamais la sienne.

Très vite, nos mains se relieront autour de la Terre pour faire de cette planète l'œuvre que nous aurons réalisée.

N'essayez pas de convaincre les autres, montrez-leur l'exemple, inspirez-les, c'est en rayonnant que votre lumière guidera leurs pas...

Avec tout mon amour.

Maud

À qui allez-vous tenir la main aujourd'hui ?
J'ai offert ce roman à toutes les personnes
qui font que je suis celle que je suis
(aux membres de ma famille, à mes amis,
à ceux que je croyais être mes ennemis
et qui m'ont enseigné mes zones d'ombre...),
pour les remercier des cadeaux
qu'ils m'avaient faits durant toutes ces années.
Ensemble, créons dès maintenant la vie
dont nous rêvons.
Si ce livre résonne en vous, offrez-le
aux personnes qui vous sont chères,
comme un témoignage de votre amour.

Remerciements

MERCI

Depuis longtemps, j'avais en moi cette envie d'écrire un livre, mais je n'avais aucune idée de la façon de procéder. J'ai commencé à griffonner quelques phrases, puis une page, deux, trois... une dizaine... une centaine, jusqu'à finaliser la version auto-éditée que j'avais envie d'offrir à toutes les personnes qui font que je suis celle que je suis (aux membres de ma famille, à mes amis, à ceux que je croyais être mes ennemis et qui m'ont enseigné mes zones d'ombre...), pour les remercier des cadeaux qu'ils m'avaient faits durant toutes ces années.

Mais ces amis ont eu envie de le partager à leur tour et mon cadeau est devenu une aventure humaine qui me dépasse...

Alors à toi, Claire Champenois, qui a su me bousculer et m'encourager avec bienveillance.

À vous, mes premiers lecteurs et amis chers : Isabelle Battesti, Murielle Blanc, Sarah Denis, Katell Floch, Line Kairouz, Vanessa Martinez, Corinne Moustafiadès, Brigitte Ory, Frédéric Pénin, Thierry Polack et Philippe Wehmeyer, qui m'avez tant aidée de vos critiques constructives, motivantes, de vos partages jusqu'à la logistique et la distribution.

À toi, Christophe Charbonnel, mon ami d'enfance que j'aime comme un frère (et tu sais que je pèse mes mots), qui a été là dans tous les moments importants de ma vie. Tu me le prouves une nouvelle fois, dans ton implication dans ce projet : de la réalisation à la production de mon site Internet (www.maud-ankaoua.com).

À vous mes amis, ma chère famille et belle-famille, qui nappez mon cœur de votre douce lumière.

À vous, mes neveux et nièces, filleuls et petits-cousins (Célestin, Chloé, Coline, Flavie, Juliette, Ladislas, Lilly, Nicolas, Oscar, Valentin et Victoire), qui me montrez souvent le chemin de la spontanéité.

Et enfin à vous deux, les piliers de ma vie, mes deux gardes du corps qui équilibrez mon quotidien :

Toi, Stéphane Ankaoua, mon frère, mon confident, qui me tient la main depuis ma naissance. Je t'observe guider mes pas avec tant d'amour. Tu as toujours su trouver les mots justes pour me garder debout dans les moments difficiles et te délecter de mon bonheur en y mêlant le tien.

Et, toi Delphine Guillemin, qui a cru en moi comme personne et m'a donné la force indispensable par tes regards, tes mots, tes gestes quotidiens, tes conseils, pour réaliser ce rêve.

Et puis cette version auto-editée s'est retrouvée dans les mains d'une femme qui a conduit *Kilomètre Zéro* au sein des éditions Eyrolles, qui a pris les risques de lui offrir une chance d'être édité, diffusé et commercialisé à grande échelle. Alors Marguerite Cardoso, merci du fond du cœur pour votre audace, et votre courage, merci pour votre confiance qui m'a portée, chaque fois que j'ai franchis le seuil de votre bureau, merci de m'avoir accompagnée pas après pas avec tant d'humilité et de m'avoir ouvert votre royaume en me présentant une équipe d'exception avec qui j'ai pris un immense plaisir à travailler : Rachel Crabeil, Géraldine Couget, Marion Alfano, François Lamidon, Claudine Dartyge, Aurelia Robin, Nathalie Gratadour et toute son équipe commerciale (que je m'apprête à rencontrer avec émotion).

Un grand merci aussi à Marie Pic-Pâris Allavena, directrice Générale du groupe Eyrolles sans qui ce projet n'aurait pu se faire.

À vous tous, MERCI !

Merci du fond du cœur pour votre aide et votre soutien dans cette aventure extraordinaire.

Merci de marcher à mes côtés…

Merci d'être ce que vous êtes.

Merci de m'avoir attendue… Vous êtes ma plus grande richesse.

Alors que j'écris ces dernières lignes pour enfin voir se matérialiser cette nouvelle version mon émotion est à son comble.

À vous tous chers lecteurs, que je ne connais pas encore : je m'enthousiasme déjà de vous rencontrer et d'échanger avec vous. Merci de m'avoir suivie jusqu'à ces dernières lignes.

À tout de suite…

Maud

Un grand merci à toute l'équipe des éditions J'ai lu de porter avec nous *Kilomètre zéro,* un rêve qui devient réalité pour permettre à un plus grand nombre de lecteurs d'accéder à ce projet qui va bien au-delà d'un livre…

Réponses aux questions des lecteurs

À l'occasion de l'édition collector anniversaire de *Kilomètre zéro*, Maud Ankaoua a répondu aux questions que ses lecteurs avaient le plus à cœur de lui poser.

Question n° 1 : Comment est née l'idée d'écrire *Kilomètre zéro* ? Quel est à tes yeux le message principal du livre ?

Depuis plusieurs années, j'avais envie de partager les clés qui m'aidaient à me sentir heureuse. Déjà, enfant, je rêvais d'un monde meilleur où chacun tendrait la main à l'autre.

Pour mon premier voyage au Népal, en 2010, je suis partie du côté des Annapurnas. C'est le décor que j'ai gardé pour *Kilomètre zéro*. J'avais rapporté de nombreuses photos avec l'intention d'écrire un livre, mais ce n'était pas encore le moment… J'y suis retournée en 2012 avec le projet de découvrir l'Everest, et j'ai commencé à écrire deux ans plus tard. Je me sentais prête à synthétiser et à partager vingt-cinq ans de recherches, de lectures, de voyages et d'expériences, dans l'espoir qu'une phrase, ou même un simple mot puisse faire du bien.

Le message essentiel du livre est que, bien souvent, notre système de défense (notre ego) déforme la réalité et nous maintient dans la peur, alors qu'il existe un autre chemin pour se reconnecter à soi, dépasser ses craintes et vivre la vie qui nous inspire. Je cite souvent Deepak Chopra : « Vous devez trouver à l'intérieur de vous-même l'endroit où rien n'est impossible. » Chaque personne a une pépite à offrir à l'humanité : l'invitation de *Kilomètre zéro* est de proposer des clés pour retrouver ce chemin vers soi, car se reconnecter à soi est déjà une première étape vers le bonheur. Il y a toujours un endroit en nous, une force en nous, une valeur, une qualité, qui peut nous permettre d'atteindre notre rêve.

Question n° 2 : *Kilomètre zéro* est-il une histoire autobiographique ?

Les quatre-vingt-dix pour cent du livre sont vrais, même si *Kilomètre zéro* reste une fiction. Mes amis me disent que je suis la somme des personnages, et je pense que c'est juste. Mes deux autres romans, *Respire ! Le plan est toujours parfait* et *Plus jamais sans moi*, sont également inspirés de faits réels. D'ailleurs, la plupart des personnages secondaires et des lieux évoqués existent.

Au-delà de mes histoires personnelles, je me sers également de celles des personnes qui m'entourent, que je croise ou que j'accompagne.

Le voyage et les relations humaines sont deux passions ancrées dans mon ADN. J'aime rendre hommage aux pays qui m'inspirent et partager le fruit d'années d'apprentissage, ma philosophie de vie et les clés qui me permettent d'être en harmonie avec mes valeurs. Je me sers de mes propres expériences, de mes déboires, de mes difficultés quotidiennes, mais aussi de mes réussites pour partager des pistes de réflexion qui peuvent peut-être permettre de voir les choses autrement et de se sortir de situations similaires et/ou douloureuses.

Question n° 3 : Quelles seraient les citations qui t'inspirent au quotidien ?

Il y en a beaucoup… C'est pour cela que j'aime commencer les chapitres de mes livres par une citation. C'est d'ailleurs un rituel pour moi le matin, j'en lis souvent avant de me lever. Si je devais en retenir quatre, je choisirais :

« Lorsque tu sens que tu vas abandonner, rappelle-toi pourquoi tu as commencé. » (Auteur inconnu)

La motivation est l'élément clé de la réussite d'un projet. Lorsque j'ai commencé *Kilomètre zéro*, n'étant pas familière avec l'écriture, je me décourageais souvent. Je procrastinais et restais parfois plusieurs semaines sans écrire une ligne. Mais ce qui me remettait en selle et me poussait à continuer, c'était l'espoir d'aider les lecteurs. Je me disais que si un mot, une phrase, une idée pouvait faire du bien à une personne, alors j'avais raison de me lever tôt tous les matins et de continuer, d'essayer encore et encore, et de ne rien lâcher.

« L'ouverture d'esprit n'est pas une fracture du crâne. » Pierre Desproges

Si chacun élargissait sa façon de voir et de comprendre les autres, nous vivrions dans un monde bien différent.

« Ils ne savaient pas que c'était impossible, alors ils l'ont fait. » Mark Twain

Ce sont souvent nos croyances et nos peurs qui nous empêchent de nous réaliser. Lorsque nous réfléchissons trop, nous avons du mal à nous lancer : la pensée peut devenir handicapante quand elle se transforme en ressassement. Parfois, ne pas savoir certaines choses évite des chaînes inutiles. C'était mon cas quand je me suis lancée dans l'écriture de *Kilomètre zéro*. Si j'avais alors été au courant des statistiques du monde de l'édition, je me serais sans aucun doute découragée. C'est en avançant un pas après l'autre que nous pouvons rendre l'impossible possible.

« Il n'y a rien d'intelligent à ne pas être heureux. » Arnaud Desjardins

Je trouve cette citation inspirante parce que exprimer que nous sommes heureux pose trop souvent problème. Comme si cela ne se faisait pas dans « un monde où tout va mal ». Je ne crois pas que tout aille mal, il y a beaucoup de choses qui vont très bien ! Plus nous portons notre attention sur ce qui nous rend heureux, plus nous en prenons la direction. Cette citation d'Arnaud Desjardins est une invitation à penser autrement, à arrêter de se victimiser pour mieux se mettre en route vers ce qui nous rend heureux. Le bonheur est une philosophie de vie qui s'apprend. C'est le sujet de *Kilomètre zéro*. Mon expérience auprès des nombreuses personnes que j'accompagne dans cette voie m'a appris que c'était à la portée de tous, même si ça demande un peu de travail !

Question n° 4 : Qu'est-ce que *Kilomètre zéro* t'a apporté ? Quels enseignements tires-tu de cette expérience d'écriture ?

Kilomètre zéro est une aventure extraordinaire pour moi puisqu'elle est la mise en pratique de ce que je prône dans le livre. Alors qu'il y a une chance infime d'être éditée puis de vivre ce succès, la leçon est que, lorsque l'on propose un projet aligné avec ce que notre cœur nous dicte, quelque chose de plus grand prend le relais…

Pour réaliser nos rêves, il faut accepter de chuter. Je le dis souvent : « Réussir, c'est se relever une fois de plus que d'être tombé. »

Mais le plus bel enseignement est d'avoir compris qu'en me mettant à nu je pouvais être aimée pour ce que j'étais : un être humain vulnérable avec ses forces et ses faiblesses. Je n'avais plus besoin de jouer un rôle en étant la fille de…, la dirigeante de…, la femme de…, l'amie de… En supprimant tous mes costumes, les lecteurs m'ont acceptée tel que j'étais : forte, mais aussi faillible ! Et j'ai enfin pris conscience que je pouvais être aimée sans avoir à endosser un rôle.

J'ai voulu offrir un cadeau à mes amis en écrivant ce premier roman, pourtant, c'est sans doute à moi que j'ai fait le plus beau cadeau : ne plus être ce que je croyais que l'on attendait de moi, mais uniquement être !

Question n° 5 : À qui s'adresse ce roman ? Penses-tu qu'il soit à la portée de tous ?

Oui, bien sûr ! Il s'adresse à toute personne qui a envie de faire un beau voyage... À toute personne en qui résonnent les valeurs d'humanité, d'amitié et d'amour. À toute personne qui souhaite raviver sa flamme intérieure (elle semble parfois éteinte alors qu'elle est simplement masquée par nos automatismes). À toute personne qui a besoin de bienveillance pour faire un pas vers soi, pour découvrir l'espace de tous les possibles. À toute personne qui cherche à dépasser ses peurs pour vivre et non plus survivre. Ou simplement à toute personne qui souhaite se faire du bien à travers un moment de lecture...

C'est pourquoi je pense que ce roman, comme les deux autres, s'adresse à tous les publics. Les messages des lecteurs me confirment que les ados dévorent mes livres autant que les adultes. Les hommes comme les femmes s'identifient aux protagonistes, ils y piochent ce qui est important pour eux et en font l'expérience. Ils m'écrivent que ces livres sont devenus pour eux une sorte de guide qu'ils peuvent consulter à tout moment pour se sentir mieux : c'est ce qui me touche le plus.

Question n° 6 : Pensez-vous déjà au prochain livre ? Quel en sera le sujet ?

Écrire est un long processus pour moi. Mon troisième roman, *Plus jamais sans moi,* est sorti au début de l'année, et il me faut du temps avant de pouvoir me plonger dans une nouvelle histoire. Bien sûr, j'ai quelques idées qui mûrissent... Mais lorsque j'écris, j'ai besoin de ne rien laisser transparaître, pas même à mes proches. C'est une fois le livre achevé que je commence à le partager – dans un premier temps avec ma garde rapprochée, puis, s'il résonne autant pour eux que pour moi, alors je le propose à mon éditeur.

Le mot de la fin ?

Ne privez pas l'humanité de ce que vous êtes !

Maud Ankaoua

L'aventure continue ensemble...

Contact

www.maud-ankaoua.com

Maud Ankaoua

12612

Composition
NORD COMPO

Achevé d'imprimer en Espagne
par BLACKPRINT
le 3 avril 2023

Dépôt légal : avril 2023
EAN 9782290391754
OTP L21EPLN003521-597233

ÉDITIONS J'AI LU
82, rue Saint-Lazare, 75009 Paris

Diffusion France et étranger : Flammarion

Ma

solitude connaît la vôtre.

L'ATELIER D'ALBERTO GIACOMETTI

*«Je sais où nous allons,
Saïd, et pourquoi nous
y allons. Ce n'est pas
pour aller quelque part,
mais afin que ceux
qui nous y envoient
restent tranquilles,
sur un rivage tranquille.»*

LES PARAVENTS

On me

emande pourquoi j'aide les Palestiniens. Quelle sottise, ils m'ont aidé à vivre.

NOTES INÉDITES

On ne sait rien de son père. Sa mère, avant de l'abandonner, lui a laissé pour seul héritage un nom de fleur avec un prénom assorti. Sans origine, sans famille, sans bien, il aurait pu, mieux qu'Antonin Artaud, écrire : moi, je suis mon fils, mon père, ma mère et moi. Jean Genet est le fils de ses œuvres et l'unique artisan de son destin.

CHAPITRE 1

LE ROMAN DES ORIGINES

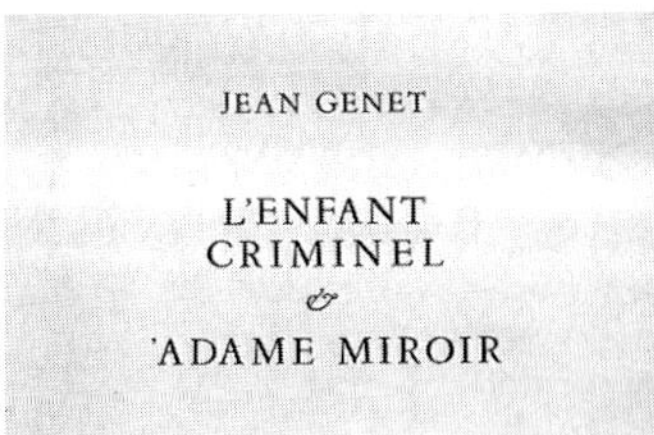

« Quant j'étais enfant je volais mes parents nourriciers. Étais-je déjà conscient de la réprobation qui serait mon lot parce que j'étais un enfant abandonné et un homosexuel ? Je n'ose dire que c'est par un acte de rébellion que je fus conduit à voler. » (À gauche, Jean Genet en 1912 à Alligny, dans les bras de sa nourrice, Eugénie Régnier ; ci-contre, couverture de *L'Enfant criminel*, un texte sur la délinquance des mineurs publié en 1949.)

Il est mort seul, la nuit du 14 au 15 avril 1986, au cours d'un séjour à Paris où il était venu corriger les épreuves de son dernier livre.
Il est mort là où il a toujours vécu, dans une chambre d'hôtel, qui était cette fois-ci un petit hôtel du XIIIe arrondissement.
Il est mort d'une chute, mais se battait depuis sept ans contre un cancer de la gorge.
Il refusait les analgésiques de peur d'entamer la lucidité nécessaire à l'écriture.

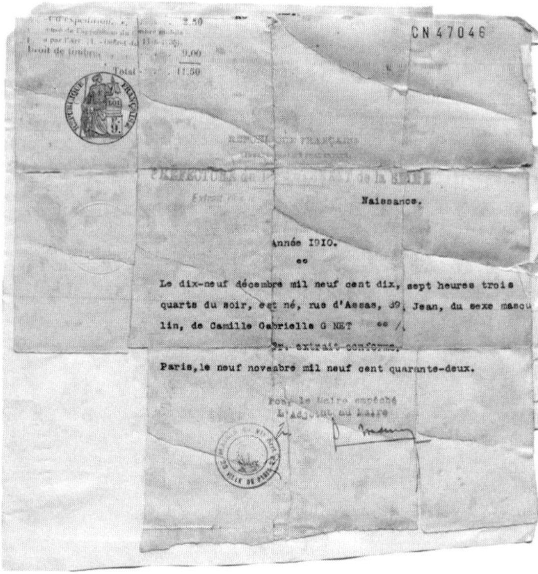
CN 47046

Naissance.

Année 1910.

Le dix-neuf décembre mil neuf cent dix, sept heures trois quarts du soir, est né, rue d'Assas, 39, Jean, du sexe mascu lin, de Camille Gabrielle G NET

Pr. extrait conforme,

Paris, le neuf novembre mil neuf cent quarante-deux.

Pour le Maire empêché
L'Adjoint au Maire

L'auteur de *Pompes funèbres* ne voulut recevoir nul hommage de « cette France qu'[il avait] maudite et si fort désirée ». D'elle, il eut pourtant un enfant qu'il éleva avec amour : la langue française. Il n'avait pris aucune disposition pour sa dernière demeure et ses amis choisirent de le faire enterrer au Maroc à Larache, son principal lieu d'attache durant ses dernières années, où il avait fait construire une maison pour son dernier compagnon Mohammed El-Katrani.

Le matin de l'enterrement, Mohammed et son frère accompagnés de Jacky Maglia, le fils spirituel de Genet, deux amis marocains, Ahmed Laoussine et Anis Balafrej, ainsi que Layla Shahid, future déléguée générale de la Palestine en France, se recueillirent autour du catafalque, au son du *Requiem* de Mozart. « La joie couvrira tout, elle et la gaieté. Le *Requiem* dit cela », écrit-il dans son dernier livre.

Puis le cercueil sur une petite charrette tractée par un âne dévala la courte pente jusqu'au cimetière marin désaffecté, bordé d'un côté par la falaise et de

❝Je suis né à Paris le 19 décembre 1910, écrit-il dans *Journal du voleur*. Pupille de l'Assistance publique, il me fut impossible de connaître autre chose de mon état-civil. Quand j'eus vingt et un ans, j'obtins un acte de naissance. Ma mère s'appelait Gabrielle Genet » (son premier prénom est Camille, comme on le voit sur l'acte de naissance). « Mon père reste inconnu. J'étais venu au monde au 22 de la rue d'Assas. Je saurai donc quelques renseignements sur mon origine, me dis-je, et je me rendis rue d'Assas. Le 22 était occupé par la Maternité. On refusa de me renseigner.❞

ALLIGNY-en-MORVAND. — La Maison d'École.

l'autre par une petite prison. Ses amis l'ensevelirent eux-mêmes.

Le péché originel

Soixante-seize ans plus tôt, non loin de l'hôtel qui fut sa dernière demeure, commence « une vie qui fut tranchée en y entrant ». Sa mère, âgée de vingt-deux ans, employée de maison, transplantée à Paris, pauvre, fille et petite-fille de pauvres, le met au monde dans une maternité qui accueille les femmes célibataires ou nécessiteuses. Elle le garde sept mois avant de le confier à l'Assistance publique. L'abandon fut le premier « don » qu'il reçut au berceau. Quant à sa mère, elle mourra au cours de l'épidémie de grippe espagnole à la fin de la Première Guerre mondiale.

Sans attendre, le nourrisson est placé dans une famille d'accueil, dans le Morvan, région pauvre où vont la plupart des enfants abandonnés à Paris. Sa maison est au cœur du petit bourg d'Alligny. Il est un enfant choyé, notamment par la mère du foyer, Eugénie Régnier, mais aussi par le père,

“Je fus élevé dans le Morvan par des paysans (ci-dessus, l'école d'Alligny). Quand je rencontre dans la lande – et singulièrement au crépuscule, au retour de ma visite des ruines de Tiffauges où vécut Gilles de Rais – des fleurs de genêt, j'éprouve à leur égard une sympathie profonde. [...] Je suis seul au monde, et je ne suis pas sûr de n'être pas le roi – peut-être la fée de ces fleurs. Elles me rendent au passage un hommage, s'inclinent sans s'incliner mais me reconnaissent. Elles savent que je suis leur représentant vivant, mobile, agile, vainqueur du vent.”

Charles Régnier, qui est menuisier. Il vit entouré de nombreux enfants, dont une adolescente, Lucie, elle aussi placée, qui fut sa marraine. Celle-ci se souvient que Genet, à neuf ans, se demandait toujours « pourquoi sa mère l'avait abandonné ». Quand l'enfant grandit, à l'angoisse s'ajoute la culpabilité.

En 1914, la mobilisation vide le village d'Alligny de ses hommes. « Jeannot » passe plusieurs années dans un milieu presque exclusivement féminin. Eugénie et l'enfant, qu'on décrit « efféminé », sont unis par une adoration réciproque. Il est un écolier attentif et brillant, un des rares pupilles de l'Assistance à réussir son certificat d'études et le seul enfant à l'obtenir avec la mention « bien » dans la commune où l'on parle surtout patois. Ses études sont complétées par une éducation religieuse à laquelle tient sa mère nourricière, qui veut en faire un prêtre.

Genet a été enfant de chœur (ci-dessus, son certificat de première communion). Sa foi sincère ne l'empêcha pas de fomenter une grève contre le curé, accusé de ne pas verser leur dû aux servants de messe.

Après 1918, le paradis se détraque : les hommes reviennent de la guerre et l'enfant commence à ressentir les vexations qui s'exercent à l'encontre des enfants de l'Assistance, surnommés les « Petits Paris » ou les « culs de Paris ». Enfin et surtout, confirmant la malédiction qu'il sent peser sur lui, Eugénie meurt brutalement en avril 1922. Jean Genet se sent abandonné une seconde fois. « Il faut frapper deux fois pour faire un traumatisme », écrit Freud. Et Genet avec ses propres mots : « Je refuse de vivre pour une autre fin que celle même que je trouvais contenir dans le premier malheur. » Jusqu'à sa mort, sa souffrance d'orphelin l'empêchera de s'attacher durablement à quiconque. Vers cette époque commencent ses premiers vols.

Il doit partir. L'Assistance publique l'envoie en banlieue parisienne apprendre le métier de typographe. Genet avait de bonnes raisons de déclarer qu'à cette époque « l'Assistance publique

française élevait [...] les gosses en les empêchant de s'attacher à une famille ». Les enfants abandonnés étaient alors ballottés de placement en placement, de famille d'accueil en institution publique, sans possibilité d'adoption. Avec rancœur et dédain, Genet désignera toujours la famille sous le terme de « village » ou de « tribu ». Désespéré, culpabilisé, humilié, il part à la conquête de son destin, sans se retourner. Il va avoir quatorze ans.

Les orphelins – que Genet appelle « les enfants des anges » – sont traités par l'administration comme des cas sociaux. Leur scolarité notamment est sommaire. Malgré ses excellents résultats, l'instruction générale de Genet (à gauche, le visage entouré) s'arrête en dernière année d'école primaire ; il entre en apprentissage. L'Assistance publique ne prend pas plus en compte les attachements qui ont pu se créer avec la famille nourricière dont il est retiré. Le sort des pupilles commence à s'améliorer après la Première Guerre mondiale. Mais l'adoption pleinière et définitive d'un enfant dans un foyer, telle que nous la connaissons aujourd'hui, date de moins de quarante ans (loi de 1966).

se souvient-il dans *Miracle de la rose*, savait que les punis de trente berges étaient l'extrême réalisation de lui-même, le dernier avatar que la mort fixerait. »

« On m'ordonna d'assister à l'enterrement d'un jeune colon. Nous l'accompagnâmes au petit cimetière du pénitencier. Les fossoyeurs étaient des enfants. Après qu'ils eurent descendu le cercueil, je jure que si un croque-mort, comme à la ville, eût demandé : "La famille ?" je me serais avancé, minuscule dans mon deuil. » Jacques Prévert fut aussi marqué par Mettray dont son oncle fut « pensionnaire » peu avant Genet et qui lui inspira sa chanson *Chasse à l'enfant*.

L'enfance d'un poète

Sa vocation d'écrivain trouve son origine dans ce monde clos. « Si écrire, se rappelle-t-il à la fin de sa vie, veut dire éprouver des émotions ou des sentiments si forts que toute votre vie sera dessinée par eux, alors oui, c'est à Mettray, et à quinze ans, que j'ai commencé à écrire. »

Le grand mystère Genet, c'est de devenir Jean Genet, sans éducation et sans modèle. À Alligny, lorsqu'il ne rêvait pas, il était toujours le nez plongé dans un livre. À Mettray commencent à se dessiner ses goûts littéraires, bien que l'éducation des colons y soit particulièrement négligée. Il se passionne pour la poésie, après les romans d'aventures. Il gardera toute sa vie une affection particulière pour Nerval, mais son œuvre est marquée par l'influence du romantisme noir d'un Baudelaire ou d'un Lautréamont. Même s'il se plaît à citer surtout ceux qui ont fait de leur vie un destin, tels Rutebeuf ou Rimbaud, il a lu jusqu'aux jeunes poètes de son époque et sait, à l'instar de Cocteau, utiliser des associations d'images comme le font les surréalistes.

Par la suite il méditera les grandes œuvres romanesques, notamment celles du forçat Dostoïevski lisant « une page et puis… il fallait réfléchir deux heures ». La prose de Genet, par sa préciosité, ses figures de rhétorique, ses « raccords » visuels audacieux, sa structure erratique, réclame, comme celle de Dostoïevski, une participation active du lecteur, s'il veut dépasser la simple séduction.

Genet a commenté deux de ses portraits photographiques de l'identité judiciaire (double page suivante) : « [Sur la première photo], j'ai seize ou dix-sept ans. Je porte, sous un veston de l'Assistance publique, un chandail déchiré. Mon visage est un ovale, très pur, mon nez écrasé, aplati par un coup de poing lors d'une bagarre oubliée. Mon regard est blasé, triste et chaleureux, très grave. [...] Si j'étais inquiet, il n'en paraissait rien d'abord. Mais au crépuscule, quand j'étais las, ma tête s'inclinait, et je sentais mon regard s'appesantir sur le monde et s'y confondre ou rentrer en moi-même et disparaître, je crois qu'il connaissait ma solitude absolue. [...] Sur la deuxième photo, j'ai trente ans. Mon visage s'est durci. [...] La bouche est amère et méchante. J'ai l'air d'un voyou malgré mes yeux restés très doux [...]. Par ces deux images je puis retrouver la violence qui alors m'animait : de seize à trente ans, dans les bagnes d'enfants, dans les prisons, dans les bars ce n'est pas l'aventure héroïque que je recherchais, j'y poursuivais mon identification avec les plus beaux et les plus infortunés criminels. »

Genet lit aussi ses contemporains romanciers : Gide notamment, et même François Mauriac. En prison, il découvrira par hasard son parrain en littérature : Proust. Grâce à Dostoïevski et à Proust, Genet comprend comment le roman peut explorer les bas-fonds les plus malsains de l'âme et néanmoins progresser de « merveille en merveille ».

À défaut d'une famille, Genet, dès l'adolescence, commence à se bâtir une généalogie littéraire : « Si la France est une émotion qui se poursuit d'artistes en artistes jusqu'à la fin ne suis-je qu'un chapelet d'émois dont j'ignore les premiers. » Le grand aïeul, c'est Ronsard. Excellant dans la grammaire, Genet a choisi d'user d'une langue classique, ornée, et ne recule devant aucun imparfait du subjonctif. La somptuosité de la langue adoucit l'intensité de sa souffrance. Il doit être « reconnu » de Ronsard et entendu de ceux qu'il appelle « ses tortionnaires ».

Premiers voyages

Quoi qu'il ait soutenu rétrospectivement avoir été heureux à Mettray, Genet quitte prématurément la colonie pénitentiaire dès l'âge de dix-huit ans, devançant l'appel sous les drapeaux et suivant *Les Délires* de Rimbaud : « Je rêvais croisades, voyages de découvertes, dont on n'a pas de relations, républiques sans histoires, guerres de religions étouffées, révolutions de mœurs, déplacements de races et de continents : je croyais à tous les enchantements. »

Outre l'exotisme des expéditions en terres lointaines, le prestige de l'uniforme (pour celui qui n'avait porté jusqu'ici que la tenue noire de l'Assistance publique, du bout des sabots jusqu'au col du tablier), la marginalité de la vie militaire et l'intégration dans une société masculine et hiérarchisée attirent l'ancien pupille dans la carrière des armes. Il y atteint le grade de caporal. Il est envoyé en Syrie au cours de la campagne de répression des Druzes. Puis il est affecté au Maroc où il s'illustre principalement comme secrétaire d'un général.

Jusqu'à la fin de sa vie, Genet associe « exotisme, liberté, armée » au Proche-Orient. Militaire, sa première affectation le conduit en Syrie sous les ordres du général Gouraud. Il se souvient principalement de ses activités nocturnes dans les souks de Damas. Affecté au corps du génie, il supervise, le jour, la construction d'une tourelle qui, lors de son inauguration, se fend au premier coup de canon et s'effondre. « Jamais après ma mort, je ne serai statufié sur un cheval de bronze. »

Genet a peu parlé de ce passé militaire qui, dans *Journal du voleur,* son autobiographie, disparaît derrière son errance de vagabond à travers l'Europe. En fait, après un premier engagement, il part pour Barcelone où se déroule « l'époque de [sa] vie la plus misérable », sur laquelle porte l'essentiel du *Journal du voleur*. Au moment où Céline publie son *Voyage*, Genet décide de « poursuivre [son] destin dans le sens de la nuit ».

Il mendie au milieu d'autres jeunes gens venus de toute l'Europe, où sévit la grande dépression consécutive au krach de 1929, et vit également de la prostitution homosexuelle. Il ne passe que quelques mois en Espagne. De là, il écrit à Gide – auquel il s'était présenté spontanément au cours d'un séjour à Paris – en prenant une pose d'écrivain. Avec beaucoup d'habileté rhétorique, il lui demande de l'argent, mais n'a pas le temps d'attendre une réponse et quitte précipitamment Barcelone.

Il enchaîne à nouveau deux engagements. Après six ans de loyaux, sinon de bons services, muté dans un régiment de combat, il déserte en juin 1936, en pleine effervescence du Front populaire, et s'enfuit

Même s'il en parle peu, Genet est, dès sa jeunesse, plongé dans les troubles de l'Histoire : ses campagnes dans les colonies, son errance dans la jeune République espagnole, son exode à travers l'Europe au moment de la montée du nazisme (ci-dessus, fermeture de la frontière entre la Tchécoslovaquie et la Pologne en septembre 1938) l'inscrivent dans son temps… dont il est aussi à la marge. Son écriture naît d'une double entropie : témoigner d'un monde en pleine confusion et « apporter la pagaye [en lui-même] ».

à l'étranger. Il se fait refouler successivement d'Albanie, de Yougoslavie, d'Italie, d'Autriche, de Tchécoslovaquie et enfin de Pologne. *Mobilis in mobile*, il est pris dans le flux des émigrés qui fuient en Europe centrale la montée du nazisme.

Il reçoit l'aide d'une famille juive, les Bloch, dont il s'éprend de la mère, Ann, à laquelle il écrira des lettres tendres et maladroites à son retour en France. Sachant qu'il encourt la prison dès son entrée sur le territoire, il regagne Paris pour « mener un destin de voleur ».

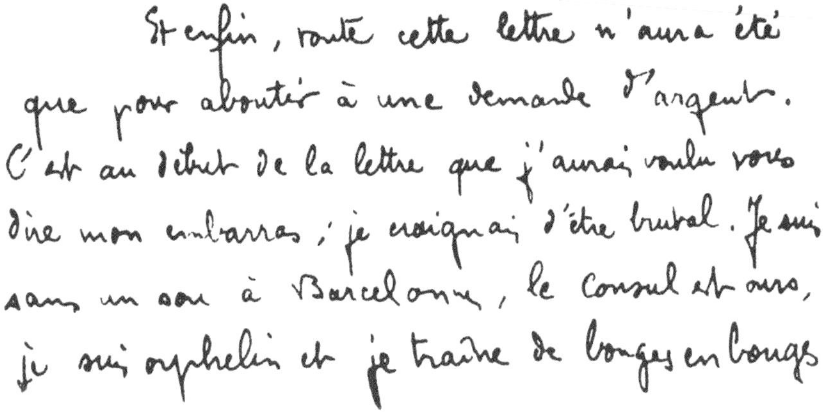
Et enfin, toute cette lettre n'aura été que pour aboutir à une demande d'argent. C'est au début de la lettre que j'aurais voulu vous dire mon embarras ; je craignais d'être brutal. Je suis sans un sou à Barcelone, le consul est ours, je suis orphelin et je traîne de bouges en bouges.

« Ma solitude absolue »

La révolte et la cleptomanie de l'enfant, aggravées par l'expérience acquise à Mettray et dans l'Europe des prisons, se sont « professionnalisées ». Néanmoins, les motifs de condamnation de Genet restent liés à des délits mineurs : vols de livres ou de tissus, défaut de possession du carnet anthropométrique rendu obligatoire pour les vagabonds, contrefaçon de papiers, ainsi que la désertion qui est à l'origine de sa plus longue peine (onze mois). De 1937 à 1944, Genet fera treize séjours en prison, d'une durée totale de quatre ans. Lui-même et ses juges auront parfois du mal à se repérer dans son casier judiciaire. C'est ainsi qu'il est condamné par contumace alors qu'il est incarcéré.

À quand remonte sa vocation d'écrivain ? Genet parle d'une carte postale envoyée de prison, à la fin des années 1930, où il eut la « révélation » du plaisir de l'écriture. Des indices permettent de penser qu'il y travaillait même avant. Au cours d'un de ses procès, la gazette du tribunal le présente, en 1937, comme « un homme supérieurement lettré et qui passe ses années en prison à écrire des romans ». Dès 1933, il écrit à Gide de Barcelone, une lettre (ci-dessus) où, « sans croire à son génie », il n'en pose pas moins à l'artiste.

À Barcelone, il mendie, vole et se prostitue. Au bar de Marseille (ci-dessus), dans le quartier du Barrio Chino, il vit au cœur d'une cour des miracles, dont il se fait le « saint Simon » (Sartre). Dans *Journal du voleur*, il multiplie les exemples de la déchéance extrême : se prostituer aux plus pauvres, voler ceux à qui l'on se prostitue… « Je transportais avec moi un tel fardeau de détresse que toute ma vie, j'étais sûr, se passerait à errer. »

Comme Mettray, la prison est pour Genet un lieu maternel, où il est assuré de recevoir au moins le gîte et le couvert. Cet univers, douloureusement générateur de fantasmes, est aussi séduisant, comme l'enfer. Il parlera plus tard du travail qu'un écrivain en prison doit faire sur lui-même pour ne pas être étouffé par « la suffocante misère de la solitude non acceptée et qui n'est fouaillée que par ce dont on le prive : le sexe et la liberté ». Genet crédite les œuvres écrites en prison, celle de George Jackson – jeune noir américain arbitrairement emprisonné pour qui il écrit bien plus tard une préface – au même titre que celles de Sade ou d'Artaud, d'une hauteur de vue caractérisée par « l'audace de leur entreprise », ainsi que de « vigueur et justesse pour leurs idées et leurs visions ».

Entre deux séjours derrière les barreaux, Genet est vaguement bouquiniste. Il vend les livres qu'il lit… après les avoir volés. C'est par l'intermédiaire d'un de ses clients qu'il est présenté à Cocteau en février 1943. Le « prince des poètes » en fait un de ses familiers aussitôt après avoir lu *Le Condamné à mort*. Six mois après leur première rencontre, le témoignage de Cocteau devant le tribunal sauve Genet de la perpétuité.

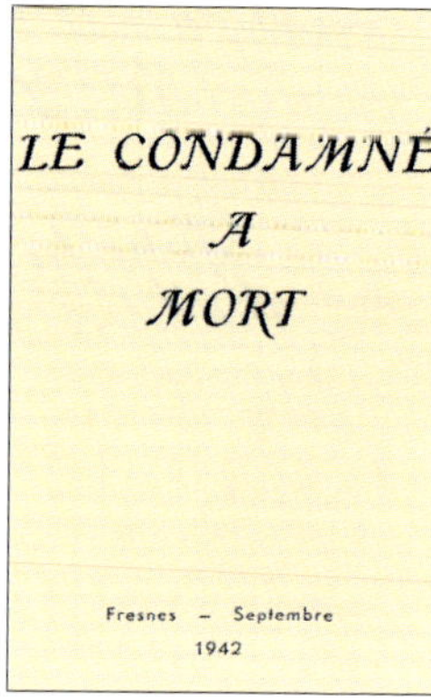

Genet, agacé par le succès remporté par un poème médiocre composé par un de ses codétenus, écrit *Le Condamné à mort* (ci-dessus, couverture de l'édition originale). Son propre texte ne lui attire que le mépris et les quolibets : en effet, la métrique y est aussi classique que la fantasmatique est débridée. En pleine guerre, le poète, depuis sa cellule, organise l'impression de la plaquette à une centaine d'exemplaires, sur du papier recyclé.

« Réussir ma légende »

Alors qu'il encourt le risque de la relégation (naguère l'exil définitif aux colonies), Genet continue à voler même si, matériellement, il n'en a plus besoin. Le vol n'a pas été seulement un moyen de subsistance, une rébellion, une névrose, qui a succédé à la mendicité et à la prostitution, mais aussi une entreprise existentielle. Genet s'emploie à faire de sa vie « une légende, l'identité de [sa] vie future avec l'idée la plus audacieuse que [lui-même] et les autres, après ce récit, s'en puissent former ». Sa légende relève de la littérature médiévale. Elle est comme les *legenda,* ces vies de saints édifiantes que les moines devaient méditer. La légende et son corollaire, la sainteté, ne traduisent pas une mythomanie de Genet, mais au contraire son exigence de rigueur. Genet veut que sa vie soit dirigée par son désir d'en tirer une œuvre.

Ses derniers vols s'expliquent ainsi par son souci d'asseoir sa légende, notamment lorsqu'il commence à être connu. Interrogé par le juge après avoir subtilisé un tome d'une édition précieuse de Verlaine, il a ce mot : « Je n'en connaissais pas le

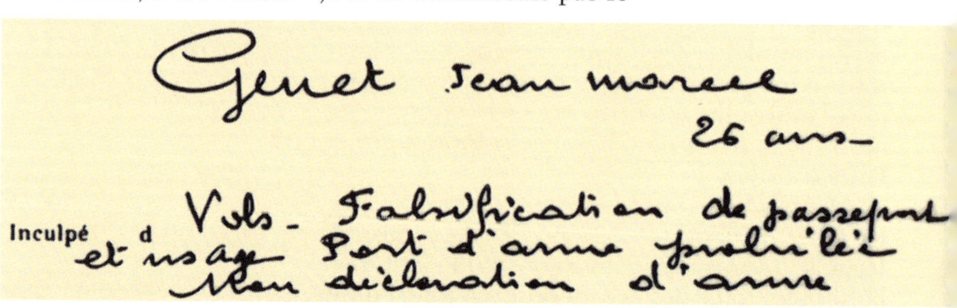
Genet Jean marcel
26 ans–
Inculpé d Vols – Falsification de passeport et usage Port d'arme prohibée Non déclaration d'arme

prix, mais j'en connaissais la valeur », dont la presse immédiatement s'empare. Mais l'aventure finalement le dépasse : il est transféré, paniqué, au camp des Tourelles, une des bases de triage des condamnés de droit commun vers les camps de concentration. Son *Condamné à mort*, qui circule sous le manteau, est paradoxalement son sauf-conduit. Grâce aux pressions conjuguées qu'exercent sur le préfet de police un industriel, Marc Barbezat, un écrivain, Jean Cocteau, et un professeur de médecine et biographe de Mallarmé, Henri Mondor, il est libéré de prison en mars 1944 – on ne l'y reprendra plus.

Genet a trahi la société par le vol et trahi sa position de rebelle en se laissant récupérer par la République des lettres. Dans cette trahison « dialectique », trahison de la société par le mal et trahison du mal par la poésie, réside toute l'ambiguïté de la pose genétienne. Le narrateur cherche à la fois à séduire et à repousser le lecteur-voyeur. Son œuvre peut être lue comme une demande d'amour lyrique et comme la parodie drôle et destructrice de celle-ci. « Indispensable pour obtenir la beauté : l'amour. Et la cruauté le brisant. »

Psychologiquement, Sartre, son premier biographe et analyste de son œuvre, va très bien résumer cette première phase de la vie de Genet : « en se voulant jusqu'au bout voleur, Genet s'enfonce dans le rêve, en voulant son rêve jusqu'à la folie, il se fait poète, en voulant la poésie jusqu'au triomphe final du verbe, il devient homme. »

N° 297
CARTE D'IDENTITÉ
Nom
Prénoms Jean
Nationalité Française
Profession Ingénieur
Né le 15 décembre 1911
à Dép' Calvados
Domicile
SIGNALEMENT
Taille 1,66
Cheveux
Moustache
Nez Dos Base Dimension
Visage ovale
Yeux Gris
Teint clair
Signes Particuliers néant
Le Titulaire,
Témoins :
TIMBRE FISCAL 20 FRANCS
EMPREINTE DIGITALE
Vu pour la légalisation des Signatures le 26 Novembre 1944
Signatures

Une fois libre, Genet continue à vivre en semi-clandestinité (ci-dessous, une fausse carte d'identité datée du 26 novembre 1944), par jeu et parce qu'il se croit sous le coup de peines non purgées. En 1949, il est définitivement gracié par le président Vincent Auriol, à la suite d'une pétition dont Sartre et Cocteau eurent l'initiative et qui fut signée de toute la République des lettres, à l'exception notable d'Aragon, de Camus et d'Éluard.

Quelques années d'intense production suffisent à Genet pour raconter son enfance et sa jeunesse passées à errer. Tout y fait sens, même le négatif. Pourtant, embarrassé par son succès et faute de trouver la rédemption définitive dans l'écriture, saint Genet voit sa vie littéraire menacée de s'interrompre peu après avoir commencé.

CHAPITRE 2

LA FULGURANCE DE « L'ASTRE NOIR »

« Que le point de départ soit une rêverie romanesque, il n'importe si je tire d'elle les matériaux utiles à l'élaboration d'une œuvre d'art, ou à l'accomplissement d'une perfection morale [...] proche de cette sainteté qui n'est encore pour moi que le plus beau mot du langage humain. »

(Autoportrait à l'auréole dans une lettre de remerciements au Président Auriol, sous-titrée « Voilà la grâce ! »)

Genet a composé l'essentiel de son œuvre en trois vagues. Entre 1942 et 1949, il publie trois romans autobiographiques (*Notre-Dame-des-Fleurs, Miracle de la rose, Pompes funèbres*), un roman (*Querelle de Brest*), une autobiographie (*Journal du voleur*), plusieurs pièces de théâtre, dont *Haute Surveillance* et *Les Bonnes*, et une quantité importante de poèmes. Au cours de la décennie suivante, il rédige en quelques mois toutes ses autres pièces et, à la fin de sa vie, il canalise toute son énergie pendant ses trois dernières années sur le projet d'*Un captif amoureux*. L'élaboration de l'œuvre ressemble pour certains à l'écoulement régulier d'un fleuve, pour d'autres à une éruption volcanique.

Les trois vagues créatrices succèdent à chaque fois à une crise morale au cours de laquelle aucune production n'est possible et qui prend fin lorsque

« Cesse de voler, lui recommande Cocteau (ci-dessus, au centre). Si tu es un grand poète, tu es un mauvais voleur, car tu te fais toujours prendre. » L'amitié de Cocteau est déterminante pour aider Genet à gagner confiance en lui-même. Peu après, Sartre joue aussi ce rôle, avant que le poète ne s'affranchisse de ces parrainages. Inversement, l'influence de Genet fut également importante sur leurs œuvres.

l'Histoire à nouveau s'agite : la guerre et la Libération, la décolonisation, les mouvements de libération autour de 68 le captivent puis l'inspirent.

Les éditeurs

À la lecture du premier récit, *Notre-Dame-des Fleurs*, Cocteau, le pape de la transgression, est d'abord scandalisé ! Une fois passé le choc, il est sincèrement admiratif. Il perçoit la saillie du génie sous une apparence de « boxeur » : « une tête de paranoïaque avec un charme noué qui se dénoue très vite. Une vitesse, une malice terribles. [...]

L'influence littéraire de Cocteau sur le premier Genet est substantielle (François Mauriac le qualifie même de « Cocteau purulent ») et se traduit notamment par un goût de l'élégance, du merveilleux et des mots d'esprit, qui abondent dans *Notre-Dame-des-Fleurs* : « Du sacré qu'on appelle, hélas, le spirituel, on ne rit, ni ne sourit. Dieu est donc triste ? » Comme le note Milorad, un ami de Cocteau, le style de Cocteau est sans doute plus brillant, mais celui de Genet est « plus large ». Cocteau voit en Genet un moraliste, ce qui transparaît sur ce portrait de 1950. En 1955, Cocteau conviera le poète maudit à sa réception à l'Académie française.

Élégance, équilibre, sagesse, voilà ce qui émane de ce maniaque prodigieux. » Comme le résume Monique Lange, biographe de Cocteau et amie de Genet : « Cocteau se voulait seul. Genet était seul. »

Cocteau est son Orphée qui le délivre à la fois de la prison et de la misère. Le premier, il s'engage, par l'entremise de son secrétaire Paul Morihien, à publier *Notre-Dame-des-Fleurs*, *Pompes funèbres* et *Querelle*, dès la fin de la guerre, malgré les risques encourus et la pénurie de papier.

Mais Genet trouve que Cocteau n'en fait pas assez pour lui. Pressé, avide, éternellement insatisfait, il passe aussi contrat avec Marc Barbezat, l'autre « premier éditeur » , qui n'était pas parisien, mais lyonnais, qui n'était pas écrivain, mais industriel, qui n'était pas reconnu, mais jeune et entreprenant. Barbezat publie le premier texte (après *Le Condamné à mort*, imprimé à compte d'auteur) dans sa revue *L'Arbalète*, le 14 mars 1944. Il s'agit d'un extrait de *Notre-Dame-des-Fleurs* (le procès). Sartre, Paulhan et les autres découvrent ainsi Genet. Dès la fin des années 1940, Gallimard décide de publier ses œuvres complètes – celles parues et celles à paraître.

Jean Cocteau, Marc Barbezat, Gaston et Claude Gallimard : autant d'éditeurs remarquables qui ont contribué à l'édification de cette œuvre complexe,

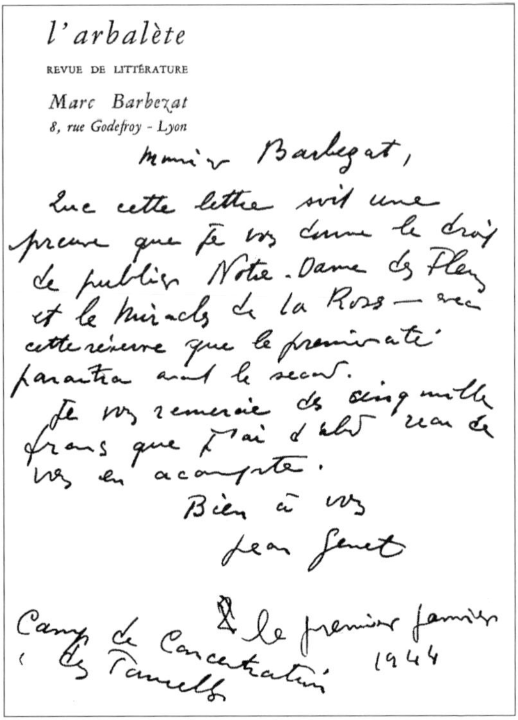
l'arbalète

REVUE DE LITTÉRATURE

Marc Barbezat

8, rue Godefroy - Lyon

Monsieur Barbezat,

Que cette lettre soit une preuve que je vous donne le droit de publier Notre-Dame des Fleurs et le Miracle de la Rose — avec cette réserve que le premier cité paraîtra avant le second.

Je vous remercie des cinq mille francs que j'ai d'abord reçu de vous en acompte.

Bien à vous

Jean Genet

Camp de Concentration des Tourelles le premier Janvier 1944

Dès 1943, Genet avait promis à Paul Morihien, secrétaire de Cocteau, et à Robert Denoël de faire de l'histoire de sa vie une trilogie, composée de *Notre-Dame-des-Fleurs*, *Miracle de la rose* et *Journal du voleur*. Seul le premier livre fut publié par Denoël, qui eut toutes sortes d'« ennuis » à la Libération, le deuxième parut chez Barbezat (ci-dessus, le contrat), le troisième chez Gallimard.

dérangeante et singulière. Le respect de l'œuvre les caractérisait autant que l'admiration pour l'homme.

Les sentiments de Genet envers ses éditeurs sont tyranniques et facilement réversibles. Il se brouille avec Cocteau et, plus tard, avec Olga et Marc Barbezat, comme avec d'autres amis pour des questions liées à son œuvre sur laquelle il veut de bout en bout garder la maîtrise jalouse. C'est en pensant à eux peut-être que Genet a répondu vers la fin de sa vie à la question « qui mérite votre haine ? » : « Les quelques personnes que j'aime profondément et qui m'attendrissent. »

Quelques mois séparent le Genet amaigri par la guerre (ci-dessous, avec Barbezat) et rassasié (ci-dessus avec M. Lange, F. Malraux et O. Laigle).

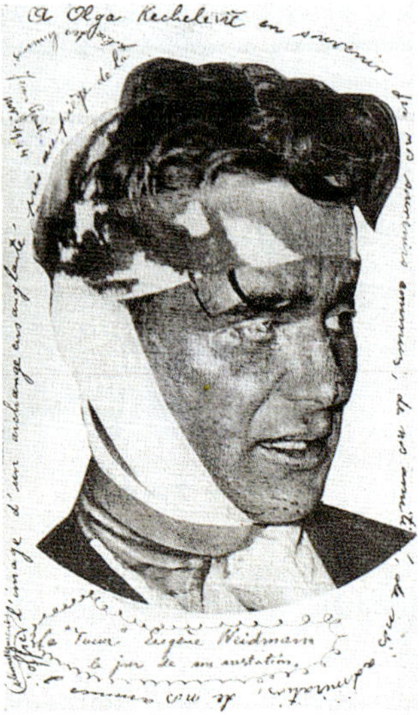

Weidmann, dont le nom ouvre *Notre-Dame-des-Fleurs,* fut le dernier guillotiné en place publique en 1939. Genet punaisait sa photo au-dessus de son lit dans les chambres d'hôtel. « Sur la très belle photo qui montre dans ses bandes Weidmann blessé par le flic qui l'arrêta, c'est aussi une bête prise au piège, mais à celui des hommes. »

« Dieu est donc triste ? »

Cocteau, la nuit qui suit la lecture du manuscrit de *Notre-Dame-des-Fleurs,* note dans son *Journal* : « Le poème *Le Condamné à mort* s'apparentait encore à d'autres poèmes. Ici, c'est la solitude et l'étincellement d'un astre noir. » Plus que la maîtrise formelle et l'audace du propos, ce qui séduit Cocteau, ce sont toutes les potentialités dont est porteur ce premier livre en tout point original.

Enchevêtrant deux histoires, le décor est ancré dans les deux univers extrêmes de la vie de l'auteur : l'enfance d'un villageois qui se découvre homosexuel et la vie du prostitué qu'il deviendra à Pigalle. Genet réussit à mener un récit léger, subtil et presque gai sur cette double trame cruelle. Il se sert d'un des deux plans pour dramatiser l'autre. Il transcende le mélodrame par une métaphysique merveilleuse. Nulle page qui ne s'orne d'un vocabulaire religieux, de métaphores sulpiciennes, d'invocations à la divinité. La métaphore religieuse n'est pas seulement un ornement baroque. Elle souligne aussi l'idolâtrie qui anime tous les personnages : le travesti Divine vénère Notre-Dame, la petite frappe à la gueule d'ange, qui adore Mignon, le souteneur, qui voue un culte à son propre phallus. L'amour, qu'il soit phallique ou mystique, se confond en un seul absolu.

Dieu est caché, absent, indifférent aux hommes : tout ce qui est lointain, vide et en souffrance évoque Dieu pour Divine qui le définit plaisamment comme « un creux avec n'importe quoi autour ».

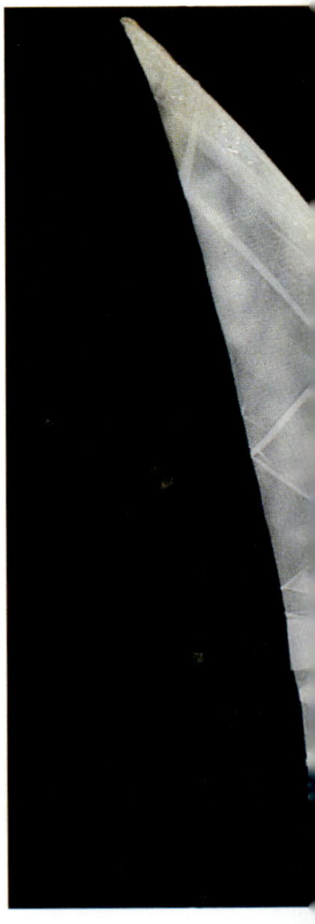

Cette équivalence entre Dieu et le néant est un parfait exemple de cette figure que Sartre baptise « un tourniquet logique ». Souvent, chez Genet, un même signe a deux significations contraires : le narrateur du *Journal du voleur* note ainsi que les pièces de monnaie sur un pauvre rendent manifeste sa pauvreté et non sa richesse.

« S'il croyait en Dieu ? Pas quand il peignait », pourrait-on dire de l'écrivain comme il le disait de Rembrandt. Longtemps pourtant, l'homme a gardé la foi de son enfance. À 35 ans passés, il écrivait de prison à Ann Bloch : « L'idéal religieux est celui qui m'a le plus ébranlé et je crois qu'en effet tout n'est pas perdu puisque j'ai encore la naïveté d'avoir

Lindsay Kemp (ci-dessous, à droite, dans une pantomime inspirée de *Notre-Dame-des-Fleurs*) a dirigé le Ziggy Stardust Show de David Bowie. Celui-ci, voulant obtenir l'autorisation d'interpréter le rôle de Divine, avait donné rendez-vous à Genet dans un restaurant londonien. L'écrivain y avisa une jolie femme et lui demanda justement : « Mister Bowie, I presume ? »

et finalement tout un pays pitoyable. Avec *Pompes funèbres*, l'œuvre de Genet se fait moins complaisante, plus politique. En France, le livre est censuré tant il mêle l'Histoire aux turpitudes personnelles de l'auteur; il ne reparaîtra intégralement que dans les années 1980. En Allemagne, la jurisprudence Genet déclara obscène non ce qui faisait offense à l'« homme moyen » , mais au « lecteur averti ». Les livres de Genet y échappèrent ainsi à la censure.

Dans *Querelle* (1983), Fassbinder adapte le roman de manière personnelle mais en restitue l'atmosphère ironique, tout en chromos (ci-dessous, Brad Davis dans le rôle titre). Le réalisateur ne vise rien moins que réussir le film culte de la libération sexuelle et narrative issue des années 1970.

L'homosexualité frappée d'ironie

Querelle de Brest, publié clandestinement en 1947, est un roman érotique qui emprunte la trame d'un roman policier. Aucun élément autobiographique ne vient ici étayer le projet romanesque.

Lorsque commence l'histoire, Querelle, qui est « un joyeux suicidé moral », assassine un complice, dans un lieu de rencontre pour homosexuels. Afin d'expier son meurtre, Querelle décide de commettre un autre crime, bien plus terrible encore : un acte qui lui conférera « une nouvelle nature [en faisant] de lui un enculé ». Il se laisse donc posséder par Nono, le mari de Mme Lysiane, la tenancière du bordel, pour pouvoir, prétend-il, accéder à sa femme. En effet, Nono, que tous les marins de Brest ont

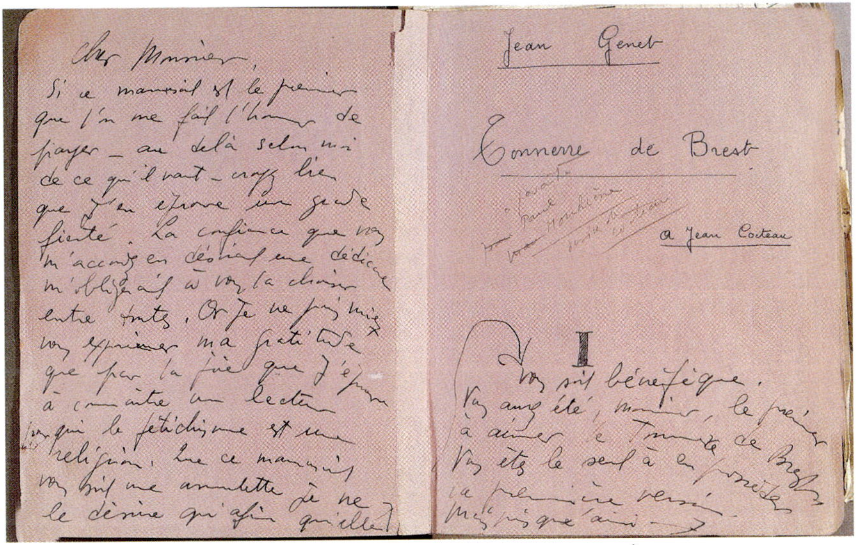

fait cocu, sodomise systématiquement les amants de sa femme. Nono qui, pas plus que Querelle, ne se dit pédéraste, s'approprie par pénétration la virilité de ses concurrents. Finalement, ce sont les deux seuls pédérastes avoués ou honteux du livre qui seront accusés de meurtre. Pour la police, il est évident que « ceux qui en sont » sont des « assassins logiques ».

Genet signe là son livre le plus militant sur l'homosexualité, aux antipodes aussi bien des complexes d'un Montherlant que de la volonté apologétique d'un Gide. Selon Genet, la « question homosexuelle » – pour parler comme Sartre – trahit surtout une hypocrisie généralisée. L'ironie de *Querelle* est qu'aucun des protagonistes qui gravitent autour de Mme Lysiane ne se dit homosexuel alors qu'en réalité ils le sont tous.

Quelle représentation générale Genet donne-t-il de l'homosexualité ? Ainsi que tous les éléments de son univers, l'homosexualité oscille entre l'ironie et la tragédie. Dans sa vie, elle fut « une chance », reconnaît-il, à l'origine de son exigence radicale de liberté.

À Cocteau, qui achète le manuscrit de la première version de *Querelle de Brest* (ci-dessus), Genet écrit une dédicace pleine de coquetteries d'auteur : « La confiance que vous m'accordez en désirant une dédicace m'obligerait à vous la choisir entre toutes. Or je ne peux mieux vous exprimer ma gratitude que par la joie que j'éprouve à connaître un lecteur pour qui le fétichisme est une religion. Que ce manuscrit vous soit une amulette. » Pour illustrer *Querelle*, Cocteau, qui était un habitué de la basse ville de Toulon, n'eut pas à changer l'univers du *Livre blanc* (double page suivante).

JEAN GENET
QUERELLE
DE
BREST

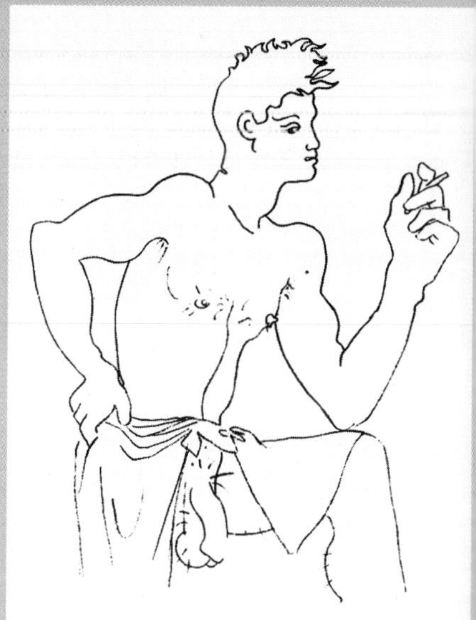

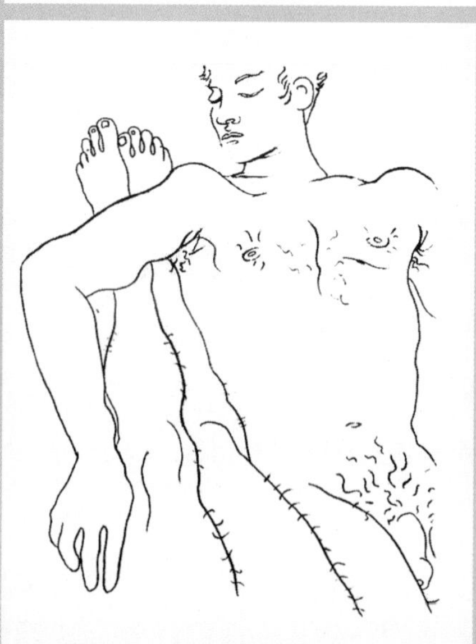

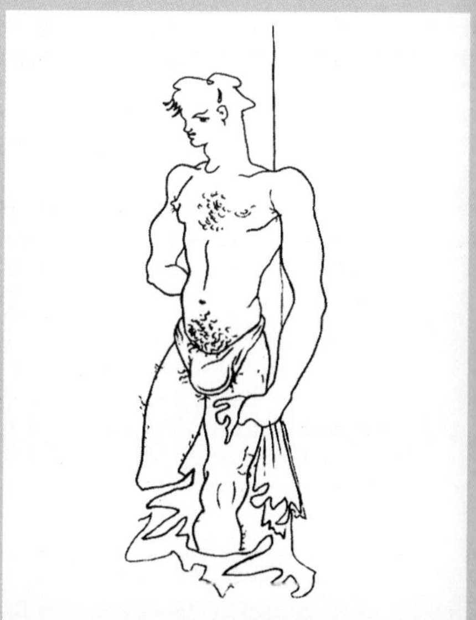

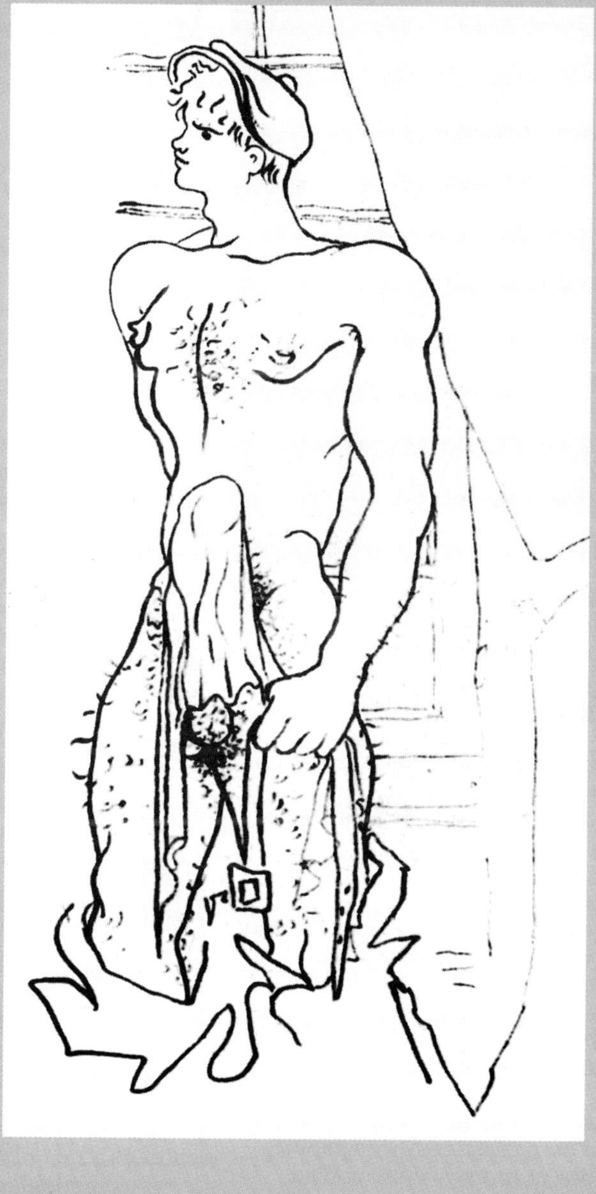

Militant homosexuel, Genet ne l'aura jamais été. Sa vie et ses œuvres étaient son seul manifeste. Et avec quelle visibilité ! Il jugeait n'avoir pas contribué à la libération des mœurs, mais qu'à l'inverse, cette libération d'après-guerre avait rendu possible son œuvre. Bien que celle-ci inspirât les mouvements des années 1970, il n'y fut personnellement jamais associé et considérait que les homosexuels devaient cultiver leur différence plutôt que de chercher à s'intégrer (même au sein d'un couple !). Toutefois, selon Genet, ils doivent utiliser leur sens aigu de l'injustice : « Si un pédé ne reconnaît pas le plus commun dénominateur à toutes les oppressions, disait-il à l'écrivain Juan Goytisolo, c'est qu'il est pédé pour rien. » On est loin du cynisme affiché dans *Querelle*.

Changement de genre

Dans sa vie affective, c'est aussi l'impasse : il continue d'être un solitaire mal entouré. Ses amours, comme le note Edmund White, son dernier biographe, sont ambivalentes : Genet a assouvi sa sexualité principalement auprès de prostitués, mais il ne tombe amoureux que de garçons plus jeunes que lui et de surcroît solidement hétérosexuels, aussi peu mondains qu'il soit possible de l'être et envers qui il se montre d'une fidélité indéfectible.

En 1949, Genet avait terminé *Journal du voleur* en annonçant de manière prémonitoire : « À moins que ne survienne un événement d'une telle gravité qu'en face de lui mon art littéraire soit imbécile et qu'il me faille pour dompter ce nouveau malheur un nouveau langage, ce livre est le dernier. »

Plus qu'un événement, ce sont des rencontres qui

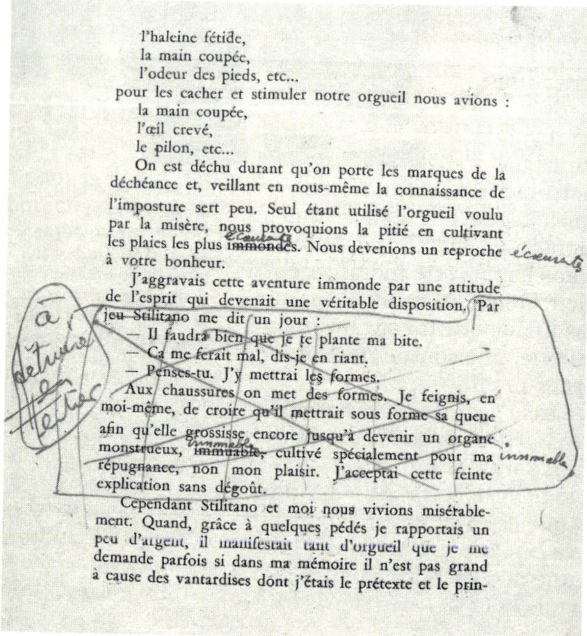

l'haleine fétide,
la main coupée,
l'odeur des pieds, etc...
pour les cacher et stimuler notre orgueil nous avions :
la main coupée,
l'œil crevé,
le pilon, etc...

On est déchu durant qu'on porte les marques de la déchéance et, veillant en nous-même la connaissance de l'imposture sert peu. Seul étant utilisé l'orgueil voulu par la misère, nous provoquions la pitié en cultivant les plaies les plus immondes. Nous devenions un reproche à votre bonheur.

J'aggravais cette aventure immonde par une attitude de l'esprit qui devenait une véritable disposition. Par jeu Stilitano me dit un jour :
— Il faudra bien que je te plante ma bite.
— Ça me ferait mal, dis-je en riant.
— Penses-tu. J'y mettrai les formes.

Aux chaussures on met des formes. Je feignis, en moi-même, de croire qu'il mettrait sous forme sa queue afin qu'elle grossisse encore jusqu'à devenir un organe monstrueux, immuable, cultivé spécialement pour ma répugnance, non mon plaisir. J'acceptai cette feinte explication sans dégoût.

Cependant Stilitano et moi nous vivions misérablement. Quand, grâce à quelques pédés je rapportais un peu d'argent, il manifestait tant d'orgueil que je me demande parfois si dans ma mémoire il n'est pas grand à cause des vantardises dont j'étais le prétexte et le prin-

Le poète et historien palestinien Elias Sanbar se souvient des trois conseils prodigués par le styliste Genet : « Chaque fois que tu éprouveras le besoin d'ajouter un adverbe après un verbe, dis-toi que tu n'as pas trouvé le bon verbe. Méfie-toi des expressions courantes, elles sont toutes fausses. Tu ponctueras selon ta respiration et non selon les règles. » (Ci-contre, page d'épreuves de *Journal du voleur*.)

Le film *L'Homme blessé* (1983) a pour origine le désir de Patrice Chéreau d'adapter au cinéma *Journal du voleur*. Quand le réalisateur confia son projet à Genet au début des années 1980, la réaction de l'écrivain fut étonnante : « Mais je n'ai plus l'âge du rôle ! » Ce rôle, auquel Genet s'identifiait encore cinquante ans après, fut finalement interprété par Jean-Hugues Anglade et celui du proxénète par Vittorio Mezzogiorno. La vie, autant que l'univers et l'écriture de Genet ont inspiré de nombreux réalisateurs de cinéma, notamment ceux de la nouvelle vague, Louis Malle, (*Lacombe Lucien*), Claude Chabrol (*La Cérémonie*), François Truffaut (les « Doisnel »), les cinéastes étrangers (Oshima, Todd Haynes...) et les inclassables, Joseph Losey (qui voulait tourner *Mademoiselle*) et Bertrand Blier (*Tenue de soirée*)...

vont le régénérer. L'une de ces rencontres est celle d'un homme qu'il croise dans un train – un homme vieux, laid et revêche, auquel il s'identifie, et qui provoque chez lui une soudaine « révélation ». Il découvre qu'il est « un homme fait de tous les hommes et qui les vaut tous et que vaut n'importe qui ». Dès lors, Genet ne sera plus jamais le « sujet » principal de ses œuvres.

Au cours de cette crise de la quarantaine, il renonce à chercher la plénitude dans la liberté sexuelle. « La recherche érotique est possible seulement quand on suppose que chaque être a son individualité, qu'elle est irréductible et que la forme physique en rend compte », comprend-il *a posteriori*.

Débarrassé des rêves de jeunesse, de beauté et d'amour absolus, Genet est désormais dans de bonnes dispositions pour aimer. Il se lie d'amitié complice avec de nombreux artistes – morts ou vivants – et notamment « l'ami qui a le plus compté dans [sa] vie », Alberto Giacometti. Enfin, en 1955, il rencontre Abdallah, qui sera son grand amour.

CHAPITRE 3

« ON N'EST PAS ARTISTE SANS QU'UN GRAND MALHEUR S'EN SOIT MÊLÉ »

"L'idée d'écrire m'est devenue insupportable. Écrire me dégoûte [...]. Je patauge dans une bouillasse de mots cons [...]. Je le sais bien que le ton de voix le plus vrai je l'aurai quand je parlerai quand j'écrirai pour les morts. C'est difficile de faire quelque chose qui ne soit pas un mensonge ni un faux-fuyant."

Le « milieu »... artistique

Dès la fin de la guerre, Cocteau le présente au Tout-Paris. Genet connaît même une période mondaine, qui ne dure que le temps de quelques saisons littéraires, « surtout en fin de mois », remarque Java, son ami d'alors. Simone de Beauvoir, dans *La Force de l'âge*, se souvient de leur première rencontre : « Sartre et moi projetions une nouvelle fiesta, je l'y aurais volontiers invité. Mais Sartre m'objecta qu'il ne s'y plairait pas ; en effet, il convenait à des petits-bourgeois comme nous, solidement établis, de se perdre pendant quelques heures. Mais Genet n'avait pas le goût pour ces dissipations : il avait été perdu d'abord et il tenait à sentir sous ses pieds la terre ferme. » Refusant toute évasion dans les drogues et les futilités, il continue de préférer la fréquentation du milieu interlope des métropoles à celle du milieu artistique.

Cela ne l'empêche pas de quêter toujours anxieusement les avis des artistes sur son œuvre. Les écrivains s'étaient presque unanimement mobilisés pour obtenir sa grâce auprès du président Auriol. Ce sont aussi les artistes qui vont assurer son succès, et non les homosexuels qui souvent le suspectent de trahison, ni les clercs qui ont attendu la fin du siècle pour l'inscrire timidement dans les programmes scolaires, ni le grand public pour qui les préjugés font écran. Hommes de lettres, musiciens, plasticiens, danseurs et cinéastes ont reconnu l'influence de son

"Il y avait toujours des gens riches pour nous recevoir. Ces gens-là ne m'impressionnaient pas. Mais je préférais manger dans les cuisines et baratiner

les femmes de chambre. [...] Jean écrivait la nuit. Il me disait : "Va faire un tour". Il avait besoin de savoir ce que je faisais. Les gens pour qui il avait de l'affection ne devaient jamais trop s'éloigner."
Java (ci-dessus, avec Genet à l'époque de la rédaction de *Journal du voleur*).

œuvre, voire de sa vie, sur leur propre création.

L'estime que lui portent les artistes lui fait prendre conscience qu'il est l'un des leurs. Mais qu'est-ce qu'un artiste ? Un homme dont le « courage consista à détruire toutes les habituelles raisons de vivre et à [s']en découvrir d'autres ».

Dans le ballet *'Adame Miroir,* dont l'argument est de Genet, un marin (Roland Petit) danse devant son reflet (Serge Perrault). Une rose apparaît sur le reflet, qui l'offre à son modèle puis sort du miroir pour danser avec lui un amoureux pas-de-deux sous le regard de la mort.

Incursions cinématographiques

Dès la fin des années 1940, à l'image de Cocteau, Genet s'essaye à d'autres genres artistiques. Il a l'idée d'un argument de ballet, *'Adame Miroir*, que crée Roland Petit sur une musique de Darius Milhaud. Plus tard, il sera sollicité par Stravinski et entamera la rédaction d'un livret d'opéra pour Pierre Boulez.

Mais c'est surtout à l'écriture cinématographique qu'il se sent enclin. En panne d'inspiration, Genet

projette en cinémascope les fantasmes de ses écrits antérieurs, à commencer par les personnages : l'ange noir, l'éphèbe traître, le gardien voyeur... En 1952, il écrit, produit et réalise *Un chant d'amour,* qui met en scène des prisonniers pris d'une furieuse fièvre sensuelle, sous le regard d'un gardien qui les observe à travers le judas de leur cellule. Si ce moyen métrage muet peut être qualifié de chef-d'œuvre du cinéma érotique, ce n'est ni pour quelques nus masculins, ni quelques scènes de masturbation, mais parce que l'apprenti cinéaste construit une riche trame visuelle sur un triple niveau narratif : la description carcérale, les fantasmes des détenus et l'œil voyeur. Cette production « amateur » se continue par l'écriture d'un long métrage, *Le Bagne,* qui n'a jamais été réalisé. Genet fait dans le scénario la démonstration qu'il sait montrer et non pas seulement décrire.

À cette même époque, il rédige le scénario de *Mademoiselle ou les jeux interdits,* où une honorable institutrice de Corrèze incendie, inonde et empoisonne ses concitoyens. Le film, réalisé par l'Anglais Tony Richardson, malgré l'interprétation de Jeanne Moreau et une sélection au festival de Cannes en 1966, n'a pas marqué la mémoire des cinéphiles.

Dans ses récits déjà, Genet écrivait comme on filme (ci-dessus, tournage d'un film disparu avec Violette Leduc, en 1950). En noir et blanc, en plans fixes, très peu dialogué, *Mademoiselle* (à droite) marque l'intérêt de Jeanne Moreau pour les œuvres de Genet.

Bien plus tard, à la fin des années 1970, alors qu'il traverse une nouvelle période de profond découragement, Genet tentera une dernière expérience cinématographique, *La nuit venue*, en collaboration avec Ghislain Uhry, ancien directeur artistique de Louis Malle. L'histoire suit le périple et les déconvenues d'un jeune Marocain parti chercher l'aventure en France et qui, ne trouvant que misère et mépris, retourne le soir même dans son pays. Dépassé par l'ampleur du projet, Genet sera incapable de le réaliser et empêchera un autre de le faire. Dans *Un captif amoureux*, il qualifiera le cinéma de « traquenard voluptueux ».

Un chant d'amour (photogrammes extraits du film, double page suivante) est le seul projet cinématographique que Genet ait personnellement mené à son terme. Si les comédiens étaient tous des amis de Pigalle, le directeur de la photographie, ainsi que le producteur, Nico Papatakis, (qui produira le premier film de Cassavetes, *Shadows*), eux aussi des amis, étaient des professionnels. Genet avait une grande ambition pour ce petit film de 27 minutes, puisqu'il le tourna en 35 mm. Plus tard, il ne le considérait plus que comme une esquisse. Ainsi que les premiers livres, *Un chant d'amour* connut une sortie clandestine : quelques copies furent vendues à de riches collectionneurs.

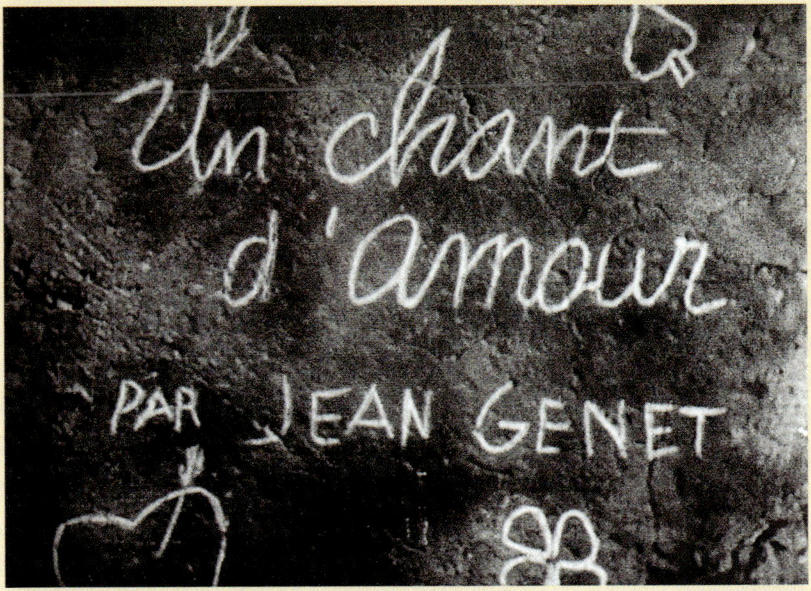
Un chant
d'amour
PAR JEAN GENET

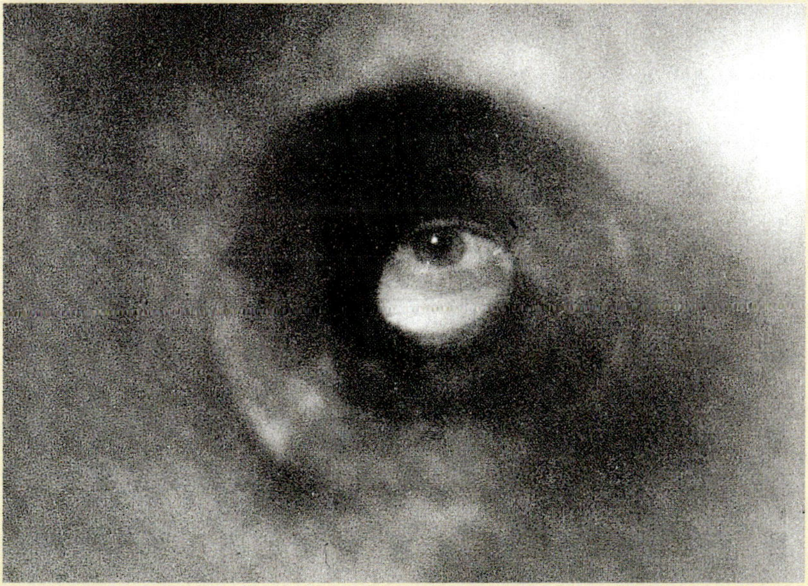

Rembrandt ou le détachement

Alors qu'il s'enfonce dans la dépression, Genet « rencontre » Rembrandt à Londres, en 1952. Il lui consacre par la suite deux textes. Le premier, *Le Secret de Rembrandt*, postule une vérité de l'artiste. Le second, *Ce qui est resté d'un Rembrandt déchiré*, établit un parallèle (typographique) entre l'art et la vie. Le livre est composé en deux colonnes : d'un côté, Genet propose une analyse sur le peintre, de l'autre il revient sur sa rencontre avec le vieillard dans le train. Les deux textes se rejoignent sur l'idée que l'artiste se construit par des déchirements.

« En 1642, le malheur surprend, désespère un jeune ambitieux, plein de talent, mais aussi plein de violences, de vulgarités et d'exquises délicatesses. » Lorsque meurent sa mère et Saskia, sa femme, Rembrandt, nous dit Genet, exorcise sa souffrance

❝Sans espoir de voir un jour le bonheur réapparaître, avec un effort terrible, [Rembrandt] va essayer, de détruire dans son œuvre et en lui-même tous les signes de l'ancienne vanité. [...] [Il donne] à la peinture comme matière une importance égale à ce qu'elle doit figurer, puis peu à peu,cette exaltation de la peinture, comme elle ne peut être menée abstraitement (mais la manche, dans *La Fiancée juive* [ci-dessous, détail], est un tableau abstrait !) le conduit à l'exaltation de tout ce qui sera figuré.❞ *Le Secret de Rembrandt*.

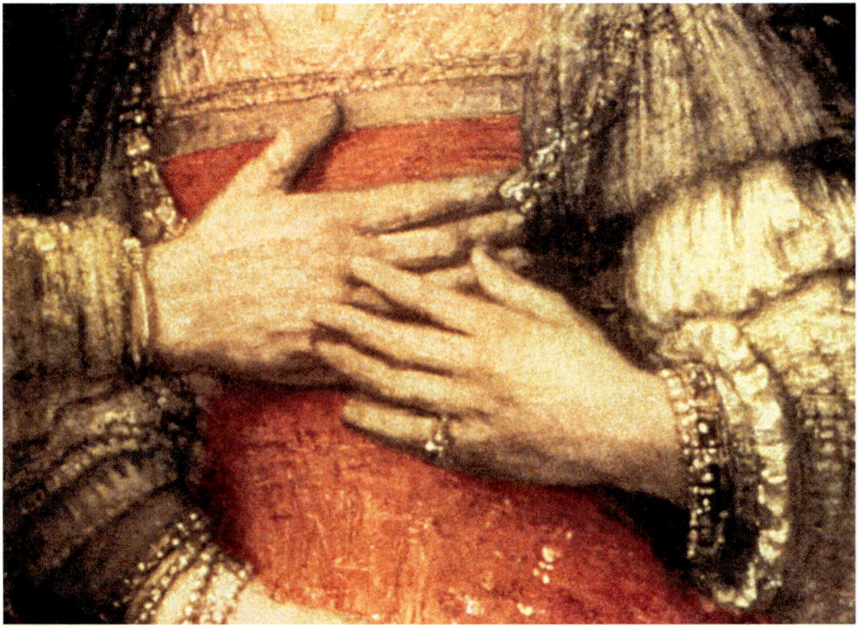

grâce à des tableaux où la peinture est exaltée pour elle-même. Il comprend que tout ayant sa dignité, il doit s'attacher plutôt à signifier ce qui lui semble en être dépourvu : un quartier de viande, un visage de vieillard, détaché du faste et de la gloire.

Rembrandt et Genet appartiennent à une même famille artistique : inventeurs, plutôt que continuateurs, ils ont « su écarter ce qui gênait le regard pour découvrir ce qui restera de l'homme quand les faux-semblants seront enlevés ».

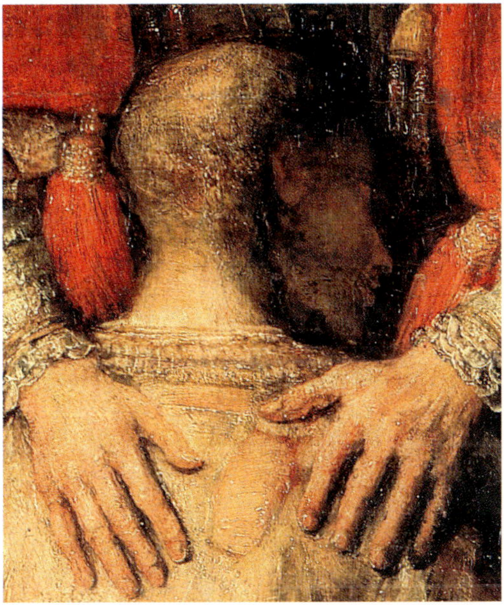

L'enveloppe charnelle des personnages peints par Rembrandt laisse transparaître un intérieur qui n'est pas leur psychologie, mais comme l'appelle Genet, « leur destin ». Dans *Le Retour de l'enfant prodigue* – un des derniers tableaux de Rembrandt (ci-dessus, détail) –, le père, sur le ventre duquel le fils appuie sa tête, pose ses mains sur l'enfant : l'une est masculine, l'autre féminine. Genet aimait traquer ces détails et pour les trouver, il n'hésitait pas, par exemple, à regarder un tableau la tête en bas.

Giacometti ou la blessure

Alberto Giacometti choisit Genet pour modèle après avoir lu *Fragments*, un texte très pessimiste sur la passion en général et l'homosexualité en particulier, publié en 1954. Il perçoit la tristesse de Genet, « avec en même temps douceur et gentillesse ». Inversement, l'écrivain va prendre le peintre-sculpteur pour... modèle vivant de l'artiste.

À partir de leur rencontre et de leurs conversations « si belles », Genet s'identifie à Giacometti au point de vouloir lui ressembler. Le Suisse, déjà riche, vit dans une chambre au sol en terre battue. À son instar, Genet, qui est jusque-là connu sinon pour sa coquetterie, du moins pour sa collection de chemises, n'accorde plus aucune importance à son apparence (les témoignages parlent de son odeur nauséabonde et en 1964, une journaliste inventorie ses biens : « sept livres, un réveille-matin, une veste de cuir, trois chemises, un complet, une valise »).

Les études de Genet sur l'art, si personnelles dans leurs angles d'attaque, renouvellent le genre de la critique de maître (d'un artiste sur un artiste) en inventant des formes originales. Publié en 1957, *L'Atelier d'Alberto Giacometti* alterne, comme l'étude sur Rembrandt, plusieurs niveaux de lecture : une théorie de l'art, des souvenirs sur Giacometti et une série d'expériences esthétiques. Toutes ces expériences se résument en une seule, qui est l'expérience fondatrice de l'art : la conscience de la solitude. « Quiconque n'a jamais été émerveillé par cette solitude ne connaîtra pas la beauté. » La rue elle-même, sous le regard de Genet-Giacometti, devient matériau artistique. Les passants que l'auteur aperçoit depuis un autobus exhibent leur blessure, et donc leur plénitude « tout entiers rassemblés dans ce détail d'eux-mêmes que mon regard enregistre : un pli de la bouche, une lassitude des épaules… » Cette métaphysique de l'art est bien éloignée des théories marxistes et psychanalytiques qui prévalent dans la critique d'art des années 1950. Giacometti plaçait l'étude de Genet au-dessus de toutes les autres et Picasso la considérait même comme le meilleur livre sur l'art.

Une fois les trois portraits de son ami achevés, Giacometti en remet un à Genet, lequel vraisemblablement dérobe dans l'atelier un portrait de Matisse. Giacometti ferme les yeux sur le vol de son ami. Il a compris que l'adulte demeure un éternel orphelin qui aura toujours besoin d'éprouver le sentiment qu'on lui porte.

Giacometti voyait Genet comme le scribe égyptien du Louvre dans ses trois portraits peints entre 1954 et 1957, auxquels s'ajoutent quatre dessins. « Les visages peints par Giacometti semblent avoir accumulé à ce point toute vie qu'il ne leur reste plus une seconde à vivre, plus un geste à faire, et que [ces figures] connaissent enfin la mort car trop de vie est tassée en elles. » De nombreuses années plus tard, Genet dira au metteur en scène Antoine Bourseiller qui lui demande s'il peut parler de Giacometti : « Oui, parce que j'ai encore dans les fesses la paille de la chaise de cuisine sur laquelle il m'a fait asseoir pendant quarante et quelques jours pour faire mon portrait. Il ne me permettait ni de bouger ni de fumer, un peu de tourner la tête, mais alors une conversation de sa part tellement belle ! » (Page de gauche, Genet et Giacometti dans l'atelier de l'artiste.)

Le sacrifice du funambule

À l'époque de ses séances de pose chez Giacometti, Genet, qui approche des quarante-cinq ans, rencontre un jeune homme qui en a dix-huit, Abdallah ; il travaille au cirque Pinder. Par amour et par orgueil, Genet va jouer les Pygmalion et décide de faire de son talentueux compagnon un funambule : non pas une bête de cirque (« que nous importe à toi et à moi un bon acrobate »), mais un être dont l'âme et le corps, l'intériorité et l'extériorité sont unis par une harmonie dont le fil est la métaphore vitale.

“Où étais-tu donc avant d'entrer en piste ? Tristement épars dans tes gestes quotidiens, tu n'existais pas. [...] Chaque soir, pour moi seul, tu vas courir sur le fil, t'y tordre. [...] Mais tu ne t'approches et tu ne te saisis qu'un instant. Et toujours dans cette solitude mortelle et blanche.”

Le Funambule

Publié en 1957, *Le Funambule*, qui est comme une lettre à ce jeune artiste, occupe une place bien à part, aérienne et profonde, dans la vie et l'œuvre de Genet. Dans la discipline que définit Genet, le quotidien et la technique du funambule doivent procéder de la nature même de l'artiste : sa vulnérabilité. « C'est dans cette blessure – inguérissable puisqu'elle est lui-même – et dans cette solitude qu'il doit se précipiter, c'est là qu'il pourra découvrir la force, l'audace et l'adresse nécessaires à son art. »

Qu'est-ce qui fait courir le funambule, comme tout artiste ? Le narcissisme. Le narcissisme ne doit pas être entendu comme un sentiment de supériorité (« Vous êtes beau, dit Giacometti à Genet et il ajoute, comme n'importe qui »), et encore moins d'autosatisfaction (jusqu'à la fin de sa vie, l'écrivain jette une partie de ses textes et retravaille inlassablement les autres déjà publiés). Le narcissisme de l'artiste est recherche inquiète de lui-même. Incarnation du désir du public, le funambule est porteur d'un désir sans objet.

Mais les funambules, à la différence des mythes, ne sont pas immortels. Abdallah, après plusieurs chutes, renonce au fil. Pour l'aider, Genet vend le portrait de Giacometti. Mais il se détache peu à peu d'Abdallah. Le jeune homme ne le supporte pas et, en 1964, se suicide. Après sa mort, Genet interdit toute édition et même toute évocation du *Funambule*. Écœuré, il déchire le grand livre qu'il prépare sur Rembrandt « en petits carrés bien réguliers et foutu aux chiottes ». Son amie, Paule Thévenin, l'éditrice de Artaud, en sauvera *Ce qui est resté...* Trois ans après Abdallah, il tente de se suicider, sans succès. Comme un fantôme, son ami allait hanter ses trente dernières années.

En 1955, lorsque Genet rencontre Abdallah Bentaga-Friedhelin (germano-algérien), celui-ci est sur le point d'être enrôlé par l'armée française pour aller combattre en Algérie. Genet l'incite à déserter et l'emmène à travers l'Europe tout en le faisant former

à la funambulie. Il lui dédie *Le Funambule*, *Les Nègres* et *Les Paravents*. En 1956, Genet signe un manifeste en faveur de l'indépendance algérienne, qui a été dénigré par une partie de la presse à cause de sa signature. Il ne s'associera donc pas en 1960 au Manifeste des 121 appelant le contingent en Algérie à l'insurrection.

Par le théâtre, Genet atteint une universalité que ses récits n'avaient pu lui faire approcher, fondée sur le cycle de la mort et non sur l'écriture de la séduction. Son œuvre n'est plus morale. Elle n'est pas encore politique. Genet s'attaque en esthète à l'esthétique de la scène.

CHAPITRE 4

DES POÈMES POUR LA SCÈNE

Genet avait un sens inné du théâtre. Il concevait la représentation comme « un événement poétique », une fête dont la réussite tient finalement plus du carnaval que du langage, aussi beau soit-il. À gauche, *Le Balcon* mis en scène par Jacques Boillot, en 2002, avec des costumes de Pauline Pô; ci-contre, maquillage pour le personnage de Kadidja dans *Les Paravents,* imaginé par Genet.

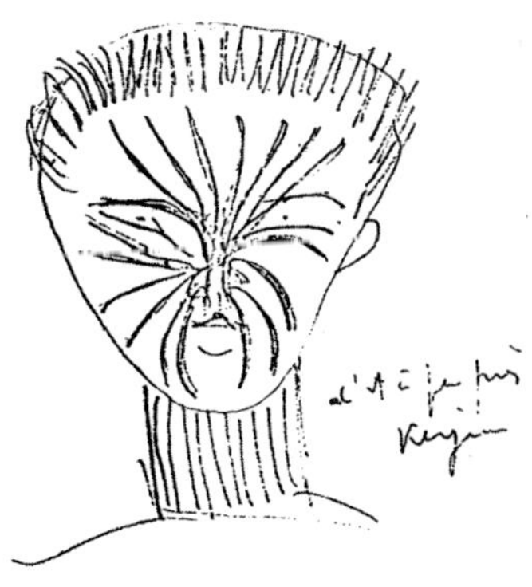

Les Bonnes : le pouvoir et l'aliénation

Créée en 1947, *Les Bonnes* est la première pièce de Genet à être représentée sur scène. Auparavant, il a rédigé au moins deux drames, *Haute Surveillance* et *Splendid's*, simples transpositions théâtrales de ses romans. Il entreprend la tragédie des *Bonnes*, sous l'influence de l'auteur de la chanson « Anna la bonne », Cocteau, et de Sartre qui vient de donner *Huis clos*. Cette double ascendance donne naissance à une pièce bifide : drame psychologique et philosophique.

Les deux sommités littéraires persuadent Jouvet, metteur en scène au faîte de sa gloire, de monter le projet. L'accord de Jouvet consacre immédiatement Genet comme homme de théâtre. Les répétitions inspirent à l'auteur de considérables évolutions du texte, qui rendent la pièce plus resserrée, plus nerveuse. La collaboration est néanmoins fondée sur un malentendu. Ce qui attire Jouvet dans *Les Bonnes*, c'est « le beau langage », sans forcément comprendre que Genet le retourne contre « les belles âmes ». Le décor, les costumes et le jeu réalistes tendent à faire du texte un drame bourgeois, alors que l'auteur imagine une tragédie hiératique à la Artaud.

L'intrigue est inspirée du crime des sœurs Papin survenu au début des années 1930, que connaît bien Genet, grand lecteur des faits divers du magazine *Détective* ; mais le meurtre sauvage d'une mère et de sa fille par des sœurs domestiques est remplacé dans la pièce par le suicide d'une des deux sœurs et la déportation de l'autre au bagne.

La psychologie des personnages est subtile et évolutive, variant les comportements des deux sœurs entre elles, et avec Madame, chacune face à Madame (qui, elle, confond les deux sœurs...). L'aliénation des bonnes, c'est la haine de soi – constante des personnages genétiens. Son théâtre est riche en instants où la fatalité s'incarne : ainsi, lorsque au départ de leur patronne, les bonnes reprennent une dernière fois leur jeu de rôle, elles s'acheminent vers la mort car elles ont compris qu'il est hors de leur

Le double meurtre dément des sœurs Papin (à droite, la une de *Détective*, 9 février 1933), qui a inspiré à Lacan une de ses premières études, fut politiquement récupéré par la bourgeoisie de la ville du Mans, où s'est déroulé le drame. L'enterrement en grande pompe des victimes donna lieu à une étonnante dénonciation des effets de la lutte des classes.

Le rideau des *Bonnes* se lève sur l'humiliation d'une domestique par sa patronne, jusqu'à ce que le spectateur comprenne qu'il s'agit de deux domestiques qui représentent ainsi leur quotidien. Tout les attire chez leur patronne et tout attise leur frustration. « Car Madame est belle, Madame est bonne, Madame est douce. » Les bonnes, qui viennent de dénoncer Monsieur à la police, ont décidé de supprimer Madame, mais elles n'en auront ni le courage ni le temps. Terrifiées d'avoir désiré la mort de Madame, une sœur boit la tisane empoisonnée et l'autre se charge du crime qui la conduira, seule, au bagne.

pouvoir de supprimer Madame, qui est comme leur mère.

À sa création, le public et la critique réservent à Genet un succès de scandale. Il est vrai que *Les Bonnes* font leur entrée en première partie d'une pièce de Giraudoux, avec lequel Genet n'a aucun point commun ! Mais la pièce devient rapidement un classique du répertoire moderne, tant en France qu'à l'étranger. La facilité avec laquelle les metteurs en scène se l'approprient n'est pas étrangère à son succès : on a vu des bonnes

Le premier hebdomadaire des faits-divers

6e Année - N° 224 1 FR. 50 - TOUS LES JEUDIS - 16 PAGES 9 Février 1933

DÉTECTIVE

Les brebis enragées

Deux anges? Non! Deux monstres qui, au Mans, arrachèrent les yeux de leurs patronnes. Orbites vides, crânes défoncés, mais vivantes encore, les victimes moururent après une atroce agonie.

(Lire, pages 3 et 7, l'enquête hallucinante de notre envoyé spécial F. Dupin.)

antipathiques ou sympathiques, des bonnes marxistes, d'autres féministes, des bonnes lesbiennes et de nombreuses travesties, des bonnes au couvent ou au bagne. On a même vu des bonnes centaures, qui révèlent leur part d'animalité... Les mises en scène tirent tantôt vers l'hystérie, tantôt vers la cérémonie, mais sont toujours étonnamment personnelles.

Couverture de l'édition originale du *Balcon*, illustrée par Giacometti.

Le Balcon : l'aliénation du pouvoir

Lorsque Genet reprend la plume en 1955 pour entamer simultanément *Le Balcon*, *Les Nègres* et *Les Paravents*, près de dix ans se sont écoulés depuis *Les Bonnes* et bien des rencontres ont bouleversé sa vie et sa pensée. C'est aussi une période de grande réflexion stimulée par Sartre. Délaissant la littérature, Genet a lu surtout des ouvrages de philosophie et d'histoire. Désormais, la politique sera le sujet « oblique » de ses pièces, l'objet principal consistant à démonter la machinerie du théâtre occidental.

Au « Balcon », qui est un bordel, pardon, une « maison d'illusions » selon sa tenancière Madame Irma, les trois pouvoirs d'une « Nomenklatura » – la Religion, la Justice et l'Armée – correspondent aux figures érotiques – l'Évêque, le Juge, le Général – réclamées par les clients. Minés par les vanités, ils sont peu à peu remplacés par trois nouvelles puissances : l'Argent, qui n'a jamais aussi bien circulé chez Irma qu'en ces temps troublés ; la Police – celle d'un Hitler, d'un Staline ou d'un Franco –, dont seul le chef prétend s'opposer à la révolte qui gronde ; les Médias enfin.

Les médias, consacrés par le couronnement d'Elisabeth II en 1952, font et défont non les trônes, mais les opinions. *Le Balcon* dénonce la vanité des images du pouvoir et l'inanité du pouvoir de l'image. Ce n'est pas pour autant une pièce engagée. Même les révolutionnaires y sont suspectés de vouloir seulement se donner en spectacle. Leur rôle fut le plus difficile à écrire. Genet révisa sa pièce sur

Alfredo Arias « recrée » à l'Athénée *Les Bonnes* en 2001. Son travesti est un hommage à Divine, héroïne de *Notre-Dame-des-Fleurs*. La scène, où Madame dévoile son crâne chauve sous la perruque (page de gauche), fait référence à un passage du récit : un soir, en faisant la révérence, le diadème de Divine qui s'habille en reine, tombe à terre. Alors, dans un geste sublime, Divine remplace la couronne par le dentier qu'elle retire de sa bouche. « Divine par sa capacité à nier le réel, elle demeure Divine par sa capacité à l'assumer », commente Sartre.

ce point pendant six ans et s'est toujours opposé aux mises en scène trop explicitement satiriques. Durant la première de la pièce à Londres, en 1957, l'auteur se mit à énoncer à haute voix toutes ses critiques contre le metteur en scène puis, furieux, monta sur scène et fit interrompre cette représentation, où Peter Zadek avait choisi de régler ses comptes avec la monarchie et le système politique britanniques.

Genet n'est pas encore un écrivain engagé. Au début des années 1960, il continue d'affirmer : « Je ne suis pas un type de droite [...]. Je ne suis pas un type de gauche [...]. Je reste un voyou. » Il se veut, en tant que poète, la mauvaise conscience de son temps. « Je ne tiens pas à ce qu'il y ait la révolution. S'il s'agissait d'une véritable révolution, je ne pourrais pas être contre. Je ne suis pas un homme d'adhésion, mais de révolte. » Pour exister en s'opposant, il a besoin égoïstement de l'injustice.

❝Ma pièce *Le Balcon* se passe dans une « maison close », mais les personnages appartiennent aussi peu à la réalité des « maisons » que les personnages de Hamlet appartiennent au monde des cours. [...] Le véritable thème de la pièce, c'est l'illusion. Tout est faux, le général, l'archevêque, le préfet de police, et tout devrait être traité avec une extrême délicatesse.❞

Conférence de presse de Genet, Paris, 1957

Dans la préface de la pièce, l'auteur dénonce la notion même d'art révolutionnaire; la politique et l'art sont irrémédiablement inconciliables selon lui : « Je crois que Brecht n'a rien fait pour le communisme, que la révolution n'a pas été provoquée par *Le Mariage de Figaro* de Beaumarchais. Que plus une œuvre est proche de la perfection, plus elle se renferme sur elle-même. Pis que ça, elle suscite la nostalgie. »

Dans *Le Balcon*, le drame qui se joue au sein de la « maison qui s'écoule dans la mort lente » est aussi métaphysique. Tous les clients viennent chercher une image immortelle. Car dans cette société du spectacle, l'apparence se confond avec l'être sans profondeur.

Théâtre et illusion : *Les Nègres*

Dans les années 1950, le théâtre en France, c'est le Théâtre national populaire de Vilar et son répertoire classique. Mais Genet n'a que faire d'appartenir au répertoire comme le voulait aussi Jouvet avec *Les Bonnes*. En revanche, Roger Blin, depuis qu'il a monté *En attendant Godot*, incarne l'avant-garde de la scène parisienne où se donnent aussi bien

Au début des *Nègres*, mis en scène par Roger Blin (page de droite, durant une répétition), des Noirs « qui se nègrent » préparent un cérémonial pour des Noirs travestis en une cour blanche (ci-dessus). Les Noirs représentent sur scène leur perception de la perception des Blancs sur eux.

Beckett, que Ionesco ou Adamov... Sa rencontre avec Genet est une seconde chance pour l'auteur des *Bonnes* et du *Balcon*, après des relations tout aussi difficultueuses avec ses premiers metteurs en scène que celles qui le lient à ses éditeurs. Blin décide de monter les deux pièces suivantes de Genet : *Les Nègres* et *Les Paravents*.

Les Nègres est un succès de la saison 1959, qui n'est dépassé que par celui qu'elle connaît à New York : près de 1 500 représentations entre 1961 et 1964. « Qu'est-ce donc un noir ?, se demande l'auteur en exergue. Et d'abord, c'est de quelle couleur ? » Les nègres de la pièce incarnent les opprimés en général et les victimes du racisme en

Tourné en un seul jour, en 1955, le film de l'ethnologue Jean Rouch, *Les Maîtres fous*, montre les pratiques rituelles d'une secte du Ghana, les Haouka. Au cours de transes, chaque participant est possédé par un esprit particulier : celui du général, celui du gouverneur…
« Ces maîtres fous accomplissent en semaine leur emploi d' "esclaves" et adorent le week-end la puissance du maître… » (André Bazin) Influence incontestable des *Nègres*.

particulier. Genet a toujours exigé que *Les Nègres* soient joués par des comédiens noirs exclusivement. La pièce n'est pas pour autant destinée à exalter une conscience collective : avec la même fermeté, l'auteur décrète qu'il l'a écrite pour des spectateurs blancs. « Le but est d'établir une espèce de malaise dans la salle », disait-il déjà des *Bonnes*. Ionesco y succombe, qui quitte théâtralement la salle avant la fin de la première des *Nègres*.

Pour la création, l'auteur choisit la Compagnie des griots qui vient de travailler *Et les chiens se taisaient*, pièce dans laquelle Aimé Césaire célèbre la figure du noir libérateur de sa race. Chez Genet, en revanche, nulle figure positive à laquelle se rattacher. Même l'amour est impossible entre les jeunes amants de la pièce, comme entre toutes personnes qui se méprisent elles-mêmes.

Ce qui frappe le plus à l'époque de sa création, c'est le langage à la fois précis et précieux dans lequel les noirs s'expriment. Le théâtre de Genet comme ses récits font entrer en force dans les « belles lettres » des enfants criminels, des misérables miséreux, des opprimés debout dans la révolte. Car ce sont eux qui en premier lieu ont besoin de « littérature », c'est-à-dire de dignité et d'espérance.

La réussite d'une mise en scène des textes de Genet et des *Paravents* en particulier se mesure à la démesure d'un « happening » soigneusement préparé. Réfléchissant sur le théâtre un an après l'Odéon, Genet préconise, non sans humour, qu'on construise les salles dans les cimetières. Pendant la représentation, les spectateurs accéderaient ainsi à une autre temporalité qui n'est pas celle du temps linéaire et historique. La représentation théâtrale d'un texte de Genet est un « événement poétique », une fête dont la réussite tient finalement plus du carnaval que du langage, aussi beau soit-il.

« Le peuple des morts »

Le théâtre de Genet est devenu en son temps synonyme de scandale. Ce qui a choqué provient d'une incompréhension de sa représentation tragique de la mort, aux antipodes de la mort héroïque. La mort d'un saint, d'un soldat ou d'un révolutionnaire est chez Genet dérisoire et dénonce souvent la relativité du combat et des valeurs. Représentée souvent par la scatologie, elle vide au sens propre l'être de sa substance… Cette mort-là, Genet la dédramatise. « Et on fait tant d'histoires ! »,

Peu avant d'écrire son théâtre, Genet, fort de sa notoriété toute neuve, renouvelle une démarche auprès de l'Assistance publique pour connaître ses origines. « On refusa de [le] renseigner », comme au cours de la tentative qu'il avait risquée à sa majorité; du moins, il apprit que sa mère était décédée. Genet interpelle dans son théâtre le « peuple des morts » au premier rang desquels la mère, qui rit d'un rire énorme, « pas n'importe lequel, celui qui apparaît lorsque tout va mal ». Il a fait reposer ses deux amis, Jean Decarnin et Abdallah, non loin l'un de l'autre au cimetière parisien de Thiais. Une légende veut qu'Abdallah ait été exhumé du carré musulman (ci-dessous) le jour même où Genet était mis en terre.

s'exclament les morts à leur arrivée dans l'au-delà.

La mission de l'artiste, selon Genet, est de nous apprendre à mourir :

Mais si je ne sais rien de précis sur la Mort
D'avoir tant parlé d'elle et sur le mode grave
Elle doit vivre en moi pour surgir sans effort.

La mort n'est pas un au-delà, ni une inconnue, c'est un retour à l'origine. Genet conçoit la Mort comme un lieu placentaire et naturel dont nous sommes tous issus et dont nous gardons la nostalgie. Pour ces morts qui l'habitent, son théâtre est une délirante cérémonie funèbre sur l'autel des mânes.

Dans son théâtre, Genet réussit à rendre sensibles ces idées abstraites. Par une dialectique d'une rigueur carnavalesque imparable, il valorise non pas la mort, mais « le nouveau, contraire de la vie ». La vie est souffrance et injustice. La victoire de la famille des Orties est de vivre leur mort comme une assomption sereine.

TEAR
THE

Mêlé par le destin à l'Histoire, autant que poussé par une nécessité intérieure, Genet remet tout en jeu une troisième fois : sa sécurité, son nom, le sens de son œuvre. D'homme de théâtre avant-gardiste et provocateur, il devient écrivain engagé. Il « retourne au réel » dans les campus américains et les camps palestiniens. Il se fait réservoir d'émotions sans savoir qu'un dernier livre les épanchera.

CHAPITRE 5

ART POÉTIQUE, ART POLITIQUE

Fort de ses engagements, Genet nous revient comme guéri de lui-même Que serait Genet sans *Un captif amoureux*? Si son œuvre s'était close sur le théâtre, Genet aurait pu être statufié en un de ses propres personnages : l'Écrivain (ci-contre portraituré par Jacky Maglia).

Retour au réel

Depuis le succès phénoménal des *Nègres*, le nom de Genet est connu aux États-Unis non seulement des artistes, mais aussi de la communauté noire. En 1970, il y séjourne deux mois « sous la protection » des Panthères noires, et notamment de David Hilliard (ci-dessus), un de leurs dirigeants, qu'il considère comme son père : « Mon père était noir et il avait trente ans de moins que moi. »

Des *Nègres* aux Panthères noires, des *Paravents* aux Palestiniens, l'engagement de Genet inverse le sens habituel. Il procède de la littérature vers la vie et se radicalise à mesure qu'il vieillit. Cet engagement devient manifeste à partir de 1968. Dans l'effervescence de Mai, qui marque le début d'une scène politique mondialisée, Genet découvre le mouvement palestinien qui se structure autour de Yasser Arafat. Peu après, il répond sans hésiter à l'invitation aux États-Unis des Black Panthers, un groupe de jeunes Américains proches du parti communiste, qui luttent pour l'instauration du « pouvoir noir ». Une fois entré (clandestinement, faute d'obtenir un visa), il parcourt le pays à leurs côtés et rencontre étudiants, intellectuels et artistes pour obtenir leur soutien et récolter des fonds.

Panthères noires et Palestiniens ont en commun de survivre de plus en plus difficilement. Leurs principaux dirigeants sont supprimés les uns après les autres. Contre un ennemi commun, le gouvernement américain et ses alliés, les deux communautés sont engagées dans une lutte inégale et utopique, au sens propre du terme, sans autre lieu que des campus ou des camps. Panthères noires et Palestiniens vivent « une féerie à contenu révolutionnaire ». Genet, frappé par leur gaieté et leur convivialité, redécouvre auprès d'eux « la force du bonheur d'être ».

Ces mouvements de contestation ne luttent pas seulement pour la justice ou la liberté, mais aussi, selon Genet, pour la beauté – une beauté dont ils n'ont pas conscience car ils sortent d'une longue période de résignation : pendant vingt ans, les Palestiniens n'avaient pas réagi à leur expulsion de l'État d'Israël et depuis cent ans, les Noirs américains feignaient de croire qu'ils étaient des citoyens à part entière. « Par beauté, entendons l'insolence rieuse que narguent la misère passée, les systèmes et les hommes responsables de la misère et de la honte. »

Au cours de son premier séjour (illégal !) aux États-Unis, Genet est invité à couvrir la Convention démocrate en 1968. Les articles qu'il écrit font bien entendu scandale. Aux débats de politique intérieure américaine, il préfère la compagnie turbulente de Burroughs et Ginsberg (ci-dessous) et s'intéresse à la génération hippie, qui lui apparaît comme « des enfants libérés mais pleins d'idées reçues ».

Les révoltés qu'accompagne Genet à la fin de sa vie sont des artistes dignes de Giacometti ou de Rembrandt, parce qu'ils sont détachés du monde, à la fois solitaires et généreux et que leur vie est un joyeux défi à la survie. Pour être totalement au service de ces luttes et ne pas brouiller le message politique, Genet cherche à se débarrasser de la légende qu'il avait si soigneusement élaborée. Il voudrait faire oublier à ses auditoires et aux lecteurs de ses articles son œuvre passée. Il accorde des entretiens sur des sujets uniquement politiques et, s'il lui arrive parfois de parler de lui ou de son œuvre, c'est à la condition expresse que ses propos ne soient pas publiés de son vivant en français.

Le poète et les philosophes

Dans un premier temps, Genet s'engage exclusivement hors de France. Il se refuse à écrire sur des problèmes nationaux, de crainte de passer pour un intellectuel, alors qu'il continue à revendiquer une

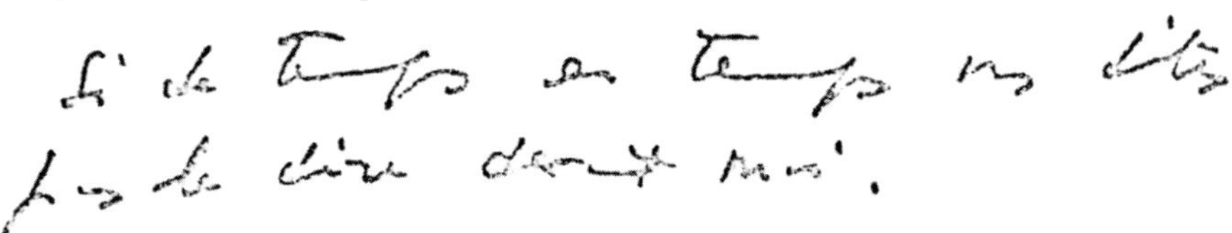

posture de poète, même en politique. Dès 1971 néanmoins, par solidarité avec les travailleurs immigrés, il rejoint Sartre et Foucault qui apportent une assistance concrète à ces hommes déracinés, sans famille, souvent analphabètes et parqués dans des logements en préfabriqué. La société française vit de plus en plus mal la cohabitation avec ces millions d'immigrés – main-d'œuvre à bas prix – venus de son ancien empire colonial et de l'Europe du Sud. « J'ai toujours connu en France ce racisme qui est son tissu le plus serré », tance Genet. Le racisme selon lui aggrave le mépris par l'exploitation économique.

La victoire des Noirs américains est double : ils sont devenus une force politique à part entière et ils ont métamorphosé les codes culturels de la communauté noire (ci-dessous, Genet avec la leader des Panthères noires, Angela Davis) : « Les panthères ont vaincu grâce à la poésie. » L'admiration de Genet pour les Noirs était telle qu'un jour, recevant une lettre des Antilles par laquelle une jeune femme nommée Genet et élevée par l'Assistance publique recherchait son frère, il s'exclama : « Je suis d'accord si elle est noire ! »

La nature de cet engagement lui convient autant que sa cause. Il s'agit moins de jouer les donneurs de leçons que d'élaborer un mode d'action – une « pratique », comme on disait à l'époque – qui pouvait servir à tous de modèle. Mais dans son action, « saint Genet » va peu à peu diverger de Sartre et des autres intellectuels.

Politiquement d'abord, il est l'un des derniers compagnons de route du parti communiste français, lequel n'avait pas encore entamé sa déstalinisation. Si Genet soutient l'URSS, c'est par opposition aux États-Unis et par amitié pour les « Panthères rouges ». « Sans l'Union soviétique, quelle arme utiliser contre l'Amérique ? » s'interroge-t-il, pragmatique. La défense des Palestiniens contribue à le marginaliser un peu plus au sein de la gauche française. Sartre et Foucault, à cause de la Shoah, ont toujours été des défenseurs de l'État d'Israël. Genet, lui, ne se sent lié par aucune responsabilité collective.

La relation avec Sartre demeure marquée du sceau de l'ambivalence : d'une part, il cherche son appui dans ses démarches militantes (ci-dessus, à la Goutte d'Or à Paris en 1970 lors d'une manifestation en faveur des immigrés) ; d'autre part, il écrit dans ses notes : « Sartre, […] je suis moins con que vous, si de temps en temps vous dites n'importe quoi, arrangez-vous pour ne pas le dire devant moi. »

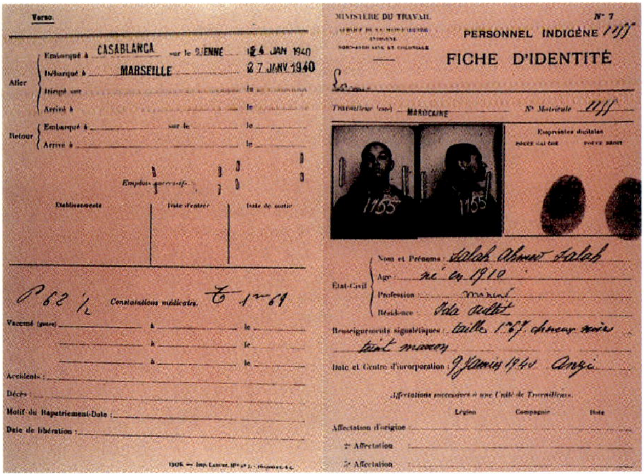

Verso.

Aller
Embarqué à CASABLANCA sur le DJENNÉ le 24 JAN 1940
Débarqué à MARSEILLE le 27 JANV 1940
Arrivé à le

Retour
Embarqué à sur le le
Arrivé à le

Emplois successifs

Établissements	Date d'entrée	Date de sortie

Constatations médicales.

Vacciné (genre) à le
à le
à le
Accidents :
Décès :
Motif du Rapatriement-Date :
Date de libération :

MINISTÈRE DU TRAVAIL

N° 7

PERSONNEL INDIGÈNE 1155

FICHE D'IDENTITÉ

Travailleur (euse) MAROCAINE N° Matricule 1155

Empreintes digitales

1155

État-Civil
Nom et Prénoms : Salah Ahmed Salah
Age : né en 1910
Profession : mineur
Résidence : Oda Oulbet

Renseignements signalétiques : taille 1 m 67 cheveux noirs teint marron

Date et Centre d'incorporation : 9 Janvier 1940 Angi

Affectations successives à une Unité de Travailleurs.

	Légion	Compagnie	Date
Affectation d'origine			
2e Affectation			
3e Affectation			

Pour Genet, le racisme associe le mépris et l'exploitation économique. L'écrivain collabore à une exposition autour d'anciennes fiches de travailleurs immigrés (ci-contre) : « Nous [les Français] étions en guerre. Avant d'aller mourir à Monte Cassino, les Marocains sont d'abord passés par Le Creusot à la Fonderie. Ils ne savaient ni lire ni écrire, ils ne connaissaient pas l'Allemagne : "on" les a eus ! "On", c'est la France. Elle continue à peine différemment. »

En 1977, un texte qu'il publie dans *Le Monde* achève de l'isoler sur la scène politique. Il y défend avec enthousiasme les membres emprisonnés de la bande à Baader que tous accablent. Il justifie leur violence par la brutalité du système que prouvent notamment des conditions de détention inhumaines. Il explique aussi que la violence sous toutes ses formes est un instrument du pouvoir auquel principalement elle profite. Quelques jours après la parution de l'article, le président du patronat allemand est enlevé, puis assassiné. Plusieurs voix s'élèvent alors qui stigmatisent en Genet un « fasciste rouge ».

Par la suite, l'écrivain ne fait plus que de rares incursions sur la scène politique française. En 1981, l'Union de la gauche utilise son soutien pour tenter de rallier l'extrême gauche à la candidature de François Mitterrand, contre Valéry Giscard d'Estaing à qui Genet s'oppose autant par ses idées que par ce que représente ce pseudo-aristocrate.

Après la victoire de la gauche, il ignore totalement le nouveau gouvernement. De la même façon, il s'était écarté des Panthères noires dans les années 1970, lorsque celles-ci décidèrent d'intégrer le jeu politique américain. Sans remettre en cause leur stratégie, Genet ne sentit plus son utilité à leurs côtés. Même les Palestiniens n'échapperont pas à la

normalisation, prédit avec un optimisme tragique *Un captif amoureux*. « Toute révolte se dégraderait ainsi : par capitulation devant les invasions d'un confort appelant toutes les lassitudes. »

La douceur du Maroc

Genet rencontre son dernier compagnon, Mohammed El-Katrani, en 1974, dans les rues de Tanger où celui-ci trouve refuge dans le kif et l'alcool. Genet lui aussi est depuis toujours un sans domicile fixe et un sans compte en banque. Son passeport porte l'adresse des éditions Gallimard. Il voyage entre les grands et les petits hôtels qu'il choisit à proximité des gares pour que le départ soit plus rapide de pays en pays au gré de ses désirs et des appels qu'on lui lance. Mais il a dans ses poches des liasses de billets de banque qui sont les avances qu'on lui verse sur ses droits.

En 1970, Genet envahit avec d'autres manifestants, dont Marguerite Duras, le siège du Centre national du patronat français pour protester contre les conditions de vie – et parfois de mort – des travailleurs immigrés. Arrêté, puis relâché par la police, il retourne peu après manifester. L'anarcho-humoriste notait cependant : « Je ne suis peut-être pas de droite, mais pas de gauche puisqu'elle est revendiquée par les travailleurs. Je ne les aime pas, ni le travail. »

Lorsqu'il fit construire une maison à Larache, Genet savait-il que la Maison de France y avait bâti un palais pour s'y réfugier durant la guerre ? Sa maison (3e à droite) est des plus modestes quoique non dénuée de charme. Située à la lisière de la ville, elle donne sur l'océan, par-delà le cimetière où dix ans plus tard s'arrête l'errance du poète. Elle a deux chambres à l'étage et une cour plantée d'un caoutchouc.

Après sa rencontre avec Mohammed, il décide non de s'établir lui-même, mais d'installer son compagnon. Il l'encourage à se marier et à faire des enfants (Mohammed aura un garçon, Azzédine, puis deux filles) et construit pour eux une maison au nord du Maroc, à Larache (dont l'étymologie « Al-Araïch » signifierait à peu près « la baraque » en arabe).

Genet choisit l'anonymat de Larache de préférence à Tanger, où il est connu et reconnu. Sur la grande place du port de pêche à l'architecture coloniale que désertent les travailleurs émigrés après l'été, on remarque à peine ce vieil homme qui porte invariablement une veste de daim, un foulard et des sandales en peau de chèvre. Il y vient surtout l'hiver, à la recherche du soleil.

Lorsqu'il est au Maroc, Genet se partage entre

Larache et Rabat, où il a plusieurs amis, notamment la palestinienne Layla Shahid qui vient d'épouser le poète marocain Mohammed Berrada. Ces amitiés et la douceur marocaines atténuent les difficultés de la vieillesse. Outre d'un cancer particulièrement douloureux, il souffre des dents en permanence et il boite. L'insomnie ou la peur de l'insomnie le pousse à avaler de puissants somnifères. Lui qui se voudrait détaché du monde et de l'argent s'inquiète constamment du versement et du partage de ses droits d'auteur entre ses protégés. En délicatesse avec l'administration, il refuse de verser sa part d'impôts et de cotisations sociales.

Il se couche à la tombée du jour et se réveille en pleine nuit. Allongé sur son lit, il écrit jusqu'au matin et sort tôt acheter les journaux. Il les a tous lus avant dix heures. Le reste de la journée se passe en visites à des amis. Quand on le voit au café, il discute avec des marginaux. Au Maroc, comme dans tous les pays du monde, Genet ne cherche le contact qu'avec les plus déshérités.

La grande affaire de la fin de sa vie, hormis la rédaction du *Captif amoureux*, sera « le projet Azzédine ». Azzédine est le fils de Mohammed et de Amina El-Katrani. Le vieil homme vit avec l'enfant une relation fusionnelle au détriment parfois de ses propres parents. Il sera d'ailleurs victime à 70 ans passés d'un sérieux accident de toboggan ! Genet veut donner à l'enfant tout ce qu'il n'a pas reçu : l'affection, la sécurité matérielle, l'éducation, l'insouciance du jeu...

« Deux mois après sa naissance, [ses parents] ont voulu que je le voie. Je me suis penché sur son berceau, pas très content, les sourcils froncés. Il a souri le premier. Depuis, je m'en occupe. » Le vieil homme, qui ne montre plus guère ni gaieté ni tristesse, resplendit de joie quand il est avec Azzédine et ne lui refuse aucun caprice. Jean Genet est aussi un poète de la joie : « Le bonheur de cet événement, sa simplicité me bouleversèrent. [...] Je me dispersais à tous les points du monde et j'enregistrais cent détails qui éclataient en étoiles légères ».

Retour à l'écriture

En 1970, Genet, à l'invitation d'un responsable de l'OLP, part passer huit jours dans les camps palestiniens. Il y reste près de deux ans et s'en souviendra comme de « la période la plus joyeuse de [sa] vie ». Il a pourtant découvert les Palestiniens alors qu'ils vivent un des moments les plus tragiques de leur exil.

Il est finalement expulsé de Jordanie quelque temps avant les Palestiniens. Ceux-ci trouvent refuge au Liban, notamment dans de vastes camps à Beyrouth. Le général Ariel Sharon bombarde la ville qu'il a fait encercler. Yasser Arafat accepte à nouveau de s'exiler avec ses combattants, qui laissent derrière eux des réfugiés civils que la communauté internationale est censée protéger.

En septembre 1982, alors que la situation paraît se normaliser au Liban, l'amie de Genet, Layla Shahid, qui est responsable de *La Revue d'études palestiniennes*, accepte que l'écrivain l'accompagne à Beyrouth, bien qu'il soit épuisé par les traitements

Genet se rendit la première fois dans les camps de réfugiés et de fedayin (page précédente) pour réaliser un reportage sur les combattants et leurs familles. Dix ans plus tard, « Genet, expliquera Layla Shahid, avait le sentiment que son destin personnel était mêlé à celui des Palestiniens. Aussi crut-il que l'accident qui l'avait conduit à se trouver à Beyrouth au moment du massacre de Chatila était le signe qu'il devait écrire un livre. Tout ce qu'il avait appris sur les Palestiniens [...] devint soudain pertinent et utile. »(Ci-dessus, funérailles d'un jeune Palestinien tué par les Israéliens.)

contre son cancer. Une tragédie l'attend à nouveau chez les Palestiniens.

Le lendemain de leur arrivée, le président libanais est assassiné. Les Israéliens entrent alors dans Beyrouth et installent leur quartier général non loin du camp palestinien de Chatila. Dans la nuit, ils autorisent des hommes à y pénétrer pour chercher des « terroristes ». L'opération de police tourne au massacre. Layla Shahid, seule autorité palestinienne présente à Beyrouth, est aussitôt prévenue. Mais on lui refuse l'accès au camp. Elle n'y sera autorisée qu'après trois jours, ainsi que le vieillard qui l'accompagne et qui se fait passer pour un journaliste.

Genet découvre l'horreur : des morts les yeux ouverts et des blessés hagards et laissés sans soins. Choqué, brûlé physiquement par ce trou noir qu'il a contemplé, il met plusieurs mois avant d'écrire son témoignage « Quatre heures à Chatila ». Par la suite, personne ne pourra avancer un ordre de grandeur du nombre de victimes, tant le chaos est grand. « Leur seule sépulture, c'est le texte de Genet », commente le philosophe Jacques Derrida. L'investigation de Genet, qui remplace l'enquête internationale qui n'a jamais eu lieu, accable Ariel Sharon. Elle est ponctuée par les souvenirs des jours heureux, presque bucoliques, passés dix ans plus tôt avec les Palestiniens et par la description de cinq cadavres tous suppliciés, dépeints dans un clair-obscur anatomique digne de Rembrandt.

Comme à Mettray, l'atrocité de l'émotion donne une nécessité urgente à l'art du poète. En octobre 1983, il entame *Un captif amoureux*. « Tout ce qui n'était pas ce

Les 16 et 17 septembre 1982, des phalangistes libanais massacrent dans les camps de Sabra et Chatila, évacués de leurs combattants par l'ONU, des femmes, des enfants, des vieillards, des animaux. « La photographie ne saisit pas les mouches ni l'odeur blanche et épaisse de la mort », décrit Genet, qui a toujours osé regarder la mort en face. « Si l'on regarde attentivement un mort, il se passe un phénomène curieux : l'absence de vie dans ce corps équivaut à une absence totale du corps ou plutôt à son recul ininterrompu. »

livre [lui] devint lointain. » Il remet le manuscrit pour composition à Laurent Boyer chez Gallimard dans les premiers jours de l'année 1986. Au cours des dernières semaines qui lui restent à vivre, il corrige scrupuleusement deux jeux d'épreuves. Le livre paraît un mois après sa mort. L'auteur n'y cherche rien de moins que l'apaisement de sa vie et le sens de son œuvre. « Je crois exister afin d'être, parmi d'autres hommes, le support et la preuve que seules vivent les émotions ininterrompues parcourant la création. »

La réussite de l'hommage

Un captif amoureux fut critiqué pour son caractère inachevé. C'est pourtant là le sujet du livre : que peut-on écrire sur la disparition de tout un peuple lorsqu'on est soi-même au seuil de la mort ?

Ce reportage, prétend Genet, peut être commencé à n'importe quelle page, à la manière du *Livre des sables* décrit par Borges. Sa structure cyclique est une forme ouverte, qui est à la fois l'œuvre d'un virtuose de l'écriture et celle d'un vieillard qui feint d'exhiber sa non-maîtrise du temps.

Comme un puzzle de la mémoire, Genet mêle les souvenirs des années 1970, ceux de 1982 à Beyrouth et ceux de 1984 où, pour les besoins du livre, il revient dans le camp d'Irbid à la recherche d'une famille qui l'a hébergé. Le lecteur ne peut d'emblée ni dater ni localiser les courts épisodes qui se succèdent sans lien apparent, sinon par les quelques personnages avec lesquels Genet semble entretenir une conversation sans fin : le lieutenant noir palestinien Moubarak, un vieil officier ottoman, un cadre palestinien qui lui sert de guide, un médecin sur une base de fedayin... C'est la sympathie et l'admiration pour ces êtres, presque

Tandis qu'*Un captif amoureux* n'est pas encore publié, Genet, infatigable, rédige déjà le plan d'un second volume : « 150 pages : Constitution, Fonctionnement administratif, Pouvoir de décision dans l'OLP ; 150 à 200 pages : souvenirs encore des fedayin, rencontre avec Hamza en Allemagne, mort de la mère, fin de moi-même et de la R. P. [Révolution palestinienne] » Il ne sera jamais allé dans les territoires occupés (la « vraie » Palestine) où l'Intifada, qu'il avait pressenti, commence en 1987, un an après sa mort.

tous morts lorsqu'il écrit, qui jalonnent le livre.

Les descriptions sont elles aussi en nombre limité mais, répétées et approfondies tout au long du livre, elles prennent une dimension presque mythique : des incursions avec des fedayin sur les « théâtres » d'opérations, des scènes de la vie quotidienne dans les camps, une partie de cartes... sans cartes, des évocations fugaces du massacre de Chatila, les nuits passées près du Jourdain, la nuit chez la mère d'un combattant, Hamza, épisode central du livre... La forme cyclique et itérative est un art poétique et politique en même temps : poétique de l'errance, politique du héros. *Un captif amoureux* cherche le vrai, le juste et le beau idéalement réunis dans le souvenir des instants heureux.

Le but de Genet est clair : mettre son art au service des Palestiniens. D'eux, il veut laisser avant de mourir une image différente de celle de terroristes présentée par les médias : des femmes et des hommes joyeux, irrévérencieux et braves, aux antipodes des islamistes. Il prend garde à ne pas occulter par sa réputation – bonne ou mauvaise – ceux qu'il veut défendre. Rappelant la geste épique de l'*Iliade*, il écrit : « La gloire des héros doit peu à l'immensité des conquêtes, tout à la réussite des hommages. »

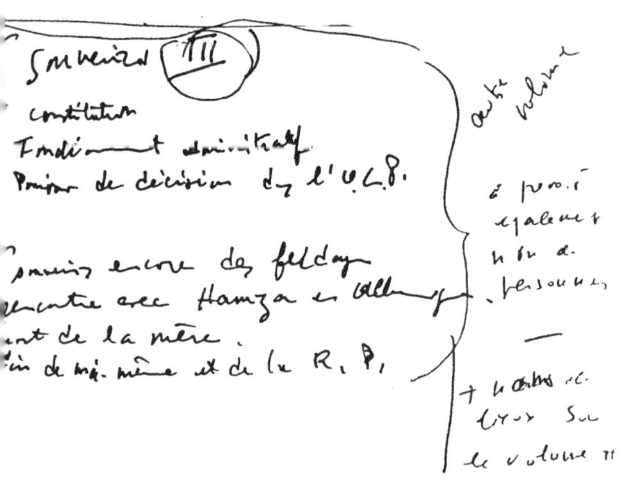

Genet désespérait qu'un pays arabe autorise un jour la publication d'*Un captif amoureux* : une traduction est désormais disponible au Maroc (à gauche, « Jean Genet » en arabe sur la couverture). « Je suis français, mais entièrement, sans jugement, je défends les Palestiniens. Ils ont le droit pour eux puisque je les aime. Mais les aimerais-je si l'injustice n'en faisait pas un peuple vagabond ? » Dans ce peuple maudit, Genet retrouve son histoire : celle d'un idéalisme parfois voisin de la folie ; celle d'un exil éternel qui le conduit au cours des seules années 1970 à 1984 de Jordanie en Syrie, au Liban, en Tunisie, au Yémen, au Soudan, en Algérie, en passant par Chypre et la Grèce ; histoire aussi d'une révolte sous contrôle, tolérée lorsqu'elle se maintient dans les limites qui lui sont assignées ; histoire d'un peuple orphelin, en quête de son histoire, « à la recherche de ses sources dans le désert ».

La quête de l'improbable identité ouverte dans *Journal du voleur* touche à son terme. « Depuis quelque temps, je me reconnaissais un. » Disparus les « garçons » mais aussi l'« ennemi » que son miroir lui présentait jusque-là comme modèle, ou comme référence. Genet est tout entier dans le regard bleu, vif et malicieux qu'il porte sur ses amis.

À la question « Pourquoi un livre sur les Palestiniens ? », la réponse est apportée, simple et lumineuse, dans la première partie : « Mon amour et leur tendresse. » Mais, écrit-il, « sous mon récit un autre pousse qui voudrait venir au monde [...]. Pourquoi je vins ? [...] C'est une autre histoire plus obscure, plus enfermée en moi » ; histoire que Genet entreprend de révéler dans la seconde partie.

"Tout aura lieu
sur fond de nuit :
sur le point de mourir,
malgré le peu de poids
de ces mots, leur peu
de substance, le peu
d'importance
de l'événement,
le condamné voudrait
encore décider seul
du sens de ce que fut sa
vie – écoulée
sur fond de nuit
qu'il voulait épaissir
non illuminer."
Un captif amoureux

« On n'a qu'un grand problème à résoudre »

Au centre de l'ellipse que dessinent les arabesques d'*Un captif amoureux*, une scène est annoncée, décrite et méditée comme un mythe personnel : il s'agit d'une nuit passée chez une vieille Palestinienne et son fils Hamza. Au cours de cette nuit où Genet a pris place dans la chambre du fils parti combattre, la mère le nourrit. Illuminant la « nuit gelée qu'il porte avec lui en tous lieux », cette Palestinienne, par un simple geste maternel, lui apporte la promesse « de sa propre aurore intérieure ».

Genet a représenté à plusieurs reprises déjà ce cycle de l'engendrement de la vie par la mort. Et il a déjà vécu ce type de résurrection. En 1966, quatre ans avant le premier voyage en Palestine, moralement exsangue, anéanti par le suicide d'Abdallah, il s'était rendu au Japon auprès de Jacky

Maglia, le fils d'un de ses amants de jeunesse, auquel Genet tenait comme à son propre fils. Là-bas, il fut « attentif à la manière dont s'enlevait par lambeaux de [son] corps la noire et épaisse morale judéo-chrétienne ». Déjà, au début des années 1950, dans un train qui roulait, il s'était « écoulé [hors] de son écorce particulière ».

Et puis les Panthères noires, dont il s'était senti « le fils », ont parachevé sa résurrection ! Enfin les fedayin, dont le nom signifie « ceux qui se sacrifient », lui ont enseigné « comment on se perd ». « Le vieux », comme on le surnommait affectueusement dans les camps, avait retrouvé auprès des Palestiniens ses forces et sa fantaisie d'enfant.

L'œuvre de Genet est riche en miracles. Le dernier ne tient pas tant dans cet instant où il s'est senti le fils de cette Palestinienne, que dans le souvenir qu'il garde si intensément et qui va finalement se révéler être le point originel et focal où s'enracine l'écriture du livre... Entré en littérature par des apocalypses, Genet la quitte par un récit de sa propre nativité. « Et on fait tant d'histoires ! »

Ses amis l'ensevelirent eux-mêmes à l'aide d'une pioche, « gisant avec les rois et les grands qui se sont bâtis des solitudes » (Livre de Job). Genet a peut-être ri, tel le Commandeur, quand sa stèle fut volée par un disciple amoureux des épigraphes. Même dans la mort, il n'aura rien possédé...
(Ci-dessus, la tombe de Genet à Larache, à la fin des années 1980.)

Page suivante, Jeanne Moreau lisant les *Œuvres complètes* de Genet lors d'une émission de télévision en 1974.

ŒUVRES
COMPLÈTES

TÉMOIGNAGES ET DOCUMENTS

Vagabond amoureux

En 1933, Genet, qui jusqu'alors n'a jamais été libre de ses mouvements, part pour l'Espagne, vraisemblablement à pied. Quatre ans plus tard, il s'installe à nouveau à Paris durablement. Durant cette période, il se prend pour Rimbaud, mais un Rimbaud sans maître et sans famille à qui raconter ses périples et ses découvertes. Il garde ses souvenirs pour son Journal du voleur.

Lettre à André Gide, Barcelone, le 12 décembre 1933

Genet a rencontré son « contemporain capital », André Gide, six mois auparavant. Cherche-t-il vraiment dans cette lettre une aide financière ou seulement une oreille attentive? Par la suite, il reniera totalement Gide devant Cocteau : «Son immoralité me paraît douteuse. Je n'aime pas les juges qui se penchent amoureusement sur l'accusé.»

Maître,
Peut-être ne vous souvient-il guère d'un garçon atteint de bougeotte et qui vous fut voir il y a six mois. Alors, vous voulûtes bien vous intéresser au voyage qu'il entreprenait et non content de l'approuver vous l'encouragiez à marcher ainsi, ignorant du lendemain.

Je partais pour la Tripolitaine. Mon voyage, Maître, n'est pas terminé, car j'espère qu'il durera toute ma vie. Mais cette première partie, qui m'aura joué le tour de me conduire ailleurs que là où j'eus rêvé (j'allais écrire voulu) d'aller, n'aura pas été la moins riche. Mais devenir « le plus irremplaçable des êtres » est bien décevant et, Maître, vous qui avez chanté la Vie, qui, plutôt, l'avez chuchotée avec tant de passion, en avez dit le mystère avec tant d'ardeur à votre Nathanaël, ne comprendrez pas qu'on puisse être mort. Dans *L'immoraliste*, « Je » avait avec Ménalque un entretient [*sic*] au cours duquel il avouait que son bonheur, « qui doit être fait sur mesure », n'était plus assez grand, voyez-vous pas que pour un autre le bonheur soit trop vaste pour qu'il le puisse sentir? Ah! ce qui manque c'est la Vie, et le plus douloureux c'est savoir qu'on est à sec. Pas le plus mince jet, rien qui vous pousse en avant : on voudrait le cloître.

Il y a bien des gens, des personnalités qui s'occupent d'André Gide, l'accaparent-ils ? Et quelle importance accordera-t-il à la lettre d'un inconnu sans… (car, encore un mal : croire à son génie)?

Et enfin, toute cette lettre n'aura été que pour aboutir à une demande d'argent. C'est au début de la lettre que j'aurais voulu vous dire mon embarras ; je craignais d'être brutal. Je suis sans un sou à Barcelonne [*sic*], le consul est ours, je suis orphelin et je traîne de bouges en bouges. Me pouvez-vous sortir de là, me rendre – non, me donner un regain de vitalité, et s'il vous répugne de m'aider (J'ai trop lu André Gide et je ne peux pas ne pas me souvenir d'un Allemand venu à Paris exprès pour le voir : « Vous m'intéresseriez beaucoup moins si je vous aidais ») matériellement, puis-je espérer une lettre ?

Je me soucie fort de l'opinion que, de moi, vous donnera cette lettre, et comme je l'ai « composée » elle n'est pas du tout ce que j'eus [*sic*] voulut [*sic*] qu'elle fut [*sic*]. Non, il n'est pas facile d'être simple, ni même naturel.

Jusqu'au 16 j'attendrai une réponse à Barcelonne [*sic*].

Et voici que, vous ayant sollicité, je ne sais plus trouver, Maître, une formule finale. N'en accusez pas ma grossièreté, elle n'est pas, mais pensez plutôt que je suis un de ceux que vous aurez le plus touché – j'aurais voulu dire frappé.

Jean Genet
Poste restante, Barcelona

Essai de chronologie 1910-1944,
par A. Dichy, B. Fouché.
Bibliothèque de littérature
contemporaine de Paris VII, Paris, 1988

Lettre à Ann Bloch
Paris, le 28 août 1937

A Brno, en Tchécoslovaquie, Genet a été recueilli par Lilly Pringhsheim, membre de la Ligue des droits de l'homme. Celle-ci le présente à un riche industriel juif et à sa femme, Ann Bloch, dont Genet s'éprend.

Gracieuse Madame,
Et de quel autre endroit m'eut-il [*sic*] été plus agréable de vous écrire, de quel autre endroit que de «mon» Paris? Car, en conscience, Paris peut-il être à d'autres qu'à moi, ô Madame?

J'ai lu, relu avec la joie que vous pensez, votre lettre, à travers les mornes allées du Tiegarten. Et chaque ligne enchantait un arbre, et chacun des mots rendait doux les durs regards de pierre des rois de la Siegesallée. Mais alors aujourd'hui, je suis dans ce Paris cher. Oh! mon cher Paris! Profané – est-il profané par cent mille étrangers? Bourgeois en vacances, fades employés, lourds ouvriers. Faut-il fuir? Il n'a plus sa grace [*sic*], et pour moi, pas même un signe d'amitié. Oh! mon cher Paris!

Pourtant c'est de Montparnasse que partira cette lettre, parce que c'est encore là que je me réfugie, au milieu de mille gens aux aspects résoluement [*sic*] heurtés, et que vous auriez en horreur.

Et que vous paraît Paris, et que vous parais-je aussi moi-même, du haut de vos montagnes bleues? L'ombre d'un souvenir, le souvenir d'une ombre.

Oui, la Coupole est la Coupole, et Montparnasse presque intact. Consolation. Des amis anciens et des amis nouveaux m'accueillent. Que n'êtes-vous ici, calme et triste au milieu de nos turbulences. Que n'êtes-vous ici, madame mélancolique?

Je songe à vous. Je vous parle parfois dans le bruit. Paris me dévore. Chevalier chante. Lifar danse. La Tour Effel [*sic*] vomit du feu. Que n'êtes-vous ici.

Pour vous j'ai déchiré dans un livre, à un étalage, des pages d'un poème d'un jeune voyou de 18 ans, Rimbaud. Lisez son « Bateau ivre ». Et goutez [*sic*] comme je l'ai goutée la brutale poésie de ces strophes déchirantes et pourtant bien tendres. Achetez le livre entier. Si j'étais riche je vous l'enverrais.

Que d'Orientaux! Que de Nègres! Que de glaces vanillées! Que le ciel

Poète et voyou

Voleur et poète, Genet martèle depuis la prison sa double identité à ses correspondants. En quittant la prison, le poète ne risquait-il pas de perdre son inspiration?

Lettre à François Sentein, le 17 juillet 1943

Pendant la guerre, Genet est présenté à François Sentein, fondateur d'une revue littéraire. Celui-ci le décrit comme « un moujik verlainien ». Leur amitié durera dix ans.

Mon petit Franz,
Tu parles de ma joie de savoir que tu restes! Je t'avais, à propos de ton voyage, écrit bien plus pour essayer de te donner un peu de cœur que selon mon sincère sentiment, car, en effet, tu ne sembles pas devoir vivre d'autres dangers que les dangers de l'intelligence, et ce sont, de loin, les plus terribles.

Il m'a semblé comprendre, par quelques mots en fin de ta lettre, qu'une expérience récente encore plus t'aurait fait « aimer mes amours ». Il s'agit d'Aguz. ? J'aimerais tant que ton cœur soit heureux. Ce n'est que dans la paix du cœur qu'on peut tout entreprendre et mener à bien. Allègrement. Mais il fallait qu'avec cela ta lettre m'apprenne la défection du poète! Tu n'imagines pas le choc que tu m'as donné! J'en ai pleuré. Cocteau ne veut pas témoigner quand Me Garçon le lui demande! Mais jusqu'où peut donc aller sa lâcheté! Et quelles excuses subtiles t'aura-t-il données ? Naturellement j'avais mis toute ma confiance en lui, et il lâche. Il ne casse pas, il lâche, comme ces nœuds que les matelots appellent les nœuds de putain. Je sais que je suis ici par ma faute, mais cela ne regarde pas les poètes qui ne doivent savoir qu'une chose : que mon incarcération m'empêche de faire des livres. Ils n'ont pas à me juger, et s'ils voulaient le faire, qu'ils se disent que je n'ai écrit le *Condamné à mort* et *N.D. des F.* que parce que je suis un voleur et que je mène la vie des voleurs avec tous ses risques. Je sais qu'on ne s'occupe pas de libérer un voleur, mais on le fait quand il s'agit d'un voleur qui est poète. Ne penses-tu pas que ce serait joli que, justement, l'on remue le ciel et la terre exprès pour sauver un de ces fous-fous qui font des choses si futiles aux yeux inattentifs : des poésies. Je ne vais pas jusqu'à demander des bouleversements sociaux, mais au moins qu'on n'aille pas non plus jusqu'à se dérober à son plus naturel devoir. Cocteau me lâche! Et juste au moment que je compte sur lui, à huit jours du jugement. Il n'a pas répondu à ma dernière lettre. Franz, tu ne sais pas à quel point je suis blessé. C'est lui qui doit me défendre. Lui seul devait le faire puisque c'est lui qui a osé affirmer aux autres et à moi-même mon talent. Il n'a donc pas compris que je suis Jean Genet parce que je suis un voleur. Sinon je serais une eau claire. Il n'a donc jamais songé à défendre un opiomane qui aurait écrit *Opium*? Enfin tout cela m'a coupé les bras, je ne sais que faire, que dire. Je tourne dans ma cellule comme un pauvre con. Car

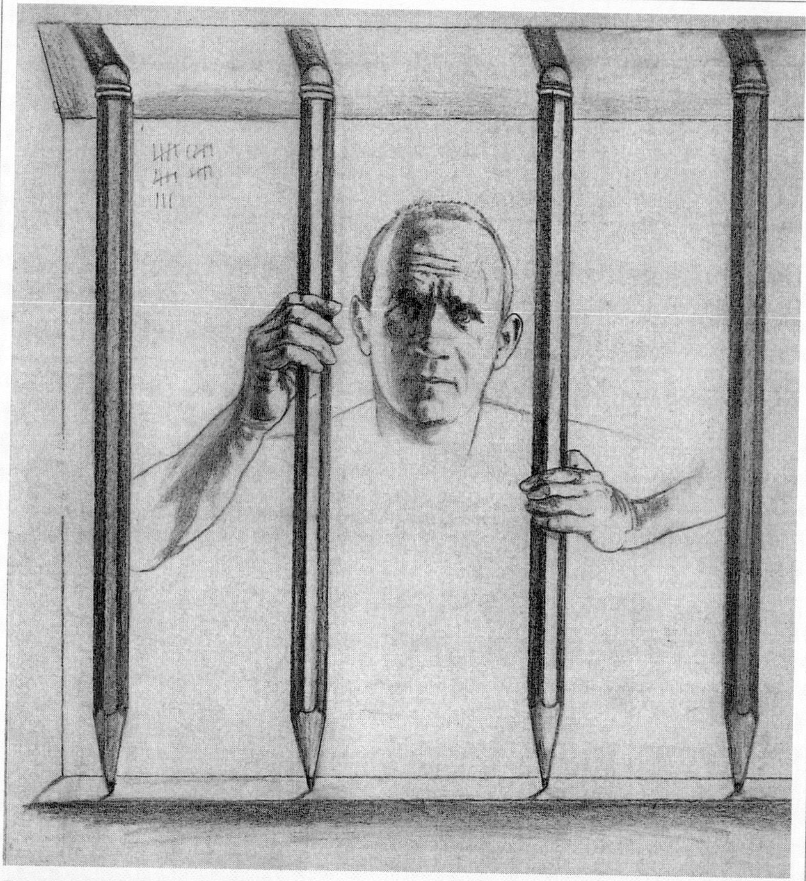

Dessin de Frédéric Beauvais, 2002.

tu comprends bien que je lui ai donné mon amitié.

Passons à autre chose. Garçon ne veut pas me transmettre *Miracle de la Rose* à cause du contenu du livre. Il a peur que le juge qui m'a autorisé à le garder ici n'ait des ennuis. Autre lâcheté : empêcher la fabrication d'un beau livre seulement pour éviter les ennuis à un fonctionnaire, magistrat ou je ne sais quoi! Mais pour s'apercevoir du scabreux de mon travail il a fallu qu'il le feuillette. Et son secrétaire, et je ne sais qui. Tous ces regards idiots, pour sûr vont le faire tourner comme une haleine de femme enceinte fait tourner la mayonnaise. Dans le Morvan on dit qu'une mère lapine dévore sa portée quand on y a jeté un coup d'œil avant qu'elle ait grandi. Je ne sais pas si

Romancier sans le sou

Entre la première lettre et l'une des dernières adressées à son « éditeur préféré », Marc Barbezat, la déférence est moindre, mais Genet reste persuadé de sa valeur. Cependant, note Barbezat, « dans toutes ses exigences, à l'occasion de la négociation de ses livres, il s'est toujours montré réaliste, raisonnable, même modeste. » Avec le temps, ses besoins immédiats ou ses envies prirent quelquefois le pas sur ses engagements.

Lettre à Marc Barbezat,
Prison de la Santé,
le 8 novembre 1943

Pour Genet, le rôle d'éditeur se confond dès le départ avec celui de banquier…

Monsieur le directeur de l'Arbalète
8, rue Godefroy, Lyon, Rhône
Monsieur,
Monsieur Jean Cocteau et monsieur François Sentein m'ont écrit pour me dire que vous accepteriez de rendre publics quelques-uns de mes textes, mais vous ignorez qu'ils sont impubliables pour toutes sortes de raisons. Monsieur Denoël (dont je n'ai eu qu'à me plaindre car c'est un très vilain monsieur) lui-même ne consentait à vendre un de mes livres appelé *Notre Dame des Fleurs*, que sous le manteau, et enlevant mon nom de la couverture.

Mais Sentein me parle de vous avec beaucoup de sympathie, et il me dit de vous : « Ce n'est pas un Denoël ». Je vous écris donc pour vous demander de voir ma production, l'examiner d'une façon sérieuse, afin de vous décider. Mais avant tout je veux vous prévenir qu'une seule chose m'intéresse, c'est d'avoir de l'argent. On peut fort bien publier mon livre dans cent ans je m'en fous, mais j'ai besoin de fric. Je mène une vie qui me conduit trop souvent en prison, d'où je vous écris – et je suis passible de la relégation perpétuelle. Donc si vous avez l'occasion de venir à Paris, voulez-vous passer 5, rue de la Ferronnerie, chez M. Jean Decarnin. Il vous prêtera les épreuves de *N.D. des Fleurs* que j'ai retirées à M. Denoël. Vous les lirez et les rendrez à J. Decarnin. Mais je tiens à ceci : conservez secrète cette lecture, et si nous faisons quelque affaire n'en parlez pas, fût-ce à monsieur Jean Cocteau dont le talent est très grand et la droiture parfaite mais que sa sollicitude à l'égard d'un livre qu'il dit aimer un peu entraîne à perdre de vue les intérêts de son auteur, qui existe [sic] aussi.

Dans un mois 1/2 peut-être j'aurai fini un petit livre de 100 à 150 pages : « Miracle de la Rose ». C'est l'aventure, merveilleuse des 45 derniers jours d'un condamné à mort. Merveilleuse, vous comprenez.

Après mes souvenirs, romancés à peine – pas du tout même – sur Mettray. Voilà.

Mais dites-moi bien franchement ce que vous pensez de *N.D. des Fleurs*. On verra à ma sortie ou avant. Je sors le 25 décembre.

Au revoir, monsieur.

Je vous serre très gentiment la main.

Jean Genet
Ire Division, Cellule 27,
42, rue de la Santé, Paris 14é.

Lettres à Olga et Marc Barbezat, L'Arbalète, 1988

Lettre à Marc Barbezat, Grèce, 26 octobre 1959

Lors de la relecture des épreuves du Balcon, *un différend oppose Genet et son traducteur américain Frechtman à Barbezat. En 1988, celui-ci résumait ainsi quarante ans en tant qu'éditeur de Genet : « Mon expérience me permet de témoigner qu'il fut honnête vis-à-vis de lui-même et des autres, il a toujours fait preuve d'une extrême exigence. »*

Mon cher Marc,
Vous trouvez que ça n'a pas d'importance, une page qui manque? Vous avez du culot!

Je ne l'ai jamais retirée. Si vous l'affirmez encore, vous mentez. D'autre part, en juin je devais corriger les épreuves. J'étais prêt : je les ai *eu en août*, où, pris par mes voyages, des préoccupations diverses, je n'avais plus le temps.

Maintenant, par je ne sais quelle méfiance, vous voulez avoir les épreuves des *Nègres* avant d'envoyer les 200 000 F à Frechtman… Je dis non. Selon le contrat, vous aurez le bon à tirer quand j'aurais l'argent. Sinon rien. Moi aussi je me méfie de vous. Puisque vous ne rendez jamais les manuscrits, et que sur les épreuves du *Balcon* j'ai fait beaucoup de corrections. J'envoie le texte à Frechtman afin qu'il le fasse dactylographier. C'est ce texte revu qu'il vous renverra… Je dépenserai 30 000 F, mais c'est fini avec vous, de vous confier des manuscrits que vous ne rendez jamais.

Le Balcon est corrigé. Ne portez pas la mention « *édition définitive* » car j'y retravaillerai sans doute jusqu'à ma mort. Mettez seconde édition si vous voulez.

Pour les *Nègres*, je vous refuse un second tirage pour l'instant. Tant que Frechtman n'aura pas l'argent.

Amitiés.

Genet

Lettres à Olga et Marc Barbezat, L'Arbalète, 1988

Genet dans une foire. Photographie dédicacée à Olga et Marc Barbezat.

Homosexuel tragique

Saturés de sexualité d'une totale impudeur, les récits de Genet ne laissent que rarement transparaître des sentiments. L'auteur en expose la raison dans une lettre à Sartre : l'homosexualité est une vie érotique sans cesse renouvelée et vaine. Sa continuité et sa fécondité ne doivent pas être espérées dans la réalité, mais dans l'imaginaire. Au cours des années 1950, le thème sexuel disparaît de l'œuvre et ne subsiste que la sexualité comme métaphore et comme satire. Ainsi dans Les Paravents, *l'Académicien qui soupire : « Ah! Le musulman de 15 à 17 ans! »*

Lettre à François Sentein, Villefranche-sur-mer, le 15 mai 1943

La sexualité de Genet, entre deux séjours en prison, relève de l'instinct de chasseur.

Mon petit Frantz,
un mot rapidement pour te demander de m'écrire et me parler de toi, de ton travail. Si tu publies quelque papier, dis le moi. Je suis toujours le dernier au courant. Il est vrai que je suis si bête qu'on peut me négliger. […]

Dans le train j'ai fait la connaissance d'un gosse charmant – que j'ai amené à Cocteau – et qui allait à Monte-Carlo pour jouer 10 000 frs, ses économies. Il avait 20 ans. C'est fils de famille, ça habite un chateau, ça ne voulait pas choir parce que ç'avait donné sa parole à la Vierge de ne pas pécher de la sorte, bref, j'ai eu un mal fou. Finalement, le gosse, revenant à sec de M.C. s'est laissé enfiler, s'est montré d'une science experte, etc…. et m'a envoyé (à l'instant je le reçois) un mot charmant, où il parle de revenir.

Une fois que l'on s'est grisé
De mes caresses, de mes caresses,
Quand on a connu mon baiser…

Et cela malgré un rein flottant! Que n'eut-ce été…

As-tu vendu les bouquins?

Le toubib me conseille de manger beaucoup! Ça me ragaillardit. Voyons, entre nous, est-ce que j'ai la gueule et les mœurs d'un sous-alimenté?

Je ne peux pas toujours te dire pourquoi j'ai quitté Paris si vite. Ta concierge ou je ne sais qui pourrait ouvrir cette lettre.
Je t'embrasse.
Jean Genet

Lettres au petit Franz, Gallimard, «Le Promeneur», 2000

Lettre à Jean-Paul Sartre, vers 1952

Sartre a toujours éprouvé une fascination intellectuelle pour l'homosexualité. Genet lui sert ici une théorie pseudo-analytique, fondée sur quatre piliers conceptuels : la vie et la mort, le masculin et le féminin. Cette théorie négative se donne à lire aussi dans Fragments *que Sartre publiera en 1954 dans sa revue* Les Temps modernes.

Mon cher Sartre,
On n'a pas eu le temps de parler. Relation à la pédérastie, voici une théorie que je vous propose. Elle est encore très bâclée. Dites-moi ce que vous en pensez.

Ce n'est pas d'abord d'instinct sexuel qu'il faut parler mais d'une loi visant à la perpétuation de la vie.

À partir de cette loi, un *instinct* nous dirige, obscurément, dès l'enfance, vers la femme. L'érotisme est alors diffus, épars d'abord sur soi-même, puis sur n'importe quel être vivant (ou presque) et peu à peu se différencie et nous dirige vers la femme.

Vers la puberté le désir sexuel, conduit par l'instinct, s'est définitivement fixé sur la femme. Il s'attache aux caractères féminins. Il abandonne, rejette les caractères masculins. Il les aperçoit comme signes de stérilité.

Ce moment accompli ou s'accomplissant, le psychisme propose alors une série de thèmes symboliques. Ces thèmes seront thèmes de vie, c'est-à-dire d'actions. Et seulement d'actions sociales. Le choix définitif de la femme implique non seulement un accord social mais c'est à partir de ce choix que se fonde l'ordre social. Le psychisme propose à l'homme des actes qu'il faut entreprendre, et… l'homme est actif.

Mais dans l'enfance, un traumatisme bouleverse l'âme. Je pense qu'il se produit alors ceci : après un certain choc, je refuse de vivre, mais, incapable de penser ma mort en termes clairs, rationnels, je la vis symboliquement en refusant de continuer le monde. L'instinct me porte alors vers mon propre sexe. D'abord il refuse de quitter l'enfance. Ensuite il me porte vers mon propre sexe. Mon plaisir sera *sans fin*. Il ne contiendra pas le principe de continuité. C'est une attitude boudeuse. Peu à peu l'instinct me conduira vers les attributs virils. Mais peu à peu mon psychisme me proposera des thèmes funèbres. En effet, je me sais d'abord capable de ne pas continuer un monde dans lequel je vis, et enfin je continue des gestes de morts, indéfiniment. Les thèmes funèbres, eux aussi exigent d'être *activés*, *accomplis*, sinon il y aurait engorgement et folie (?). Les thèmes symboliques de mort proposés sont alors très restreints, extraordinaire limitation de l'univers pédérastique (suicide, meurtre, vols, actes asociaux, capables de me donner une mort sinon réelle du moins symbolique ou sociale (la prison).

Si l'un de ces thèmes est *activé*, *accompli* en fait, il va provoquer ma mort réelle. Il faut donc que je l'accomplisse dans *l'imaginaire*. Mais dans l'imaginaire cela veut dire soit sur le plan de la vie érotique (sans cesse recommencée, et vaine) ou en rêveries qui ne résolvent rien.

Il me reste donc à activer ces thèmes funèbres dans l'imagination en accomplissant un acte. Le poème. La fonction du poème sera donc :

1 - Me délivrer d'un thème funèbre qui me hante.

2 - Le transformer en acte (imaginaire).

3 - Lui enlever ce que l'acte réel avait de singulier et limité et lui donner une signification universelle.

4 - Réintégrer mon psychisme funèbre dans une réalité sociale.

5 - Me faire quitter l'enfance et accéder à la maturité virile, donc sociale.

C'est, je crois, la seule solution possible par pédérastie. Mais chacun de ces thèmes doit être dépassé, c'est-à-dire vécu en fait jusqu'à la limite de l'acte (mais ça on en reparlera).

En tout cas la signification de l'homosexualité c'est celle-ci : un refus de continuer le monde. Ensuite, altérer la sexualité. L'enfant ou l'adolescent qui refuse le monde et se tourne vers son sexe, sachant qu'il est lui-même un homme, *par ressentiment contre cette virilité inutilisable va tenter de l'irréaliser, de l'altérer* : il n'a qu'un moyen, c'est de la pervertir par un comportement pseudo-féminin. Voilà le sens des gestes, des instincts féminins, des travestis. *Ce n'est pas, comme on le croit, la nostalgie de l'idée de la femme* qu'il aurait pu être qui féminise, c'est le souci amer de moquer la virilité. Il s'y ajoute ceci, qui n'est d'ailleurs qu'une même explication, refuser la vie implique prendre une attitude servile et passive : être la femme, qui, dans la société, est soumise et attend que l'homme vive à sa place.

Signification de l'amour pédérastique : c'est la possession d'un objet (l'aimé) qui n'aura d'autre destin que le destin de l'amant. L'aimé devient l'objet chargé de « représenter » la *mort* (l'amant) dans la vie. C'est pourquoi je le veux beau. Il a les attributs *visibles*, quand moi je *vis mort*. Je le charge de vivre à ma place, apparent. L'aimé ne fait pas que m'aimer, il me « *reproduit* », mais de cette façon je le stérilise, je le coupe de son destin.

Vous le voyez, ce n'est pas tellement en termes de sexualité que je vous explique la pédale, mais en termes de vie et de mort. Quand je vous verrai, je tâcherai de vous dire ce que je pense des eunuques et des castrats. C'est pareil, sauf que leur mort date de leur opération…

Mais il me paraît évident que les actes asociaux des pédés sont exigés parce que leur vie est dans la mort, ou plutôt dans une fausse mort, donc dans *un climat de trahison en principe*.

Et tous ces thèmes funèbres vont revenir dans le comportement des pédés. Je vous en citerai en pagaïe.

Quant à l'apparition, à certains moments, dans la vie d'un homme normal de la pédérastie, c'est provoqué par une brusque (ou lente) chute vitale. Une fatigue, une peur de vivre : *un refus soudain de la responsabilité* de vivre. Pas important l'érotisme des désirs diffus et…

Tout ça c'est naturellement trop vite dit, mais je vais à la campagne. Je ne vous verrai pas, mais dites-moi votre avis.

Si un pédé parle quelquefois intelligemment d'un problème social, c'est parce qu'il calque son esprit discontinu (vous savez ce que je veux dire) sur les facultés d'un esprit où la notion de continu est contenue. Mais en politique rien de *neuf* ne peut être apporté par un pédéraste. Il ne peut *penser* originalement le problème social (Gide et le communisme!). Oui, il y a Walt Whitman (mais vous savez bien que c'est de l'effusion lyrique sans contenu positif). Etc.

Mes amitiés à Michèle.

Votre Genet

Sur la haine des pédés : vous me dites que l'autre est une caricature. Vous avez raison. Mais dites-moi la signification de la caricature : quand j'en vois une est-ce que je ne ris pas haineusement, méchamment d'un défaut qui est en moi et que je hais?

Un poème n'est *que l'activité* d'un thème funèbre. C'est (en définitif) la socialisation, une lutte contre la mort. Les thèmes de vie proposent l'action et interdisent le poème.

Cité par Edmund White
dans *Jean Genet*, Gallimard, 1993

Photomontage de Douchan Stanimirovitch pour la couverture de *Poèmes*, L'Arbalète, 1948.

« J'ignore tout du théâtre »

Genet avait non seulement un sens inné de l'écriture dramatique, mais il était lui-même assez bon comédien à la ville. Cela ne l'a pas empêché cependant de renier constamment le théâtre accusé d'être un art illusoire et superficiel. Le seul mérite que Genet reconnaissait au théâtre, c'était de ne servir aucune ambition de pouvoir.

Lettre à Jean-Jacques Pauvert, 1954

Dans une préface à une nouvelle édition des Bonnes, *Genet renie non seulement sa pièce, mais aussi le théâtre occidental en général. En filigrane, on peut déjà y lire la dramaturgie de ses trois futures pièces : un rituel sauvage qui met en jeu le lien social.*

Mon cher Pauvert,
Il vous faut donc une présentation. Mais que dire d'une pièce dont j'étais détaché avant même qu'elle fût achevée? Parler de sa composition serait évoquer un monde et un climat sans grandeur. Les raisons qui vous permettent d'éditer les deux versions me sont devenues indifférentes. Je signalerai seulement que la seconde – la plus bavarde – fut en fait la première. De longues répétitions l'élaguèrent, l'allégeant. Mais c'est plutôt du théâtre en général que je voudrais dire quelques mots. Je ne l'aime pas. On s'en convaincra en lisant la pièce. […]

Le théâtre moderne est un divertissement. Il arrive qu'il soit, rarement, un divertissement de qualité. Le mot évoque assez une idée de dispersion. Je ne connais pas de pièces qui lient, fût-ce pour une heure, les spectateurs. Au contraire elles les isolent davantage. Sartre m'a dit avoir connu pourtant cette ferveur religieuse lors d'une représentation théâtrale : dans un camp de prisonniers, à Noël, des soldats, médiocres acteurs, avaient monté une pièce française évoquant je ne sais quel thème – révolte, captivité, courage? – et la Patrie lointaine fut tout à coup présente non sur la scène, mais dans la salle. Un théâtre clandestin, où l'on viendrait en secret, la nuit et masqué, un théâtre dans les catacombes serait encore possible. Il suffirait de découvrir – ou de créer – l'Ennemi commun, puis la Patrie à préserver ou à retrouver. Je ne sais ce que sera le théâtre dans un monde socialiste, je comprends mieux ce qu'il serait chez les Mau-Mau, mais dans le monde occidental, de plus en plus touché par la mort et tourné vers elle il ne peut que raffiner dans la « réflexion » de comédie de comédie, de reflet de reflet qu'un jeu cérémonieux pourrait rendre exquis et proche de l'invisibilité. Si l'on a choisi de se regarder mourir délicieusement, il faut poursuivre avec rigueur, et les ordonner, les symboles funèbres. Ou choisir de vivre et découvrir l'Ennemi. Pour moi, l'Ennemi ne sera jamais nulle part, il n'existera plus de Patrie, fût-elle abstraite ou intérieure.

Si je m'émeus, ce sera par le rappel nostalgique de ce qu'elle fut. Un théâtre d'ombres seul me toucherait encore.

Les Bonnes, éditions Pauvert, Paris, 1954

Lettre à Roger Blin, avril 1966

Avant, pendant et après les répétitions des Paravents, *Genet n'a cessé de donner par écrit ses instructions ou ses opinions au metteur en scène, Roger Blin. On voit dans cette lettre écrite bien après le début des représentations, le niveau d'exigence que Genet impose à tous ceux qui «servent à le composer» sur scène.*

Bien sûr j'ignore tout du théâtre en général, mais j'en sais assez sur le mien.

Qu'un juge prononce un jugement, exigeons qu'il se prépare autrement que par la connaissance du code. La veille, le jeûne, la prière, une tentative de suicide ou d'assassinat pourraient l'aider afin que le jugement qu'il va prononcer soit un événement si grave – je veux dire un événement poétique – qu'il soit, l'ayant rendu, le juge, exténué, sur le point de perdre son âme dans la mort ou la folie. Exsangue, aphone, il resterait deux ou trois ans avant de se remettre. C'est beaucoup demander à un juge. Mais nous? Nous sommes encore loin de l'acte poétique. Tous, vous, moi, les acteurs, nous devons macérer longtemps dans la ténèbre, il nous faut travailler jusqu'à l'épuisement afin qu'un seul soir, nous arrivions au bord de l'acte définitif. Et nous devons nous tromper souvent, et faire que servent nos erreurs. En fait, nous sommes loin de compte et ni la folie ni la mort ne me paraissent encore, pour cette pièce, la sanction la plus juste. C'est pourtant ces deux Déesses qu'il faut émouvoir afin qu'elles s'occupent de nous. Non, nous ne sommes pas en danger de mort, la poésie n'est pas venue comme il faudrait.

Si je voulais ce que vous m'aviez promis, le plein feu, c'est pour que chaque acteur *finît* avec éclat ses gestes ou son dire, et qu'il rivalisât avec la lumière la plus intense. Je voulais aussi la lumière dans la salle : le cul écrasé dans son fauteuil des spectateurs, leur immobilité imposée par le jeu, c'était assez pour départager la scène de cette salle, mais les feux sont nécessaires pour que la complicité s'établisse. Un acte poétique, non un spectacle, même beau selon l'habituelle beauté, aurait dû avoir lieu. Seule Casarès, par ses seuls moyens, a scintillé le dernier soir.

Dans une autre lettre, que vous avez sans doute perdue, je vous disais que mes livres, comme mes pièces, étaient écrits contre moi-même. Vous comprenez ce que je veux dire. Entre autres ceci : les scènes des soldats sont destinées à exalter – je dis bien exalter – la vertu majeure de l'Armée, sa vertu capitale : la bêtise. J'ai bandé pour des paras, jamais pour ceux du théâtre. Et si je ne réussis pas, par mon seul texte, à m'exposer, il faudrait m'aider. Contre moi-même, contre nous-mêmes, alors que ces représentations nous placent de je ne sais quel bon côté par où la poésie n'arrive pas.

Il faut considérer que nous avons échoué. La faute c'est notre dégonflage comme celui d'une cornemuse qui se vide en émettant quelques sons que nous voulions croire attrayants, et en nous accordant l'illusion que la mélodie achevée valait bien quelques pertes d'un gaz précieux. Par petites secousses successives nous nous sommes dirigés sûrement vers l'affadissement de la pièce. Secousses successives afin de nous assurer d'un succès qui, à mes yeux, finalement est un échec.

Jacques Maglia me dit : « Tout semble se passer comme si, Blin et toi, vous étiez fiers de vous. Au lieu d'une pièce dont l'achèvement devrait vous consterner, son succès apparent vous rassure. »

Plusieurs fois j'ai capitulé, par lassitude, devant les objections de Barrault et devant les vôtres. Votre connaissance du théâtre risque de vous faire éviter des fautes de goût : mon ignorance de ce métier aurait dû me conduire vers elles.

Je ne dis pas que le texte écrit de la pièce est d'une valeur tellement grande, mais je puis vous affirmer que, par exemple, je n'ai méprisé aucun de mes personnages – ni Sir Harold, ni le Gendarme, ni les Paras. Sachez bien que je n'ai jamais cherché à les « comprendre », mais, les ayant créés, sur le papier et pour la scène, je ne veux pas les renier. Ce qui me rattache à eux est d'un autre ordre que l'ironie ou le mépris. Eux aussi

Esquisse d'André Acquart pour un décor des *Paravents*.

ils servent à me composer. Jamais je n'ai copié la vie – un événement ou un homme, Guerre d'Algérie ou Colons – mais la vie a tout naturellement fait éclore en moi, ou les éclairer si elles y étaient, les images que j'ai traduites soit par un personnage soit par un acte. Pascal Monod, un des étudiants du service d'ordre, m'a dit, après la dernière représentation, que l'armée n'était pas aussi caricaturale que je l'ai montrée. Je n'ai pas eu le temps de lui répondre qu'il s'agissait, ici, d'une armée de rêve, rêve esquissé sur le papier et réalisé, bien ou mal, sur une scène, par exemple en bois et dont le plancher craque sous les pieds.

Revenons à l'éclairage. Vous devez bien comprendre que cette façon de jouer de l'ombre, de la pénombre et de la lumière est un recours, délicieux et frileux, qui donne au spectateur le temps de s'extasier et de se rassurer. Je voulais la banquise, terre promise qui aveugle et ne laisse aucun repos. Où était cette matière, à la fois blanche et métallisée dont nous avait parlé Acquart, et qui, selon mes indications, aurait dû constituer la matière même où se seraient mus les acteurs? Pourrez-vous employer enfin, un seul soir même, cette matière mystérieuse, mallarméenne et allégorique?

On ne va pas faire la guerre si on ne l'aime pas, si l'on ne se sent pas fait – ou si l'on veut destiné – pour le combat. Le théâtre c'est pareil. Trop à l'aise sur la scène, les comédiens, entre leurs apparitions momentanées, se reposent, ou plutôt s'écrasent l'un contre l'autre, autour du poste de télé ouvert tout grand dans le foyer des artistes. Certains chanoines aux vêpres lisent leur bréviaire en pensant à je ne sais quoi, mais des comédiens de vingt ans ne devraient pas être des chanoines. Même quand elle n'est pas visible du public, Casarès demeure dans la coulisse, attentive ou à bout, mais présente : les autres foutent le camp. Ils pourraient au moins suivre par les haut-parleurs l'évolution de leurs camarades. Par un jeu de boutons ils font taire les voix venant de la scène, apportant éclat ou lassitude, défaillance ou habileté, et ils regardent la télé. Ils l'écoutent. Au lieu de quitter le monde ils le réintègrent, comme si la scène était un endroit de perdition. Les jeunes acteurs sont remarquables en ce sens qu'à peine en scène ils font tout pour se dissimuler, pour se dissoudre presque dans une grisaille de paroles et de mouvements. Ne pouvez-vous pas leur dire que trop briller à la ville empêche qu'un éclat longtemps contenu, enfin explose, illuminant la scène? S'ils n'ont qu'une phrase à dire, un geste à faire, phrase et geste devraient contenir ce que chaque acteur porte en lui de lumineux et qui attendait depuis longtemps cet instant privilégié : être sur la scène. Certainement il faut encourager chaque comédien à être, fût-ce le temps d'une apparition, fulgurante et vraie, d'une si grande beauté que sa disparition dans la coulisse soit ressentie par la salle comme désespérante. Et que, tout en étant sous le charme de ce qui s'opère après lui, on continue à le regretter bien après qu'il a disparu.

Enfin, si je tiens tellement aux pleins feux, sur la scène et sur la salle, c'est que je voudrais, d'une certaine façon, que l'une et l'autre soient prises par le même embrasement et que nulle part l'on ne réussisse à s'à-demi dissimuler.

Voilà, mon cher Roger, quelques notes que m'imposaient la réalisation des *Paravents* et la grande amitié que je vous porte. J. G.

Lettres à Roger Blin,
Gallimard, Paris, 1966

Lettre à Antoine Bourseiller, 1969

En 1969, le metteur en scène Antoine Bourseiller monte avec sa femme Chantal Darget Le Balcon *à Marseille. Devenu un ami, Genet lui laisse une inhabituelle latitude d'interprétation. C'est l'époque où la liberté remet tout en cause, non seulement les règles du théâtre, mais aussi la notion même de propriété littéraire et artistique. Dans la deuxième lettre, figure un texte «manifeste» sur la propriété littéraire rédigé par Genet et Bourseiller.*

Cher Antoine,
Ma lettre vous a peut-être affolé. Ou le ton de ma voix quand je vous parlais du théâtre. Il faut vous rassurer. Il ne s'agit pas de mes pièces mais : (pour moi) toute représentation théâtrale, tout spectacle est une féerie. La féerie dont je parle n'a pas besoin de miroir, d'étoffes somptueuses, de meubles baroques : elle est dans une voix qui se casse sur un mot – alors qu'elle devrait se casser sur un autre – mais il faut trouver le mot et la voix ; elle est (la féerie) dans un geste qui n'est pas à sa place à cet instant ; elle est dans le petit doigt qui s'est trompé ; elle est quand un acteur de nô, chauffeur de taxi costaud, se grime devant le public, prend l'éventail d'une certaine façon (fausse), fait tomber ses épaules en avant et devient avec une évidence qui donne la chair de poule, la première femme shintoïste, etc.

J'aurais voulu que mon texte soit en porte-à-faux, et qu'une féerie naisse de lui. Mais tout ça, c'est trop difficile, l'Atlas trop loin, et sans efficacité.

Je ne sais pas grand-chose, sauf peut-être celle-ci : il faut se tromper. Je veux dire : jouer un peu à côté.

Je voulais de l'argent, vous me l'avez donné. J'ai aussi beaucoup d'amitié pour vous et pour Chantal, mes lettres sont donc maladroites.

Faites surtout un très beau spectacle. Et vous n'aurez plus peur de moi : mais c'était, dans votre lettre, une coquetterie d'artiste, n'est-ce pas?
Je vous embrasse.
Jean Genet

Lettre à Antoine Bourseiller, 12 avril 1969

Cher Antoine Bourseiller,
Victor Garcia vient me voir. Afin de lui faciliter les moyens d'obtenir de l'argent pour jouer *Le Balcon* à Paris, il me demande, et je lui donne mon accord, selon les règles que nous récusons, je le fais et ce n'est qu'un tour de passe-passe, et je vous préviens, parce qu'autour de vous, tout va tenter de maintenir la fiction d'une pseudo propriété artistique ou théâtrale, protégée par le nom de l'auteur, par la signature de l'auteur. Il est donc possible que je galvaude encore cette signature de « l'œuvre ». Pour vous, pour Garcia et pour moi, la seule réalité de nos rapports est là, dans ce texte que j'ai signé avec vous et votre troupe le 19 février 1969.
Cordialement,
Jean Genet

« De la propriété littéraire »
C'est par une voie plus subtile que celle qui s'établit à partir d'une prétendue propriété littéraire – ou dramatique, ou artistique – que nous allons essayer d'instaurer, entre un très aléatoire auteur et notre troupe, un accord différent.

Constatons, d'abord, qu'à une époque où la propriété des biens est de plus en plus contestée, la prétendue propriété littéraire semble vouloir se consolider, former bloc. De plus en plus, elle se rattache à un nom (le nom de l'auteur), alors que le nom recouvre de moins en moins une œuvre originale, si l'on accepte qu'un « esprit de l'époque » soit à l'origine de toute œuvre originale.

Nous nous trouvons donc devant une conception féodale de la propriété littéraire, protégée par la signature (nom de l'auteur), si bien que ce nom prend, en ce moment, des proportions de plus en plus dangereuses pour les autres, en ce sens qu'il paraît indiquer une sorte de repaire, un silo à grains, un sanctuaire chinois, d'où personne d'autre que le signataire ne pourrait tirer avantages.

Pour tour dire, le nom est devenu un moyen de tyrannie. Nous nous passerons du nom de l'auteur dans la mesure où il sera tyrannique. Si son œuvre écrite n'est pas une propriété comme on l'entend habituellement, cette œuvre est ouverte à tous, et tous ont, sans privilèges particuliers, le droit de l'utiliser à des fins non serviles. Nous voulons dire : d'en utiliser le tout ou quelques fragments.

Observons en passant que la collusion des deux mots : « propriété » « littéraire » donne lieu à un concept mort, comme est sans vie, sans émotion la sonorité de « propriété littéraire ». C'est donc dans cet esprit que notre groupe décide de former un spectacle à partir d'un ouvrage écrit par Jean Genet. Le consentement de Genet nous sera acquis ou refusé, mais nous supposons qu'il se refusera aussi au ridicule de traduire notre groupe devant les tribunaux. Du reste, à partir de cette sorte d'accord, aucun tribunal ne possède les moyens assez ténus, pour savoir qui a tort et qui a raison.

Ajoutons ceci : que le respect mandarinal du nom dissimule en général les qualités et les défauts d'une œuvre. Et ceci, encore : qu'en face d'accords nouveaux et d'une œuvre non signée, le public y gagnera en sensibilité, nous le savons bien, nous qui avons connu les nôs, sans savoir qu'ils étaient écrits par Zeami, qui avons visité des musées chinois ou japonais et, qu'auprès des plus beaux tableaux, nous avons cherché la signature et n'avons découvert que cette mention « anonyme » du XVIe siècle, et que notre émotion en était augmentée. Nous souhaitons que les droits financiers qui résultent de cette pseudo « propriété littéraire » demeurent dans un circuit ininterrompu de créations.

À la réflexion, il semble bien que l'auteur du texte joué doive être aussi rémunéré. Il le sera donc en proportion inverse de sa notoriété : il est inutile de faire un dessin si l'on veut faire admettre le caractère logique de ce paragraphe. La rémunération de l'auteur se calculera sur les bénéfices du spectacle (s'il y en a) et sera décidée par la troupe siégeant en réunion plénière. C'est dire que l'auteur n'aura de recours que dans la loyauté de la troupe, et qu'au pourcentage immuable de 10 % des recettes, l'on substituera un taux nouveau, véritable échelle mobile calculée pour chaque spectacle et selon chaque auteur.

Tous les accords que j'ai pu signer jusqu'à aujourd'hui doivent être considérés comme nuls et non avenus : en accordant sa propre liberté à ce que j'ai pu écrire (pièces de théâtre), je reprends ma liberté à l'égard d'une société dont je dénoncerai tous les pactes.

Fait à Aix-en-Provence, le 14 mai 1969
Jean Genet

Du théâtre, n° 1, juillet 1993

« En guise d'au revoir »

L'art épistolaire chez Genet mêle souvent l'utile à l'agréable. À la fin de sa vie, pour demander un service (moins pour lui-même que pour ses proches), Genet offrait à ceux qu'il sollicitait une « page d'écriture ».

Lettre à Jacques Derrida

Jean Ristat a demandé à Genet de participer à l'hommage des Lettres françaises *au philosophe Jacques Derrida. L'écrivain s'y prêta de bonne grâce en se livrant à un étonnant retournement : la critique du critique.*

Cher Jean Ristat,
« Un texte n'est un texte que s'il cache au premier regard, au premier venu, la loi de sa composition et la règle de son jeu. Un texte reste d'ailleurs un texte imperceptible. La loi et la règle ne s'abritent pas dans l'inaccessible d'un secret, simplement elles ne se livrent jamais au présent, à rien qu'on puisse rigoureusement nommer une perception. Au risque toujours et par essence de se perdre ainsi définitivement. Qui saura jamais telle disparition? La dissimulation de la texture peut en tout cas mettre des siècles à défaire sa toile. »

Pour nous, cette attaque est aussi célèbre que la première page des *Jeunes Filles en fleurs*, aussi neuve et pourtant arrachée de nous-mêmes par Jacques Derrida, qui la fait sienne et la fait nôtre maintenant. Elle nous le sera de plus en plus, à lui de moins en moins.

Vous me donnez deux heures à peine, à peine… Reprenons : La première phrase est seule. Elle est *totalement* seule. Mais lisons, légèrement, avec une allégresse si possible aussi fine que celle de Derrida, simplement, et guidé par le jeu des mots, alors le sens plein de la phrase tremble doucement et la porte vers la suivante. L'habituel et grossier dynamisme qui conduit une phrase à la suivante semble être remplacé, chez Derrida, par une très subtile aimantation qui se trouverait, non dans les mots, mais sous eux, presque sous la page. La phrase suivante, aimantée de la même façon, peut aussi paraître *totalement* seule : mais le même vertige horizontal la porte vers le début de la phrase III.

Pardonnez-moi de dire si mal ce que j'éprouve d'abord : moi aussi, dans cette claire ébriété, après la lecture de la première page de *La Pharmacie* de Platon, je repose le livre. Je sais que j'irai de merveilles en merveilles.

Mais lire doucement. Rire doucement de l'entrée inattendue des mots. Accepter d'abord ce qui nous est offert de bonne grâce, la poésie. Alors le sens nous sera tendu, en récompense, et très simplement, comme dans un jardin.

«La nuit passe. Au matin, on entend des coups à la porte. Ils semblent venir du dehors, cette fois, les coups… Deux coups… Quatre…»
«Mais c'est peut-être un reste, un rêve, un morceau de rêve, un écho de la nuit… cet autre théâtre, ces coups du dehors…»

Les Lettres françaises,
29 mars 1972

Frans Hals, *Les Régentes de l'hospice des vieillards*, vers 1664.
Haarlem, Musée Frans-Hals.

Lettre au professeur Abdelkebir Khatibi vers 1980

En guise de remerciement, Genet adresse à l'universitaire et écrivain marocain Abdelkebir Khatibi cette fable qui démontre que les puissants auraient toujours le dernier mot si les poètes n'avaient pour eux l'arme de la parole.

Mon cher Abdelkebir,
Plusieurs fois, j'ai téléphoné hier et ce matin ; ton téléphone sonnait de plus en plus en Suisse. Tu devais donner des cours très hermétiques à l'université.

Je pars tout à l'heure. En te laissant le choix des moyens pour délivrer Mohamed des orages de Tetouan et de Larache, te demandant pourtant de le faire le plus vite possible.

Ta promesse de t'occuper de cela me rassure.

En guise d'au revoir, je te laisse cette petite information, *très historiquement contrôlée*, à propos de Diogène et d'Alexandre.

Et voici ce qui eut lieu : Diogène était une sorte de clochard à peu près inconnu, un peu le genre de Ferdinand Lap au Quartier latin. Personne ne prêtait beaucoup attention à lui. Quand Alexandre vint à Athènes, Alex était déjà célèbre, Diogène (genre ami Barthes voulant connaître Giscard...) voulut rencontrer Alexandre. Il se rendit à son quartier général. Alex, nu, était couché sur le sable. Une ombre un peu pouilleuse s'approchait de lui. Agacé, sans même tourner la tête, Alexandre dit à cette ombre :« Enlève-toi de mon soleil.» Diogène, furtif, s'en alla, mais ulcéré, il raconta l'anecdote, avec précision, mais *en inversant les termes*. Elle fit le tour du monde, traversa le temps et vint à nous : je t'en restitue la vérité et je t'embrasse.
Jean Genet

Cité par Abdelkebir Khatibi, dans *Figures de l'étranger*, Denoël, 1987

Lettre à Laurent Boyer Rabat, le 4 novembre 1984

De retour de son dernier voyage auprès des Palestiniens, Genet fait un détour par Amsterdam entre Paris et Rabat, pour contempler une dernière fois le tableau de Frans Hals Les Régentes *et méditer sur la disparition...*

Mon cher Laurent,
Vous ni personne ne verrez plus les *Régentes*. Elles ne sont pas dans la nuit, c'est pire, elles sont dans l'oubli. D'elles, mais dans une salle qui n'est plus la salle noble d'autrefois, il reste cinq très lointains reflets, moins sur la toile que dans la mémoire : C'est tout ce qu'il en reste, que nous savons que nous aussi – « civilisations! » – sommes mortels. Imaginez une famille, possédant Chenonceaux. Elle le fait détruire car il est trop vieux. Avec les pierres, elle comble le Cher, et elle commande à Merlin une villa toute neuve.

Personne ni vous ne verrez plus les *Régentes*. Dans cette nouvelle salle, on

Jean Genet en 1981.

ne les a pas placées en apothéose mais reléguées dans un grenier où il pleut sur elles. Si elle sont encore luisantes, c'est moins du vernis gris que l'eau de pluie des Pays-Bas. Jacky était avec moi. Il me dit : « On voit qu'elles sont déprimées. » Il ne reste rien d'elles. La beauté des couleurs des cinq visages, des cinq planètes autour de cette table, ces couleurs délicieuses pour peindre la mort lente mais que je croyais éternelle, elles ont disparu, et pas ailleurs que dans le gris du passé.

Passé décomposé. Vous ne verrez plus rien. Rien de la gravure du fond. Presque rien des visages, une main peut-être, comme un adieu, émerge encore de cette fumée : la main de la femme assise au premier plan. La main qui pend.

La Hollande vient de laisser fuir à l'étranger – mais aussi dans l'étrange – un des trésors du monde. L'Espagne perdra sûrement dans la fumée, la même fumée, ses Greco, ses Titien, etc.

L'Amérique – pour une fois alliée à la Tchécoslovaquie vient de nous faire croire – essayer de nous faire croire que Mozart et un comédien yankee c'est pareil. Quelles salades, au pluriel!

Et j'écrirais encore des pages de vacheries sur tous ces cons, conservateurs, conseillers culturels, confrères, et le reste, ce qui m'en empêche, c'est que je dois terminer ma lettre en vous disant mon amitié.

Jean Genet

Au musée de Haarlem, un endroit est encore très bien entretenu c'est la cafétéria. Allez en Hollande pour la voir.

La Nouvelle Revue française, n° 524, septembre 1996

Toutes les femmes palestiniennes ne sont pas la mère de Hamza, mais toutes lui ressemblent en ceci : l'acceptation des exigeances de la lutte. Quand je fus conduit par Hamza chez sa mère, on était au mois de Ramadan, il lui dit que, non seulement je n'étais pas musulman, mais que je ne croyais pas en dieu. Elle me regarda, souriante, d'un air mi-étonné - mi-amusé. C'était une femme d'environ cinquante ans, et veuve. Il était à peu près midi et j'avais faim.

- "Mais alors, s'il ne croit pas en dieu, il faut qu'il mange."

Elle prépara un repas, pour Hamza et pour moi. Au fait que j'étais un incroyant en période de Ramadan, elle avait donné sans histoires la réponse correcte : un repas. Elle ne mangea qu'après six heures. Vers le soir, j'aidai la famille à mettre les balles dans des chargeurs. La famille, c'est-à-dire : la mère, Hamza, sa soeur, le mari de sa sœur. L'armée jordanienne occupait un hôpital d'où elle canardait le camp Palestinien d'Irbid, où était notre maison.

Hamza, la nuit venue, avait gagné son poste, assez loin dans la ville. Je restai seul dans sa chambre où il y avait trois Kalaschvickofs et l'entrée d'un abri qui contenait d'autres armes. Vers dix heures du soir, le sommeil ne venait pas. On tirait toujours. Vers dix heures on frappa à ma porte. Je ne répondis rien. Feignant de dormir, entre mes cils je vis la porte s'ouvrir. La mère de Hamza était sur le pas, tenant un plateau chargé d'un verre d'eau et d'une tasse de café turc. Elle portait par la bretelle un fusil à son épaule. Elle entra, posa le plateau sur une petite table, près du lit et sortit. Je bus le café. Cinq

Tapuscrit d'*Un captif amoureux* : la nuit chez Hamza et sa mère.

BIBLIOGRAPHIE

Textes de Genet dans leur première édition

- *Adame Miroir*, édition musicale Heugel, 1948.
- *L'Atelier d'Alberto Giacometti*, Lettres nouvelles, sept. 1957.
- *Le Bagne* (esquisse pour le théâtre et scénario), L'Arbalète, Lyon, 1994.
- *Le Balcon*, 1re version : L'Arbalète, Lyon, 1956; 2e : L'Arbalète, 1962, précédée de «Comment jouer *Le Balcon*» ; 3e : L'Arbalète, 1963.
- *Les Bonnes*, 1re version : L'Arbalète, mai 1947; 2e : Jean-Jacques Pauvert, Paris,1954; précédée de «Comment jouer *Les Bonnes*», L'Arbalète, Lyon, 1963 ; révisée pour l'édition Gallimard de 1968.
- *Un captif amoureux*, Gallimard, Paris, 1986.
- *Un chant d'amour*, L'Arbalète, Lyon, 1948.
- *Chants secrets*, L'Arbalète, Lyon, 1945.
- *Le Condamné à mort*, Fresnes, sept. 1942.
- *Elle*, L'Arbalète, Lyon, 1989.
- *L'Enfant criminel*, Paul Morihien, Paris, 1949.
- «Fragments», *Les Temps modernes* n° 104, avril 1954.
- *Le Funambule*, L'Arbalète, Lyon, 1958.
- «La Galère», *Cahiers de la table ronde*, Paris, avril 1945.
- *Haute Surveillance*, La Nef, Paris, mars 1947 ; 2e édition, Gallimard, 1965 ; 3e édition : 1988.
- «Jean Cocteau», *Empreintes*, n° 7-8, mai 1950.
- *Journal du voleur* (extraits), *Les Temps modernes*, juillet-août 1946, édition complète : Gallimard, Paris, 1949.
- *Marche funèbre*, L'Arbalète, Lyon, mars 1945.
- *Miracle de la rose*, L'Arbalète, Lyon, 1946.
- *Les Nègres*, L'Arbalète, Lyon, 1958 ; réédition précédée de «Pour jouer *Les Nègres* », L'Arbalète, 1963.
- *Notre-Dame-des-Fleurs* (extraits), L'Arbalète, n° 8, 1944 ; édition complète : Monte-Carlo, «Aux dépens d'un amateur», 1944.
- *La Parade*, L'Arbalète, Lyon, 1948.
- *Les Paravents*, 1re version : L'Arbalète, Lyon, 1961 ; 2e version : Gallimard, 1979.
- *Le Pêcheur du Suquet*, L'Arbalète, Lyon, 1948.
- *Poèmes*, L'Arbalète, Lyon, 1948.
- *Pompes funèbres*, «Aux dépens de quelques amateurs», «à Bikini» (Gallimard) 1947.
- «Quatre heures à Chatila», *Revue d'études palestiniennes*, n° 6, hiver 1983.
- *Querelle de Brest*, «Aux dépens d'un ami», automne 1947.
- «Le Secret de Rembrandt», *L'Express*, 4 sept. 1958.
- *Splendid's*, L'Arbalète, Lyon, 1993.

Préfaces de Jean Genet

- *Les Frères de Soledad*, de George Jackson, Gallimard, Paris, 1971.
- *Textes des prisonniers de la Fraction Armée rouge*, Maspero, Paris, 1977.

Textes politiques

- Jean Genet, *L'Ennemi déclaré*, textes et entretiens, Gallimard, Paris, 1991.

Correspondances publiées de Jean Genet

- *Lettres à Madame Bloch : Chère Madame*, Merlin Verlag, Hambourg, 1988.
- *Lettres à Léonor Fini*, Loyau, Paris, 1950.
- *Lettres à Jean-Jacques Pauvert*, éditions Pauvert, Paris, 1954.
- *Lettres à Olga et Marc Barbezat*, L'Arbalète, Lyon, 1988.
- «Lettres à Antoine Bourseiller», *Du théâtre*, n° 1, juillet 1993.
- *Lettres au petit Franz,* Le Promeneur, 2000.
- *Lettres à Roger Blin*, Gallimard, Paris, 1966.
- «Lettre à Laurent Boyer sur *Les Régentes*», *La Nouvelle Revue française*, n° 524, sept. 1996.
- «Lettres à un jeune lycéen», *Continents*, n° 2.
- «Une lettre de Jean Genet», *Les Lettres françaises*, n° 1429, mars 1972.

Sélection de livres principalement consacrés à Genet

- Bellity-Peskine L., Dichy A., *La Bataille des Paravents*, IMEC Éditions, Paris, 1991.
- Chevaly M., *Genet*, Éditions Le Temps parallèle, Marseille, 1989.
- Derrida J., *Glas*, Galilée, Paris, 1974.
- Dichy A., Fouché P., *Jean Genet. Essai de chronologie 1910-1944*, Bibliothèque de littérature française contemporaine de Paris VII, Paris, 1988.
- Dufrene T., *Portrait de Jean Genet, le scribe captif*, Adam Biro, Paris, 1995.
- El Malleh E. A., *Un captif amoureux et autres essais critiques,* La Pensée sauvage, Paris, 1988.
- Genet J. *et al.*, *Les Nègres au Port de la lune, Genet et les différences*, La Différence, C.D., Bordeaux, 1987.
- Giles J., *Un chant d'amour. Le cinéma de Jean Genet*, Macula, Paris, 1993.
- Guennoun S., *Jean Genet. L'Ultime Parcours,* Tarik éditions, Casablanca, 2002.
- Hankins J. (textes réunis par), *Genet à Chatila*, Solin, Arles, 1992.
- *Jean Genet*, Marval, «Portraits d'auteur», Paris, 1997.

- *Jean Genet et le monde arabe*, exposition du musée de la fondation ONA, Service de coopération et d'action culturelle de l'Ambassade de France à Rabat, commissaire Marie Redonnet, février 2002.
- Koltes B.-M. et Régnault F., *La Famille des Orties, esquisses et croquis autour des Paravents*, Théâtre des Amandiers, Nanterre, 1983.
- Laurette L., *Pour Jean Genet. Une plaidoirie imaginaire*, HC, Paris, 1994.
- Malgorn A., *Jean Genet*, La Manufacture, Lyon 1988, 2e édition : 1996.
- Moraly J.-B.Y., *La Vie écrite*, La Différence, Paris, 1988.
- Redonnet M., *Jean Genet le poète travesti. Portrait d'une œuvre*, Grasset, Paris, 2000.
- Renault J.-P., *Une enfance abandonnée, Jean Genet à Alligny-en-Morvan*, La Chambre d'échos, 2000.
- Sartre J.-P., *Saint Genet comédien et martyr, Œuvres complètes de Jean Genet,* I, Gallimard, Paris, 1952.
- Webb R. et S., *Jean Genet and his critics, an annotated bibliography*, The Scarecrow Press, Paris, 1982.
- White E., *Jean Genet,* Gallimard, Paris, 1993.

Sélection d'articles consacrés à Genet

- *Europe*, août-sept. 1996.
- *Le Magazine littéraire*, n° 174, juin 1981.
- *Le Magazine littéraire*, n° 313, sept. 1993.
- *Masques*, n° 12, hiver 1981-1982.
- *Obliques*, n° 2, 1972.
- «Jean Genet et les Palestiniens», numéro spécial de la *Revue d'études palestiniennes*, 1997.
- Barthes R., «Jean Genet : *Le Balcon* (mis en scène par Peter Brook)», *Théâtre populaire*, n° 38, deuxième trimestre 1960.
- Bougon P., «Un captif amoureux», *L'Infini*, n° 22, été 1988.
- Deguy M., «La Pietà de Jean Genet», *La Quinzaine littéraire*, n° 471.
- Dichy A., «La Prison imaginaire», *Le Magazine littéraire*, n° 247, nov. 1987.
- Goytisolo J., «Jean Genet et les Palestiniens», *Revue d'études palestiniennes*, printemps 2002.
- Guattari F., «Genet retrouvé», *Revue d'études palestiniennes*, automne 1986.
- Mishima Y., «Sur Jean Genet», *Le Magazine littéraire*, n° 169, février 1981.
- Moraly J.-B. Y., «Ce qui est resté d'un Rembrandt déchiré en petits carrés bien réguliers et foutu aux chiottes ou La critique selon Jean Genet», *Le Français dans le monde*, numéro spécial, février-mars 1988.

Sélection d'ouvrages partiellement consacrés à Genet

- Bax D. (sous la direction de), *Théâtre au cinéma, tome 10 - Patrice Chéreau, Jean Genet, Bernard-Marie Koltès,* Bobigny, 1999.
- Cyrulnik B., *Les Vilains Petits Canards,* Odile Jacob, Paris, 2001.
- Dort B., *Théâtre réel*, Le Seuil, Paris, 1971.
- Eribon D., *Une morale du minoritaire, Variations sur un thème de Jean Genet*, Fayard, Paris, 2001.
- Galmiche X., *Le Récit de miracle*, Desclée de Brouwer, Paris, 1992.
- Godard H., *Poétique de Céline*, Gallimard, Paris, 1985.
- Goytisolo J., *Les Royaumes déchirés*, Fayard, Paris, 1986.
- Lange M., *Les Cahiers déchirés,* Nil, Paris, 1994.
- Leduc V., *La Folie en tête*, Gallimard, Paris, 1970.
- Millett K., *La Politique du mâle*, Stock, Paris, 1971.
- Millot C., *Gide, Genet, Mishima - Intelligence de la perversion*, Gallimard, Paris, 1996.
- Sanbar E., *Le Bien des absents*, Actes Sud, Arles, 2002.
- Sichère B., *Le Dieu des écrivains*, Gallimard, Paris, 1999.

TABLE DES ILLUSTRATIONS

COUVERTURE

1er plat Genet dans les bureaux des Éditions Gallimard vers 1948, Coll. Monique Lange et portrait de Genet par Cocteau, le 8 février 1943. Coll. part.
2e plat *Querelle de Brest*, manuscrit autographe signé, 1945. Coll. part.

OUVERTURE

1 *Le Mur de la Santé*, 1932, photo de Brassaï.
2 Abdallah sur le fil, photo de M. Lange.
5 Maria Casarès et J.-L. Barrault dans *Les Paravents* au Théâtre de l'Odéon, avril 1966.
6 Réfugiés palestiniens dans le camp de Baka, en Jordanie, 1971, photo de Bruno Barbey.
9 Jean Genet, 1951, photo de P. Halsman.

CHAPITRE 1

10 Jean Genet en 1912 à Alligny, dans les bras d'Eugénie Régnier. Imec/Fonds Genet.
11 Jean Genet, *L'Enfant criminel & 'Adame Miroir*, Paris, [Paul Morihien], 1949, couverture.
12 Copie d'extrait

de naissance de Jean Genet. Ancienne collection M. Barbezat.
13 La maison d'école, Alligny-en-Morvan, carte postale. Imec/Fonds Genet.
14 Classe d'Alligny-en-Morvan en 1923. Imec/Fonds Genet.
14-15 Image sainte distribuée lors de la communion solennelle de Genet, juin 1922. *Idem.*
16 La Maison d'éducation correctionnelle pour les enfants, dite La Petite Roquette, carte postale.
17 L'Atelier des brossiers de la colonie de Mettray. Archives départementales d'Indre-et-Loire.
18 Partition de la *Chasse à l'enfant* de Prévert et Kosma, Enoch, 1936. Coll. Bachelot-Prévert.
18-19 Colons à Mettray. Archives départementales d'Indre-et-Loire.
20 Jean Genet à 16 ans, Imec/Fonds Genet.
21 Genet à 26 ans. Imec/Fonds Genet.
22 Défilé de l'Armée française à Alep, 1935.
23 Fermeture de la frontière entre la Tchécoslovaquie et la Pologne, Teschen, septembre 1938.
24 Extrait d'une lettre de Genet à Gide, Barcelone, 12 décembre 1933. Paris, Bibliothèque littéraire J. Doucet.
25 Barcelone, dans les années 1930.
26 Fresnes, 1947.
27h *Le Mystère des Enfants des Anges*, manuscrit autographe signé, 1943. Ancienne collection M. Barbezat.
27b *Pour la Belle*, manuscrit autographe, 1943-1944. *Idem.*
28h *Le Condamné à mort*, Fresnes, sept. 1942, page de titre. *Idem.*
28b Tribunal de 1re Instance du département de la Seine, 22 sept. 1937.
29 Fausse carte d'identité datée du 26 nov. 1944. Coll. part.

CHAPITRE 2

30 Dans les bureaux des Éditions Gallimard vers 1948. Coll. Monique Lange.
31 Lettre de Genet au président Auriol, 1949. Imec/Fonds Genet.
32 Genet, Cocteau et un ami. Archives de Milly-la-Forêt.
33 Portrait de Genet par Cocteau, le 8 février 1943. Coll part.
34 Lettre de Genet à Marc Barbezat, 1944, extraite de *Lettres à Olga et Marc Barbezat*, L'Arbalète, 1988.
35h Genet entre Monique Lange, Florence Malraux et Odette Laigle, 1947. Imec/Fonds Genet.
35b Jean Genet et Marc Barbezat, photo extraite de *Lettres à Olga et Marc Barbezat*, L'Arbalète, 1988.
36 Dédicace autour d'une photo de Weidman, *ibidem.*
37 Scène de *Flowers*, pantomime de Lindsay Kemp, Festival d'Avignon 1981, photo de Colette Masson.
38h Jean Decarnin, 1941. Imec/Fonds Genet.
38b Pierre Blaise dans *Lacombe Lucien* de Louis Malle, 1974.
39 Dessin non signé de Jean Cocteau pour la page de titre de *Pompes funèbres*, édition clandestine [Paul Morihien], avril 1948. Coll. part.
40 Scène de *Querelle* de Rainer Werner Fassbinder, 1983.
41 *Querelle de Brest*, manuscrit autographe signé, 1945. Coll. part.
42-43 Page de titre et illustrations de Cocteau pour l'édition originale de *Querelle de Brest*, 1947. Imec/Fonds Genet.
44h Genet avec Sartre au bar du Pont-Royal, 1950, photo de Jacques de Potier.
44b Caricature de Maurice Henry.
45 Couverture pour la 1re édition Folio de *Notre-Dame-des-Fleurs*, Gallimard, 1976.
46 *Journal du voleur*, premières épreuves corrigée par Genet, 1948-1949. Coll. part.
47 J.-H. Anglade et V. Mezziogiorno dans *L'Homme blessé* de Patrice Chéreau, 1983.

CHAPITRE 3

48 Genet devant une statue de Giacometti au Musée national d'Art moderne, à Paris, photo Philippe Bourseiller.
49 Portrait de Genet, dessin de Giacometti, 1er septembre 1954. Coll. part.
50 Genet avec Java dans les années 1950.
51 Scène du ballet *'Adame Miroir*, 1948, photo de Serge Lido.
52 Genet lors du tournage d'un film avec Violette Leduc, en 1950, à Luzarches. Coll. part.
53 Jeanne Moreau dans *Mademoiselle* de Tony Richardson, 1966.
54-55 Photogrammes du film de Genet, *Un chant d'amour*, 1952.
56 *La Fiancée juive*, peinture de Rembrandt, vers 1666, détail. Amsterdam, Rijksmuseum.
57 *Le Retour de l'enfant prodigue*, peinture de Rembrandt, 1666-1669. Saint-Pétersbourg, musée de l'Ermitage.
58 Genet et Giacometti dans le studio de l'artiste.
59 Portrait de Genet par Alberto Giacometti, 1954-1955. Paris, Musée national d'Art moderne.
60 Abdallah sur le fil. Coll. part.
61 Genet et Abdallah à Amsterdam en 1959. Coll. part.

CHAPITRE 4

62 *Le Balcon*, mise en scène de Jean Boillot au Théâtre Gérard-Philipe, Saint-Denis, 2002, photo d'Hervé Bellamy.
63 Maquillage de Kadidja (Germaine Kerjean) proposé par Jean Genet.

INDEX DES ŒUVRES DE GENET

INDEX GÉNÉRAL

CRÉDITS PHOTOGRAPHIQUES

Archives départementales d'Indre-et-Loire 17, 19. Archives Gallimard 11, 65b, 82-83, 92-93, 121. Artothek 57. Bellamy 62, 68-69, 76-77. Agence Bernand 64-65, 70, 71b, 72, 75. Cyril Bai 128. Frédéric Beauvais 103. BFI, Londres 53. BIFI, Paris 71h. © Estate Brassaï 1. Philippe Bourseiller 48, 120. Bridgeman-Giraudon 56, 119. Anaïs-Nicole Brunel 82. Cat's 38b, 40, 47. «Fatras», Succession Jacques Prévert 18. Collection Monique Lange 1er plat couverture, dos, 2, 30, 52, 60, 61. Collection particulière 1er plat couverture (dessin), 2e plat, 12, 27h, 27b, 28h, 29, 33, 39, 41, 46, 50, 67, 87, 107, 111, 114. Contact Press Images/Gilles Caron 84-85. Corbis/Hulton-Deutsch Collection 16, 23. Delius/Leemage 25. Droits réservés 54-55, 58, 92, 101. Éditions Gallimard 34, 35b, 36, 45, 105. Enguérand/C. Masson 37. Enguérand/B. Enguérand 66. Enguérand/Marc Enguérand 76. Souad Guennoun 86. Galerie Kornfeld, Berne 49. Imec/Fonds Jean Genet 10, 13, 14, 14-15, 20, 21, 24, 28b, 31, 35h, 38h, 42-43, 73h, 84, 97, 100. Imec/Fonds Roger Blin 63, 74h, 74b. Berthe Judet 96. Hulton Getty 81. Jacky Maglia 79. Magnum Photos/Bruno Barbey 6, 88-89. Magnum Photos/Luc Delahaye 90. Magnum Photos/Raymond Depardon 78. Magnum Photos/ Philippe Halsman 9. Arnaud Malgorn 77b. Musée Cocteau, Société des Amis de Jean Cocteau 32, Paris-Match/Jacques de Potier 44h. Revue d'études palestiniennes 91. RMN/Cnac/MNAM, photo Adam Rzepka 58-59. Roger-Viollet 22, 26. Marc Trivier 94. Rue des Archives 5, 73b. Sipa Press/Serge Lido 51. Timepix/PPCM 80. VU/Roman Allard 83h. VU/Gérard Rondeau 95. © Adagp, Paris, 2002 1er plat couverture, 33, 39, 42-43, 44b, 48, 49, 59, 67. © André Acquart, Paris, 2002 74h, 74b, 114.

REMERCIEMENTS

L'auteur remercie Laurent Boyer, Pierre Constant, Marie Redonnet et Anis Balafrej pour leurs conseils et leur soutien.
L'éditeur remercie chaleureusement Laurent Boyer, exécuteur testamentaire de Jean Genet, pour ses encouragements et sa disponibilité ainsi que Albert Dichy, Carole Achache, Juan Goytisolo, Abdelatif Ben Salem, Claude Oterelo pour leur aide précieuse à la réunion de l'iconographie.

ÉDITION ET FABRICATION

DÉCOUVERTES GALLIMARD
COLLECTION CONÇUE par Pierre Marchand.
DIRECTION Élisabeth de Farcy.
COORDINATION ÉDITORIALE Anne Lemaire.
GRAPHISME Alain Gouessant.
COORDINATION ICONOGRAPHIQUE Isabelle de Latour.
SUIVI DE PRODUCTION Fabienne Brifault-Dandé.
SUIVI DE PARTENARIAT Madeleine Gonçalves.
PROMOTION & PRESSE Brigitte Benderitter et Pierre Gestède.

JEAN GENET, PORTRAIT D'UN MARGINAL EXEMPLAIRE
ÉDITION Olivia Barbet-Massin.
ICONOGRAPHIE Caterina D'Agostino.
MAQUETTE ET MONTAGE Valentina Leporé.
LECTURE-CORRECTION Jocelyne Marziou et Catherine Reille.
PHOTOGRAVURE PPDL.

Ancien normalien, Arnaud Malgorn a consacré ses recherches à Jean Genet.
En 1988, il est l'un des premiers à publier aux éditions de La Manufacture
(*Jean Genet*, 1988) une biographie critique
qui porte sur l'ensemble de l'œuvre.
Aujourd'hui, il est éditeur et occasionnellement critique littéraire.

Pour Noé

Dépôt légal : septembre 2002
Numéro d'édition : 11580
ISBN : 2-07-076558-X
Imprimerie Moderne de l'Est
25110 Baume-les-Dames